신의 구원자 *Savior of God*

1판 1쇄 찍음 2019년 4월 23일
1판 1쇄 펴냄 2019년 4월 30일

지은이 유선우
펴낸이 정 필
펴낸곳 **(주)뿔미디어**

기획 · 편집 이영은
표지 디자인 우 물

출판등록 2002년 9월 11일 (제1081-1-132호)
주소 경기도 부천시 소향로 17, 303(두성프라자)
전화 032)651-6513 팩스 032)651-6094
E-mail bbulmedia@hanmail.net
비북스 http://b-books.co.kr

ISBN 979-11-315-9629-6 03810

유선우 장편 소설

FEEL PREMIUM EDITION

신의 *Savior* of 구원자 *God*

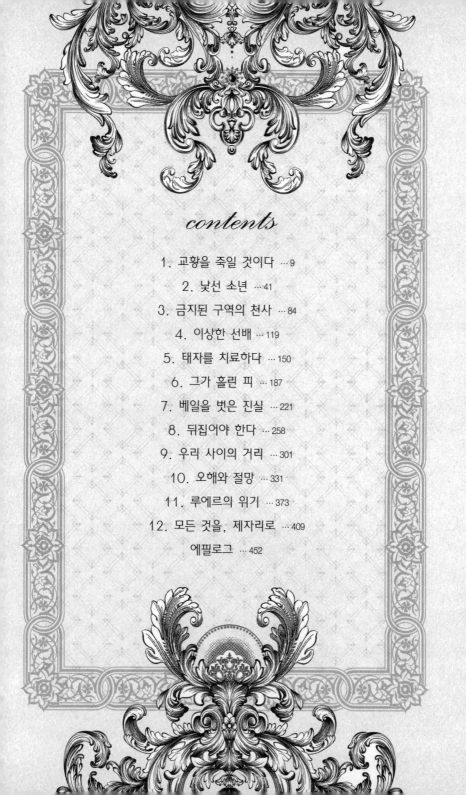

contents

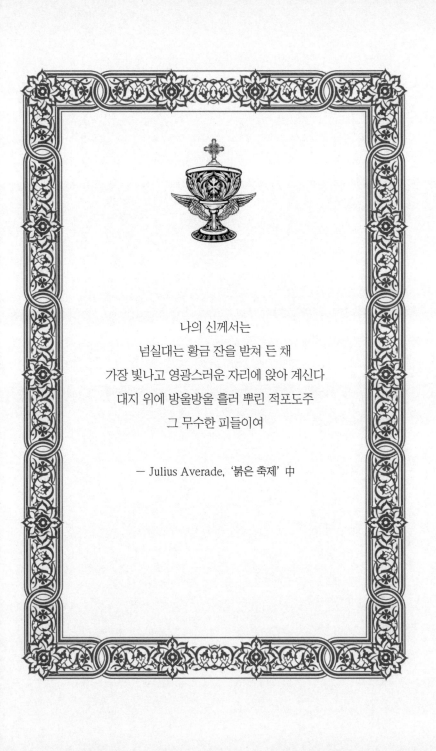

나의 신께서는
넘실대는 황금 잔을 받쳐 든 채
가장 빛나고 영광스러운 자리에 앉아 계신다
대지 위에 방울방울 흘러 뿌린 적포도주
그 무수한 피들이여

— Julius Averade, '붉은 축제' 中

1. 교황을 죽일 것이다

내게도, 에시엣이 모든 것이던 시절이 있었다.

나는 퍽 독실한 신자였다. 인생에 딱히 감사할 것이 많지 않음에도 그랬다. 미사를 지루해하는 어린 나이였지만, 나는 매주 교회에 나가야 하는 것에 대한 거부감이 없었다.

아버지가 없는 것도, 늘 가난해서 내일 빵을 먹을 수 있을까 걱정해야 하는 것도 괜찮았다. 나는 내게 아직 어머니가 있다는 것만으로도 신께서 축복을 내려 주셨다고 생각했다.

두 눈으로 보는 세상 모든 것이 신의 사랑이었다. 내게는 바람 하나, 구름 한 점 모두 에시엣이 만든 위대한 세상의 일부로 보였다.

그가 내 어머니를 앗아 가기 전까지는.

그날에 대해 말할 것 같으면, 참 화창한 날이었다는 인상이 먼저 찾아왔다. 벚꽃 잎이 바람에 하느작대고, 통통한 꿀벌들이 이 꽃 저 꽃 날아다니며 꿀을 따는 것을 예사로 볼 수 있었다. 하늘빛은 파랗고 맑았다.

사람들은 흔히 이런 날을 일컬어 에시엣의 은혜를 입었다고 표현했다. 봄은 신의 입맞춤을 받아 만물이 꿈틀거리며 소생하는 때였다.

그날. 그 생명력이 넘치는 봄날.

내 어미의 목숨은 타오르는 불길 속에서 꺼졌다.

눈을 감으면 매번 선명했다. 반듯하게 쌓인 장작더미에 올려진 내 어미의 앙상하고 흰 발. 횃불을 들고 다가오는 집행인이 보이자 그 발은 불안하게 떨며 춤을 추었다.

내 어미는 연약한 여자였다. 그녀에게는 그들을 물리칠 수 있을 만한 힘이 없었음은 물론이고, 어느 날 닥쳐온 불행을 의연하게 받아들일 수 있을 정도의 용기조차 없었다. 가여운 내 어미는 나무에 불이 붙는 그 순간까지 겁에 차 벌벌 떨었다.

그 적나라한 두려움은 마치 환상과도 같은 죽음의 순간을 생생한 현실에 꽉 매어 두었다. 어르듯 장작더미를 쓰다듬다 순식간에 솟아올라 어미를 사방에서 삼켜 버린 불꽃을 보면서, 나는 단 한 순간도 저것이 가짜 같다는 생각을 할 수 없었다.

화염에 닿은 고통으로 얼굴이 일그러지고, 입을 벌렸으나 비명마저 불덩이 안에 파묻힌 내 어미의 얼굴이 그 어느 때보다도 사실적이었기 때문이다.

"마녀가 통째로 타오른다!"

"정의는 죽지 않아!"

"신께서 죄를 단죄하신다!"

군중의 외침이 송곳처럼 귓구멍을 쑤셨다. 말로도 몸이 뒤틀릴 만큼 아플 수 있다는 것을 나는 그때 처음 알았다. 이러다가 귀가 망가지지는 않을까. 계속 이들의 말을 듣고 있다가는, 양 귀에서 피가 고여 흘러 내릴 것 같다는 생각이 들었다.

"……."

나는 손톱으로 땅바닥을 긁으며 내 어미가 죽어 가는 광경을 하나도 빠짐없이 담았다. 기억하는 것은 눈으로 본 것에 그치지 않는다. 코에 닿는 장작불의 매캐한 내음과 그 안에 섞인 인체가 타는 냄새, 내 귀를 내내 괴롭히던 타닥거리는 소리와 날것 그대로 토해 내는 군중의 광기들.

끝나지 않을 것처럼 시간이 지나고 나서야 그들의 마녀 처단은 끝이 났다. 불이 꺼지자, 갈색이었던 장작들이 재로 화한 채 형체도 식별할 수 없는 내 어미의 시신과 섞여 덩어리 같은 것이 보였다.

사형 집행인들이 부산스럽게 처형대를 내리고, 나는 멍하니 주저앉은 채 어느새 구름이 죄 사라진 지평선만 멍하니 바라보았다. 나의 유일한 가족이던 어미가 죽어, 나는 갈 곳도 할 것도 없어진 처지였다.

"……."

이제는 날 둘러싼 군중이 뭐라고 하는지 알아들을 수도 없었다. 한창 왁자지껄하게 떠들던 그들은 내 어미가 완전히 죽자, 흥미가 떨어졌는지 각자 흩어지기 시작했다.

오직 나만이 폐허 안에 주저앉은 채 풀로 붙인 듯 벗어나지 못하고 있었다. 나는 한 달 전에 정확히 이 자리에서 죽은 내 이웃 세드릭의 누이 엘리제를 떠올렸다. 엘리제가 마녀로 몰려 화형당하고 난 후, 세드릭이 이와 같이 광장에 멍하니 앉아 있었다. 당시 내가 어떤 말을 해야 할지 몰라 머뭇거리며 그에게 다가갔을 때였다.

'다가오지 마.'

'세드릭?'

'나는 마녀의 가족이야. 괜히 가까이 와서 대화하고 어울리다가는 같이 오해받을 거야.'

11

'하지만……'

그는 머뭇거리는 내 말을 단번에 끊었다.

'난 내일 여기를 떠날 거야. 언젠가 살아서 볼 수 있을진 모르겠
지만, 그때는 알은척할게.'

단호하게 말한 세드릭은 고개를 돌려 날 외면했고, 더 이상은 내게
반응하지 않았다. 그리고 그는 그다음 날 정말로 영영 사라졌다.

이제야 나는 당시 그가 어떤 심정이었을지 뼛속까지 이해할 수 있었
다. 다만 나와 그가 다른 점은, 이미 성년이어서 자신의 몸을 홀로 건사
할 수 있는 그와 달리 나는 이제 아무것도 할 수 없다는 점이었다.

고개를 돌려 문득 동쪽을 바라본 나는, 이 장소에 나 혼자만이 남아
있는 게 아니라는 것을 깨달았다. 무슨 일을 하러 왔는지는 몰라도, 그
곳에는 한 무리의 사제들이 모여 있었다.

다른 이들과 조금 떨어진 거리에 두 명의 젊은 남자 사제가 서 있었
다. 그 와중에도 무리에서 떨어져 있는 것이 기이해 보여 힐끔거리며
관찰하던 나는, 우발적으로 그들과 눈이 마주쳤다.

"……"

눈이 마주치자마자 사제들이 내게로 다가왔다. 혹시 그들이 나까지 잡
아 죽이려나 싶어, 두려움이 밀려왔다. 내 전부였던 어미가 죽었음에도,
우습게도 나는 여전히 누군가에게 살해당하는 것을 무서워하고 있었다.

그러나 여기서 달아나 봤자 독 안에 든 쥐. 내게는 선택권이 없었다.
나는 그들이 내 앞에 도달할 때까지 그저 몸을 떨며 그들의 처분을 기
다렸다.

"어린아이가 하나 남았군."

"가여운 존재지. 하필이면 마녀의 자식이었다니."

키가 큰 젊은 사제가 덧붙였다. 그는 허리를 살짝 굽힌 채 나를 내려다보았다. 텅 비었던 하늘이 그의 모습으로 가득 채워졌다.

"괜찮으냐?"

그에게서 몹시 측은해하는 목소리가 흘러나왔다. 나는 그의 눈을 들여다보았다. 마주한 눈동자는 놀랍게도 매우 깨끗하고 부드러웠다. 거짓 없는 동정이었다.

"⋯⋯."

나는 이자가 품은 얄팍한 호의가, 현재로서는 내가 필사적으로 붙잡고 올라야 할 동아줄이라는 것을 본능적으로 느꼈다.

적개심을 그대로 드러내면 돌아오는 것은 내 어미가 맞은 죽음뿐이다. 살아남기 위해서 내가 해야 하는 일은 자명했다. 나는 마녀에게 당한 가련한 희생양이면서도, 정작 마녀의 잔재는 남지 않은 순수한 영혼이어야 했다.

"⋯⋯."

나는 속 깊은 곳에서 역류하는 역겨움과 증오심을 침과 함께 꼴깍 삼켰다. 눈을 미움 대신 눈물로 가득 채우고, 아래에서 위로 그들을 올려다보았다. 목소리는 겁과 두려움에 질려 바들바들 떠는 것처럼 들리게 했다.

"살려 주세요⋯⋯."

이 순간 이들의 눈에 비친 나는 한낱 에시엣의 어린 양. 무지하고, 한없이 순진하여 이들로 하여금 자신들의 길로 이끌고 싶게 만드는 존재.

"저 마녀에게 사로잡혀 있던 나를 구원해 주세요⋯⋯."

나는 사제의 다리에 얼굴을 비비며 애원했다. 어떻게 해서든 이들의 눈에 불쌍해 보여야 했다. 다행히 새파랗게 젊은 사제의 동정심을 자극

13

하는 것은 그리 어렵지 않았다. 거기에는, 내가 고작 일곱 살짜리의 작은 몸을 가지고 있다는 것도 한몫했을 것이다.

"저런, 가여워라."

"제발……. 저는 이제 갈 곳이 없어요."

"그러니? 그럼 우리를 따라 신전으로 갈래?"

마침내 그의 입에서 내가 바라 마지않던 말이 튀어나왔다. 나는 마치 사막에서 물을 찾은 방랑자처럼 정신없이 그를 반기며 고개를 흔들었다.

데살 경전에는 에시엣을 목동, 신도들을 양에 비유한 내용이 있었다. 목동이 양 떼를 목장으로 인도하듯, 에시엣이 어리석은 신도들을 구원하고 자신의 세계로 데려가 준다는 것이었다. 그러므로 이 행위는 그들에겐 나를 구원하는 것과 같았다.

"감사합니다! 흑……. 감사합니다! 에시엣 만세!"

나는 애쓴 끝에 겨우 눈가에 눈물을 매다는 데 성공했다. 자신들이 한 일에 대한 보람을 느꼈는지 나를 '구원'한 키가 큰 사제와, 그 옆에 있던 사제의 얼굴에 동시에 미소가 떠올랐다.

그러나 나로서는, 내 어미가 아스러진 곳에서 내 입술로 에시엣을 찬양한 건 몹시 속이 뒤틀리는 일이었다. 어쩔 수 없는 선택이었다며 스스로에게 변명을 해 보아도 과연 내 어미도 그리 여겨 줄지 자신이 없었다.

나는 불씨를 머금고 풀풀 날리는 잿더미와, 그 안에 부스러져 파묻힌 어미의 참혹한 시신을 차라리 보지 않기 위해 눈을 꼭 감아 버렸다.

"이런, 눈을 감아 버리네. 떨고 있는 걸 보니, 그동안 마녀가 많이 무서웠나 보구나."

남자의 부드러운 손이 군중의 칼날 같은 적의와 정반대로, 내 머리를 상냥하게 쓰다듬었다.

"두려워하지 마. 눈을 뜨고 나를 보렴. 나는……."

비록 뭐 하나 잘 알지도 못하고 지껄이는 말이긴 하지만, 이자를 따르기로 한 이상 우선은 말을 잘 들어야겠지. 나는 마치 홀린 듯 속삭이는 남자의 말에 천천히 눈을 떴다.

"……."

아. 내 눈앞에 비친 것은 한창 사제 서품식이 이루어지고 있는 대강당의 정경이었다. 나는 티 나지 않게 주변을 살폈다. 나를 비롯해 오늘 사제의 이름을 받는 이들이 손을 모으고 눈을 감은 채 서 있었다.

표면상으로는 묵상을 하며 서품되기 전에 신께 신앙 고백을 하는 시간이지만, 눈을 감은 이들이 각자 무슨 생각 중인지는 알 수 없었다. 당장 나조차도 부질없는 옛 기억에 지금 서 있는 장소를 잊을 정도로 몸을 흠뻑 담갔다 빠져나왔으니.

"이제 눈을 뜨십시오."

옆에 있던 이들이 한두 명씩 눈을 뜨기 시작했다. 평소보다 더 치렁치렁한 예복을 걸친 대주교가 팔을 옆으로 넓게 벌렸다.

"그럼 이제부터, 서품식을 거행하겠습니다."

대주교의 짧은 축복 기도가 끝난 후, 마침내 서품이 시작되었다. 녹색의 성의를 걸쳐 입은 예비 사제들이 일렬로 서서 맹세를 하고, 사제로 축성을 받았다. 예비 사제들의 자질을 간단히 검사한 대주교가 공식적으로 임명을 의미하는 말을 하면 그때부터 그들은 사제였다.

한 발 한 발 규율에 정해진 대로 주기도문을 읊조리며 앞으로 나아가다 보니, 드디어 내 차례가 되었다. 나는 허공에 두 손을 모은 채 대주교의 앞에 고개를 숙이고 섰다.

"카야 맥노프."

높낮이 없는 일정한 울림의 목소리였다. 이자는 평생을 이러한 음성을 가지고 살아왔을 것이다.

"그대는 평생 에시엣의 헌신적인 종이 되어 그분께 충성할 것을 맹세합니까?"

좆 까라, 에시엣.

나는 대답했다.

"예, 맹세합니다."

"에시엣께서는 이 세상을 우리에게 하사하시고, 무한한 은총을 듬뿍 내려 이 아름다운 땅에서 삶을 영위할 수 있도록 하셨습니다. 신의 자애로운 사랑을 본받아 세상을 포용할 것을 맹세합니까?"

"예, 맹세합니다."

그토록 자애로워서, 자신의 뜻을 거스르는 자는 전부 죽이는 것으로 해결한단 말인가.

견습생 시절의 일이었다.

수도 인근에서, 유독 마녀로 지목되는 이들이 많은 마을이 있었다. 매일같이, 누구에게나 거의 무차별하게 행해지는 사형 선고를 참다못한 이들은 뭔가 이상하다는 것을 깨닫고 교황에 반발하여 봉기를 일으켰다. 이들은 신전 앞에 달려가 마녀사냥 제도를 일절 폐지하고 억울하게 죽은 피해자들의 가족에게 충분한 보상을 해 줄 것을 요구했다.

난생처음이었을 거센 반발을 마주한 교황청은, 이들에게 창칼로 대답했다. 그들이 신전 입구를 점거한 지 이틀째 되던 날, 교황에게 직접 명령을 받은 성기사들이 몰려가 그들을 모두 죽여 버렸다.

그들은 거기서 그치지 않고, 마을까지 내려가 남은 인원을 모두 죽인 다음 그 마을을 통째로 불살라 폐허로 만들었다. 교황에게 반발하면 어떻게 되는지를 본보기로 보여 준 것이었다.

"이제 당신은 그분을 위한 가장 훌륭한 도구가 되어, 그분의 영광을 빛내게 될 것입니다. 언제나, 어디서나 그 본분을 잊지 마십시오."

"오직, 에시엣의 뜻대로."

나는 치밀어 오르는 욕을 참고 정해진 대답을 또박또박 뱉는 데 성공했다.

"항상 에시엣의 은총이 함께하길."

"축복받으소서."

"세상의 보석이 되십시오."

대주교는 내 입술 앞에 다이아몬드를 그려 주었다. 이는 가장 귀하면서 단단한 존재라는 뜻으로, 에시엣의 종인 사제들에 대한 은유와도 같았다.

나는 더 이상 학생이 아닌, 수습이나마 '사제'였다. 이 순간부터는 파문당하지 않는 한 죽을 때까지 정식으로 성직자라는 신분을 가지고 살아가게 되는 것이다.

"이제 나가셔도 됩니다. 조심히 가시길."

서품이 끝난 사제들은 혼란을 막기 위해 강당을 나가도록 되어 있었다. 주교의 인사에 허리를 숙여 화답한 후 통로를 지나 입구에 섰을 때, 나는 나를 반짝거리는 눈으로 보고 있는 많은 신도들과 마주했다. 가족이나 친구의 서품을 축하하러 모인 사람들이었다.

나는 두 손을 모아 가슴에 붙인 다음 그들을 향해 허리를 깊이 숙여 보였다. 신도를 마주할 때마다 행할, 서품을 받는 순간부터 생긴 의무이자 권리였다.

"에시엣께서 여러분과 함께."

신도들이 나를 따라 손을 모으며 대답했다.

"또한 사제와 함께."

각자 생김새도 연령도 제각기 다른 이들이었지만, 목소리들만큼은 완벽한 통일성을 가지고 있었다. 나는 가벼운 미소를 띤 채 그들을 지나쳐 나왔다.

사제들을 죄다 불러 모아도 남을 정도로 넓은 복도를 보자, 새삼 장소의 광활함이 느껴졌다. 견습생 시절의 신전과는 수십 배 차이가 나는 규모였다.

이 거대한 신전 어딘가에, 교황 카프리치오 7세가 앉아 있다. 그리고 나는 그 존재에게 접근하기 위해 이 신전에 들어왔다.

복도 가운데에 크게 설치된 성상이 눈에 들어왔다. 성상은 날개를 활짝 편 채, 검을 치켜든 천사의 모습이었다. 에시엣이 아닌, 그를 가장 곁에서 보좌하는 치천사 중에서도 제일 강한 천사인 미카엘이었다.

사실 이 제국의 신전 어디에도 에시엣의 모습을 딴 성상은 존재하지 않았다. 하나뿐인 신의 형체는 인간이 감히 눈에 담을 수도, 담아서도 안 될 만큼 신성했기 때문이었다. 대신 사람들은 상상력을 발휘해 에시엣을 보좌하는 천사들과, 에시엣의 계시를 받았다는 예언자들의 상을 곳곳에 만들어 세워 두었다.

굳게 입을 다문 채 칼날을 번득이는 미카엘상을 보며, 나는 수없이 다짐했던 것을 되새겼다.

교황을 죽일 것이다. 반드시, 그의 숨통을 내 손으로 끊을 것이다.

모든 것을 주도하고, 철저히 방관하고 종내는 반발마저 창칼로 밟아 꺼뜨린 그 잔혹한 에시엣의 첫 번째 종을.

✤ ✤ ✤

교황은 이 대륙에서 가장 유명하며, 동시에 그 누구보다도 알려지지 않은 존재였다.

길거리에서 아무나 붙잡고 현 교황이 누군지를 물으면 곧바로 '카프리치오 7세'라는 대답을 들을 수 있었다. 그러나 백 명을 모아 놓고 교황의 얼굴을 아느냐고 묻는다면, 그 누구도 그렇다고 하는 이가 없었다.

교황은 에시엣의 목소리를 직접 듣는 신성한 권능을 가진 존재였기 때문에, 보통 사람들은 교황을 볼 기회가 거의 없었다. 교황을 볼 수 있는 자는 추기경에 오른 성직자들과 그에 준하는 성녀, 교황을 보필하는 성기사들뿐.

그리고 교황의 개인적인 시중과 일정을 관리하는 보좌 사제 한 명뿐이었다. 그만큼 교황은 사람들 앞에 모습을 거의 드러내지 않는 존재였다.

그런 교황도 유일하게 딱 하루. 성 베르테우스 축일에만큼은 직접 광장으로 행차를 했다.

그럴 때면, 교황은 수십 명의 성기사가 호위하는 거대한 마차를 타고 이동했다. 그 옆에는 당연히 그를 보좌하는 사제와 추기경들이 따랐다.

나는 아직도 두 해 전, 견습 시절에 이곳 테베칸 시국에 와서 봤던 광경을 기억했다.

나와 같은 신전에서 온 견습생들은 모두 들떠 있었다. 그들은 지겨운 교육에서 며칠간 탈피하게 되었다는 기쁨과, 교황을 같은 공간에서 마주하게 된다는 흥분에 온통 도취된 상태였다.

교황은 시계탑 위에서 나타나게 되어 있었다. 사람들은 초조하게 손을 모은 채 교황을 기다렸다. 한참의 기다림 끝에, 빈 망루 위로 빨간 성의를 걸친 중년의 추기경이 등장했다.

바닥에서 탑 꼭대기까지 거리가 다소 떨어져 있음에도 그를 알아보는 것은 어렵지 않았다. 내 조국인 베르시카 제국의 신전 곳곳에 그의 초상화가 걸려 있었다. 그는, 현재 베르시카의 리스텐가(家) 가주 동생인 블라디미르 리스텐 추기경이었다.

그는 팔을 벌린 채 군중을 향해 인자한 웃음을 지어 보였다.

'곧 교황 성하께서 등장하십니다. 모두 준비를 하십시오.'
'와아아아아!'

군중은 드디어 교황을 본다는 사실에 들떠서 열광으로 화답했다. 눈물을 글썽거리며 두 손을 모은 채 연신 고개를 숙이는 신자도 있었다.

곧이어 추기경의 옆으로 석상처럼 무뚝뚝한 얼굴을 한 성기사들이 등장했다. 한눈에 보기에도 거대한 흰 천과 큰 막대를 들고 나타난 그들은, 아무 말 없이 양쪽에 막대를 넓게 내리고 그 위로 천을 걸치기 시작했다.

이내 탑 앞에는 흰색의 휘장이 드리워졌다. 망루에서 물러나는 추기경들과 성기사들의 그림자가 보였다. 교황을 맞을 준비가 된 것이다.

이제 드디어 그 비싸고 고귀한 몸을 드러내시는구나, 빌어먹을 교황 성하. 나는 펄럭이는 천을 뚫어져라 노려보았다. 불쑥 낯선 그림자 하나가 나타나, 천천히 아래에서부터 천을 물들일 때까지. 그것은 금세 형체를 갖추었다.

견고하게 군중과 교황을 분리하는 베일 너머로, 마침내 한 사람의 모습이 비쳤다. 수만 명의 사람이 모인 광장이 물을 끼얹은 듯 조용해졌다.

'......'

드디어 교황이 나타났다. 여전히 비밀을 머금은 채로. 그러나 적어도 그가 이 무수한 신자와 같은 공간에 있는 것만큼은 자명했다.

깨끗하고 흰 천 너머, 그의 실루엣이 햇빛 아래 진하게 드러났다. 긴 머리와 성의를 걸친 남자의 윤곽이었다. 유일하게 알 수 있는 것은 키가 그리 크지 않다는 것뿐. 나이도, 용모도 하나 짐작이 가지 않았다.

몇 초 후, 약속이라도 한 듯 함성이 일제히 터져 나왔다.

'교황 성하시다!'
'와아아아아아!'
'만세! 에시엣의 충신이시여! 영광받으소서, 만세!'

사람들은 광장이 떠나가라 고함을 마구 질러 댔다. 내 옆에 있던 견
습생들도 진짜 교황 성하라며 난리 법석을 떨기는 마찬가지였다. 모두
가 광기와 같은 신앙심을 쏟아 냈다.

그 가운데, 오로지 교황만이 정적했다. 광장을 모두 태워 없애고도
남을 열기가 가득 찼음에도, 교황은 신기할 정도로 아무 반응을 보이지
않았다. 바람에 마구 흩날리는 머리카락이 아니었다면, 조각상을 가져
다 비추었다고 해도 의심하지 않았으리라.

'…….'

그는 그렇게 한참을 잠자코 서 있었다. 목소리도 한번 들려주지 않았
다. 그러나 그것만으로도 광장에 모인 사람들에게는 충분했다. 아니,
오히려 그랬기에 더 성스럽고 범접할 수 없는 존재처럼 보였다. 사람들
은 신이라도 영접한 듯 감읍하며 그에게 기도와 절을 올렸다.

그때만큼은 그를 에시엣이라고 해도 무리가 아니었다. 같은 피와 육
신을 가진 존재임에도 볼 수 없고, 들을 수 없으니, 교황은 에시엣과 다
를 바가 없었다. 그 비밀스러운 성격으로 인해, 교황을 에시엣의 현신
이라 부르는 이들도 있었다.

그 교황이 죽어 나빠지는 꼴을 본다면, 천하의 에시엣도 동요하지 않을

까. 유일하게 자신을 투영해서 지상에의 힘을 부여한 존재가 한낱 마녀의 딸에 숨통이 끊긴다면, 그 신에게 얼마나 큰 엿을 먹이게 되는 일인가.

나는 잠시 군중을 뚫고 시계탑을 향해 뛰어가는 상상을 했다. 그러나 그 안에 발을 들이기도 전에, 나는 시계탑 입구를 지키고 있는 성기사들에 의해 저지당할 것이다. 그리고 몸을 수색당한 후, 칼을 빼앗기고 성기사들에 의해 즉결 처분당할 것이다.

현재 나의 힘으로는 교황의 모습을 제대로 보는 것조차 불가능했다. 그것을 알았기에, 내 상상은 현실이 되지 못했다.

분명 씹어 삼키고 싶을 정도로 증오스러운 존재임은 확실하나, 때를 노려야 했다. 이대로는 아무것도 하지 못하기에. 교황을 죽이기 위해서는, 그에게 접근 가능한 존재가 되어야 했다.

그것이 내가 속으로만 칼날을 갈며 견습 생활을 버티고 있는 이유였다. 나는 다시금 결심을 다지며 분노를 표출하는 대신, 두 손을 공손하게 모아 이 자리에 모인 다른 사람들과 마찬가지로 교황을 경배했다. 나와 동료 견습생들을 관리하는 주교가 바로 지척에서 나를 보고 있었기 때문이다. 그뿐이었다.

✢ ✤ ✢

저녁 식사가 시작된 지가 진작이었음에도, 식사용 접시는 아직 깨끗했다. 나뿐만 아니라 이 테이블에 앉아 있는 모두가 그랬다. 나는 시선을 살짝 돌려 식당 한구석에 있는 괘종시계를 확인했다. 벌써 식사가 시작된 지 족히 10분이 넘었다.

여섯 명이 조가 되어 앉은 테이블에는 많은 것이 차려져 있었다. 양념을 발라 조리한 고기에 생선, 구운 채소가 각각 서너 종류였다. 양도

푸짐해 모두가 한 번씩 덜어 먹어도 넉넉할 것 같았다.

큼지막한 과일 바구니 안에는 종류별로 신선한 과일이 들어 있었고, 그 옆에 포도주 한 병과 언제든 따라 마실 수 있도록 마련된 오프너가 얌전히 놓여 있었다. 각 자리에는 잔까지 하나씩 준비되어 있었다.

견습생 때와는 비교도 안 될 정도로 먹음직스러운 음식들이었다. 그럼에도 선뜻 음식에 손을 대는 이는 많지 않았다. 다들 동석한 이들이 초면이라 낯을 가리는 것이었다.

잘 찾아보면 같은 신전 출신들도 있었다. 아무리 실적이 나빠도 각 신전에서 매해 두 명 정도는 사제 서품을 받았다. 그러나 전 대륙에서 모여든 수습 사제들이 있는 이 테베칸 시국에서 아는 사람이 같은 테이블로 배정될 확률은 별로 없었다. 우리 테이블은 그렇지 못한 대다수에 해당되었다.

나는 어색한 분위기를 애써 무시하며 포크를 집어 들었다. 그리고 고기와 야채를 듬뿍 덜어 내 접시에 올려놓았다. 원래라면 눈치를 계속해서 살피며 조심스럽게 담았을 테지만, 배고픈 데는 장사가 없었다.

내가 먼저 나서자 망설이며 눈치를 보던 다른 사제들도 이내 식기를 들어 올렸다. 곧 음식을 덜어 내는 소리가 테이블을 꽉 메웠다. 나는 그에 나름 만족하며 포크로 돼지갈비 하나를 찍어 올렸다.

"내가 말했던 거 기억나?"

수많은 테이블 중 어딘가, 어느 지점에서부터 시작되었을지 모르는 낯선 이들의 말소리가 귀에 들어와 박혔다.

"쟤. 쟤가 바로 카야 맥노프야."

크진 않지만, 내 이름이 정확히 들려왔다. 이미 어느 정도 나에 대해서 이야기할 것은 예상하고 있었기에 놀랍지는 않았다. 나는 대화의 내용을 확인하기 위해 식사에 열중한 척을 하면서도 귀를 쫑긋 세웠다.

"올해 수석이야."

그들은 두 달 전, 전 대륙의 견습생을 상대로 치러진 사제 서품 시험에 대해 이야기하고 있었다. 내가 전무후무한 성과를 거둔 시험이었다.

"아, 쟤가?"

호기심을 담은 대답이 들렸다. 당연했다. 어딜 가나 '수석'이라는 타이틀은 관심을 끈다.

"어, 그것도 전 과목 만점이라더라. 철학 시험, 너도 악명 알잖아. 절대 만점 안 주기로 소문난 거. 그런데 작문 100점을 받아 냈대."

작문 만점을 받는 것이 불가능하지는 않았다. 책을 읽고 철저히 주류 철학자들의 사상과 사고에 맞추어 그럴듯한 문장으로 풀어내면 되었다. 물론 그들의 머릿속이 보일 정도로 글을 해부하고 탐독하는 데는 헤아리지 못할 양의 시간이 걸렸다.

나는 테이블에 식사와 곁들여져 나온 포도주를 마시며 그들의 말을 계속해서 경청했다. 고맙게도 대화는 긍정적인 방향으로 흘러가고 있었다.

"정말 대단하다. 진짜 공붓벌레였나 봐. 아니면 그만큼 신앙심이 깊은 건지."

"우리 오빠가 보좌감은 정해져 있다 했었는데, 저런 사람이 보좌가 되는 건가 봐. 가문만 좀 좋으면 진짜 보좌 달겠는데."

그들 모르게, 나는 만족스러운 웃음을 머금었다. 바로 이것을 위해 나는 견습생 시절 내내 이를 악물고 공부했다. 수습 사제들의 입에서 내 이름이 오르내리는 것. 그로 인해, 신전에서 날 자연스럽게 알릴 기반을 다지는 것.

종국에는 보좌 사제가 되는 것. 성기사와 추기경들을 제외하고 유일하게 교황을 바로 옆에서 볼 수 있는 존재.

어떻게 해서라도 저 위에 있는 인간들의 눈에 띄어야 했다. 단 한 번이라도 그들의 입에서 회자될 만한 존재가 되어야 했다. 고아라 배경도 뭣도 없는 내가 그럴 수 있는 방법은, 오로지 공부를 남들보다 특출하게 잘하는 것뿐이었다.

그래서 나는 견습 기간 3년 내내 수석을 유지했다. 그래야 보좌 사제가 될 일말의 기회라도 잡을 수 있을 것이었다. 물론 그것만으로는 부족하고, 인지도가 받쳐 주는 상황에서 내가 앞으로 어떻게 행동하느냐가 관건이었다.

한참 다른 생각에 빠져 있던 나는 포크로 찍던 토마토를 놓치고 말았다.

"……."

옆구리가 터진 토마토에서 빨간 즙이 쏟아져 나왔다. 꼭 피가 흥건한 것과 같아 보인다는 생각이, 갑자기 들었다.

엉뚱한 상상에 입맛이 뚝 떨어졌다. 나는 포크를 내려놓고 한숨을 내쉬었다. 밥 먹는 데 생각이 너무 많은 것도 영 좋지 않다.

⚜ ⚜ ⚜

식사 도중 우리는 제각기 앞으로 우리가 지내게 될 기숙사에 대한 안내를 받았다. 내가 살게 될 곳은 203호였다. 나는 포도주를 홀짝이며 한 명씩 주어지는 약도를 손에 쥔 채 내 방이라고 안내받은 곳의 위치를 짚어 보았다.

저녁을 다 먹고 난 뒤 식당이 상당히 한산해졌다는 것을 깨달았다. 남들보다 식사를 늦게 마친 편이라, 식당에는 남은 인원이 몇 없었다. 나는 그중에 혹시 아는 얼굴이 있나 찾았지만, 한 명도 보이지 않았다. 동행을 포기한 나는 약도에 의존해 기숙사로 발걸음을 재촉했다.

기숙사는 전반적으로 조용하고 가라앉은 분위기를 풍기고 있었다.

흔히 말하는 수도자의 경건한 자세에 딱 부합했다.

나는 복도 구석구석에 걸린 등에 의존해 어스름한 복도를 걸었다. 2층으로 향하는 계단을 오르고 코너를 돌자 곧바로 내가 머무를 방의 번호가 보였다.

방문 앞에 도달한 나는 비뚤어진 짐을 고쳐 든 채 천천히 문손잡이를 잡고 돌렸다. 끼익하는 소리와 함께 문이 열렸다.

"……."

등이 켜진 방 안에는 이미 한 소녀가 책상에 자리를 잡고 앉아 있었다. 문이 열리며 인기척을 느꼈는지 그녀의 고개가 절로 내게로 돌아왔다. 그녀의 발치에 커다란 가방 같은 것이 보였다.

안으로 들어가 그녀 맞은편 책상 아래 짐부터 내려놓은 나는 여전히 날 물끄러미 바라보고 있는 그녀를 향해 먼저 인사를 건넸다. 앞으로 최소 1년을 함께하게 될 룸메이트였다. 좋은 인상을 남겨야 했다.

"안녕하세요."

"아, 안녕하세요."

그녀가 고개를 숙이며 인사를 받았다. 그녀는 적갈색의 곱슬머리에 장밋빛 뺨을 가진 귀여운 인상의 소녀였다. 나이는 나와 같거나 한두 살 정도 어려 보였다.

"아까 멀리서 다른 사람들이 얘기하는 거 들었어요! 수석이라면서요?"

자리에서 일어난 그녀가 커다란 눈을 반짝이며 내게로 다가왔다. 살짝 벌어진 입가에서 순수한 호기심이 엿보였다.

먼발치에서 들었을 때는 별생각이 안 들었는데, 막상 일대일로 칭찬을 들으니 민망했다. 나는 대답 대신 멋쩍게 웃었다.

"정말 대단해요! 신앙심이 그렇게 깊으시다니……. 존경스러워요."

"아……. 아니에요. 별것 아닙니다."

애써 자신을 낮추려는 의도는 없었지만, 달리 할 말이 없으니 꼭 겸손을 떠는 것 같은 말이 나왔다. 날 보며 생긋 웃은 그녀는 가슴에 손을 살짝 얹어 보였다.

"저는…… 모르바디 공국에서 왔어요. 이름은 알리사 키엘이라고 합니다."

키엘? 키엘가(家)라면 현재 모르바디 공국을 다스리고 있는 공작 가문이었다. 베르시카에 살던 나도 알고 있는 큰 가문의 일원이 내 룸메이트란다. 나는 조금 놀라서 눈을 크게 떴다.

"키엘……이라."

"저희 가문에 대해 들어 보셨나 보네요."

그녀가 익숙하다는 듯이 손으로 입을 가리고 웃었다. 이런 반응이 익숙했는지 손동작에서 여유가 넘쳤다. 아, 놀라고 있을 때가 아니지. 나는 재빨리 정신을 붙잡고 그녀를 따라 내 소개를 했다.

"저는 베르시카에서 온 카야 맥노프라고 합니다."

"아……. 베르시카."

허공을 향해 눈을 도르륵 몇 번 굴리던 그녀가 이내 하얀 이가 드러나도록 활짝 미소를 지었다. 풍기는 인상으로 봐서는 선천적으로 웃음이 많고 순한 성격인 듯했다.

"여행은…… 몇 번 가 봤어요!"

"아, 그렇군요."

나는 작게 고개를 끄덕였다. 스스로도 좀 무뚝뚝하다는 생각이 들긴 했지만, 성격상 호들갑스러운 반응이 나오지 않았다.

"몇몇 가문 이름도 알고 있어요. 맥노프는 처음 들어 봤지만……."

자신의 기억을 회상하는 듯하던 그녀가 고개를 갸웃거리며 물었다.

"맥노프 가문은…… 어느 지방을 다스리나요?"

"네? 그게⋯⋯."

나는 어떻게 대답해야 할지 몰라 잠시 망설였다. 이 소녀는 당연히 내 집안이 귀족일 것을 전제한 채 질문을 던지고 있는 것이었다. 한 치의 의심도 없는 맑은 눈이 순진하게 나를 향해 깜박여졌다.

우리 집안 이야기를 듣고 싶은 거구나. 그러나 그대로 얘기할 수는 없었다.

"저는⋯⋯."

나는 일부러 뜸을 들인 다음, 느릿하게 답했다.

"⋯⋯얘기해도 잘 모를 만큼, 깊은 시골에서 왔습니다."

수습 사제들은 신분의 고하를 막론하고 같은 직위에 있었다. 황족이 건 난민촌의 거지 출신이건 신전에서 누릴 수 있는 권리와 의무의 차이가 없었다.

그러나 이는 형식적인 제도에 불과했다. 실질적으로는 끼리끼리 어울리는 문화와 자기보다 낮은 신분의 사제를 차별하는 것이 공공연했다.

직접 겨냥해서 신분을 물어본다면 숨길 수 없겠지만, 굳이 평민임을 드러내는 것은 현명한 선택이 아니었다. 게다가 나는 교회법에 의해 공식적으로 처형된 어미를 두고 있었기에 이제껏 그 누구에게도 내 출신이나 가족에 대한 얘기를 하지 않았다.

"그리고 현재는, 맥노프에서 보유한 영지가 없습니다."

이리 말하면, 예전에는 영지를 가지고 있었으나 지금은 전부 날려 먹은 몰락 귀족쯤으로 보일 것이다. 나는 그녀가 오해할 것을 알면서 일부러 돌려 말했다.

뭐, 거짓말을 한 것은 아니니까. 친지도 없는 내게 유일하게 남은 맥노프는 나뿐이고, 내가 영지를 가지고 있지 않은 것은 사실이지 않은가. 두루뭉술하게 일러두었으니, 이쯤에서 이 화제를 마무리해야 했다.

"아, 저런. 어쩌다가······."

그녀는 본인이 알 수 없는 사연으로 영지를 '잃어버린' 내 처지를 동정하는 눈빛을 보냈다. 공주님처럼 자랐으니 내가 불쌍해 보일 만하다. 나는 애써 괜찮은 척 웃어 보이는 얼굴을 만들어 냈다.

"그런데, 베르시카 중 어디를 여행 다니신 건가요?"

나는 자연스럽게 그녀가 내 얘기를 더 깊이 묻지 못하도록 화제를 돌렸다. 다행히 그녀는 이상함을 느끼지 못하고 밝게 웃으며 곧이곧대로 대답했다.

"아! 저는 최근에 베르시카 수도 네오크에 있는 게슈오즈 묘지에 갔다 왔어요!"

게슈오즈는 루에르교 내에서 시성된 성인들의 유해를 한곳에 모은 장소로, 대표적인 대륙의 순례지로 유명한 곳이었다. 땡볕이 내리쬐며 무덤과 묘비가 끊임없이 줄지어 있는 곳을 걸어야 하는 것 때문에, 갔다 오는 것 자체가 일종의 고행과 수련으로 여겨지는 장소기도 했다.

"저보다 더 신앙심이 깊으신 것 같은데요."

키엘가(家)는 작은 공국의 수장이긴 했으나, 제국의 황실이 부럽지 않을 정도로 부유하고 유서 깊은 가문이었다. 그 안에서 누구보다 귀하게 길러졌을 공주님이 그런 고생을 사서 했다는 건 상당히 의외였다.

"아, 아니에요. 저 견습생 때 공부도 잘 못했어요. 기도문도 잘 못 외운다고 혼도 많이 났었고······."

그녀는 배시시 웃으며 볼을 붉혔다. 신앙심이 깊다는 말은 사제로서 들을 수 있는 가장 큰 칭찬 중 하나였다.

"그런데, 맥노프 양은 어쩌다가 사제가 되기로 결심한 거예요?"

그녀가 책상에 턱을 괴며 내게 물어 왔다.

사제가 되기로 결심한 동기.

뻔한 질문이면서, 동시에 가장 우스운 질문이기도 했다.

보통 이런 경우의 모범 답안은 정해져 있었다. 신께 봉사하기 위해서라거나 세속의 욕망을 버리고 신의 뜻을 따르는 정결한 삶을 살고 싶다거나.

"그게 궁금하신가요?"

9할 이상의 사제들이 같은 답을 내놓는 질문을 군이 하는 그녀의 저의가 더 알 수 없었다. 결 좋은 머리카락을 손가락으로 빙빙 돌리던 그녀가 날 보고 생긋 웃어 보였다.

"음…… 그러니까 맥노프 양을 그렇게 열정적으로 공부하게끔 만들었던 계기가 뭔지 궁금해서요."

"그냥 학문 자체에 흥미를 느꼈을 뿐입니다. 탐구하다 보면, 단순히 책에서 설명하는 것 이상의 무언가가 보이더군요."

나는 학자라도 된 양 아무 말이나 마구 뇌까렸다. 이왕 수석 이미지가 박힌 이상 공부에 미친 것처럼 보이는 것도 나쁘지 않을 것 같았다.

"단순히 답습하는 것에서 그치고 싶지 않았어요. 토미로 아케니스도 철학과 신학을 결합하여 신학의 융성한 발전을 이루지 않았습니까. 저도 제가 몸담고 있는 분야에서 그런 기여를 하고 싶단 생각이 들더군요."

사실은 보좌 사제가 되는 것 외에 그 무엇에도 관심을 둔 적 없었지만.

"이루고자 하는 목표나 경지가 있으신가요?"

"보좌 사제……가 된다면 좋겠죠."

아, 젠장. 학문 관련 질문인 것 같았는데.

나는 무심코 뱉어 놓고 후회했다. 이래선 안 되는데. 나도 모르게 너무 노골적으로 목적을 발설해 버렸다. 보좌 사제가 꼭 되어야겠다는 생각에 얽매여 있던 탓이다.

"와, 역시 수석! 꿈이 크시네요."

이미 엎질러진 물에 참담해진 나와 다르게 그녀는 더할 나위 없이 천진한 얼굴로 양 손바닥을 부딪쳤다.

　"하긴, 보좌가 되면 거의 성공이 보장된 거나 마찬가지잖아요! 보좌만 몇 년 마치면 바로 주교로 승격되고⋯⋯."

　"그런 걸 원하는 건 아니에요."

　나는 약간의 실례를 무릅쓰고 단호하게 그녀의 말을 잘랐다. 그렇게 말이 이어져서는 안 된다.

　이곳은 폐쇄된 사회였고, 온갖 뒷담화와 평판이 오갔다. 특히 나는 수습 사제들 사이에서 회자되고 있는 존재였으니, 속물적인 인상을 남겨서는 곤란했다. 말 한마디가 실질적인 힘으로 작용할 수 있는 키엘가의 일원 앞에서는 더 그랬다.

　나는 아련한 표정으로 양손을 모은 채 높이 창이 난 곳의 하늘을 올려다보았다. 이 순간만큼은 나는 그 누구보다도 신앙심이 깊은 에시엣의 충실한 종이었다.

　"그냥, 교황 성하를 조금이라도 가까운 곳에서 모시고 싶은 것뿐입니다. 고위직에는 오르지 않아도 돼요. 진심입니다."

　정확히는 오르기 전에 교황을 죽일 거니까, 오를 일이 없겠지. 나는 '진심입니다'를 강조했다.

　"제 목적은, 오로지 교황 성하뿐이랍니다. 단 한 번이라도 그 존귀한 분을 가까이서 뵐 수 있다면⋯⋯."

　그 심장을 칼집으로 만들어 주리라.

　나는 눈을 감고 교황에 대한 거짓된 존경과 사랑을 속삭였다. 누가 봐도 신께 가까이 닿고 싶어서 안달이 난 사람처럼. 슬쩍 눈을 뜨자 화들짝 놀란 표정의 그녀가 보였다.

　"아⋯⋯ 죄송합니다. 제가 멋모르고 막말을 한 것 같네요. 숭고한 뜻을 품고 말씀하신 걸, 그렇게 해석해서…….”

그녀는 몇 번이고 미안하다는 말을 반복했다.

“사실, 보좌 사제는 그런 목적으로 하려는 경우가 많잖아요. 그런 오해를 갖고 이런 신실한 분을 만나…… 실례를 했군요.”

필요 이상으로 미안해하는 모습에서, 생각보다 더 무른 성격이라는 것을 알 수 있었다. 혹 룸메이트가 여우처럼 눈치가 빠른 편이면 곤란하다고 생각하던 차에, 순진한 아이가 걸려 다행이었다.

“괜찮습니다. 당연히 그렇게 생각할 수 있죠.”

나는 그 누구보다 온화한 사람인 것처럼 그녀에게 웃어 주었다. 시무룩한 얼굴로 용서를 구하던 그녀의 입가가 서서히 풀리며 수줍은 미소를 머금을 때까지.

✠ ❀ ✠

신전의 아침은 새벽 6시 정각에 시작된다.

종을 받쳐 든 수사들이 복도를 다니면서 나직하게 성가를 부르면, 사제들은 곧장 일어나서 아침을 맞이해야 한다. 이는 베르시카건 모르바디건 테베칸이건 예외 없이 적용되는 사항으로, 견습생 시절부터 몸에 익힌 습관이었다.

“일어나.”

나는 침대에 웅크려 있는 알리사를 흔들어 깨웠다. 그녀는 이미 한차례 종이 지나갔음에도 쉽사리 눈을 뜨지 못한 채 몸을 뒤척였다.

“우음…….”

“종소리 간 지도 한참이잖아. 이제 일어나야지.”

나는 그녀를 부드럽게 타일렀다. 어제 밤늦게까지 이런저런 얘기를 나눈 그녀와 나는, 서로의 나이가 같은 것을 확인하고 반말을 하기로 합의했다.

"아······. 졸려."

내 도움을 받아 겨우겨우 몸을 일으킨 그녀가 기지개를 쭉 폈다.

"서품받고 나면 좀 성실하게 살기로 결심했는데······. 하루 만에 망가졌어."

"원래 그래."

본래의 습관이 직위 하나 바뀐다고 하루아침에 달라질 일은 없다. 그녀는 눈을 비비적대며 하품을 했는데, 그 모습이 꼭 적갈색 털을 가진 고양이 한 마리를 연상시켰다.

"넌 벌써 다 준비했나 보네. 안 졸려?"

"별로."

아침잠이 거의 없는 내게 일어나는 것은 큰 문제가 아니었다. 그녀가 와, 하며 여전히 졸음기가 묻어나는 목소리로 중얼거렸다. 나는 침대에 걸려 있는 그녀의 사제복을 옷걸이에 매달린 그대로 그녀의 품에 안겼다.

"대단하다. 공부 잘하는 애들은 역시 다르구나······."

"얼른 씻고 옷 갈아입고 나와."

나는 흐느적거리는 그녀를 욕실 안으로 밀어 넣고 거울 앞에 섰다. 검은색이 섞인 칼라를 정리하다, 거울 속 나와 무심코 눈이 마주쳤다.

모나지는 않았으나, 딱히 특출난 곳도 없는 얼굴은 창백하고 무표정했다. 다소 올라간 눈꼬리 때문에, 작정하고 표정을 지우면 날카로워 보이는 생김새였다.

나는 양쪽 입꼬리를 가볍게 올리고, 눈가가 아래로 내려오도록 접었다. 광대뼈가 살짝 치켜 올라가며 생기를 머금었다. 이렇게 있으면 사람들은 내게 '웃지 않는데도 웃는 것 같다'는 평을 내렸다. 타고난 것으로 여겨졌지만, 실상은 매일 거울 앞에서 만드는 얼굴이었다.

"자, 가자."

나는 준비를 끝낸 그녀를 데리고 아침 미사가 집전되는 대강당으로 향했다. 나와 같이 새하얀 바탕에 금실이 수놓인 사제복을 입은 수습 사제들과, 무장을 한 채 가장자리에 배치되어 있는 성기사들이 보였다.

"여기 앉아."

준비가 늦었던 알리사 덕에 그녀와 나는 맨 뒤쯤에 있는 방석에 자리를 잡고 앉았다. 수습 사제 마지막 한 명까지 자리 잡는 것을 확인한 주교가 팔을 넓게 벌렸다.

"기도합시다."

말과 동시에 그의 눈이 스르르 감겼다.

"……에시엣께서는 모든 이의 마음을 꿰뚫어 보시므로 그분 앞에서는 아무것도 속일 수 없으며……."

단조로운 음성의 기도문이 강당에 울려 퍼졌다. 나는 눈을 감은 알리사가 고개를 꾸벅거리는 것을 보며 혀를 찼다. 티 나지 않게 주변을 슬쩍 둘러보니 몇 명은 그녀처럼 아침잠이 가시지 않은 듯 육체가 자동으로 모자란 잠을 보충하고 있었다.

이런 걸 보면 다른 건 몰라도, 에시엣이 모든 이의 마음을 꿰뚫어 본다는 대목만큼은 거짓이 분명했다. 수습 사제들이 기도 시간에 조는데도, 심지어 마음속으로 자신을 욕하는 게 일상인 불경자가 테베칸 시국의 신전 한가운데 떡하니 앉아 있는데도 아무런 일이 벌어지지 않는 것을 보면 말이다.

사제복 아래로 손장난을 치며 지루한 미사가 끝나기만을 기다리던 나는, 불현듯 나처럼 눈을 뜨고 있는 성기사 한 명을 발견했다. 그는 미사가 집전되고 있는 제단을 마치 뚫어질 듯 강렬한 시선으로 바라보고 있었다.

쏘아본다고 표현해도 무리가 아니었다. 저리 쳐다보는 걸 보니, 주교에게 유감이 있나. 호기심이 인 나는 꼼짝도 않고 제단만을 노려보며 서 있는 그를 한참이나 관찰했다.

다른 이들은 모두 눈을 감고 있는 강당. 그가 문득 내 쪽으로 고개를 돌렸다. 피할 틈을 놓친 나는 그를 정면으로 마주하게 되었다.

"……."

그의 눈은 내가 이제껏 본 사람 중 가장 짙은 푸른색을 가지고 있었다. 그저 반짝이는 바닷물에 비유해도 모자라리라. 저것은…….

심해. 햇빛이 들이치지 않을 정도로 바닷물 깊이 들어가면, 저런 빛깔을 띨 것 같다는 생각이 들었다. 그 빛깔에 나는 잠시 주의를 빼앗겼다.

그가 나를 집어삼킬 것 같은 눈으로 바라보고 있다는 것을 깨달은 건, 오히려 다음 순간이었다.

나는 당황했다. 그와 나의 거리가 순식간에 좁혀진 느낌이었다. 대강당의 제단, 미사를 집전하는 주교, 다른 사제들과 성기사들이 흐려졌다.

"……."

그는 아무런 흔들림 없이, 온통 하얘진 세상에서 나를 바라보고 있었다. 난생처음 보는 사람인데도, 꼭 무슨 말을 해야 할 것 같았다. 넋을 잃은 입술이 부질없이 몇 번 달싹여졌다.

왜, 왜 시선을 못 떼는 거지?

가슴이 불안하게 쿵쿵 뛰기 시작했다. 경우의 수는 많지 않았다. 낯선 남자를 보고 한순간에 느낄 수 있을 만한 감정. 하지만 분명 로맨틱한 쪽은 아니었다. 그 정도는 분간할 수 있었다.

그렇다면…… 왜 끌려가는 걸까.

저 사람은,

……나와 동류야.

문득 본능이 그렇게 말했다. 하지만 뭐가? 대체 어떤 게?

발이 요동쳤다. 한창 기도가 이루어지는 시간임에도 불구하고, 나는 앉아 있는 자리를 박차고 그에게 달음박질하고 싶어졌다. 일어나서 한 걸음만 떼면, 바로 그를 마주하게 될 것 같았다. 나는 안절부절못하며 방석의 양 끝을 붙잡았다. 입술을 짓씹는 치아가 망설임을 대신했다.

그러나 그 순간, 그는 모든 것이 거짓말이었다는 듯 순식간에 시선을 도로 거두어 버렸다.

'어……?'

눈앞으로 다가온 듯했던 그가 다시 멀어졌다. 어안이 벙벙해진 나는 멍하니 눈을 깜박였다. 제단, 주교, 사제들, 성기사들……. 하얗게 사라졌던 것들이 다시 색을 되찾았다. 나는 다시 드넓은 강당의 한복판에 있었다.

아.

허무할 정도로 쉽게 끝나 버린 시간에 나는 소리 없는 탄성을 내질렀다. 헤아려 보면 시선을 마주하고 있던 것은 고작 몇 초였는데, 몇 시간이라도 보낸 듯 정신이 아득했다.

"이제 눈을 뜨십시오."

주교의 목소리에 사제들과 성기사들이 눈을 떴다. 비척거리는 움직임과 함께 기도 시간이 끝이 났다.

나는 다시 정면을 향한 남자의 옆얼굴만을 하염없이 바라보았다. 남은 미사 시간 내내, 그 시선은 다시는 내게로 돌아오지 않았다. 내 쪽을 바라보던 순간이 한낱 망상에 불과했나, 하는 생각이 들 정도였다.

"미사가 끝났습니다. 모두 자신의 터전으로 돌아가십시오. 에시엣의 은총을 빕니다."

"감사합니다, 에시엣이여……."

주교의 마무리 축복과 함께 미사가 끝났다. 무릎을 꿇고 있던 사제들이 하나둘씩 몸을 일으키기 시작했다. 손을 모은 채 제단을 향해 고개를 한 번 숙이면, 그것으로 아침 미사는 끝이었다.

성기사들은 가장 나중에 나가야 하는 예법대로, 여전히 제자리에 서 있었다. 그 또한 제자리를 지킨 채 잠자코 서 있었다. 말을 걸어 보려면 지금이 유일한 기회였다.

한번 말을 건네 볼까. 아니면…….

나는 그를 향해 손끝을 뻗다, 그대로 내려놓았다. 한 치의 미련도 없이 내게서 고개를 돌리던 그의 모습이 떠올랐다. 지금 다가서면 냉대만 받을 것 같았다. 그 찰나의 외면이, 꼭 거부처럼 느껴졌다.

"카야."

"어…… 어?"

나는 내 팔을 툭 치는 손길에 깜짝 놀라 뒤를 돌아보았다.

"뭐 해, 멍청하게 서서. 밥 먹으러 가자."

알리사가 내게 가볍게 핀잔을 주며 내 팔을 잡아끌었다. 강당에 오기 전과 달리 그녀의 얼굴은 어느새 화사하게 개어 있었다.

"너, 엄청 잤구나."

"아, 아니야! 나 기도했어! 진짜야!"

대놓고 고개를 꾸벅인 건 모르는지, 시치미를 떼는 그녀가 귀여웠다. 나는 저절로 미소가 그려지는 것을 느끼며 그녀를 따라나섰다.

"아, 맞다. 카야."

"응?"

"너한테 소개시켜 줄 사람이 있어."

알리사는 나를 이끌고 강당 여기저기를 열심히 돌아다녔다. 목을 이리저리 쭉 빼며 누군가를 애타게 찾던 그녀는 남자 수습 사제들이 몰려 있는 구석 쪽으로 향했다.

"안드레이!"

모여 있던 사제들 중, 적갈색의 곱슬머리를 가진 소년이 알리사를 돌아보았다. 알리사는 손을 흔들며 그에게로 달려갔다. 나는 약간 멋쩍어하며 종종걸음으로 그녀를 따라갔다.

"잘 잤어?"

"어? 뭐, 그럭저럭. 근데 이쪽은 누구야?"

고개를 끄덕이며 대답한 소년의 시선이 자연스럽게 내게로 옮겨 왔다. 그러자 알리사가 팔을 뻗어 나를 가리켰다.

"얘는, 이번에 내 룸메이트가 된 카야 맥노프. 베르시카 출신이래."

"오, 베르시카."

그가 가볍게 알리사의 말을 받았다.

"얘 이름은 안드레이 키엘이야. 내 사촌. 알다시피 모르바디 출신이고."

안드레이는 키가 훤칠하게 크고 마른 소년이었다. 흰 피부에 깨알 같은 주근깨가 박혀, 다소 장난꾸러기 같은 분위기를 더해 주고 있었다. 나는 다소 어색하게 고개를 꾸벅 숙였다.

"안녕하세요."

"안드레이도 우리랑 같은 나이니까, 그냥 편하게 말 놓아!"

알리사는 생글생글 웃으며 안드레이의 어깨에 손을 올렸다. 알리사를 향해 빙긋 웃어 보인 그가 그녀의 손을 부드럽게 내리고 내게 다가왔다.

"반갑다."

친근한 말투와 함께, 하얀 손이 내밀어졌다. 나는 그 손을 맞잡았다.

"들은 대로, 나는 안드레이야. 앞으로 잘 지내보자."

"나는 카야."

안드레이의 인사말에 나도 예의상 뒤에 '친하게 지내자'와 같은 말을 덧붙여야겠다는 생각이 들었다. 그러나 성격상 간지러운 말이 잘 나오지 않았다. 그는 이름을 말하고 말끝을 흐리는 나를 보며 눈매를 가늘게 접어 웃었다. 알리사만큼이나 붙임성이 좋은 애 같아 보였다.

"자, 그럼 다 같이 아침 식사 하러 가자!"

안드레이와 내 사이에 서서 각각 한 명씩 팔짱을 낀 알리사가 밝게 외쳤다. 이런 경험이 없는 나로서는 알리사의 태도가 몹시 낯설었다.

견습생 시절에는 친한 친구가 없었다. 그때의 나는 수석을 하는 것에 목을 매 하루 종일 공부만 했고, 오로지 교황을 죽여야겠다는 일념으로 가득 차 있었다. 어두운 분위기만을 풍기며 책만 보는 내게 다가오는 사람은 거의 없었고, 있어도 금방 내 무관심에 지쳐 돌아갔다.

그건 사제 서품을 받아도 변하지 않을 것이라고 생각했다. 그러나 알리사와 안드레이를 만나게 되면서, 나는 어쩌면 신전 생활이 내 예상과 다르게 흘러갈지도 모르겠다는 생각이 들었다.

이들은 분명 내게 새롭고 낯설었다.

그러나, 썩 나쁘지 않았다.

☩ ✸ ☩

아침의 식당에는 활기가 돌았다. 어색함이 감돌던 어제와 달리 대부분의 수습 사제는 룸메이트로 추정되는 이들이나 같은 신전 출신들끼리 적극적으로 뭉쳐서 식사를 했다.

알리사와 안드레이도 마찬가지였다. 이 둘은 다른 아이들보다도 유독 에너지가 넘쳤다. 둘 다 호리호리한 체형인데, 어디서 그렇게 끊임없이 떠들 수 있는 힘이 솟는지 알 수가 없었다. 나는 둘 사이에서 묵묵히 고기만 썰었다.

"아. 카야, 넌 어디 지원할 거야?"

한참 안드레이와 수다를 떨던 알리사가 별안간 내게로 질문을 던졌다.

"나?"

수습 사제들은 일정한 교육 과정을 마치고 나면 신전의 각 부서에 지원하여 배정을 받도록 되어 있었다. 나는 칼을 잠시 냅킨 위에 내려놓았다.

"난 의료국에 갈 거야."

안드레이와 알리사가 동시에 내 대답에 눈을 크게 떴다.

"의료국이라고? 생각도 못 했다."

"진짜야? 당연히 교회 입법국이나 행정국을 얘기할 줄 알았는데."

수석이니까, 아무래도……. 안드레이가 입안으로 웅얼거리는 말이 들려왔다.

글쎄. 보통 사람들의 눈에야 입법국이나 행정국이 최고로 보이는 것이 당연했다. 테베칸 시국의 피라미드 구조 중 가장 최상층에 있는 부서니까.

그러나 이면을 보자면, 그곳은 진정으로 로열패밀리들의 천국이었다. 나는 어떻게든 존재감을 부각해야 하는 처지였고, 그런 면에서 입법국이나 행정국은 최악의 선택이었다. 황족들과 고위 귀족들 틈바구니에서 아무것도 아닌 평민 출신의 내가 살아남을 수 있는 확률은 별로 없었다.

나는 구체적인 설명 대신 슬며시 웃어 보였다. 알리사와 안드레이는 여전히 이해를 못 한 듯 보였지만, 더 묻지 말아 달라는 내 무언의 메시지를 이해한 것인지 내가 다시 식사를 이어 가는 것을 방해하지는 않았다.

2. 낯선 소년

아침을 먹고 난 뒤, 수습 사제로서의 공식적인 첫 일정이 시작되었다.

우리가 해야 할 일은 신전 후원을 돌며 순례를 하는 것이었다. 우리는 녹음이 진 정원 안을 묵상을 하며 걷다가, 성상이 보이면 그 아래 멈춰 서서 주기도문을 하나씩 읊었다.

지겹기 짝이 없었지만, 앞으로의 삶은 이런 일들의 연속일 것이다. 마음을 다스리며 중얼중얼 기도문 구절을 뱉어 내고 있는데, 앞에서 인솔하던 교육 담당 사제가 별안간 우리를 불렀다.

"자, 여러분. 잠시 기도를 멈추고 저쪽을 보십시오."

우리는 라파엘상으로부터 고개를 돌렸다. 그가 손가락을 뻗어 가리킨 곳은 후원의 한구석이었다. 그곳에는 수풀과 나무에 둘러싸인 평원이 있었다. 나무가 빽빽해 보이는 것을 빼놓고는 별로 특별해 보일 것 없는 곳이었다.

그러나 그곳을 가리키는 사제의 얼굴은 몹시 진지하고 엄숙해 보였다.

"저기가 어딘지 아시는 분 있습니까?"

당연히 영문을 모르는 우리는 그를 멀뚱멀뚱 쳐다볼 뿐이었다. 그는 한껏 낮춘 목소리로 음산하게 말했다.

"저곳은 금지된 구역입니다."

네? 반문이 여기저기서 터져 나왔다. 그는 더욱더 은밀하고 조심스러워하는 듯한 태도로 말을 이었다.

"저 땅은 에시엣께서 직접 신성력을 부여하신 곳으로, 인간의 발길이 닿아서는 안 되는 영역입니다. 만일 저 안으로 발을 들이면, 신의 분노를 사 그 대가를 치르게 됩니다. 그러니 혹시라도 수습 사제들은 저곳에 접근하는 우를 범하지 않기를 바랍니다."

설명을 마친 그는 등을 돌려 다시 앞으로 걸어갔다.

금지된 구역이라……. 별 등신 같은 짓을 다 했구나, 에시엣. 나는 익숙하게 신을 욕하며 그 구역에 대고 속으로 엿을 날렸다. 그리고 별생각 없이 돌아서 교육 담당 사제를 따라가려던 찰나, 이상한 것을 발견하고 말았다.

푸른 잔디가 깔린 평원의 바닥에, 그림자 하나가 언뜻 비치었다. 나는 멈추어 서서 눈을 찡그리고 그것의 정체를 확인하기 위해 고개를 숙였다.

그림자 바로 옆에는 커다란 덤불 하나가 있었다. 그림자가 지지 않은 다른 쪽에는 나무가 우거져, 안을 들여다볼 수 없게 되어 있었다.

나는 고개를 들어 태양의 방향을 확인했다. 태양은 내가 서 있는 곳을 기준으로 동쪽 높은 곳에 떠 있었고, 그림자는 서쪽으로 나 있었다. 그러니까, 태양빛은 저 덤불 안에 있는 존재의 그림자를 만든 것이다.

나는 그림자의 모양을 보고 정체를 확신했다. 짐승으로 오해할 수도 없다. 짐승의 그림자가 저리 길쭉할 리 없었다.

저건 분명 인간이었다. 일자로 된 몸통과 양쪽 팔다리, 심지어 머리카락의 형상까지도.

온몸에 소름이 돋았다.

"잠깐만."

나는 앞서가던 알리사와 안드레이를 불러 세웠다. 둘이 동시에 나를 향해 몸을 빙글 돌렸다.

"저 안에, 사람 있는 것 같은데?"

알리사와 안드레이는 내 말에 곧바로 흥미를 보였다. 알리사가 눈을 동그랗게 뜨고 나를 재촉했다.

"사람이라고? 어디? 어디야?"

"저기."

나는 그림자가 있던 곳을 가리켜 보였다. 내 말을 들은 알리사와 안드레이가 평원을 내다보았다. 그러나 그들은 신기해하는 표정 대신 작게 입을 삐죽거렸다.

"에이, 아무것도 없는데?"

"길쭉하고, 머리카락도 있고……. 사람 그림잔데, 안 보여?"

"아니야. 없어."

그럴 리가 없을 텐데? 나는 의아함을 느끼며 옆을 돌아보았다.

"……."

알리사의 말대로 덤불 옆에는 아무것도 없었다. 누가 봐도 선명한 검은색으로 길쭉하게 져 있던 그림자는 어느샌가 사라진 후였다.

"이상하다. 아까 분명 있었는데……."

"잘못 본 거겠지."

안드레이가 대수롭지 않다는 듯이 대꾸했다.

"설명 들었잖아. 저기는 사람의 발길이 닿아서는 안 되는 신성한 곳이라고."

"맞아. 목숨이 아깝지 않은 이상, 누가 저기로 발을 들이겠어?"

알리사가 맞장구를 쳤다. 그녀는 아직 잠이 덜 깬 건 너 아니냐며 가볍게 타박하고 얼른 따라가자며 나를 끌고 갔다. 나는 알리사와 안드레이를 따라가며 금지된 구역을 한 번 더 돌아보았다.

그곳은 둘의 말대로 더 이상 아무것도 비치지 않았다. 더할 나위 없이 깔끔한 평원은, 네가 본 것이 정말 맞느냐며 마치 나를 비웃는 것 같았다. 머릿속에 있던 실타래가 미궁으로 빨려 들어가기 시작했다.

✠ ✤ ✠

창밖에는 이미 달이 떠오른 지 한참이었다. 나는 방 한구석에 놓인 괘종시계를 확인했다. 현재 시각은 새벽 1시. 취침 시간인 10시에서 벌써 세 시간이 지나 있었다.

그러나 나는 쉽사리 잠에 들지 못하고 있었다. 아무리 마음을 가라앉히려고 해도, 눈꺼풀에 졸음이 닿지 않았다. 낮에 후원에서 본 그림자의 잔상이 자꾸 머릿속에 남아 어른거리는 까닭이었다.

이불을 쥔 채 뜬눈으로 버티던 나는 곁눈질로 옆 침대를 흘끗했다. 알리사는 세상모르고 새근새근 자고 있었다.

아무래도 안 되겠다. 한번 가서 직접 확인해 봐야 이 호기심이 해소될 것 같았다.

나는 그녀가 깨지 않게 조심스럽게 침대에서 내려와 살금살금 걸었다. 그녀가 눈치채지 못하게 잠시 나갔다 올 생각이었다. 최대한 숨소리를 죽인 채로 신발을 꿰어 신고 문을 열자 차가운 밤공기가 얼굴에 와 닿았다.

복도는 고요하고 한적했다. 나는 혹시 다른 사제들이 묵고 있는 방에 내 발걸음 소리가 들릴세라 발꿈치를 치켜올린 채 도둑처럼 조용히 걸었다.

가까스로 기숙사를 빠져나온 나는 곧장 후원으로 향했다.

낮에 한번 와 본 터라 길을 찾는 것은 어렵지 않았다. 나는 달빛에 의존해 어두컴컴한 후원 안을 걷고 또 걸었다. 후원 곳곳에 설치된 천사들과 성인들의 성상이 종종 옆을 스쳤다.

"이거, 은근히 무섭잖아."

나는 사람과 비슷한 크기의 대리석 조각들을 보며 피식 웃었다. 밤에 보니 꼭 유령이 씌어 살아 움직일 것 같은 음산한 상상이 들었다. 나는 쓸데없는 생각을 쫓기 위해 금지된 구역으로 걸음을 재촉했다.

금지된 구역은 생각보다 그리 멀지 않았다. 어느새 나는 입구에 다다라 있었다.

그리고 문제의 덤불이 보였다. 이제 몇 걸음만 더 들어가면, 이 안을 탐색할 수 있게 된다. 신전에서 공식적으로 출입을 금지시켰다는 이 땅을.

안으로 들어서려는데, 갑자기 낮에 들었던 교육 담당 사제의 말이 떠올랐다. 나는 나도 모르게 몸을 멈칫했다.

'안으로 발을 들이면, 신의 분노를 사 그 대가를 치르게 됩니다.'

여기 들어가면 죽는다 이거지. 쓸데없이 우아하게 포장한 말이었다. 진짜 에시엣이 노해서 죽음을 선사하려나. 어쨌거나, 교황의 숨통을 끊기 전까지는 목숨을 부지해야 할 텐데…….

'괜찮을까?'

앞으로 나아가려던 왼발이 허공에 떴다. 목숨에 미련이 있는 건 아니지만, 목표를 이루기 전까지 나는 살아 있어야 하니까. 죽는 것까지는 아니어도, 이곳에 드나들다 발각이 되면 신전 상부에 찍힐 수도 있다. 그렇게 되면, 내가 이제까지 꿈꿔 온 보좌 사제로의 승진이 모두 물거품이 되는 것이다.

'하지만……'

그러나 그 모든 걸 알고 있음에도, 쉬이 등을 돌릴 수가 없었다.

내가 보았던 그것의 정체를 알고 싶어서 미칠 것 같았다. 그가 정말 사람인지, 아니면 내가 잘못 본 다른 무엇인지.

……어쩌면, 악마 같은 것일지도 몰라. 죽는다고 했으니까.

알고 싶어.

미지의 존재가 위협적일 수 있다는 걸 알면서도 나는 결국 호기심을 이기는 데 실패했다. 대신 스스로와 타협을 했다. 잠깐. 아주 잠깐만이야. 확인만 하고 금방 나오는 거야.

그렇게 다짐하며, 나는 그 '금지된 구역'에 발을 들였다.

두 발바닥을 다 올려놓고 있자니 기분이 이상했다. 나는 그대로 두 발을 땅 위에 붙인 채 눈을 감고 셋을 셌다.

하나, 둘, 셋.

눈을 떴다. 저만치에 거대한 위용을 내뿜는 신전 본관과 내가 머무는 기숙사 건물이 보였다.

나는 여전히 살아 있었고, 달은 여전히 빛을 뿜었다. 모든 것이 그대로 멈춰 있었다. 밤바람에 나뭇잎과 가지들만이 고요히 흔들리고 있었다.

다 거짓말이었군.

따지고 보면 말이 안 되는 것도 당연했다. 땅이 다 똑같은 땅이지, 금지된 구역이 있다는 것 자체가 우스운 발상 아닌가.

작게 웃은 나는 금지된 구역 안으로 더 깊이 발을 들였다. 마침내 나무와 덤불로 가려져 있던 내부가 훤히 드러났다.

광활하게 펼쳐진 정원이 나를 반겼다. 밖에서 볼 때 나무와 덤불로 가려져 있던 공간은 각종 장미꽃과 프리지아 등이 심겨 있었다. 출입이 금지된 곳이라 폐허일 것만 같았던 예상과 달리, 꽃들은 생생하게 살아 있었다. 사람이 있다는 증거일까.

나는 정원의 주인을 찾기 위해 눈이 빠져라 안을 살폈다.

"……."

그러나 눈앞에는 아무도 없었다. 낮에 보았던 사람의 형상은커녕 작은 짐승의 흔적조차 없었다. 가슴이 싸하게 식었다. 쿵쿵 뛰던 박동은 금세 잦아들고, 나는 찬물을 뒤집어쓴 심정이 되어 스스로를 조소했다.

대체 뭘 위해, 뭘 보겠다고 오밤중에 기숙사를 뛰어나와서 이런 무모한 짓을 한 걸까. 지금까지 스스로가 뭘 한 건지 알 수가 없었다.

그래. 어쩌면 알리사와 안드레이 말대로 내가 헛것을 봤을지도 모르는 일이다. '금지된 구역'이라는 데 너무 꽂혔을지도 모른다고.

나는 이만 돌아가야겠다고 마음먹었다. 낮에 발견한 그림자에 대한 비밀은 풀지 못했지만, 적어도 이 금지된 구역에 관한 헛소리를 간파했다는 것만으로 수확을 삼기로 했다.

그렇게 발걸음을 도로 신전 기숙사로 돌리려던 나는, 별안간 들려오는 인기척에 온몸을 굳혔다.

"……."

사르륵. 조용하게 잔디를 밟는 소리. 그리고 등 뒤로도 느껴지는 누군가의 기운. 천천히 등을 펴고 뒤를 돈 나는 내게서 멀지 않은 곳에 서 있는 누군가의 인영을 발견했다.

덤불 속에 있던, 그 사람이다. 낮에 내가 발견한 그 사람이야.

아무런 증거가 없음에도 머리는 그렇게 판단했다. 나는 천천히 발걸음을 뗐다. 발목에 잔디가 가볍게 감겼다가 떨어졌다.

내가 먼저 쫓긴 했으나, 따지고 보면 섣불리 다가가도 좋은지 확신할 수 없는 상대였다. 그런데도 나는 그자에게로 다가갔다. 그 또한 날 기다리기라도 한 것처럼, 물러나지 않고 꼼짝없이 서 있었다.

마침내 나는 서로가 잘 보이는 거리까지 접근하는 데 성공했다. 달빛이 쏟아져 내리는 가운데 상대의 모습이 환하게 드러났다.

"……천사?"

순간, 나도 모르게 입에서 의혹을 실은 목소리가 튀어나왔다.

그의 등에 날개는 달려 있지 않았다. 그러나 누가 봐도 천사로 볼 만한 요소들을 갖추고 있었다.

그는 성화나 조각상에서 한 번씩 보았던 치천사 레미엘과 꼭 닮은 모습이었다. 금발 머리에 금색 눈동자, 입고 있는 옷도 온통 무늬 없이 새하얗다. 온몸을 가린 흰 성의 아래, 가냘픈 어깨와 팔뚝의 윤곽이 언뜻 비치는 듯했다.

늘씬한 신장과 성별을 착각할 정도로 가냘프고 청순한 이 얼굴은…….

"레미엘……."

마치 상상 속 레미엘을 현실로 꺼내 온 것 같았다. 아니면, 진짜 레미엘이 하늘에서 강림했나? 여기가 정말로 에시엣이 축복을 내린 신성한 땅이라서?

나는 멍하니 그를 올려다보았다. 걸치고 있는 성의만큼이나 새하얀 얼굴은 사람의 것으로 보이지 않았다.

그는 자신에게 넋이 빠진 내가 재미있다는 듯이 웃었다.

"난 천사가 아니야."

"……."

"이름은 맞혔지만."

벌꿀을 떠 넣은 것 같은 금색의 눈동자가 흰 달 아래에서도 선명한 노란빛을 뿜었다.

나는 첫눈에 반한다는 말을 잘 믿지 않았다. 보기 좋은 용모래 봤자 거기서 거기이고, 생전 모르던 사람에게서 로맨틱한 감정을 느낀다는 건 말이 안 된다고 생각했다.

그러나 그를 처음 본 순간, 나는 그 모든 회의감이 한 줌의 재로 녹아 내리는 것을 느꼈다.

그는 그야말로 혼이 나갈 것처럼 아름다웠다. 그에게서 흘러나오는 마력에 홀린다는 느낌을 시시각각으로 받으면서도, 누가 팔다리를 꽉 잡아 조이는 것처럼 그 감각에서 벗어날 수 없었다. 아니, 정확히는 벗 어나고 싶지 않았다.

"그런데 어떻게 보자마자 내 이름을 맞힌 거지?"

마치 새가 지저귀는 것 같은 여린 음성이 귓등을 두드렸다. 나는 그 가 재잘대며 내게로 다가오는 것을 저지하지 못했다. 감히 그럴 생각도 하지 못했다. 한 번 더, 그가 내게 속삭였다.

"넌, 대체 누구야?"

그 순간 나는 모든 판단을 상실했다.

어처구니없게도, 그의 길고 밝은 속눈썹이 나부끼는 것을 보며,

그저 이 정체불명의 소년이 몹시 사랑스럽다는 생각만 했을 따름이 었다. 달빛이 자아낸 마법에 꾀였나 보다. 아니면, 이 소년이 내게 마법 을 부리고 있을지도.

나는 헬레네 하나를 얻기 위해 목숨을 걸고 전쟁에 뛰어든 그리스 사 내들의 마음을 이해할 수 있을 것 같았다.

눈앞을 가리는 아름다움에 인간은 쉽게 굴복한다. 자신의 눈이 예상 가능한 범위를 넘어서면 저절로 찬양을 하게 되는 것이다.

진부한 연정 서사시 구절들이 떠올랐다. 초승달 모양의 눈썹 아래에

있는 눈동자가 달콤하다. 설화 석고 같은 이마에, 손바닥 너머로 느껴지는 비단결처럼 부드러운 감촉…….

잠깐, 감촉?

"……아."

나는 무의식중에 내 손이 그의 얼굴을 쓰다듬고 있다는 것을 알아차렸다. 문제의 감촉은 그의 볼이었던 것이다. 머리에 얼음물을 뒤집어쓴 듯 한순간에 정신이 돌아왔다.

나는 황급히 손을 뗐다. 손끝에 묻어나는 살아 있는 사람의 온기가 내가 저지른 짓을 생생히 증명했다.

"아, 미안……."

처음 보는 사람에게 이 무슨 추태란 말인가. 나는 얼굴이 달아오르는 것을 느끼며 허겁지겁 사과를 했다. 그는 여전히 속눈썹을 깜박이며 나를 고요히 내려다보고 있을 뿐, 놀라지도 불쾌해하지도 않았다.

"나, 나는…… 카야 맥노프."

그 깨끗한 시선을 마주하고 있자니 머리부터 발끝까지 벌거벗겨지는 기분이었다. 나는 겨우 듬성듬성 내 이름자를 뱉어 냈다. 긴장한 허리가 절로 뻣뻣해졌다.

"옷차림을 보아하니 수습 사제로구나. 맞지?"

그가 상냥하게 말했다. 입가에 온화하게 걸린 미소를 보니 꼭 방금 전의 과오를 용서받은 듯한 기분이 들었다. 어린 날 받았던 고해 성사의 잔상이 문득 어렸다.

"그럼…… 너는 누구야?"

"나는, 레미엘이야. 네가 맞혔듯."

이름을 물어본 건 아니었지만, 너무 당연하다는 듯한 대답에 그게 아니라고 되묻기가 힘들었다.

"그런데 여기는 어떻게 들어온 거야?"

그가 고개를 갸웃했다.

"금지된 구역이잖아. 교육 못 받았어?"

경우에 따라서는 비난조로 들릴 수 있는 말이었지만, 그의 어조는 순수하게 궁금해하는 듯했다. 동시에 나와 다른 수습 사제들을 본인과 분리하는 말이었다. 나는 그가 나 같은 수습 사제들과는 다른 존재임을 유추했다.

"낮에…… 너를 봤어."

"나를 봤다고?"

그가 의아하다는 얼굴로 눈을 크게 떴다. 아, 이 표현은 고쳐야겠구나. 그가 자신을 드러낸 건 아니었으니.

"아, 아니. 너를 직접 본 건 아니고……. 네 그림자를 봤어. 그래서 와 본 거야."

나는 말을 정정하며 입구 쪽으로 작게 보이는 덤불을 가리켰다.

"여기 뒤에 서 있었지. 그렇지?"

반쯤은 도박하는 심정으로 던진 질문이었다. 그가 눈을 크게 뜨더니, 이내 사르르 접어 웃었다.

"눈썰미가 좋구나, 너."

그는 여유가 넘쳤다. 얼굴을 만졌을 때도 그렇고, 보통 사람이라면 놀랄 만한 일에도 동요하지 않았다. 나는 그가 더 남들과 다르게 느껴졌다.

"너는, 왜…… 금지된 구역에 있어?"

나는 질문을 겨우 완성한 후 침을 꿀꺽 삼켰다. 이상하게 떨려서 그를 마주 대하기가 쉽지 않았다. 그는 대수롭지 않다는 듯이 손가락으로 정원을 가리켰다.

"아아. 나는 여기에 살아."

"이 정원 안에서?"

자연 속에서 산다는 얘기인가? 이해를 하지 못한 목소리가 절로 높아졌다.

"아니, 풀 안에서 살진 않아. 너 발상이 엉뚱하네."

무엇이 그리 즐거운지 몰라도, 그는 소리 내어 웃었다. 악의 없는 청량한 웃음소리가 밤공기를 부드럽게 타고 퍼졌다.

"조금만 더 들어와 봐."

뒤를 돈 그가 정원 안쪽으로 나를 안내했다. 나는 영문도 모르고 그를 따라갔다. 달빛을 반사한 금발 머리가 어둠 속에서 반짝였다.

"자, 여기야."

그가 가리킨 곳에는 하얀 대리석으로 이루어진 낮은 건물 한 채가 있었다. 아치형의 큰 기둥이 양쪽에서 건물을 지탱하고 있는 양식이 신전과 비슷해 보였는데, 군데군데 조각이 되어 있어 신전 건물보다 더 화려해 보였다.

"저기, 저기에 살아. 원래는 얘기 안 해 주는데, 특별히 너에게만 알려 주는 거야."

'특별히' 라는 말에 가라앉았던 가슴이 다시 쿵쿵 뛰기 시작했다. 지금이 낮이 아니라 다행이었다. 귀 끝까지 달아오른 얼굴을 들키지 않을 수 있었다.

"왜?"

그가 말하는 특별한 이유를 찾을 수 없었다. 나는 수습 딱지도 떼지 못한 말단 신입, 이 신전 안에서는 흔하고 널린 존재였다.

그야말로 특별했다. 그는 그림처럼 아름다운 얼굴과 몸을 가진 데다, 출입이 금지된 구역 안에 살고 있었다.

"그냥. 너에게는 그래도 될 것 같아."

이유를 물어도 그는 그저 예쁘게 웃으며 알쏭달쏭한 말만 할 뿐이었다.

그의 정체가 궁금해졌다. 수습 사제도 아니고, 그렇다고 평사제도, 주교도, 추기경도 아니었다. 그가 입고 있는 성의는 어느 직위에도 해당되지 않았다. 그렇다고 수도사들의 복장도 아니었다. 기실, 한 번도 신전에서 본 적 없는 차림새였다.

그러나 나는 자세히 물어볼 수 없었다. 캐내려 했다가는, 그가 불쾌감을 느끼고 나를 멀리할지도 모른다는 생각이 들었다.

하지만 그런다 해서 그를 비난할 수는 없었다. 처음 본 사람에게 자신의 정체를 모두 드러낼 사람은 별로 없기 때문이다. 당장 나조차도 유일하게 친해진 알리사와 안드레이에게 내 출신을 완벽하게 밝히지 않은 것을.

"자, 이제 돌아가자. 입구까지 데려다줄게."

그는 다시 정원을 등졌다. 그의 얼굴을 넋 놓고 쳐다보느라 그가 하는 말을 알아듣지 못한 나는, 그저 순종적인 애완동물처럼 그의 뒤만 무작정 쫓았다. 머리가 멍했다. 그가 피리 부는 사나이라면, 나는 그 뒤를 맹목적으로 쫓는 쥐였다.

"다 왔어."

그의 말에 정신이 돌아왔다. 나는 머리가 깨이는 느낌과 함께 주위를 둘러보았다. 어느새 그와 나는 내가 들어왔던 금지된 구역 입구에 서 있었다.

"그럼 난 가 볼게. 잠깐 나온 거라 너무 늦었다가는 큰일이 날지도 모르거든."

그는 여전히 웃는 얼굴로 내게 짧은 만남의 작별을 고했다.

"아……."

아쉬움에 탄성이 터져 나왔다. 이대로 그를 보내고 싶지 않았다. 하지만 나에게는 그를 잡을 만한 구실이 없었다.

"잘 가."

짧게 인사를 마친 그는 등을 돌려 어둠 속으로 총총 사라졌다. 소리 없이 우아하게 달리는 모습에서, 한 마리의 연약한 사슴이 연상되었다. 나는 그 사라지는 뒤태에 미련을 남겼다.

널 다시 볼 수 있을까?

차마 뱉지 못한 질문을 속으로 삼키며, 나는 조용히 후원을 돌아 알리사가 자고 있을 기숙사로 향했다.

⚜ ⚜ ⚜

댕— 댕—

일정한 종소리가 문밖에서 들려왔다. 오랫동안 들인 습관의 여파로, 기상 신호임을 판단하기도 전에 눈이 저절로 뜨였다.

"······."

나는 가까스로 무거운 상체를 일으켰다. 밤에 오랫동안 뒤척거려서 인지 어제 아침보다 일어나는 것이 쉽지 않았다.

다시 눕고 싶은 욕구를 간신히 참아 낸 나는 이불을 걷으며 옆쪽을 살폈다. 알리사는 여전히 세상모르고 자고 있었다. 아직도 종소리를 듣고 깨는 습관이 익지 않은 걸 보면, 분명 견습생 시절부터 아침마다 고생을 꽤 했을 테다.

창가에서는 어슴푸레하게 희미한 빛이 들어오고 있었다. 곧 동이 틀 하늘을 바라보며, 나는 간밤에 있었던 일을 떠올렸다.

'난 천사가 아니야.'

'넌 대체 누구야?'

'잘 가.'

혹시 꿈이었을까. 나는 현실이라기엔 지나치게 몽환적이었던 순간들을 떠올렸다. 금지된 구역 안에 살고 있는 정체불명의 소년. 몇 마디만 드문드문 떠오를 뿐, 구체적인 대화 내용은 잘 기억나지 않았다. 그의 얼굴조차 아득했다. 천사처럼 아름다웠다는 인상, 정신을 빼앗겼던 순간만 진하게 남았다.

욕실로 향하던 나는 무심코 현관을 확인하다 멈춰 섰다. 내가 신고 다니는 신발 옆에 검은 흙 부스러기가 잘게 번져 있었다. 새벽에 방을 나서기 전까지는 없었던 것이다. 그것을 깨닫자 등줄기에 소름이 돋았다.

내 기억은 꿈과 현실을 명백히 구분하지 못한다. 그러나 신발은 거짓말을 할 수 없다. 신발장 위로 선명하게 남은 흔적은, 새벽에 후원에서 있었던 일이 꿈이 아님을 의미했다. 나는 그를 정말로 만났던 것이다.

레미엘.

나는 아무도 모르게 그의 이름을 입안으로 되뇌었다. 그러자 그게 신호라도 된 듯, 고요했던 가슴 한쪽에서 찌르르 통증이 일었다. 나는 재빨리 손을 왼쪽 가슴에 가져다 댔다.

심장이 빠르게 뛰고 있었다. 지나간 새벽에 그러했던 것처럼.

⚜ ⚜ ⚜

어제처럼 아침 미사와 식사를 마친 후, 우리는 본격적인 수습 교육 과정을 밟게 되었다.

첫 수업을 맡은 이는 퇴마국의 수석 사제라는 프랭크 샌터베리 교수였다. 그는 뿔테 안경에 살집이 제법 있는 체형이었다. 어깨에 잔뜩 힘을 주고 들어와 뻣뻣하게 인사를 마친 그는 별다른 소개도 없이 다짜고짜 수업을 시작했다.

나는 수업이 시작된 지 5분도 지나지 않아 이 교수가 얼마나 퇴마에 대한 진지한 탐구심과 열정을 가진 자인지 알 수 있었다. 그는 그 뒤로도 한참이나 퇴마의 어려움과 위대함에 대해 침이 뛰도록 떠들어 댔다.

"……그리하여 654년에 공식적으로 퇴마국이 설치되고, 전문 인력 양성을 하게 된 겁니다. 이에 대해 질문 있는 사람?"

아무도 손을 들지 않았다. 잠시 정적이 흘렀다. 흠, 흠. 헛기침을 두 번 한 샌터베리 교수는 다시 말을 이었다.

"다시 한번 말하지만, 이 퇴마는 사제가 지상에서 행할 수 있는 가장 영광스러운……."

아, 지겨워. 나는 고개를 슬쩍 돌리고 옆에 있는 알리사와 안드레이를 확인했다. 공부에 취미도 습관도 들어 있지 않다는 그들의 눈은 이미 생선의 그것과 별반 다르지 않았다.

현재 내가 관심이 없는, 아니 대부분의 수습 사제가 별로 알고 싶어 하지 않는 퇴마에 대한 내용을 듣고 있는 이유는 바로 수습 사제들에게 퇴마술이 의무 교육이었기 때문이다.

퇴마국에 있는 전문 퇴마 사제들만큼은 아니지만, 사제로서 기본은 해야 했다. 악령에 씐 자를 보았을 때 곧바로 그 영혼에게 적당한 퇴마술을 해야 한다는 이유였다. 힘이 세고 한이 깊은 악령은 전문 사제의 도움이 필요하나, 어리고 약한 악령은 퇴마 사제가 아니더라도 퇴치할 수 있다고 했다.

뭐, 그렇다고 한다.

"에시엣께서는 우리를 현혹하고 망치는 악한 존재들을 몰아내기 위해,

자신의 위대한 능력을 여러분께 나누어 주셨습니다. 여러분은 그분의 권능을 받아 악령을 퇴치하고 빛을 세울 수 있음에 자부심을 느껴야……."

웃기고 자빠졌다. 누가 누굴 악하다고 하는 건가. 내가 볼 때는 에시엣이랑 그 악령이란 존재가 힘겨루기를 하는 걸로밖에 안 보이는구만.

나는 습관처럼 속으로 에시엣을 조롱하며 한 명씩 배부된 양피지 묶음의 두께를 가늠해 보았다. 이틀 정도만 꼬박 투자하면 다 외울 정도의 양이었다.

샌터베리 교수는 칠판 위에 큼지막하게 9월 11일이라는 날짜를 적어 넣었다.

"이날 우리는 1차 테스트를 치르게 될 것입니다. 그동안 여러분은 이 절차와 기도문을 모두 외우십시오."

"일주일 뒤에 시험을 본다고? 미쳤어! 그동안 이걸 어떻게 다 외워!"

알리사가 절망적인 표정으로 신음했다.

"아무래도 안 되겠다. 신전 입구 앞에서 시위라도 해야겠어. 이건 너무 부당해."

"그렇게 해라. 다시 모르바디로 끌려가고 싶으면."

안드레이가 옆에서 면박을 놓았다. 알리사는 어깨를 축 늘어뜨리며 길게 한숨을 쉬었다.

"서품을 받으면 낙제의 악몽에서 벗어날 수 있을 줄 알았더니……."

나중에 안 사실이지만, 알리사는 나보다 1년 일찍 신전에 들어갔다고 했다. 그런데도 서품이 늦었던 것은, 한 과목에서 F가 나와 유급을 받았기 때문이라고. 이번 수습 시험도 턱걸이로 붙어, 하마터면 2년이 밀릴 뻔했다고 했다.

"괜찮아. 할 수 있을 거야. 너무 미리부터 걱정하지 말고……."

나는 낙제의 근심을 토로하고 있는 알리사의 등을 두드리며 강의실에 있는 수습 사제들의 얼굴을 일일이 확인했다. 혹시, 내가 간밤에 봤던 얼굴을 다시 볼 수 있을까 하는 일말의 기대에서였다.

하지만 어디에도 레미엘은 없었다.

당연했다. 수습 사제면 그런 옷을 입고, 교육 담당 사제가 직접 들어가지 말라고 명령한 곳에 주인처럼 있을 리가 없으니까.

그런데도 묘하게 실망하고 있는 내 자신이 어처구니없었다. 나는 대체 무엇을 기대했던 걸까?

설마, 그를 그리기라도 하는 건가? 딱 한 번 본 사람을?

아니야. 나는 고개를 저었다.

그럴 리가 없다. 그런 머저리 같은 감정에 휩싸이려고 이 정글 같은 신전에 들어온 것이 아니었다. 내 목표는 오직 하나뿐. 수습 사제가 되는 것. 그 외에는 신경 써서는 안 되었다.

나는 식은땀이 배어나고 있는 손바닥을 사제복에 문질러 닦았다. 앞에 선 교수의 말이 귀에 들어오지 않았다. 나는 자꾸만 치고 올라오려는 레미엘의 잔상을 도로 밀어 넣기 위해 남은 수업 시간을 몽땅 투자해야만 했다.

✠ ✣ ✠

일주일 뒤 퇴마 시험을 치르는 강의실 안은 쥐 죽은 듯이 조용했다. 흡사 미사 중 기도 시간과 맞먹는 고요였다.

테베칸 시국에 온 후 첫 번째로 치르는 공식적인 시험이었다. 수습 사제들은 모두 긴장해 있었다. 나 또한, 다른 사제들보다는 덜했지만 시험을 볼 때 의례적으로 겪는 압박감을 느꼈다.

"1차 시험은 여러분의 진척 정도를 보는 것으로, 다른 이들 앞에서 실전 연습을 한다는 느낌으로 보시면 됩니다."

샌터베리 교수가 좌중을 둘러보며 말했다. 안경 속 작은 눈이 반짝였다.

"그러나 추후에 있을 두 번째 테스트에서도 통과하지 못할 시 페널티가 부과되며, 경우에 따라서는 부서 지원이 지연됩니다."

청천벽력 같은 소리에 강의실 곳곳에서 불만 섞인 신음 소리가 터져 나왔다. 그러나 샌터베리 교수는 마치 바위처럼 눈 하나 꿈쩍하지 않았다.

퇴마 교육에 대한 신전의 입장은 확고했다. 페널티를 부여받으면 견습생 시절 신전에서 받은 성적과 수습 시험 때 받은 성적에 감점이 들어간다. 이는 부서 지원에 영향을 미쳤다. 지원자가 많은 행정국, 입법국 그리고 그보다는 덜하지만 의료국 같은 부서들은 신분 혹은 성적순으로 자르기 때문이다.

한편 부서 지원이 지연되면, 다음 기에 들어오는 수습생들과 함께 해당 과목을 재수강하고 재시험을 치러야 했다. 한마디로 견습생 시절의 유급과 다를 바가 없었다.

"난 이런 게 있는지 꿈에도 몰랐어……."

알리사는 근심 어린 표정으로 손에 쥔 양피지 끄트머리를 만지작거렸다. 퇴마 의식 순서와 기도문을 외우느라고 밤새 한잠도 자지 못한 눈이 퀭했다.

어젯밤, 기숙사 방에서 공부하는 알리사를 보며 나는 그녀가 늘 유급의 위기를 겪었던 이유를 단순히 노력 부족으로 여겼던 것에 대해 미안함을 느꼈다. 세상에는 유난히 학습 능력이 더딘 이들이 존재했으며, 그것이 바로 내 룸메이트였다.

몇 시간이 지났는데도 채 열 페이지를 넘기지 못한 채 끙끙대는 그녀를 보고 있자면, 그녀가 진로 선택을 잘못한 게 아닐까 의구심이 들었다. 그리고 내가 그녀를 위해 해 줄 수 있는 것은 동정의 눈초리를 보내는 것밖에 없었다.

출석부를 든 샌터베리 교수가 첫 번째 후보의 이름을 불렀다.

"1번, 알리사 키엘!"

하필 그녀는 제일 앞 순번이었다. 알리사는 나무토막처럼 경직된 채 벌떡 일어나 차렷 자세를 했다.

"여기 나와서 그동안 배운 대로 해 보세요."

알리사는 어깨를 올리고서 경전을 들고 샌터베리 교수에게로 향했다. 팔을 휘적대며 걷는 폼이 마치 장난감 병정 같았다. 모든 행동이 극히 어색한 걸로 봐서, 본인도 모르게 긴장하여 나오는 습관 같았다.

"아……."

알리사는 샌터베리 교수가 연단 옆에 설치한 책상으로 가서, 중앙에 경전을 내려놓았다. 책상 위에는 이미 불이 켜진 촛대와 종, 그릇과 성수가 담긴 병이 준비되어 있었다.

"에시엣의 이름으로, 진실되게."

그녀는 입술 위에 다이아몬드 모양의 성호를 그으며 기도를 열었다.

퇴마 의식의 시작은 성호를 그은 후 경전 위에 종을 올려놓는 것이었다. 거기까지는 어렵지 않은 과정이었으므로, 그녀에게도 무리가 없었다.

문제는 기도문 암송이었다.

이제 준비를 마쳤으니, 본격적인 퇴마 의식을 거행하기 전 대천사 성 미카엘에게 올리는 기도문을 읊을 순서였다. 알리사가 침을 꿀꺽 삼키는 것이 보였다. 나는 속으로 작은 응원을 건넸다. 그녀는 벌벌 떠는 목소리로 성 미카엘 기도를 시작했다.

"천상 군대의 영광스러운 지휘자이신 대천사 성 마……."

"……."

알리사는 한 구절도 옳지 못하고 말문이 막히고 말았다. 강의실은 조용했고, 모두 알리사를 쳐다보고 있었다. 자신에게 쏠린 시선과 침묵이 압박이 되는 듯, 그녀의 얼굴은 금방 울상이 되었다.

"미…… 마카……."

알리사의 눈이 사방으로 정신없이 굴렀다. 초장부터 막힌 것이다.

"마카롱이시여……."

뜬금없는 이름에 샌터베리 교수의 미간이 찡그려졌다. 팽팽한 공기가 감돌던 강의실 곳곳에서 겨우 숨을 죽인 웃음소리가 터져 나왔다. 알리사는 울상이 된 채 다급하게 외쳤다.

"아, 아니. 라파엘!"

"……."

"……가브리엘?"

"거기까지, 키엘 양."

웃음소리가 한층 더 커졌다. 알리사는 금방 죽고 싶다는 얼굴을 하고도 다시 입술을 달싹였다. 그대로 놔두면 치천사들의 이름을 전부 옳을 기세였다. 다행히 샌터베리 교수의 저지로 그러한 사태는 막을 수 있었다.

"아직 학습이 좀 부족했던 것 같네요. 시간이 많으니 충분한 암기와 연습을 통해 의식을 성공적으로 해낼 수 있는 능력을 갖추기를 바랍니다. 이만 들어가세요."

"네, 감사합니다."

허리를 꾸벅 숙인 알리사는 귀 끝까지 새빨개진 얼굴로 경전을 챙겨 들고 도망치듯 자리로 돌아왔다. 그녀가 시무룩해진 얼굴로 한숨을 쉬자 옆에 있던 안드레이가 그녀를 토닥거려 주었다.

"그다음은……."

샌터베리 교수의 눈이 가늘어졌다.

"카야 맥노프 양이네요."

공교롭게도 그다음 순번은 나였다. 고개를 든 교수가 나를 향해 씨익 웃어 보였다.

"몹시 기대가 되는 사제입니다. 이번에……."

수석을 했지요.

"수석을 했지요. 그것도 무려……."

전 과목 만점으로요.

"전 과목 만점으로요. 자, 나와서 그동안 연습한 것을 보여 주세요."

나는 예상대로 흘러가는 상황에 그럭저럭 만족하며 자리를 나섰다.

"……후우."

알리사처럼 준비가 안 된 상태는 아니었으나, 막상 책상에 경전을 내려놓고 종을 들자 긴장이 되었다. 현재 교수의 기대치가 높아져 있으니, 하나라도 틀리면 안 된다는 생각이 들었다.

"에시엣의 이름으로, 진실되게."

종을 내려놓은 나는 틈틈이 외워 둔 기도문을 읊기 시작했다.

"천상 군대의 영광스러운 지휘자이신 대천사 성 미카엘이여, 권세와 폭력과의 싸움에서 저희를 보호하시며, 이 암흑세계의 지배자들과 하늘 아래에 있는 악마들과의 싸움에서 저희를 보호하소서……."

다행히 기도문은 외운 대로 줄줄 입에서 나왔다. 나는 말이 너무 빨라지거나 느려지거나, 말투가 어색해지지 않도록 유의하며 미카엘 기도문을 끝내고 본격적인 퇴마 기도에 들어갔다.

"에시엣이여, 그대의 자비를 저희 위에 내리소서."

"……천상 군대의 영도자여, 영혼들을 멸망하러 세상을 다니는 악마들을 신의 힘으로 지옥에 떨어뜨리소서."

기도문 암송을 끝낸 나는 성수가 담긴 병을 열고 물을 허공에 흩뿌렸다. 원래는 악령이 쓰인 사람에게 뿌리는 절차였다.

병을 내려놓는 것으로 마무리를 짓자 강의실에 박수 소리가 울려 퍼졌다. 샌터베리 교수가 반짝반짝 빛나는 눈으로 나를 바라보고 있는 것이 느껴졌다.

"완벽하군요. 역시 수석다워요. 퇴마국에서 스카우트해 가고 싶을 정도군요."

"수석이 퇴마국을 왜 가."

근처에서 키득거리며 샌터베리 교수를 비꼬는 소리가 들렸다. 나는 한 귀로 듣고 한 귀로 흘리며 제자리로 향했다. 그러다 문득, 귀에 꽂히는 소곤거림에 나는 잠시 멈추어 섰다.

"뿌듯도 하신가 보다. 하긴, 교수 칭찬을 받았으니 좋겠지."

"쟤가?"

"어. 목에 빳빳하게 힘준 거 봐. 제 잘난 맛에 사는 꼴이지……."

"재수 없어."

비난조가 목에 칼날처럼 들이밀어졌다. 나는 아무것도 듣지 못한 것처럼 고개를 앞으로 고정시킨 채 자리를 향해 걸었다.

이미 베르시카에서부터 몇 번 들었던 소리였다. 그러나 날 적대시하는 이들이 주는 경멸은 아무리 겪어도 익숙해지지 않았다. 내 귀는 나에 대한 비난을 귀신같이 잡아챘고, 기어코 속을 뒤집어 놨다.

"딱히 그래 보이지는 않는데? 원래 저런 거 아냐?"

"네가 쟤를 몰라서 그래. 나 쟤랑 베르시카에서부터 같은 신전 출신인데, 쟤 유명했어. 남들 무시하기로. 오로지 공부밖에 모르는 독한 계집애야. 그러면서도 교수들한테는 싹싹했어. 얼마나 출세를 하려고, 어휴."

'베르시카'라는 단어가 유독 귀에 박혔다. 그리고 보니 목소리가 낯익었다. 나는 강의실을 느릿하게 훑다, 대화를 주도하는 이를 발견했다. 아는 인물이었다.

새빨간 생머리에 검자줏빛 눈동자를 크게 뜨고 내 욕에 열을 올리는 그녀의 이름은 유리시아 펜들턴. 베르시카에서는 나름 유서 깊은 펜들턴 백작 가문의 여식이었다.

그녀는 늘 옆에 '시녀들'을 대동하고 다녔는데, 어릴 적 나를 그 '시녀들'의 일원에 끼우려고 한 적이 있었다. 그녀의 태도가 썩 마음에 들지 않았던 나는 다소 매몰차게 거절했고, 그 뒤로 그녀는 날 싫어하고 내 험담을 자주 했다. 거기까지는 어느 정도 이해했다. 거절당해 본 적이 없는 아가씨께서 꽤나 자존심이 상하셨을 테니.

그러나 이런 식으로 날 모르는 사람에게까지 내 욕을 하는 건 부당했다. 나는 그녀에게도 그 누구에게도 피해를 준 적이 없었다.

나는 침잠하는 기분을 느끼며 조용히 자리에 착석했다. 잔잔했던 마음에 파동이 번지고 있었다.

⚜ ⚜ ⚜

전원이 시험을 마치고 난 강의실은 전체적으로 어수선했다. 대부분의 사제는 퇴마 시험을 완벽하게 치르지 못했고, 샌터베리 교수는 그에 대해 다소 유감스러워하는 기색을 내비쳤다.

"아직 익숙하지 않은 분이 많네요. 그럼 다음 시간에 봅시다. 열심히 외우고 연습하세요."

샌터베리 교수가 나감과 동시에 수습 사제들이 하나둘 몸을 일으키기 시작했다. 나도 알리사와 안드레이의 뒤를 따랐다.

"카야, 너 엄청 멋있더라. 그렇게 잘할 줄 몰랐어."

안드레이가 엄지를 들어 보였다.

"그냥 외우면 되는 건데 뭐."

그러자 옆에 있던 알리사가 시무룩한 얼굴로 말했다.

"난 어떡해야 할지 모르겠어. 카야, 나 좀 도와줄래?"

"그럴게."

고개를 끄덕이고 알리사와 안드레이와 나란히 걷는데, 갑자기 유리시아 펜들턴이 앞으로 확 끼어들었다. 바로 멈추지 못한 탓에 나는 그녀와 몸을 부딪치고 말았다.

"아!"

나보다 몸집이 작고 마른 그녀가 휘청거리며 비명을 질렀다.

"아, 미안해."

하필 껄끄러운 상대와 부딪칠 게 뭐람. 당혹스러운 건 내 쪽이었지만, 어쨌거나 상대가 비명을 질렀기에 사과를 해야겠다는 생각이 들었다. 그리고 나서 그녀를 지나치려 할 때였다.

"그런 식으로 대충 사과하고 지나가면 다야?"

바늘을 찔러 넣듯 뾰족한 목소리가 신경을 긁었다. 나는 그대로 걸음을 멈춰 섰다.

"빨리 여기 와서 제대로 사과해. 이게 무슨 봉변이야!"

억지다. 이건 명백한 억지였다. 순식간에 목구멍이 뜨겁게 달아올랐다. 나는 거칠게 숨을 몰아쉬었다.

아까 시험을 마치고 자리로 돌아갈 때 옆자리 애한테 날 욕하던 목소리가 떠오르며, 누르고 있던 인내심이 폭발했다.

"그럼 내가 뭘 더 어떻게 해야 하는데."

나는 그녀의 앞으로 성큼 다가갔다. 키가 작은 그녀는 자연스럽게 날 올려다보았는데, 이는 그녀에게 작은 굴욕을 주기 위한 나의 의도적인 장치였다.

"너야말로, 적반하장 아니야?"

"뭐, 뭐라고?"

내가 반격할 줄 몰랐는지 그녀의 눈이 휘둥그레졌다.

"난 그냥 앞으로 가고 있던 중이었어. 그 와중에 네가 갑자기 끼어든 거고. 따지고 보면 네 과실이 더 큰 것 같은데?"

"카, 카야……."

알리사가 내 소맷자락을 부여잡으며 겁먹은 눈짓을 했다. 옆에 있던 안드레이도 입술을 지그시 깨물며 어쩔 줄 몰라 하는 것이 보였다.

"뭐라고? 지금 말 다 한 거야? 이게 잘못해 놓고 큰소리를 따박따박 하고 있네. 이거 안 보여?"

유리시아가 나와 부딪친 팔의 소매를 걷었다. 연한 붉은색 물이 들어 있는 살갗이 눈앞에 들이밀어졌다.

무시하자. 나는 속으로 되뇌었다. 최대한 인사 고과를 잘 받아야 하는 내 처지에 마음껏 화를 내는 것도 사치였다.

"정말 미안해. 실수했다."

나는 자존심이 뭉개지는 것을 느끼며 한 번 더 사과를 건넸다. 그러고 나서 그녀를 지나치며 평화를 찾으려 했다. 그러나 불가능했다.

"사과를 진심으로 해야 할 거 아냐! 그런 식으로 말하면 다야?"

유리시아가 빽 소리를 질렀다. 나는 후, 하고 한숨을 내쉰 뒤 최대한 차분하게 말했다.

"그래서 어쩌라고. 네가 몸을 들이대서 그렇게 된 걸, 나보고 뭐 어떻게 해 달라는 건데."

"뭐라고? 이거 너 때문이라니까! 네가 멈췄어야지!"

그녀의 얼굴이 붉으락푸르락하는 것이 보였다. 당장이라도 불을 뿜을 것처럼 바짝 독기가 오른 모습은 보기만 해도 피로감을 주었다.

"......"

그러나 사실 그보다 더 신경 쓰이는 건 그녀와 나를 흥미진진한 눈으로 보고 있는 수습 사제들의 눈이었다. 이런 꼴을 공개적으로 보이려고 그간 조용히 살아온 것이 아니었다. 이런 식으로 일이 커질 줄 알았다면 그냥 참을 걸 그랬다는 후회가 밀려왔다.

나는 유리시아 펜들턴을 바라보며 고민에 빠졌다. 이겨도 별 영양가 없는 상대였다. 지금이라도 이 해충 같은 계집애가 원하는 대로 굽혀주고 마무리 지을까.

"카야 맥노프! 유리시아 펜들턴!"

우렁찬 샌터베리 교수의 음성이 강의실을 찢어질 듯 갈랐다. 우리를 구경하고 있던 수습 사제들의 눈이 전부 그를 향해 돌아갔다. 얼굴을 한껏 찌푸린 그가 허리에 손을 얹고 호통을 쳤다.

"지금 둘이서 뭣들 하고 있는 거죠?"

이미 강의실을 떠난 줄 알았던 교수의 등장에 가슴이 철렁 내려앉았다. 아, 망했다.

샌터베리 교수는 유리시아와 내게 교수 사무실로 따라오라 지시했다. 그녀와 나는 뜨악한 표정을 짓고 있는 다른 사제들을 뒤로한 채 샌터베리 교수의 뒤를 졸졸 쫓았다.

"이게 말이 됩니까?"

교수실의 문이 닫히자마자 샌터베리 교수의 고함이 날아왔다. 그는 화를 참을 수 없다는 듯 한쪽 팔로 책상을 짚은 채 부르르 떨었다. 유리시아와 나는 눈치껏 두 손을 앞으로 모았다.

"대체 왜 동기 간에 싸운 겁니까? 에시엣의 뜻을 받드는 사제들끼리는 서로 존중하고 친애해야 하는 것이 규율임을 모릅니까?"

샌터베리 교수의 노한 음성이 교수실에 쩌렁쩌렁 울렸다.

"둘 다 평가표에는 성적도 우수하고 품행도 좋다 해서 기대를 했는데, 이렇게 실망을 시키다니요!"

"카야 맥노프 사제가 절 쳐서 상처를 입었습니다."

비겁하게도 유리시아는 샌터베리 교수 앞에서까지 선수를 쳐서 날 모함했다.

하룻밤 자고 나면 어디 있는지도 모를, 멍도 못 되는 흔적을 가지고 상처라고 우기는 유리시아의 태도가 어이없어 나는 곧바로 반박에 나섰다.

"그건 제 자의가 아닙니다."

"자의건 타의건 쳤다는 것이 중요하지요."

유리시아가 심술궂게 쏘아붙였다.

"원인 제공이 더 중요한 거 아니겠습니까. 똑바로 가던 중에 갑자기 끼어들어서 제가 더 놀랐습니다. 오히려 제가 사과를 받아야 하는 상황인데……."

"그만! 그만! 이젠 여기서까지 싸우는 겁니까!"

샌터베리 교수의 외침에 나와 유리시아는 동시에 입을 다물었다. 그는 쌀쌀맞기 그지없는 눈길을 보내며 입을 열었다.

"도무지 에시엣의 사제답지 못한 논쟁은 이쯤에서 마무리하세요. 해당 사항은 평가란에 기재해 두겠습니다."

뭐라고?

청천벽력 같은 샌터베리 교수의 말에 눈앞이 아득해졌다. 동기 간의 화목은 사제의 덕목에서 가장 중요한 것 중 하나였다. 이것이 기록에 남게 되면 나는 보좌 사제가 될 수 있는 길로부터는 멀어진다. 그건 안 돼. 내가 이곳에 들어온 목적과 멀어지게 된다. 죽어도 안 되는 일이었다.

"안 됩니다!"

저절로 고함이 나왔다. 절대 개인 평가지를 더럽힐 수 없다는 의지에

서 나온 객기였다.

"맥노프 양. 지금 제 결정에 반기를 드는 겁니까?"

샌터베리 교수가 언짢은 표정으로 안경을 치켜올렸다. 나는 곧바로 꼬리를 내리고 공손한 태도를 되찾았다.

"죄송합니다. 하지만 이렇게 바로 흔적이 남는 것보다…… 그 전에 용서받을 수 있는 기회를 얻고 싶습니다."

"견습 초년생도 아니고, 애초에 조심했어야죠. 누가 그대들을 서품 받은 사제라고 여기겠습니까? 열 살 먹은 어린애들처럼 다른 사제들도 다 보고 있는 강의실 안에서 그렇게 소리 지르고 싸워도 됩니까?"

나는 노발대발하는 샌터베리 교수 앞에서 고개를 연신 조아렸다. 말이 길어지면 오히려 호재다. 진짜로 용서가 없는 교수들은 혼내지도 않고 냉정하게 원칙대로 처리하니까.

나는 지대 납부를 연체한 소작농의 마음으로 용서를 구했다. 이런 상황에서는 오로지 비는 것만이 살길이었다.

"잘못했습니다. 경솔했음을 인정합니다. 다시는 이런 일이 없도록 하겠습니다."

옆에서 유리시아가 날 어이없게 쳐다보는 것이 느껴졌다. 그러거나 말거나 나는 내 할 일을 계속했다.

"용서해 주신다면, 뭐든지 하겠습니다."

"맥노프 양."

"정말입니다. 그러니 부디 용서를……."

"흐음……."

샌터베리 교수가 턱을 쓸며 나를 빤히 바라보았다.

"뭐든지라……. 정말 무엇이든지 할 각오가 되어 있나요, 맥노프 양?"

"예! 당연하죠! 열심히 하겠습니다!"

한 줄기 희망을 얻은 나는 신나서 소리쳤다. 샌터베리 교수의 눈이 유리시아를 향해 돌아갔다.

"유리시아 양도……."

"사랑하는 동기로서, 그녀가 같이 용서받을 기회를 얻으면 좋겠습니다!"

에라 모르겠다. 나는 냅다 소리를 질렀다. 옆에서 유리시아가 어버버하고 있는 틈을 탄 것이다.

"좋습니다. 그러면……."

샌터베리 교수의 안경 속 눈이 가늘어졌다.

"여러분이 반성을 할 수 있을 만한, 협력적이고 중요한 임무를 부과하죠."

옆에서 유리시아가 떨떠름하게 중얼거리는 것이 들렸다.

"그냥 깎이고 말지……."

"감사합니다! 감사합니다!"

나는 유리시아의 말이 샌터베리 교수에게 들릴세라 커다랗게 그에게 감사 인사를 했다. 옆에서 유리시아가 질린 얼굴로 나를 보고 있다는 것을 알고 있었지만 개의치 않았다. 샌터베리 교수의 입가에 은은하게 걸려 있는 미소를 보며 유리시아와의 말싸움이 기록에 남지 않았다는 데 그저 만족했다.

⚜ ❈ ⚜

그리하여 유리시아와 나는 성기사 훈련장 청소를 하게 되었다.

'두 분은 지금 마음속이 미움의 감정으로 가득 찬 상태입니다.

청소를 하며 마음을 정화하십시오. 또한 청소는 두 사람이 같이 협력하는 행위이기도 하지 않습니까? 싸웠던 것을 반성하고 서로 도와 가며 우애를 다지시기 바랍니다.'

샌터베리 교수의 당부를 뒤로한 채 유리시아와 나는 훈련장으로 향했다. 점심시간이 거의 다 된 때여서 내부는 한적했다. 나는 유리시아와 입구에 나란히 선 채로 고민에 빠졌다.

빗자루를 하나씩 나눠 들긴 했으나 워낙 공간이 넓어 어디부터 손을 대야 할지 알 수가 없었다. 게다가 오전 훈련의 여파인지는 몰라도 바닥에 군데군데 먼지와 흙이 나뒹구는 것이 보였다. 이걸 오늘 안에 청소하는 게 가능할까 싶었다.

유리시아도 같은 심정인지 옆에서 땅이 꺼져라 한숨만 푹푹 쉬어 댔다. 이러다간 아무것도 못 할 것 같아 우선 움직이려고 마음먹은 차, 유리시아의 목소리가 바로 곁에서 들려왔다.

"아주 독이 바짝 올랐구나, 응?"

"……."

"출세에 눈이 멀어서 뭐든지 하겠다고 교수 바짓가랑이나 붙잡고 말야."

나는 그녀의 빈정거림을 무시했다. 사실 이게 내게는 더 익숙했다. 아까는 왜 그리 그녀에게 화가 나서 따졌는지 모를 일이다. 그냥 유리시아가 원하는 대로 사과 몇 마디 더 건네고 끝낼 것을, 뭐 하러 대꾸해서 이런 사달을 냈단 말인가.

앞으로는 아예 이 계집애와 엮이지 않도록 조심해야지. 속으로 다짐을 하고 있는데, 느닷없이 쿵 하는 소리가 들렸다.

"아무래도 안 되겠어."

유리시아가 바닥에 빗자루를 집어 던진 것이었다. 이게 뭐지? 나는 황망한 눈길로 그녀를 바라보았다.

"난 이거 못 해. 이렇게 넓고, 또 먼지 풀풀 날리는 델 언제 다 청소해?"

"너……."

"난 청소 한 번도 안 해 봤단 말야."

전형적인 곱게 자란 아가씨의 말투였다. 청소는 나도 신전에 들어온 후로 해 본 적이 없는데, 꼭 저만 귀한 몸인 양 말하는 꼴이 얌체 같았다.

"난 이만 갈 테니까, 네가 혼자 알아서 하든지 말든지 해."

"야, 너!"

나는 그녀를 다급하게 불렀다. 그러나 그녀는 내 말을 매몰차게 끊었다.

"이를 테면 일러 봐. 무슨 소용이 있을지는 모르겠지만."

"허……."

"평가란에 적든 말든 맘대로 하라 해. 난 상관없어."

도도하게 고개를 치켜들고 내게 쏘아붙인 유리시아는 그대로 등을 돌려 훈련장을 나가 버렸다. 덕분에 나는 이 넓은 공간을 홀로 청소하는 처지가 되어 버렸다.

유리시아는 이를 테면 이르라고 했지만, 사실 그건 쉽지 않았다. 그녀에게 벌점을 부과하거나 부가 사항을 기재한다면 거기엔 나에 대한 언급이 들어갈 것이고, 그럼 결국 내 쪽에도 기록이 남을 수밖에 없다. 그녀는 뻔히 내가 자신을 고발하지 못할 걸 알고서 수를 쓴 것이다.

원래 아쉬운 쪽이 지는 법이다. 나는 이를 부득 갈며 빗자루를 집어 들고 입구에서부터 먼지와 흙을 쓸기 시작했다.

"………에취! 콜록!"

먼지가 날리면서 기침이 났다. 나는 손을 내저어 코에 들어오려는 흙 먼지를 쫓았다. 풀풀 흩날리는 먼지를 보니 공기가 더러워 보였다.

그러고 보니 바닥을 쓸어 내야 한다는 생각에 정신이 팔려 환기를 잊고 있었다. 아무리 청소를 어릴 때 하고 안 했다지만 기본인데. 나는 창문을 열기 위해 훈련장 가장자리로 다가갔다.

그때, 등을 지고 있던 입구에서 뚜벅거리는 소리가 났다.

'누구지?'

뒤돌아 확인하니 허리에 검을 찬 키 큰 성기사 한 명이 훈련장 안으로 들어오고 있었다. 군홧발 소리가 규칙적으로 바닥을 울렸다.

"……."

그는 창가에 서 있는 나를 발견하고는 놀란 듯 멈추어 섰다. 나는 그의 얼굴을 알아보았다.

그는 약 일주일 전 아침, 첫 미사에서 날 시린 눈으로 바라보았던 바로 그 남자였다.

그는 나를 똑바로 쳐다보며 뚜벅뚜벅 걸어왔다. 나는 그를 피하지도 제대로 마주하지도 못한 채 어정쩡하게 섰다.

가까이서 본 그의 눈은 더욱 푸르고 깊었다. 샅샅이 훑어보는 느낌에 나는 살짝 어깨를 움츠렸다.

"여기서 뭐 하고 계십니까?"

인상만큼이나 낮고 차분한 음성이 흘러나왔다. 나는 옆에 세워 두었던 빗자루를 들어 보이며 어색하게 웃었다.

"보, 보시다시피……."

남자가 빗자루 쪽으로 시선을 흘끗 주었다. 부디 그가 나를 이상하게 여기지 않길 바라며 어깨를 으쓱해 보였다.

"……."

나를 곧게 바라보던 얼굴이, 이내 미소를 머금었다. 나는 조금 놀랐다. 무표정일 때는 차가운 줄 알았던 그가 친근하게 느껴졌다.

그대로 눈가에 곡선을 머금은 채로, 그가 천천히 입술을 여는 것이 보였다.

나는 혹시 그가 지난 미사 때의 일을 언급할까 싶어 긴장했다. 그와 내가 유일하게 공유하는 기억은 그것뿐이었으니까.

그러나 그는 마치 그런 게 있었냐는 듯이, 예의 바른 얼굴로 누구나 할 법한 질문을 했다.

"사제님은, 이름이 어떻게 되십니까?"

잔뜩 각오를 하고 있던 나는 맥이 탁 풀렸다. 그는 그 순간을 기억하지 못하는 걸까. 아니면 별것 아니라고 생각해 그냥 넘겼을지도 모른다. 다행이라고 생각하면서도 묘한 아쉬움이 들었다.

"저는…… 카야 맥노프라고 해요."

"그렇군요. 저는 일리프 루테반입니다. 제1사단에서 단장을 맡고 있습니다."

그의 어깨에는 붉은 실선 여러 개가 가로지른 수가 놓여 있었다. 다른 성기사들에게선 쉽게 볼 수 없는 것이었는데, 나는 그것이 일반 기사들보다 높은 직위를 나타내는 것이라 어렴풋이 유추했다.

"그런데 훈련장 청소는 사제님께서 하실 게 아닐 텐데요. 어째서 노예들이 하는 일을……."

그는 사제인 내가 청소 도구를 들고 있는 이유를 궁금해했다. 나는 급격히 민망해졌다.

"그게……."

나는 잠시 망설이다, 숨길 것도 없겠다는 생각에 내가 겪은 일을 소상히 말해 주었다. 퇴마 시험 시간에 유리시아가 내 뒷담화를 하고, 쉬는 시간에 시비가 붙어 싸우다가 교수에게 걸려 벌점을 받는 대신 청소를 하게 된 기구한 사연이 하나의 이야기로 풀어졌다.

썩 즐거운 일화가 아닌데도, 그는 눈을 반짝이며 흥미롭게 내 얘기를 들었다. 여길 언제 다 청소할지 막막하다는 하소연에도 그는 그저 유쾌해 보였다.

"그렇게 안 보이는데, 은근히 성격 있으신가 보네요."

"은근히……요?"

미묘한 뉘앙스에 나는 고개를 갸웃했다. 그의 목소리에 묻어나는 웃음기가 의아했다.

"예. 겉모습만 봐서는 상상이 안 됩니다. 그냥 웃어넘기거나 무심하게 지나칠 것 같은데, 대꾸를 해 주는 성격이었군요. 시원스러워서 좋네요."

대충 형식은 칭찬 같은데, 좋아해도 되는 건지가 애매했다. 할 말이 없던 나는 어색하게 웃었다.

그때, 다른 이의 군홧발 소리가 들려왔다. 나는 반사적으로 빗자루를 꼭 쥔 채 문 쪽으로 고개를 돌렸다.

"……."

발걸음 소리의 정체는 우리 쪽으로 걸어오고 있는 한 명의 성기사였다. 팔을 휘두르며 걸어온 기사는 내 옆에 있던 남자 앞에서 경례를 붙였다.

"여기 있었군요, 단장님."

"무슨 일이냐."

친근했던 그의 말투가 단번에 사무적으로 변했다. 기사는 고개를 푹 꺾었다. 그보다 제법 아래의 직급인 듯했다.

"성녀님께서 급하게 찾으십니다."

그의 미간이 미미하게 찌푸려졌다. 기사는 그의 앞에서 묵묵히 고개 숙인 자세를 유지했다.

"알았다."

나는 성녀라는 말에 적잖이 놀랐다. 성녀는 교황 다음으로, 아니 어쩌면 조금 다른 의미로 교황만큼이나 신성시되는 존재였다.

교황이 에시엣의 전언을 듣고 교회 내부에서 수장 역할을 한다면, 성녀는 모습을 노출하지 않는 교황 대신 대외적으로 나서는 교회의 마스코트와 같은 인물이었다.

실질적인 행정이나 입법 권한은 없지만, 형식적으로나마 교회의 대표였고 대중들이 접할 수 있는 가장 높은 직위의 성직자였다.

그런 존재와 친분이 있는 것 자체가 일반적인 일이 아니었다. 그것도 고위 성직자가 아닌 성기사가? 보통 사람이라면 놀라워할 일이다. 그러나 그는 그다지 반기는 기색이 아니었다.

"그럼, 먼저 가 보겠습니다."

"아, 네."

그가 짧은 작별 인사와 함께 몸을 틀었다. 나는 엉겁결에 고개를 끄덕였다.

"다음에 뵙길 바라겠습니다."

형식적인 치례를 마치고 걸어 나가는 등은 꼿꼿했다. 지극히 군인답다는 생각이 들었다. 나는 그의 이름을 다시 떠올렸다.

일리프 루테반. 다음에 만나면 그의 이름을 불러 줘야겠다고 생각하며, 나는 다시 빗자루를 잡았다. 성기사들이 돌아오기 전에 혼자 이곳을 다 청소하려면 꽤나 노력을 해야 할 듯싶었다.

"그냥 비위나 맞춰 줄걸……."

잠시 자존심 좀 굽혔음 될 걸 가지고, 일을 뭐 하러 크게 벌렸담. 후회는 늦었지만, 앞으로는 절대 다른 이와 충돌하는 일은 만들지 말아야겠다. 나는 한숨을 내쉬며 마저 먼지를 쓸기 시작했다.

✢ ✤ ✢

성녀의 사무실은 신전에서 가장 호화로운 장소 중 하나였다. 각종 성화와 손바닥에 올려놓을 만한 크기의 상아로 된 성상이 곳곳에 장식되어 있었다. 대리석으로 바닥을 만들고, 창을 크게 만들어 햇살이 쏟아지는 정경은 흡사 천국을 그대로 옮겨 놓은 것 같았다.

그 안에 앉아 있는 아름다운 성녀는 마치 그림과도 같았다. 현 성녀는 드높은 미모와 고결한 신앙심을 가진 것으로 알려져, 민간의 무한한 찬양을 받았다. 일개 성기사로서, 이 안으로 몸을 들이는 것은 영광이었다.

그러나 일리프는 이 공간을 별로 좋아하지 않았다. 미형의 물건들을 얼마나 배치하든 간에, 격식과 형식으로 무장된 교구는 들어서자마자 숨이 막히는 장소였다. 눈앞에 앉아 있는 성녀 아르벨라의 존재 또한 그에게는 별반 다를 것이 없었다.

한편, 백포도주 잔을 든 아르벨라는 조심스럽게 일리프의 안색을 살폈다. 그는 오늘따라 유난히 말이 없었다.

"음식이 입에 맞나요?"

"예. 신경 써 주셔서 감사합니다."

무뚝뚝한 일리프의 대답에 아르벨라의 입술 끝이 일그러졌으나, 이내 익숙한 호선을 되찾았다. 일리프는 그녀의 변화를 보지 못하고 한입 크기로 썬 고기를 입에 가져갔다.

급히 호출되어 온 사무실에서 성녀는 그에게 식사를 권했다. 말이 권유지 이미 테이블에 차려진 두 사람 몫의 식사와 식기를 보고서도, 그리고 그녀의 직위상 그에게 거부할 수 있는 권리는 없었다. 일리프는 초대에 대한 감사 인사를 짧게 마친 후 성녀와 나란히 앉아 늦은 점심을 함께했다.

"……."

조용한 분위기 속에서 식기 부딪는 소리, 아르벨라의 질문과 간헐적인 일리프의 대답만이 흘러나왔다.

"모르바디 공국에서 세 명이나 보냈더군요. 다만 성적이 너무 낮아서 입법국이나 행정국에 가기는 힘들 것 같다고……."

아르벨라는 그를 앉혀 놓고 이런저런 이야기 하기를 좋아했다. 주로 신변잡기나 신전의 중요 이슈에 관한 것이었다. 일일이 반응하기에는 끝이 없었으므로, 일리프는 대부분의 말을 흘려듣다가 결정적인 타이밍에만 대꾸를 했다.

오늘 그녀가 꺼낸 화제는 얼마 전 신전에 새로 들어온 수습 사제들에 대한 것이었다. 이 역시 대부분의 내용이 일리프의 귓등을 타고 사라졌다.

"아, 이번에 의료국에 지원한 수습 중에 수석이 있더군요. 그것도 전 과목 만점으로. 이런 적은 처음이라네요."

"그런가요."

대놓고 호응을 유도하는 아르벨라의 태도에도 일리프는 덤덤하기만 했다. 수습 사제 중 누가 수석을 차지했건 그와는 상관없는 일이었다. 그 당사자의 이름을 듣기 전까지는.

"이름이…… 카야 맥노프라고 하던가."

귀에 익혀 둔 이름에 일리프의 고개가 번쩍 들렸다.

"카야…… 맥노프요?"

무심하게 굳어져 있던 눈동자가 멍하니 풀어졌다. 아르벨라는 그 순간을 놓치지 않았다.

"아는 사람인가요?"

아르벨라의 눈매가 빙긋이 휘어졌다. 모르고 보기엔 그저 화사하고 아름다운 모양새였으나, 그 안에 팁팁한 가시가 박혀 있었다. 본의 아니게 그녀의 곁에 오래 머물러 온 그는 직감적으로 잡아떼야 함을 느꼈다.

"아, 아닙니다. 그저, 독특한 이름 같아서……."

아르벨라는 제 앞에서 뻔히 모른 체하는 일리프가 괘씸했다. 하지만 캐낸다고 순순히 속을 까 보여 줄 남자가 아니었다. 그가 알리고 싶어 하지 않는 일엔 적당히 눈을 감고 넘어가는 것이 그녀가 이제까지 그를 곁에 두어 온 방식이었다.

그래도 예의 주시는 해야지. 카야 맥노프. 아르벨라는 그 이름을 머릿속에 각인했다. 어떻게 만났는지는 몰라도, 그 계집애가 그와 정도 이상으로 가까워지는 것은 막아야 했다.

"혹시, 저녁에 잠깐 시간을 내어 '제 방에서' 다과를 즐기는 건 어떨까요?"

아르벨라는 가볍게 그에게 티타임을 제안했다. 기계적으로 접시 위의 완두콩을 모으던 일리프의 손이 멈추었다.

제안받은 장소는 현재 식사를 하고 있는 사무실이 이니라, 그녀의 침실이었다. 아무리 '다과'라는 단어로 포장해도, 이것이 유혹임을 눈치채지 못할 사내는 없었다. 게다가 그녀는 이미 이 제안을 숱하게 해 왔다.

"저도 그러고 싶긴 한데……."

일리프는 덤덤하게 입술을 뗐다.

"오후 일정이 꽤나 바빠서 말입니다. 성녀님과 시간을 더 보내지 못해 저로서도 무척 유감스럽군요."

거절의 말은 항상 같았다. 몇 년간 태엽처럼 반복된 패턴이었다. 아르벨라가 포기하지 않았기 때문이다.

아르벨라는 그를 가지고 싶었다. 그는 뭇 여인들이 탐낼 만한 요소를 다 가지고 있었다. 훤칠한 용모와 성기사라는 직위를 가지고 있음에도 그는 철저히 금욕적인 생활을 하고 있었다.

성직자들도 그렇게 살지는 않았다. 공식적인 혼인만 금지되어 있을 뿐, 사제들조차 연애를 하고 추기경이 미혼 여성과의 사이에서 사생아를 낳는 것이 이미 만연한 세태였다.

그러나 그는 사제라도 된 듯 향락에 관심을 두지 않았다. 그 점이 그녀의 오기를 부채질했다. 아르벨라는 그의 마음속에 유일하게 자리 잡은 여인이 되고 싶었다. 그래서 성기사인 그를 마치 자신의 개인 호위처럼 호출하고 거느렸다.

그러나 그는 곁에 있으면서도 잡히지 않는 존재였다. 늘 순순히 자신의 뜻에 따르지 않고 애를 태웠다. 그녀가 만났던 사내 중 가장 어려운 상대였다. 하지만 한편으로는 그 사실이 싫지만은 않았다.

늘 위대하고 아름다운 성녀로 칭송을 받아 온 아르벨라였다. 그런 그녀로서는, 자신이 눈웃음 한 번만 쳐도 황송해서 어쩔 줄 모르는 뭇 남자들과 달리 아무리 여지를 줘도 넘어오지 않는 일리프가 매력적으로 느껴졌다.

탁 소리와 함께 일리프가 식기를 내려놓았다. 식사의 끝을 알리는 신호였다.

"그것밖에 안 드세요?"

아르벨라는 반밖에 비워지지 않은 일리프의 접시가 신경 쓰였다. 그러나 일리프는 아쉬움의 기색이 진득이 묻어나는 그녀를 모른 척했다.

"오늘따라 입맛이 별로 없군요. 그래도 신경 써 주신 덕에 잘 먹었습니다."

몸을 일으킨 그가 아르벨라를 향해 백조처럼 우아한 미소를 지어 보였다.

"그럼 저는 이만."

군인답게 깔끔하게 숙여진 그의 고개를 보며, 아르벨라는 약간의 공허함을 느꼈다.

익숙한데도, 미련 없이 뒤돌아서 가는 뒷모습이 제법 야속했다. 그점 때문에 아직까지도 그에게 끌리는 것이긴 하지만.

언젠가는 저 남자를 내 것으로 만들어야지. 그녀는 다짐하며 그를 보냈다. 현재의 물러섬은 더 멀리 보기 위한 그녀만의 수였다.

✠ ⚜ ✠

한편, 아르벨라의 방을 나선 일리프는 방금 전에 만났던 수습 사제, 카야 맥노프를 떠올렸다. 그는 아르벨라가 알려 준 정보를 천천히 되뇌었다.

수석 입학이라······.

어설프게 빗자루를 들던 모습에선 쉽게 상상할 수 없는 이미지였다.

일리프는 사제에게는 익숙하지 않을 청소를 하느라 지금도 고군분투하고 있을 카야를 떠올렸다.

어찌 보면 그저 애송이였다. 몇 점을 받았건, 이제 막 견습생 딱지를 뗀 새내기였다. 나이 차도 족히 대여섯 살은 날 것이다.

그날의 미사에서도 마찬가지였다. 수습 사제들에게야 신전에서의 첫 미사라는 점에서 나름의 의미가 있겠으나, 그에게는 기사 서임을 받은 후 수없이 보아 온 미사의 일환이었다.

성기사의 의무는 혹시 모를 돌발 상황을 대비해 미사 시간을 수호하는 것. 그중에서도 자신의 임무는 미사를 집전하는 사제의 안위를 위해 제단을 예의 주시하는 것이었다.

그 임무를 수행하던 중, 그는 한 여사제가 자신을 넋 놓고 바라보고 있다는 것을 알았다. 그때까지만 해도 별생각이 없었다.

다른 느낌을 받은 건, 오히려 그다음 순간이었다. 일부러 뚫어질 듯 쏘아보던 시선에도 기죽고 고개를 돌리기는커녕, 오히려 묘하게 애가 닳는 듯하던 그 눈길.

그 순간 그는 그녀의 그 주변을 구성하던 것들이 지워지는 경험을 했다. 지금 떠올려도 그때를 선명하게 그릴 수 있었다. 웃지 않지만 묘하게 웃는 듯하던 인상. 그럴 리 없음에도 마치 그녀가 자신을 끌어 잡아당기는 것처럼 느껴졌다.

기억도 나지 않을 만큼 어린 시절에 읽은 동화 속, 아이를 꾀는 마녀의 이야기가 스쳐 지나갔다. 꼭 그렇게, 계속 쳐다보고 있다가는 그녀에게 끌려갈 것 같은 생각이 들었다. 그래서 그는 고개를 돌리고 그녀를 외면했다.

그러나 훈련장에서 다시 그녀를 마주했을 때, 일리프는 속에 숨어 있던 투지가 끓는 것을 느꼈다. 그녀와 대화를 할수록 그것은 구체화되었고, 목표가 되었다.

그 시선의 의미를 벗겨야 했다. 그게 뭐가 되었든.

사실 그대로 기억에서 지울 수도 있었다. 그 편이 더 쉬웠다. 카야 맥노프는 눈에 띄는 편이 아니었다. 오히려 그 반대에 더 가까웠다. 모난

데 없이 반듯하고 단정한, 그래서 사람들 사이에 섞이면 무심코 지나치기 쉬운 얼굴이었다.

그런데도 희한하게 계속 기억에 남았다. 왜일까.

"의료국에 지원했단 말이지……."

일리프는 멍하니 중얼거렸다.

"오면, 자주 보겠어."

나쁘지 않아.

일리프는 어쩐지 들뜨는 자신을 느꼈다. 성탄절 선물을 기다리는 소년처럼 기대가 됐다. 잘 웃지 않는 입가에 드물게 미소가 걸렸다.

3. 금지된 구역의 천사

"천상 군대의 영광스러운 지휘자이신 미카엘이시여……."

벌써 이 말을 몇 번째 듣는지 모르겠다. 나는 자꾸만 흐트러지려는 어깨를 곧게 폈다. 우선 명목으로나마 바른 자세를 유지해야 했다.

내 앞에 서 있는 소년은 잔뜩 긴장한 채로 손을 떨며 기도문을 외우고 있었다. 저런 모습으로 악령을 물리치려고 시도하면 악령이 두려워서 도망치기는커녕, 오히려 잡아먹겠다고 달려들지 않을까 싶었다.

"……대천사 미카엘이시여!"

암기는 다 되어 있었지만, 기도문 구절을 틀리지 않으려고 하다 보니 나머지가 엉성하기 짝이 없었다. 목소리는 계속 바들바들 떨리고, 간간히 순서대로 하는 손동작은 과장되어 있었다. 그러나 분위기가 분위기인 터라 마음 놓고 웃을 수도 없었다.

내 뒤에는 다음 순서를 앞둔 다른 사제들이 소년을 뚫어져라 바라보고 있었다. 표정들을 보아하니 연습만으로도 제법 긴장이 되는 모양이었다.

'아직 행동 숙련이 필요하구나.'

기도문은 다 외웠지만, 그럴듯하게 보이기 위해서는 연습을 좀 더 해야 할 거라는 생각이 들었다. 판단을 마친 나는 겉으로는 열심히 듣는 척하면서 속으로 딴생각하기 스킬을 십분 활용했다. 기도문과 절차가 많았기에, 약 10분이 지나고서야 시험 범위인 퇴마 의식의 시작 부분을 마칠 수 있게 되었다.

"수고했어."

"벌써 다 외웠네!"

그가 돌아오자 나머지 사제들이 그에게 축하와 부러움이 반반 섞인 반응을 보였다.

"잘했어."

후우, 한숨을 내쉰 그가 곧장 내게로 다가왔다.

"어땠어……? 괜찮았어?"

절박하게 반짝이는 눈은 '얼른 내가 듣고 싶은 답을 해 줘'라고 말하는 듯했다. 형식적인 칭찬과 진심 어린 평 사이에서 잠시 갈등하던 나는 후자를 골랐다.

"기도문 암기는 훌륭한데, 동작 같은 게 너무 어색해. 자연스럽게 진심을 담아서 할 수 있도록 노력해 봐야 할 것 같아."

"……."

"귀신을 압도할 만한 카리스마가 좀 더 필요해 보인달까…"

그의 표정이 시무룩해졌다. 나는 작게 그의 등을 토닥거려 주었다. 손으로 제 머리를 헝클어뜨린 그가 뒤에 있던 소파에 앉았다.

그다음 순번인 알리사가 다시 앞으로 나갔다. 경전 위에 종을 올려놓고 성호를 그은 그녀가 미카엘 기도의 첫 구절을 다시 읊었다.

"천상 군대의 지휘자이신……."

현재 휴게실에는 나와 알리사를 비롯해 대략 여섯 명의 수습 사제들이 있었다. 안드레이와 그의 룸메이트, 모르바디 공국에서 같이 왔다는 여자아이 한 명과 안드레이의 룸메이트 친구라는 남자애까지. 줄줄이 연결된 사제들이 한곳에 모인 목적은 모두 같았다.

어느새 일주일 뒤로 다가온 2차 시험이자 최종 퇴마 시험 때문이었다.

원래 이는 나와 무관한 일이었다. 1차 시험 때 이미 퇴마 의식을 통과해서 더 이상 연습할 필요가 없었기 때문이다. 달리 할 것도 없었던 나는 저녁을 먹고 나서 일찌감치 침대에 누워 빈둥거리고 있었다.

나는 피곤한 몸을 달래기 위해 굼벵이처럼 몸을 움츠린 채 꼼짝하지 않고 있었다. 그런 나를 흔들어 일으킨 건 얼마 되지 않아서 도로 방으로 들어온 알리사였다.

'카야. 너도 이리로 나와.'
'어…… 왜?'

알리사가 퇴마 의식 연습을 어려워하긴 하지만, 안드레이와 둘이 어떻게 잘하고 있겠지. 막연하게 생각했던 나는 그대로 그녀의 손길에 의해 침대 밖으로 끌려 나갔다.

'네가 꼭 해 줘야 할 만한 일이 있어.'

알 수 없는 소리와 함께 그녀가 나를 데리고 휴게실로 왔을 때, 한목소리로 내게 인사를 건네는 그들의 얼굴은 이상스러울 정도로 밝았다. 얼굴을 모르는 아이들만 세 명. 이들은 상황 파악을 하지 못하고 멍청하게 서 있는 나에게 한 명씩 인사를 건네 왔다.

'안녕. 동갑이라고 해서 말 놓을게. 나는 캐롤라인 벤스프라고 해. 모르바디 공국에서 왔고, 알리사의 친구야.'
'안녕. 나는 엘피스 라프티셀이야. 안드레이랑 같은 방을 쓰고 있어.'
'나는 여기 있는 얘 친구야. 이름은 체사레 라이피츠.'

나는 처음 보는 애들이 왜 뜬금없이 내게 자기소개를 하는지 이해할 수 없었다. 알리사는 누구보다도 명랑한 목소리로 나를 이들에게 소개했다.

'자, 여기는 카야 맥노프야. 드디어 어렵게 모셔 온 우리의 일일 교사!'
'일일…… 교사?'

소개하는 거야 그렇다 치고, 나는 뒤에 붙은 뜬금없는 소리에 고개를 갸우뚱했다.

'응, 우리가 모두 퇴마 시험 때문에 난항을 겪고 있어서, 잘하는 네가 봐주면 좀 낫지 않을까 싶었어! 그래서 너에게 도움을 요청하는 바야.'

눈을 반짝거리는 알리사를 물리치기란 매우 어려웠다. 약 한 달도 안 되는 시간이었지만, 그 기간 동안 쌓였던 나름의 정과 그녀의 귀여운 얼굴을 외면할 수 있는 힘이 내겐 없었다.
그리하여, 나는 이들의 퇴마 의식 연습을 봐주는 처지가 된 것이다.

"······천상 군대의 영도자여, 영혼들을 멸망하러 세상을 다니는 악마들을 신의 힘으로 지옥에 떨어뜨리소서."

기도문을 읊는 데 성공한 알리사가 성수를 흩뿌리는 시늉을 했다. 얼마나 집중을 했는지 이마에 땀이 송골송골 맺혀 있었다. 일제히 박수 소리가 터져 나왔다. 계속 헤매던 것을 생각해 보면, 알리사의 선전은 의외였다.

"진짜 잘하네?"

"응. 다시 창피당하기 싫어서 죽어라 연습했거든."

알리사가 수줍은 얼굴로 대답했다. 그간 아닌 척해도 강의실에서의 실수 때문에 남들의 웃음을 샀던 것이 나름의 상처로 남았던 모양이다.

대견한 마음에 나는 손을 들어 그녀의 머리를 쓰다듬었다. 그녀가 배시시 웃으며 강아지처럼 손바닥에 머리를 비벼 왔다.

⚜ ⚜ ⚜

"드디어 끝이다."

나를 제외한 모든 아이들이 연습을 다 마치고서, 우리는 휴게실에 옹기종기 둘러앉아 휴식 시간을 가졌다.

"이대로만 되면 좋겠네."

알리사처럼 나름 성공적인 연습을 끝마친 안드레이가 소파에 등을 기대며 씩 웃었다. 몰랐는데, 알리사와 나란히 앉아 있으니 사촌지간인 둘이 상당히 닮았다는 생각이 들었다.

"이따가 찾아가는 데 힘들지 않겠어?"

나는 유난히 기숙사가 먼 캐롤라인이 다소 염려되었다. 수많은 사람이 생활하는 이 공간에서, 나중에 뿔뿔이 흩어질 때 길을 잃고 헤매지 않을까 싶었다. 그러나 그녀는 손을 내저으며 웃었다.

"음, 아냐. 틈날 때 여기저기 자주 다녀서 이제 신전 구조에 대해서는 어느 정도 꿰고 있거든."

"다 가 봤어?"

매번 가야 하는 길만 다니는 나와 달리 부지런한 아이인 것 같다. 캐롤라인의 초록빛 눈이 반짝 빛났다.

"출입 허가된 데는. 그러니까 교구랑 금지된 구역 빼고는 다 가 봤지."

"아, 너네 금지된 구역에 대한 전설 알아?"

그때 가만히 있던 엘피스가 허리를 곧게 펴며 화제를 돌렸다. 모두의 시선이 그에게 집중되었다. 나 또한 그가 어떤 얘기를 할지 궁금했다.

"이거 우리 사촌 형이 말해 준 건데……."

엘피스의 목소리가 좀 더 낮고 은밀한 기색을 띠었다.

"몇 년 전에 금지된 구역에서 천사가 발견된 적이 있대."

"뭐라고?"

"진짜? 무슨 천사?"

천사?

나는 멈칫했다. 금지된 구역의 천사라면…….

아이들은 모두 귀를 쫑긋 세우며 엘피스에게로 시선을 집중했다. 그는 자신에게 모든 관심이 쏠린 것이 기분 좋은지 뿌듯하게 눈을 접으며 짐짓 망설이는 척했다.

"글쎄, 그게 누구냐면……."

"얼른 말해. 뜸 들이지 말고."

마음이 급해진 아이들이 그를 재촉했다. 마침내, 그의 입술이 열리며 이름 하나가 흘러나왔다.

"……레미엘."

그 익숙한 이름을 듣는 순간, 심장이 덜컥 내려앉았다. 그간, 정신없이 몰아치는 일정에 치여 깜박 잊고 있었던 존재가 되살아났다.

"맙소사!"

"거짓말 아니야? 아무리 신성 구역이어도, 무슨 지상에서 치천사를 봐!"

알리사와 알리사의 친구가 연달아 격한 반응을 보였다. 그는 그에 더 힘입은 듯 은밀한 목소리로 상체를 낮추고 눈을 번뜩이며 말했다.

"아니야. 맞아. 깜깜해서 얼굴을 보지는 못했는데, 분명 익히 봐 왔던 레미엘의 형상이 맞았대. 머리며, 몸집이며, 새하얀 옷이며. 그런데 더 다가가 보려는 찰나, 다시 안으로 쏙 들어가 버렸다는 거야."

"……."

그다. 들을수록, 확실하게 그가 맞았다. 레미엘.

나는 그날 보았던 레미엘의 외관을 떠올렸다. 금발 머리에 새하얀 성의, 가냘픈 몸 선에 나 또한 그를 처음 봤을 때는 자연스럽게 치천사 레미엘을 떠올렸다.

속 깊은 곳에서 의심이 싹트기 시작했다.

그는 자신은 천사가 아니라고 했다. 하지만 정말 천사가 아니라면, 어떻게 금지된 구역에 홀로 지낼 수 있었을까? 게다가 그는 내가 아는 어떤 신전의 직위에도 속하지 않았다.

그가 보여 줬던 묘령의 신전은 또 뭐고. 그것들이 정말 실재한다고 확신할 수 있나? 정말?

레미엘이 어떤 천사였던가. 칭호는 신의 자비. 임무는 신의 뜻을 받들어 환영을 주관하는 것.

어쩌면, 나는 금지된 구역 안에서 아무것도 보지 못한 것이 아니었을까. 지독한 환영을 보고 와서, 그것을 마치 실제로 본 것인 양 여겼을지도 모르는 일이다. 머릿속이 온통 복잡하게 꼬이기 시작했다.

"카야, 왜 그래?"

"어…… 어?"

팔을 툭 치는 손길에 정신이 돌아왔다. 반사적으로 옆을 돌아보니 알리사가 날 걱정스럽게 바라보고 있었다.

"안색이 안 좋아. 몸이 안 좋은 거야?"

나는 손사래를 쳤다.

"아니야. 그런 게 아니라……."

"얼굴이 온통 창백한데? 혹시 진짜 아픈 거면 혼자 삭이지 말고, 내일 오전에 의료국에 가서 약을 타야……."

옆에서 알리사가 뭐라고 말하고 있었지만 귀에 잘 들어오지 않았다. 드는 생각은 오직 하나뿐이었다.

금지된 구역으로 반드시 가야 했다. 가서 내 눈으로 확인해야 했다.

내가 본 레미엘이, 실제로 존재하는, 그러니까 환영이나 천사가 아니라 정말 피와 살로 이루어진 사람인 것을 확인하지 않고는 견딜 수가 없었다.

그러나 모두가 잠이 든 밤이 아니면 불가능하니, 우선은 참아야 했다. 나는 당장이라도 뛰어나가고 싶어 요동치는 발을 억눌렀다.

⚜ ⚜ ⚜

그믐달이 뜬 밤은 그날의 밤보다는 확실히 어두웠다. 나는 금방이라도 꺼질 듯 위태로운 빛에 의존해 금지된 구역을 찾았다.

나는 덤불과 빽빽하게 심긴 나무들을 지나 앞으로 나아갔다. 그러자 꽃들로 가득한 정원이 나타났다. 조금 더 어둡다는 것 빼고는 그때 본 것과 같았다.

나는 찬 공기 사이로 더운 호흡을 내뱉었다. 분명 내가 밟고 있는 이 땅과 정원은 실존한다. 그렇지 않고서는, 바람에 이파리와 가지들이 스치는 소리가 이렇게 적나라하게 들릴 수는 없었다.

그가 보여 주었던 그 건물도 정말 있을까. 안쪽으로 깊이 들어가 봐야겠다는 생각이 들었다. 나는 기억에 의존해 그가 나를 데려갔던 길을 되짚어 보았다. 반신반의하며 코너를 돈 순간, 나는 이미 눈에 익혀 둔 사람의 형체를 맞닥뜨렸다.

그다. 나는 소리가 터져 나오려는 것을 가까스로 막았다.

레미엘은 달을 올려다보는 자세로, 팔을 늘어뜨린 채 서 있었다. 머리부터 눈, 옷 색이 온통 밝은 그는 어둠 속에서도 그 존재가 뚜렷했다. 인기척이 났는지 그가 나를 돌아보았다. 동시에, 그의 두 눈과 입매가 둥글게 휘어졌다.

"또 너구나?"

그때의 것과 꼭 같은 미성이 조용한 공기를 울렸다. 나는 침을 꿀꺽 삼켰다.

"카야 맥노프."

그의 입에서 잘게 부서지는 이름자의 황홀함. 그는 내 이름까지 기억하고 있었다. 몸이 흐물흐물 풀렸다. 이러다간 내 존재가 그의 앞에서 녹아 없어질지도 모른다는 생각이 들었다.

"오랜만이야."

인사를 건넨 그가 한 치의 망설임도 없이 내게로 걸어왔다.

나는 제멋대로 두근거리는 마음을 애써 억눌렀다. 왜 이 존재는 낯선 내게도 호의적으로 대하는 건지, 꼭 길러진 짐승처럼 아무 경계나 의심 없이 내게 다가오는지, 한 번이라도 의심을 해 봐야 했다. 분명 그를 두 번째 보는 나는, 왜 아직도 처음과 같은 긴장을 하고 있는지.

기껏 찾아왔음에도, 막상 그가 눈앞에 가까워질수록 안절부절못하고 초조해지는 기분에 나는 슬쩍 뒤로 몸을 뺐다.

지금의 상황에선 나 같은 반응이 정상 아냐? 레미엘의 외견과 행동 중 무엇 하나도 보통 사람이라고 부를 만한 범주에 속하는 게 없었다.

"너……."

"……."

"너, 진짜 사람 맞아?"

내 질문에 그가 우뚝 멈추어 섰다. 달빛이 그의 입술의 갈라진 틈을 파고들었다. 반짝이는 입술에, 순간 시야가 아찔했다. 또 홀릴 뻔했다. 나는 티 나지 않도록 막혔던 숨을 공기 중에 천천히 흘려보냈다.

"직접 만져 보기까지 하지 않았어?"

그가 희미한 미소를 지어 보이며 되물었다. 그 말에 맥이 탁 풀렸다. 그래. 분명 이 두 손으로 체온과 부드러운 살의 감촉을 느꼈었지. 하지만 그 감각을 정말 실제라고 단정 지어도 되는 걸까?

레미엘은 환영을 주관하는 천사. 꾸며 낼 수 있는 범위가 어디까진지 가늠도 할 수 없었다.

그가 다시 발을 놀려 주저하는 내게로 사뿐사뿐 걸어왔다. 내게로 뻗어지는 손이 달빛 아래 가냘픈 선을 그렸다.

저지할 새도 없이, 그는 내 손목을 잡아 올렸다. 그리고 곧장 내 손을 자신의 왼쪽 가슴에 가져다 댔다.

"……!"

손바닥 아래로, 부지런히 뛰고 있는 심장의 감촉이 선연했다. 아무 대꾸도 하지 못하는 나를 보며 그가 나른하게 입꼬리를 말아 올렸다.

"이 정도라면, 믿겠어?"

나직하게 속삭이는 그의 속눈썹이 팔랑거렸다. 동시에 귓가에 그의 숨결이 닿았다.

이토록 비현실적인 외모를 가진 그도, 심장이 뛰고 호흡을 하는 존재였다. 정말 사람이구나. 묘한 안도감과 함께 그의 숨이 닿은 부분이 금세 달아올라 열을 내보내기 시작했다.

나는 내 몸에 찾아온 당혹스러운 변화를 무시하기 위해 애써 노력했다. 아직 질문 하나가 더 남아 있었다.

"네가 사람이고, 진정으로 존재한다면……."

"……."

"그럼 너는, 누구야?"

잠시 침묵이 흘렀다. 레미엘은 꼭 밀랍 인형처럼 서 있었다. 나는 그의 입술이 파르르 떨리는 것을 보았다. 빈틈없어 보이던 미소가 위태하게 그의 입가 끄트머리에 걸려 있었다.

"말했잖아. 레미엘이라니까."

돌아온 건, 여전한 그의 이름자 하나뿐이었다.

여전히 대답은 애매했다. 그러나 이것은 내가 던진 질문 탓이 아니었다.

지금까지의 모든 정황으로 보아, 그가 내 질문의 의도를 알아차리지 못할 리가 없었다. 그는 자신에 대해 자세하게 설명하는 것을 꺼리고 있었다.

왜? 왜, 자세하게 말해 주지 않는 걸까?

혀를 적시고 있던 침이 말랐다. 레미엘은 잡고 있던 손목을 놓아주었다. 손끝에서 부드럽게 빠져나가는 그의 옷자락이 꼭 내 질문을 대하는 그와 같다고 느껴졌다.

"……온 지 얼마 안 되었지? 신전 생활은 어때?"

레미엘은 자연스럽게 대화 주제를 돌렸다. 그도 뭔가 사연이 있겠지

싫어, 나는 못내 모른 척을 해 주었다.

"그냥…… 정신없어. 이것저것 할 것도 많고……."

레미엘은 아무 대꾸도 하지 않았지만, 나는 그가 내 이야기에 귀를 기울이고 있다는 것을 알 수 있었다. 나는 그를 향해 슬며시 웃어 보였다.

"……그래도 나름 보람 있어. 최근에는 친구들을 몇 명 사귀어서 정신없이 지내고 있는데, 이런 적이 처음이라 얼떨떨하기도 하고……. 좋아."

"좋은 애들인가 보네."

받아 주는 말투가 더없이 상냥했다. 그래서 나도 모르게 그에게 기대고 싶다는 생각이 들었다.

"그런데 거짓말을 했어. 아니, 엄밀하게 따지면 거짓말은 아니지만…… 꼭 그렇게 보일 만한."

알리사와 안드레이 앞에서도 할 수 없는 얘기들이, 우습게도 이 비밀을 감춘 듯한 소년에게는 자연스럽게 흘러나왔다.

"그래?"

어쩐지 레미엘에게라면 내 얘기를 편하게 해도 큰 탈이 나지 않을 것이라는 생각이 들었다. 무엇보다, 수습 사제들의 귀로 흘러 들어갈 일이 없을 테니.

"가족이 없는데…… 있는 것처럼 얘기했어."

"……."

"그래야, 신전에서 살아남을 수 있다고 생각했어."

마치 고해 성사를 하는 것 같았다. 이래도 되나 하는 의혹은 잠시, 한번 풀린 말은 입에서 술술 쏟아져 나왔다. 끄집어내 말을 함과 동시에 나는 오랫동안 잊고 있었던 기억을 반추했다.

"사실 나는 가족이랑 같이 산 기억이 길지 않아. 아빠는 아주 어릴 때부터 없었고, 엄마는 내가 일곱 살 때 돌아가셨거든. 그러고 나서 바로 신전에 들어온 거야."

"나도 가족이 없어."

잠자코 듣기만 하던 레미엘이 대답했다. 의외였다. 물어도 얼버무리며 잘 대답하지 않던 그가, 먼저 자신의 이야기를 꺼낸 것이었다.

"너도 부모님이…… 어릴 때 돌아가셨어?"

"아니, 몰라."

그가 고개를 저었다.

"나는 내 부모님이 어떻게 되었는지 몰라. 처음부터 없었거든."

그의 입가에 떠오르는 미소의 정체를 알 수 없었다. 서글픈 것 같기도 하고, 담담한 것 같기도 했다. 용기를 내어 '왜?' 라는 한마디를 건네려는 찰나, 그가 어느새 위치가 달라진 달을 올려다보며 말했다.

"나는 이제 가 봐야 할 것 같아."

"……."

"나온 지 꽤 되었었거든."

내가 더 집요하게 묻는 것을 피하는 건지, 정말 시간이 촉박해서인지는 알 수 없었다. 그것이 무엇이든, 나는 등을 돌리는 그에게서 묘한 섭섭함을 느꼈다.

다시 본 지 얼마 되지도 않았는데, 가 버린다는 레미엘이 못내 야속했다. 나는 널 생각했었는데, 너는 한 번도 날 떠올리지 않았어? 다시 한번 보고 싶다는 생각을, 한 번도?

안타까운 마음에 입이 멋대로 움직였다.

"벌써 가는 거야……?"

"응?"

레미엘이 다시 빙그르르 돌아 나를 향했다.

"왜, 아쉬워?"

맙소사. 방심한 사이 무심코 속마음이 새어 나오고 말았다.

나는 입을 틀어막았다. 할 수만 있다면 쥐구멍에라도 숨고 싶은 심정이었다. 그가 슬며시 미소를 보였다. 다 이해한다는 듯한 묘한 표정에 얼굴이 확 달아올랐다.

"아, 그게……."

뭐라고 해야 하지. 어떻게 이유를 설명해야 할지 알 수가 없었다. 네가 마음에 들어? 너를 보내고 싶지 않아?

이제 막 두 번 만난 사람이 할 말치고는 황당하기 짝이 없었다. 나는 말을 잇지 못하고 애꿎은 입술만 질겅질겅 씹었다.

"카야."

그가 부드럽게 나를 불렀다. 처음 '카야 맥노프'라 부른 것에 비해 의식적으로 멀리했던 그와의 거리가 한 뼘 줄어들었다.

"내일 밤부터는, 11시가 되면 여기에 나와 있을게."

나는 눈을 크게 떴다. 레미엘의 말뜻은 명백했다. 목구멍에 뜨겁게 열이 올랐다. 나는 멍하니 중얼거렸다.

"기숙사 점호가, 10시부터니까."

"그래."

그가 순순히 고개를 끄덕였다. 벌꿀을 닮은 눈동자가 선하게 빛났다. 내가 아는 사람 중 가장 깨끗한 눈이었다.

"난 네가 마음에 들어."

"……."

"그래서, 친하게 지냈으면 좋겠어."

그는 내 속을 그대로 끄집어낸 양, 나는 입 밖으로 내지 못하는 이야기를 대수롭지 않게 줄줄 쏟아 내고 있었다.

"아……."

나는 작게 탄성을 질렀다.

그제야, 나는 그날 마음속에서 꿈틀거리던 감정의 의미를 깨달았다. 그리고 앞으로는 어떤 바쁜 일상도 그의 존재를 밀어내지 못할 것이라는 확신도 들었다.

"……."

레미엘은 곧은 시선으로 나를 바라보고 있었다. 눈을 깜박이지만 않는다면 가만히 서 있는 조각상으로 오해했을 것이다. 그림처럼 아름다운 얼굴은 고요히 내 대답을 기다리고 있었다.

나는 눈이 멋대로 그에게 현혹되는 것을 더 이상 부정하지 않았다. 그의 정체를 알아내야겠다며 달려오던 그 발걸음 속, 순전히 그를 다시 보고 싶어 했던 마음이 뿌리를 박고 있다는 것을 인정했다.

깨달음과 동시에 물감처럼 마음이 퍼졌다. 단 한 번도 겪어 본 적 없던 감정의 파도들이 어느새 내 속에서 요동치고 있었다.

"……생, 생각해 볼게."

더듬거리는 말로 애써 여지를 남기면서도, 나는 이미 답이 정해져 있음을 스스로 깨달았다.

서늘한 가을밤. 바람이 약간 불어 시원하나 동시에 뺨을 차게 식히던 공기. 달이 가늘어 빛이 희미하던 그 밤.

나는 그를 속 깊이 각인했다.

✤ ✤ ✤

식사를 함께하는 인원이 늘어났다. 퇴마 의식 연습을 같이했던 세 명까지 해서, 우리는 총 여섯 명이 되었다.

이제는 식사를 하러 식당에 갔을 때 모두가 동시에 앉을 만한 테이블을 찾는 것이 쉽지 않았다. 그저 조용히 음식을 먹는 게 전부인 줄 알았던 시간은, 와자지껄한 수다와 웃음으로 채워졌다. 내가 가만히 있어도 주변에는 말소리가 넘쳐 났다.

달라진 건 식사 시간뿐만이 아니었다. 미사를 가는 것도, 강의를 듣고 이동하는 것도, 각종 활동을 하는 것도 함께였다. 베르시카에서는 늘 혼자 보냈던 취침 전 저녁 시간도 이들과 휴게실에서 떠들거나 어울리며 보냈다.

한 번도 이런 무리 생활을 해 본 적 없던 나로서는 모든 것이 다 새로운 경험이었다. 나는 새삼 내가 공부를 한다고 세상을 등지며 하지 않은 것이 참 많았다는 것을 깨달았다.

"전원 통과라니!"

2차 시험에서 모두가 퇴마 의식을 통과하게 되었을 때, 우리는 자축의 의미로 한데 모여 체사레가 신전 밖에서 몰래 구해 온 샴페인을 터뜨렸다. 장소는 나와 알리사의 방이었다.

"이 영광을 카야 맥노프에게 돌립니다—"

아이들은 내게로 공을 돌렸다. 내가 자신들의 연습을 봐준 덕분에 통과할 수 있었다는 것이다. 사실 내가 한 역할은 많지 않았지만, 내가 한 사코 아니라고 해도 그들은 연신 아우성이었다.

"카야. 고마워. 네가 집중적으로 봐준 덕에 점수도 이렇게……."

엘피스는 내게 매우 감동받은 눈치였다. 나는 그에게 살짝 미소를 지어 보인 다음 잔을 들어 올렸다. 머릿속에서는 레미엘과 어제 나눴던 대화 내용을 되새기고 있었다.

'이렇게 매일 오면 피곤하지 않아? 가끔 좀 귀찮거나 내키지 않

을 때는 오지 않아도……'

'아, 아니. 좋아! 나 엄청 건강하거든.'

레미엘은 내가 정말로 하루도 거르지 않고 자신을 찾아오는 것에 대
한 염려를 표했다. 나는 혹시 그가 그만 오라고 할세라 손을 내저으며
한사코 그의 제안을 눌렀다.

무언의 약속을 한 후, 레미엘과 나는 하루도 거르지 않고 매일 밤 만났
다. 레미엘은 늘 자신이 말한 시간에 금지된 구역 안 정원에 나타났다.

'그래도 혹시 쉬고 싶을 땐 얘기해 줘. 만약 일이 생겨서 갑자기
못 오면 걱정이 될 것 같기도 하거든.'

걱정……?

나는 레미엘의 입에서 그런 단어가 나온 것이 믿기지 않아 그를 멍하
니 올려다보았다. 보통 걱정이란 건, 음, 그러니까 좀 로맨틱한 관계에
서 하는 경우가 많으니까. 물론 아닐 텐데도 귀로 듣기에는 꼭 그렇
게…….

"카야, 무슨 생각을 그리 골똘히 해?"

"어, 어?"

한창 레미엘과 보낸 지난밤에 대한 기억 속에 빠져 있던 나는 옆구리
를 찌르는 손길과 목소리에 정신을 차렸다. 옆에서는 알리사가 내게 몸
을 딱 붙인 채 의혹이 서린 눈으로 올려다보고 있었다.

"왜 그렇게 쳐다봐?"

나는 약간의 부담을 느끼며 바로 옆에 붙은 그녀를 밀어 냈다. 알리
사가 고개를 갸웃했다.

"요즘 좀 이상하네."

"어, 어?"

"자주 멍하고, 묘하게 피곤해 보이기도 하고……. 요즘 아침 미사 때는 네가 더 졸던걸."

"아니, 아무것도 아냐. 그냥…… 좀 피곤한 것 같아."

알리사의 지적에 뜨끔해진 나는 애써 그녀를 향해 웃어 보였다.

아닌 게 아니라, 요즘 나는 피곤에 찌들어 있었다. 매일 밤 11시가 되기 전에 기숙사를 나와 레미엘을 만나 새벽 1시를 넘겨서 방에 들어오기 일쑤였다.

레미엘을 탓할 수는 없었다. 그는 6시에 일어나야 하는 내 상황을 익히 알고 있어 날 자정에 보내려고 했지만, 내 고집 때문에 결국 잠이 부족하게 되는 결과를 초래했다.

"내가 몸 안 좋으면 의료국 가라고……."

"조금만 쉬면 좋아질 거야."

나는 그녀의 호의를 부드럽게 거절한 후 다시 잠을 들었다. 딴생각에 더 빠져 있다가는 그녀가 날 끌고 약을 타러 갈지도 몰랐다.

옷자락 넓고 상냥한 친구가 곁에 있는 건 좋은 일이지만, 가끔은 이런 일이 발생하는 것이 약간의 탓이라면 탓이다.

✤ ✤ ✤

"그래서, 그걸 그렇게 쏘아붙여 준 거야?"

"응. 원래 뭘 하든 참고 넘어갔었는데, 그날따라 유독 참을 수가 없더라고."

나는 주먹을 불끈 쥐고 유리시아의 시비로 인해 싸움이 붙었던 날을 회상했다. 다시 생각해도 분했다. 같은 수습 사제들 앞에서 사나운 꼴을 보이고, 교수에게 불려가 혼나고, 벌로 청소까지 했던 부끄러운 역사는 몇 년이 지나야 지울 수 있을 것 같았다.

"되게 웃기다."

나와 정원에 나란히 앉아 있던 레미엘은 내 얘기를 듣는 내내 입가를 손바닥으로 가리고 낮게 키득거렸다. 이게 재미있는 이야기인가, 하는 궁금증이 들었다. 일리프도 이렇게 웃었었는데.

새삼 이 이야기를 먼저 들려주었던 기사단장 일리프가 떠올랐다. 신기하게도 그때 이후로는 우연이라도 그를 마주친 적 없었다. 혹시 미사에 참석하나 싶어 성기사들을 살폈지만, 그는 첫날 아침 미사 시간 이후로 한 번도 강당에 모습을 드러낸 적이 없었다.

"혼자 청소 다 하느라 힘들었겠네."

레미엘의 말에 나는 떠오르는 일리프의 잔상을 도로 지워 냈다. 레미엘은 눈을 한껏 휜 채 나를 바라보고 있었다.

"어? 어……. 그렇지 뭐. 힘들더라."

"수고했어."

그의 손이 어깨에 살짝 닿았다가 떨어졌다. 누구나 할 수 있는 위로인데, 이상하게 그가 하는 말은 유독 진하게 느껴졌다. 내가 그에게 가지고 있는 호감 때문일 것이다.

레미엘은 먼저 얘기를 풀어놓는 스타일은 아니었지만, 내가 한 얘기들을 잘 들어 주고 진심 어린 반응을 보여 주었다. 그는 꼭, 내가 '오늘 우연히 날아가는 기러기를 봤어'라고 해도 눈을 반짝거리며 '정말?' 이라고 되물어 줄 것 같았다.

"의외다."

"뭐가?"

"보기에는 차분해 보이는데. 생각보다 귀여운 면이 있는 것 같아."

"귀엽다니, 무슨……."

나는 내게 그다지 어울리지 않는 단어에 머리를 긁적였다. 까딱하면 차가워 보이기 쉬운 인상 탓에 늘 표정 관리를 해야 했는데, 그 수식어는 어렸을 때를 제외하고 좀처럼 익숙해지지 않았다.

'귀엽다'라는 말은, 오히려 레미엘에게 더 어울릴 것 같았다. 사실 그는 귀엽게 생겼다기보다는 청순하고 여린 쪽에 가까웠지만.

"몇 살인데 나한테 귀엽다는 말을 해?"

"나? 스물한 살."

"뭐라고?"

나는 아무리 봐도 그저 소년 같아 보이는 레미엘이 나보다 세 살이나 많다는 데 깜짝 놀랐다. 그는 아무렇지 않은 얼굴로 어깨를 으쓱했다.

"왜 이렇게 놀라?"

"그렇게 안 보여. 나보다 어린 줄 알았는데……."

레미엘이 작게 웃으며 되물었다.

"넌 몇 살인데?"

"열여덟 살. 하지만 이건 말도 안 돼."

사람을 겉모습으로만 판단하면 안 된다고 하지만, 나는 쉽사리 그가 나보다 연상이라는 사실을 받아들이지 못했다.

"아직 어리구나."

그가 짐짓 놀리듯 말했지만, 그의 외견과는 전혀 어울리지 않는 대사였다.

"아니거든. 나도 벌써 성년이야. 법적으로 술도 할 수 있는 나이라고. 수습 시절만 지나면 미사도 집전할 수 있을 거고."

물론 내가 미사를 집전하게 될 날은 오지 않을 테지만, 나는 그 말을 조용히 삼켰다.

"나도 네가 열여덟 살일 줄은 몰랐어."

그는 내가 했던 말과 비슷한 말을 했는데, 어쩐지 어감이 다르게 들렸다. 나는 약간의 의구심을 품으며 눈썹을 치켜올렸다.

"그거 무슨 의미야?"

"그야, 이십 대 중반으로 봐도 손색이 없다는……. 아, 아니. 농담이야, 카야. 그렇게 너무 도끼눈 뜨고 보지 마."

레미엘이 손을 내저으며 커다랗게 웃음을 터뜨렸다. 시원하고 청량한 미성이 물방울처럼 허공에서 터졌다. 저는 예쁘면서, 나를 가지고 놀리는 그가 원망스러워 나는 약간의 진심을 담아 그를 째려봐 주었다.

"아냐, 아냐. 진짜 장난이야. 진지하게 받아들이지 마. 무서워."

"뒤늦게 수습하려고 해도 소용없어. 난 이미 상처를……."

"아냐. 맹세코 진심이 아니야. 그냥 발끈하는 모습이 귀여워서 그랬어."

또 그 소리다. 레미엘은 대체 내 어떤 면이 자꾸 귀엽다는 걸까? 이해가 되지 않은 나는 멍하니 눈을 깜박였다.

"방금 내가 어리다고 놀렸을 때, 네가 너도 성년이니까 술도 마실 수 있다고 하는 게…… 뭔가 묘하게 칭얼대는 것 같더라고. 그래서 그랬어."

한마디로 내가 화내는 모습을 보고 싶었다는 뜻이다. 참, 취향 한번 독특했다.

"원래 성격이 이래?"

처음의 신비롭고 우아한 모습은 어디 두고 온 건지, 레미엘은 가끔 짓궂은 장난으로 날 곤혹스럽게 만들었다. 그럴 때면, 모든 면이 비인간적인 그가 나와 그다지 다를 바 없는 사람처럼 느껴졌다.

"음, 사실 농담을 거의 해 본 적이 없는데……."

"……."

"너한테는 이상하게 자꾸 하게 되네."

고개를 반쯤 옆으로 기울인 레미엘이 예쁘게 웃었다. 그런 수줍은 듯한 표정으로 말하면 반칙인데. 화를 낼 수가 없잖아. 아니, 따지고 보면 생긴 거 자체가 반칙인 거 같기도 하고…….

레미엘을 만난 이후, 나는 내가 남자 얼굴에 이렇게까지 약한 사람이었나, 진지하게 고민하게 되었다.

"본인은 술 한 잔도 안 먹어 본 것같이 생겨서는……."

"그래? 그런 게 보여?"

그가 조금이라도 아까의 나처럼 발끈하거나 자신의 외모에 대해 고찰할 줄 알았던 나는 그가 너무 아무렇지 않은 반응을 보이자 도리어 당황했다.

"설마, 진짜야? 술집 안 가 봤어?"

"안 될 건 또 뭐야?"

나는 말문이 막혔다. 나보다 세 해를 더 산 그가 정말로 음주 경험이 없으리라곤 상상도 못 했다.

"진짜 술을 한 번도 마셔 본 적이 없는 거야?"

"성체 성사 때 외에는."

내게는 놀라운 사실을 레미엘은 대수롭지 않다는 듯이 말했다. 궁금증이 인 나는 그의 옆에 바싹 붙어 앉아 얼굴을 더 가까이 마주했다.

"술 마셔 보고 싶단 생각은 안 해?"

"있으면 먹겠지만, 굳이 찾지는……."

시큰둥하게 말하던 레미엘이 눈을 돌려 내 눈치를 슬쩍 봤다.

"뭐, 한번 경험해 보는 것도 나쁘진 않겠지."

느른한 미소가 그의 입가에 걸렸다.

"가끔 한 잔씩 하면 좋아."

오랜만에 술을 마시고 싶다는 생각이 들었다. 동행자는 내 옆에 있는 레미엘로.

사제복을 벗고 그와 함께 간다면 신날 것 같았다. 비록 머리가 길고 여성스러운 외모 때문에 다른 사람들이 오해하지 않도록 해야겠지만······.

"그런 걸 자주 했어?"

"가끔 한 번씩."

기도와 수업을 반복하는 생활이 답답할 때, 공부하다가 스트레스가 극에 달했을 때 신전에는 마음을 해소할 만한 것이 많지 않았다. 그래서 나는 점호를 넘긴 시간에 가끔 홀로 신전을 빠져나와 시내의 술집에 갔다 온 적이 있었다.

독한 술을 털어 넣고, 안주로 속을 채우다 보면 막막했던 기분이 풀어졌다. 베르시카에서 술은, 바늘구멍 같은 보좌 사제 자리 하나만 보고 이제껏 달려온 나의 유일한 안식처였다.

"······재미있었겠네."

"그럼, 시내에 잠깐, 나갔다 올까? 몰래 갔다 오면······."

별생각 없이 한 제안이었다. 그러나 내가 나가자는 말을 하자마자 밝았던 레미엘의 안색이 급격히 어두워졌다. 그는 씁쓸해 보이는 얼굴로 고개를 저었다.

"미안하지만 그건 좀 곤란할 것 같아."

"아······. 그래?"

"이 구역에서 나가면 안 되거든."

"왜?"

단순히 나와 어딜 가는 게 내키지 않아서 거절한다고 하기엔 어감이 이상했다. 레미엘의 묘한 표정 또한 내가 모르는 사연이 있는 듯했다.

"그게……"

그가 머뭇거리며 입술을 뗀 순간, 별안간 어디선가 바스락거리며 풀을 헤치는 소리가 들렸다. 나와 그는 동시에 대화를 멈추고 소리에 온 신경을 집중했다.

정원을 둘러싼 울창한 풀과 나무 너머로, 자박거리는 소리가 점차 크게 들려왔다. 사람의 신발이 땅과 마찰하며 내는 소리였다. 나는 이 상황에서 할 수 있는 최선의 추론을 했다.

"누가…… 오는 것 같아."

심장이 쿵 내려앉았다. 여기는 금지된 구역인데……. 들키면 어떡하지?

어찌해야 할지 판단이 서지 않아 머뭇거리고 있는데, 내 앞에 있는 레미엘의 안색이 대번에 새파래졌다. 벌떡 일어난 그가 마치 외마디 비명과 같은 소리를 지르며 내 손을 잡아챘다.

"숨어!"

"어, 어?"

멍하니 있던 나는 겨우 정신을 차렸다. 그의 말이 맞다. 지금 당장 몸을 숨겨야 했다.

"허가 없이 이 시간까지 나와 있는 걸 들키면 안 돼. 특히 누군가와 있는 건……."

레미엘은 어쩌면 나보다 더 절박해 보였다. 그는 두려워하고 있었다. 그 대상이 무엇인지는 몰라도, 그는 내가 전혀 알아듣지 못할 소리를 하며 날 끌고 내 허리에 겨우 닿을까 말까 한 덤불로 향했다.

"일단 이 안에 들어가자."

레미엘은 내 대답도 듣지 않고 덤불 뒤로 날 데려가 쭈그려 앉았다. 나도 그를 따라 무릎을 접어 앉았다. 손을 팽개치듯 놓은 그가 가슴에 손을 얹고 한숨을 내쉬었다.

레미엘의 호흡은 전에 본 적 없이 거칠어져 있었다. 늘 여유롭고 평온해 보이던 모습과는 확연히 달랐다. 고개를 숙인 탓에 찰랑이던 금발 머리가 흐트러져 있었다.

그 와중에 그와 손을 마주 잡았다는 경험을 새긴 가슴은 멋대로 쿵쿵 뛰고 있었다. 참 구제 불능이었다. 그는 그저 급한 상황에서 대처를 한 것뿐인데. 나는 잔뜩 경직된 레미엘의 턱을 보며 어처구니없이 찾아온 로맨틱한 감정을 도로 집어넣었다.

그사이 발걸음 소리가 점점 더 가까워지다 이내 멎었다. 그리고 그 뒤로는 움직이는 소리가 들리지 않았다.

뒤늦게 궁금증이 찾아왔다. 레미엘과 나 말고, 이 구역에 발을 들이는 사람이 또 있었단 말인가? 호기심이 인 나는 덤불 위로 고개를 빼들고 관찰했다. 달빛이 내려오며 누군가의 모습을 드러냈다.

정원에 서 있는 것은 두 명의 남자였다. 붉은 옷을 입은 추기경 한 명과, 하얀 옷에 금실로 수가 놓인 옷을 입은 평사제였다.

신의 종이라는 사제들이 출입이 금지된 신성한 구역에 아무렇지 않게 드나들고 있었다. 이들이 금지된 구역에 대해서 나보다 모를 리가 없을 것이다. 하지만, 그렇다면 대체 왜?

나는 내가 숨은 처지라는 것도 잊어버린 채 하염없이 그들을 바라보았다. 추기경과 평사제가 나란히 있을 일과, 공식적으로 허가되지 않은 곳에 있는 이유를 가늠하느라고 머리가 복잡해졌다.

"……."

그때, 평사제복을 입고 있던 남자가 오른쪽으로 고개를 돌렸다. 내가 피할 새도 없이 우발적으로 일어난 일이었다.

눈이 마주쳤다.

'아, 미친……'

직감적으로 망했다는 생각이 먼저 들었다. 나는 콩닥거리는 가슴을 잠재우려고 노력하며 어찌할까를 고민했다. 발각이 되었으니 선수를 쳐서 실토를 해야 하나. 내가 혼자 앞으로 나선다면 레미엘만큼은 안전하지 않을까.

그렇지만, 여기서 징계를 받게 되면 진짜 보좌 사제 자리는 날아가는 건데…….

아니, 보좌를 떠나서 목숨은 부지할 수 있으려나? 일단 에시엣이 출입을 금지한 신성한 땅이라는 것 자체가 개소리인데, 그런 말까지 해 가면서 나 같은 일반 사제가 발을 못 들이게 한 이유가 있을 테니…….

그 짧은 시간 동안 만감이 교차했다. 그러나 그는 그 고민이 모두 무색하게도, 다음 순간 아무것도 보지 못한 양 고개를 옆으로 돌려 버렸다.

'어?'

그의 그런 반응에 허무감과 안도감이 동시에 찾아왔다.

'설마 못…… 본 건가?'

밤이니까. 어두워서 잘 안 보였나? 순간적으로 그런 생각이 들었다.

하지만 따져 보면 정말 그럴 리는 없었다. 분명히 나와 눈이 마주친 순간, 그의 눈 초점이 또렷해지는 것을 봤기 때문이다. 그리고 달빛은 나와 레미엘이 숨은 덤불도 비추고 있었다. 안 보이기는커녕, 조명을 받은 것처럼 잘 보일 위치였다.

어쨌거나, 이건 기회였다.

나는 추기경에게까지 발각되는 실수만큼은 막기 위해 다시 덤불 안으로 머리를 집어넣었다. 레미엘은 무릎을 모은 채 고개를 숙인 자세로 숨소리도 내지 않고 있었다. 이 정도로 조심하고 있는데, 나 때문에 들 킬 뻔했다. 숙연해진 나는 레미엘 옆에 붙어 앉은 채 그를 따라 숨을 죽였다.

"성녀의 탄신일이 얼마 남지 않았다지?"

나이가 제법 든, 오십 대 정도로 추정되는 남자의 목소리가 고요한 밤공기를 타고 또렷하게 들렸다.

"예, 그렇습니다. 예하."

뒤이어 젊은 남자의 공손한 대답이 들렸다. 나를 발견했던 평사제의 목소리였다.

"호위는 누가 맡기로 했나?"

"아직 미정인데, 우선 일리프 루테반은 확실합니다."

일리프 루테반?

그 성기사의 이름이었다. 나는 아는 사람의 이름이 낯선 자들의 입에서 나온 것에 놀랐다. 동시에 '성녀'라는 단어가 귀에 익었다. 저번에 훈련장 청소를 하다 만났을 때도, 그는 성녀의 호출에 불려 갔다. 오찬을 함께하고 생일에도 호위를 하는 걸 보면 유독 각별한 사이인 모양이었다.

"또 일리프 루테반이라……."

추기경의 목소리에서 짜증이 묻어났다. 나는 나도 모르게 긴장해서 숨을 크게 들이쉬었다.

"그 자식 마음에 안 드는데. 출신 성분도 그저 그렇고, 단장이라고는 하나 아직 새파랗게 젊기도 하고……. 무엇보다, 그 자식 너무 뻣뻣해. 사회생활을 하면서도 윗사람에게 공손하게 굽혀 줄 줄을 모르는 그런 놈을 성녀의 호위 자리에까지 두다니."

"뭐, 성녀님께서 워낙 총애하시지 않습니까. 저로서도 딱히 저지할 핑계가 없더군요."

"안 그래도 드높은 콧대가 더 올라가겠군. 이제껏 성녀의 총애를 거의 독차지하는 수준이라……."

나로서는 왜 추기경이 일리프를 저리도 싫어하는지 알 수가 없었다. 내가 본 그는 정중하고 예의를 아는 사람이었다. 단순히 성녀가 그를 좋아한다는 이유만으로 욕하기에는, 흠잡을 데가 없었는데…….

"오래가지 않을 겁니다. 여자의 마음은 갈대라고들 하지 않습니까? 성녀가 루테반 경에게 품은 얄팍한 애정과 호기심이 사라지는 순간, 즉시 저 아래로 곤두박질치겠지요. 미혹으로 얻은 총애는 오래가지 않습니다. 세상은 곧 예하의 안목이 옳으시다는 것을 알게 될 것입니다."

"자네 말이 위로가 되는군그려. 모름지기 자네 같은 젊은 사제가 많아져야 하는데……."

"과찬이십니다."

웃음기를 머금은 목소리가 단정하게 울렸다. 남의 험담을 아무렇지 않게 하는 것치고는 깨끗하고 곧아서, 어떤 사람인지 순수한 호기심이 일 정도였다.

"난 자네가 마음에 들어. 그건 그렇고, 이쪽 길로 한번 걸어 보는 게 어떤가?"

"저기요?"

"어…… 거기 말고 좀 더 옆에. 장미 밑에 덤불이 우거진 데 말야."

가슴이 쿵 하고 내려앉았다. 추기경은 바로 우리가 있는 곳을 얘기하고 있었다. 만일 그들이 이쪽 방향으로 오게 된다면, 우리의 모습이 드러날 수밖에 없었다.

"……."

죽은 듯 고요히 있던 레미엘이 고개를 번쩍 들었다. 그는 입술을 핏기가 가실 정도로 질끈 깨물며 어깨를 바들바들 떨기 시작했다.

무엇이 그리도 두려운 걸까. 대체 이 장소의 정체는 뭘까. 그는 어떻게 살아왔길래, 이들을 이토록 두려워하는 걸까?

나 또한 발각되면 영 좋지 못할 꼴을 당하게 될 텐데도, 죽을 듯 떠는 레미엘이 더 걱정되었다. 나는 손을 뻗어 레미엘의 어깨를 조심스럽게 감쌌다. 레미엘은 몸을 웅크린 채 내가 하는 대로 내버려 두었다.

"으음. 저쪽은 너무 으슥해 보이지 않습니까, 예하?"

"……."

"이쪽 풍경이 더 좋아 보이는데, 여기는 어떻습니까?"

남자는 짐짓 쾌활하게 들리는 말투로 추기경에게 다른 산책로를 권했다.

"그래? 그럼 자네 말을 따르도록 하지. 자네 안목은 내가 믿으니까."

추기경이 너털웃음을 터뜨렸다. 남자가 덩달아 시원하게 웃었다. 도란거리는 대화와 함께, 두 사람의 발자국 소리가 서서히 멀어졌다. 나는 그것이 나를 위한 배려임을 알았다.

그는 날 모른 척해 준 것으로도 모자라서, 추기경에게 들키지 않도록 일부러 그의 발걸음을 돌려 준 것이었다. 비록 정체도 모를 남자였지만, 진한 고마움이 느껴졌다.

정원에서 그들의 발걸음 소리가 완전히 사라지고 나서도 레미엘은 한참이나 입술을 떨며 움직이지도, 말을 하지도 않았다. 나는 그를 안심시켜 주기 위해 그의 귓가에 대고 작게 속삭였다.

"이제 갔네……."

레미엘이 내게서 벗어나려는 듯 몸을 꿈틀거리는 것이 느껴졌다. 나는 순순히 그의 어깨를 감싸고 있던 팔을 풀어 주었다. 나는 무릎을 짚은 채 일어섰다. 오랫동안 앉아 있던 다리가 저려 왔다.

"괜찮아?"

레미엘의 얼굴은 여전히 창백했고, 몹시 지쳐 보였다. 혹시 도움이 필요할까 싶어 손을 내밀었지만, 그는 내 손길을 부드럽게 뿌리쳤다.

"······나 먼저 가 볼게. 카야."

비틀대며 일어선 레미엘은 그대로 등을 돌렸다. 아직도 온전히 자신을 찾지 못했는지, 가느다란 몸이 달빛 아래서 휘청거렸다.

"혹시 내가 데려다줘도······."

그가 걱정이 되어 마음이 놓이지 않은 나는 그의 등에 대고 말을 걸었다.

"아니, 괜찮아. 혼자 갈 수 있어. 그러니까 먼저 가."

레미엘의 목소리에는 힘이 하나도 없었지만, 거절은 단호했다. 나는 더 이상 고집을 부리지 못하고 그의 뒷모습만을 하염없이 바라보았다. 여전히, 그는 그의 영역 안에 날 들이는 것을 거부하고 있었다.

밤마다 그와 만나며 가까워졌던 거리가 도로 벌어진 것 같았다. 아니, 어쩌면 애초에 내 생각만큼 가깝지 않았던 것일 수도. 마음에 휑한 바람이 부는 느낌에 나는 입술을 지그시 깨물었다.

⚜ ⚜ ⚜

처음 신전에 오고 나면, 대부분의 수습 사제는 적응에 어려움을 겪었다. 신전의 구조를 익히고, 규율과 분위기에 완전히 익숙해지기에는 넉넉잡아도 몇 달이 걸렸다.

비록 성직자가 되긴 했으나, 서품을 받는다고 해서 바로 사제로서의 자세가 생기는 것은 아니었다. 갓 들어온 수습 사제들의 언행은 견습생 시절과 다르지 않아 엉성하기 짝이 없었다.

그래서 수습 사제들에게는 메이트라는 이름의 평사제가 한 명씩 붙었다. 메이트는 신전 생활에 대한 조언과 도움을 주고, 고민을 들어 주는 역할을 했다.

같이 어울려 다니는 친구들을 제외하면 가장 가까이할 존재였기에 다들 성격 좋은 메이트를 만나길 희망했다. 수습 사제들 간에는 간혹 심술궂거나 성격이 뒤틀린 메이트를 만나 마음고생하는 이들이 있다는 얘기가 건너건너 전해져 왔다.

개인적으로 그 존재가 필요하다고는 생각하지 않았지만, 나 또한 신전의 일원이었으므로 그 제도를 따라야 했다. 그래서 나는 그저 같이 있기에 무난하고 편한 상대가 되기만을 바랐을 뿐이다.

그러나 내 메이트를 만난 나는 할 말을 잃었다.

"안녕?"

짧은 남색 머리에, 손을 흔들며 쾌활하게 인사를 건네는 이 남자는…….

"너, 카야 맥노프. 맞지?"

그는 간밤에 금지된 구역에서 보았던 바로 그 평사제였다.

"……안녕하세요."

나는 그가 그다지 달갑지 않았다.

비록 그에게 고맙긴 했으나, 다시 마주하기에는 껄끄러운 존재였다. 어찌 되었건, 내가 금기 행위를 저지른 것을 알고 있는 상대였기 때문이다.

그런데 이렇게 메이트라는 관계로 짝이 지어지다니.

"너 대단하더라. 수석에, 만점에?"

그가 유쾌하게 말을 걸었다. 그러나 즐겁게 화답해 줄 생각이 없던 나는 고개를 끄덕일 뿐 별다른 말을 덧붙이지 않았다. 괜한 겸손을 떨고 싶지 않았다.

그러나 그는 내 소극적인 반응을 별로 개의치 않아 하는 듯했다. 짙은 청회색 눈이 장난스럽게 빛났다.

"너, 알지."

그가 뱉은 것은 단 두 음절뿐이었다. 하지만 나는 자연스럽게 전날 밤을 떠올렸다. 어둠 속에서, 그러나 달빛 아래서 마주했던 얼굴.

"카야 맥노프. 너 나한테 빚진 거다."

"……."

"그럼, 앞으로 잘 지내보자."

그는 씩 웃으며 내 어깨를 툭툭 치고 지나갔다. 나는 내가 영 평범하지 않은 존재와 엮였다는 것을 직감했다.

⚜ ⚜ ⚜

그날 저녁은 메이트들과 함께 식사를 했다.

가뜩이나 여섯 명이라 북적거렸던 식탁은 메이트 한 명씩이 더 붙어 마치 대가족이 식사를 하는 듯한 모습을 자아냈다. 그러면서 다들 조용해서, 제법 기이한 분위기를 자아냈다.

평소 재잘대던 수습 사제들은 거의 말이 없었다. 메이트들은 대부분 나이가 대여섯 살씩 위인 까마득한 선배들이었다. 눈치를 보느라고 다들 음식을 깨작거리고 있는 찰나, 알리사의 메이트라는 남자 사제가 먼저 말문을 열었다.

"교단에서, 테베칸 시국 인근의 이교도 마을을 처단할 계획을 하고 있다더군."

"진짜?"

긴 머리를 하나로 내려 묶은 안드레이의 메이트가 고개를 홱 돌리고 되물었다.

"응. 교황 성하께서 승인만 하시면 바로 정리할 거래. 교화가 가능한 어린아이들만 빼고."

교황……. 나는 신경질적인 웃음이 터져 나오려는 것을 눌러 참았다.

카프리치오 7세는 유독 잔혹하고 자비가 없는 성정으로 유명했다. 마녀사냥에서 그가 어떤 식으로 일을 처리하는지 증명되지 않았는가. 이미 교단에게 찍힌 이상, 이교도들의 운명은 굳이 재지 않아도 뻔했다.

내 어미가 죽던 날의 정경이 머릿속을 스쳤다. 그 이름 모를 이교도들의 마을에서도 꼭 그날과 같은 풍경이 펼쳐지겠지. 장작에 불이 붙고, 살이 타고, 비명과 함께 연기 속에서 수많은 목숨이 꺼질 것이다.

그리고 어린아이들은 나처럼 남겨져, 사제들에 의해 신전으로 오게 될 것이다. 그들의 운명은 나보다도 더 가혹했다.

현재, 루에르교의 신전에서는 이교도들을 개종시킨 후 노예로 부리고 있었다. 그동안 이단의 사상에 물들었음을 반성하고 신에게 봉사하라는 의미였다. 부모를 잃은 어린아이들을 신전이 교화 명목으로 데려와 어떤 용도로 활용할지는 이미 정해져 있었다.

"에시엣을 믿지 않는 자들에게 본때를 보여 주려는 거군."

"그렇지. 마녀들도 어느 정도 축출되었고, 이제는 이교를 무찌를 순서가 된 거야."

메이트들의 대화 내용은 거침이 없었다. 기껏해야 밥이 맛있고 없고, 수업 과제의 어려움을 토로하는 게 고작인 수습 사제들과는 달랐다.

실제로 미사를 집전하고 신전의 실무를 맡아 처리하는 신분들이라 그런지, 뼛속까지 '에시엣의 종' 다운 말들이 오갔다.

그때, 불현듯 옆에서 이 가는 소리가 낮게 흘러나왔다.

116

"······개새끼들."

이어지는 욕설에 나는 흠칫 놀랐다.

"방금 뭐라고 하셨어요?"

나는 그에게로 몸을 바싹 붙인 채 작게 물었다. 면을 말고 있던 그가 포크를 잡은 그대로 내게 얼굴을 돌렸다.

"응, 뭐가?"

분이나 불쾌감이라고는 단 한 줌도 묻어 있지 않은 천연덕스러운 얼굴에 나는 혼란스러워졌다.

"방금······."

"방금 뭐? 나 아무 말 안 했는데?"

그가 눈을 동그랗게 뜨고 어깨를 으쓱해 보였다. 분명 욕설을 들었는데······. 내가 잘못 들은 걸까.

그래. 이렇게까지 부정하는데 잡아떼는 게 아닌 이상 잘못 들은 게 맞겠지. 나는 애써 의심을 밀어 넣으며 다시 포크를 들었다.

⚜ ⚜ ⚜

"어디 가?"

깊은 밤, 평소처럼 소리 없이 방을 나서기 위해 신발에 발을 꿰던 나는 별안간 들리는 알리사의 목소리에 화들짝 놀랐다. 천천히 뒤를 돌아보니 알리사가 졸린 얼굴로 상체를 일으킨 채 눈을 비비적대고 있었다.

"나? 나······."

후원에 간다고 순순히 털어놓을 수는 없었다. 그러면 바로 그 이유에 대한 다음 질문이 이어질 테니까. 나는 재빨리 머리를 굴려 적당한 핑곗거리를 찾았다.

"목이 말라서, 물 좀 마시려고."

내 말에 알리사가 상체를 기웃거리며 날 살폈다.

"손에 물병이 없는데?"

의아해하는 그녀의 목소리에 나는 내가 현재 빈손이라는 것을 깨달았다. 평소엔 어리바리한 계집애가 이럴 땐 쓸데없이 예리했다.

"아, 그러게…… . 하하. 깜박했다."

나는 어색하기 짝이 없는 연기가 들키지 않길 바라며 현관 주변에 놓여 있던 물통을 집어 들었다. 나는 그녀가 나를 의심하지 못하도록 물통을 대놓고 흔들어 보였다.

"고마워. 너 아니었음 헛수고할 뻔했네."

"천만의 말씀…… ."

중얼거린 그녀가 몸을 젖혀 다시 침대 위로 쓰러졌다.

"꿈나라로…… 가야지…… ."

목소리에 잠꼬대의 기운이 역력한 걸 보니, 다행히 정신이 온전한 상태는 아닌 듯했다. 다음 날 아침에 일어나면 아마 기억 못 하겠지. 나는 부디 그러길 바라며 문 앞에 물통을 슬쩍 내려놓은 채 후원으로 향했다.

4. 이상한 선배

오늘따라 레미엘이 늦는다.

늘 11시가 되면 이곳에 나와 있던 레미엘이었다. 그래서 매일 밤 만남을 가지는 것은 우리 둘만의 불문율로 이미 자리가 잡혀 있었다. 몇 주간 그렇게 지내다 보니 그를 만나지 않는 것이 오히려 이상할 정도였는데. 갑자기 자취를 감춘 그가 궁금해졌다.

"······."

정원에 앉아 다리를 대롱거리며 그를 기다리던 나는 품 안에서 회중시계를 꺼냈다. 시간은 벌써 자정이 가까워져 가고 있었다. 이 정도면 늦는 게 아니라 안 온다고 봐도 무방할 것 같았다.

혹시 어제의 일 때문인가.

나는 덜덜 떨고 있던 레미엘을 회상했다. 그는 누군가에게 들키는 것을 극도로 두려워했다. 어제 내 손길을 거부하고 쫓기는 사슴처럼 자신의 거처로 달아나던 레미엘.

어쩌면 그는 동굴에 들어간 짐승처럼, 다시는 이곳으로 나오지 않을지도 모른다. 그러면, 이제 나는 어떡해야 하지? 초조함이 몰려왔다. 나는 애꿎은 손톱만 잘근잘근 씹었다.

그토록 가깝다고 생각해 왔지만, 내게는 그와 연락할 변변한 방법 하나 없었다. 갑자기 만남이 끊겨도 아무 기약이 없는 것이다.

불안한 마음에 어쩔 줄 모르고 한숨만 쉬는데, 내려 보고 있는 시야 아래 누군가의 그림자가 드리웠다.

"어, 또 보네?"

레미엘인가 싶어 반사적으로 고개를 번쩍 든 나는 눈앞에 서 있는 남자를 보고 실망했다.

또 그였다. 고마웠지만 엮이고 싶지는 않은 메이트. 어젯밤, 오늘 낮, 오늘 밤까지. 무슨 인연인지 하루 동안 세 번이나 마주쳤다.

"안녕하세요."

"어, 그래. 카야 맥노프."

그는 묻지도 않고 냉큼 내 옆에 자리를 잡고 앉았다. 저지할 명분이 없던 나는 그가 하는 대로 내버려 두었다. 그가 영 반갑지 않은 나와 달리, 그는 내게 관심을 보였다.

"여기 금지된 구역인데, 넌 어떻게 맨날 오냐?"

"그냥 산책하러 왔어요."

"여길 산책하러 왔다고? 담력이 엄청나네. 여긴 인간의 발길이 닿아서는 안 되는 곳이잖아. 저주받아서 죽으면 어쩌려고."

"선배님께서 여기 멀쩡히 계신 걸 보면 그게 아니라는 증거겠죠. 아니면 선배님이 알고 보니 혼령이셨던가요."

나는 장난기 가득한 그의 말을 태연하게 받아쳤다. 그러고 보니, 그가 왜 여기 이렇게 천연덕스럽게 있을 수 있는지 궁금해졌다. 추기경이야 워낙 고위 성직자라서 가능하다지만, 그는 고작 내 선배일 뿐인 평사제 아닌가.

"그러는 선배님께서는 어떻게 여기에 드나드시는 거예요?"

"나?"

그는 손가락으로 자기의 가슴을 가리켰다. 나는 잠자코 고개를 끄덕였다.

그러자 그는 자신의 팔을 넓게 벌리더니, 마치 연극을 하는 것처럼 과장된 톤으로 말하기 시작했다.

"쓸데없이 위대하고 높으신 가문의 이름을 빌려, 이렇게 천벌받지 않고 이 신성하다는 땅에 발을 디딜 수가 있게 되었지."

"……."

"물론 그뿐만은 아니고, 어제 본 추기경 예하의 사랑을 받아서이기도 하고."

그가 양손을 들어 엄지와 검지로 하트 모양을 만들며 윙크를 날렸다. 당장 그런 어울리지 않게 깜찍한 행동 따위 집어치우라고 말하고 싶었지만, 눈앞의 남자는 선배였다. 나는 일단 참기로 했다.

"가문이요?"

"그래. 우리 가문. 몰라?"

"모르겠는데요."

말해 준 적이 없으니 알 길이 없었다. 얼굴에 어떤 가문인지 써 붙이고 다니는 것도 아닌데. 내가 어떻게 알겠는가.

"아, 맞다. 그래. 내가 내 이름 소개를 안 했구나."

손뼉을 부딪친 그가 한 손을 내 앞으로 쓱 내밀었다.

"정식으로 소개하지. 난 페리우스 반 윈체스터라고 한다."

윈체스터. 테베칸 시국 옆에 위치한 겔시스 제국의 황가였다. 나는 그 손을 맞잡고 두어 번 흔들었다.

"황족이군요."

"그래. 우리 아버지께서 바로 카라칼 3세 폐하의 막냇동생이신 라이오스 윈체스터 대공이시지. 그러니까 나는 겔시스 제국 황자 전하의 아들이었다는 말씀!"

이렇게 대놓고 자신의 출신을 자랑하듯 말하는 인물은 처음이었다. 언뜻 들어도 명백한 잘난 척이었다. 그러나 나는 그의 말에서 이상한 점 하나를 짚어 냈다.

"아들……이었다?"

어감이 평범하지 않았다. 아들이면 아들이지, 굳이 '아들이었다' 라고 과거형으로 표현할 필요가 없었다.

"역시 예리하네. 너라면 눈치챌 줄 알았어."

그가 엄지와 중지를 모아 튕겼다. 허공에 딱 하는 소리가 울려 퍼졌다.

"난 가문에서 내놓은 자식이야. 아버지께서 그러시더라. 집에 다시 들어올 바엔 그냥 길바닥에서 뒤지라고."

그는 제법 심각한 얘기를 아무렇지 않게 하는 재주가 있었다. 어찌 봐도 일반적인 성격은 아니었다.

"그래도 아직 공식적으로 성이 안 떼인 덕분인지, 이 신전에서는 적당히 왕자님 노릇 하기 좋더라고. 덕분에 가문의 영향력을 십분 활용해서 멋대로 살고 있어."

듣고 보니 명문가의 골칫거리였던 모양이다. 어쩐지 자유로운 영혼의 분위기가 나더라니. 그가 내게로 고개를 기울이고 삐딱한 웃음을 입가에 흘렸다.

"자. 너는 가문이 어떻게 되실까? 만에 하나 발각되면 목숨을 내놓아야 할 테니. 거기서 널 꺼내 줄 가문의 이름 말이야."

"그런 거 없어요."

나는 고개를 저었다. 친구들에게는 아닌 척 둘러대었지만, 그에게는 적당히 숨기려 드는 게 의미가 없을 것 같았다. 나는 순순히 사실을 털어놓았다.

"난 평민이거든요."

"그래? 널 보호해 줄 만한 장치가 아무것도 없는데, 겁도 없이 이 안에다가 발을 들인 거야?"

그의 청회색 눈동자가 어둠 속에서도 이채를 머금고 반짝였다. 재미있어 죽겠다는 표정이었다.

"카야 맥노프."

"……."

"너, 내가 마음 바꿔어서 위에다가 확 불면 어쩔래?"

나는 무표정으로 그를 쳐다보았다. 그가 원하는 반응은 별로 보여 주고 싶지 않았다.

자존심 때문은 아니었다. 평가표 감점을 받지 않기 위해 샌터베리 교수 앞에서 설설 긴 적도 있는걸. 다만 이자는 샌터베리 교수와 달랐다. 이런 사람은 앞에서 비굴하게 떤다고 해서 마음이 움직이는 유가 아니었다.

그저 선택권을 준 것처럼 굴다가, 결국에는 자기 마음 가는 대로 결정할 뿐.

"하하하. 얘 배포 봐. 눈도 깜짝 안 하네?"

"……."

"너 마음에 든다. 진심으로."

그가 그러거나 말거나, 나는 앉아 있는 자세에서 팔을 짚고 몸을 일으켰다. 한 시간 가까이 레미엘도 보이지 않고, 그와 말장난을 하기에도 기분이 영 내키지 않았다. 그는 눈치도 없는지 떠나는 날 따라나섰다.

"나 기숙사 가는 거예요."

"응. 누가 뭐래?"

얼굴에 강철판 백 장은 깐 것 같았다. 하긴, 그러니까 자기가 가문에서 쫓겨났다는 얘기도 아무렇지 않게 하지.

"그래. 의료국에 지원을 했다지?"

"내 뒷조사도 했어요?"

나는 경악해서 멈춰 섰다. 그가 눈썹을 치켜올리며 어깨를 으쓱했다.

"뒷조사는 무슨. 내가 너 담당이잖아. 그 정도 정보는 기본이지."

"아……."

자의식 과잉이었나. 민망함이 몰려왔다. 나는 괜히 반응했다고 생각하며 걸음을 다시 재촉했다.

"카야 맥노프."

그가 갑자기 낮은 어조로 나를 불렀다. 그 목소리가 뜬금없게도 진지하게 들려서, 나는 놀라서 그를 쳐다보았다.

"일단 여기 오는 건 눈감아 줄게."

"……."

"그 대신, 너 나 좀 도와줘야겠다."

✟ ✺ ✟

후원을 나온 페리우스는 기숙사와 정반대의 길로 나를 끌고 갔다. 한참을 걸어 도착한 곳은 판자 몇 개가 위태롭게 얹힌 키 작고 허름한 건물이었다. 그동안 신전을 다니면서도 한 번도 와 본 적 없는 장소였다.

"여기가 어디예요?"

"이교 노예들이 사는 곳."

그가 짤막하게 대답했다.

"여긴 왜요?"

"네가 봐야 할 사람이 있어."

페리우스는 곧장 나를 안으로 데려갔다. 나는 영문도 모른 채 희미한 달빛에 의존해 어두컴컴한 복도를 걸었다. 여러 문이 달린 복도를 지나 끝에 다다랐을 때 마침내 그의 걸음이 멈추어졌다. 그는 문을 두드리며 생소한 형태의 이름을 불렀다.

"세이키. 브라이. 나 왔어."

몇 초 후, 벌컥 소리와 함께 문이 열렸다. 문간에는 헝클어진 머리를 한 소녀 한 명이 서 있었다. 그녀는 커다란 눈을 굴리며 나와 페리우스를 동시에 쳐다보았다.

"자고 있었어?"

페리우스는 오래 안 사이처럼 친근하게 그녀에게 말을 붙였다.

"아뇨."

그녀의 나이는 많아 봤자 열네다섯 살 정도로밖에 보이지 않았다. 나는 페리우스를 따라 신발을 벗고 방 안으로 들어갔다.

"아직도 깨어 있었구나. 브라이. 세이키는 좀 어때?"

"아직도 잘 못 자고 앓고 있어요⋯⋯."

침울한 목소리가 그녀의 입에서 흘러나왔다. 나는 페리우스의 시선을 좇다, 방 안에 있는 다른 존재를 발견했다.

"⋯⋯."

한 소녀가 벽에 등을 기댄 채 덜덜 떨고 있었다. 그녀는 두 팔로 자신의 몸을 꼭 감싸고 있었고, 앞으로 뻗은 다리에는 붕대가 칭칭 감겨 있었다.

"으으으⋯⋯."

소녀의 입에서 희미한 신음 소리 같은 것이 흘러나왔다. 그녀는 떨면서도 상처 부위가 아픈지 연신 다리를 바닥에 동동거리고 있었다.

"얘 상태 좀 봐 줘. 얼마 전에 채찍을 맞았다고 했거든? 이게 낫지 못하고 점차 감염이 심해지고 있는 것 같은데, 내가 안타깝게도 행정국 소속이라서 의학에는 문외한이거든."

"……"

"그런데 딱! 하필 네가 의료국 지원자라지 뭐니. 이게 바로 운명이지. 안 그래?"

그가 눈을 찡긋해 보였다. 본능적으로 거부감이 든 나는 손을 저어 저지했다.

"느끼해요. 집어치워요."

"하하. 알았어. 안 할게. 미안. 자, 여기 와 봐."

항복 자세로 두 손을 올려 사과한 그는 내가 환자에게 다가갈 수 있도록 방구석으로 몸을 피해 주었다. 나는 소녀에게로 다가가 그녀의 다리를 내 무릎 위로 올렸다. 옷 위로 느껴지는 그녀의 체온은 상당히 뜨거웠다.

엉성하게 감긴 붕대를 풀자 악취가 짙어지며 환부가 드러났다. 나는 조금이라도 더 잘 보기 위해 창가 쪽으로 다리를 살짝 들었다.

"……"

달빛 아래, 살이 벗겨진 채 온통 새빨갛게 속이 드러나 있는 상처가 보였다. 동그랗게 퍼져 있는 모양으로 봤을 때 상처가 생기고 꽤 오랜 시간이 지난 듯했다. 회복 중인 게 아니라 계속해서 상처가 커지고 있었다.

"상처가 아직 아물지 못한 것과, 현재 몸에서 나타나는 증상으로 보아……"

"……"

"잘은 모르겠지만, 파상풍일 가능성이…… 있네요."

가죽에 맞아 생긴 상처는 아무리 깊어도 시간이 지나면 낫는다. 그러나 채찍에 박혀 있는 징은 금속으로 된 탓에, 닿은 부위가 방치되면 문제를 일으킬 수 있다.

"쇳독이 오르면 상처가 덧나고, 2차 감염이 일어날 수 있거든요."

그가 초조하게 물었다.

"어때? 치료 가능해?"

나는 확답을 하지 못하고 망설였다. 의학 지식이 있다고 해서, 바로 마법처럼 사람을 뚝딱 낫게 할 수 있는 건 아니다. 위생, 치료제, 상처 진행 상태……. 여러 가지 여건이 맞아떨어져야 가능했다.

"일단 치료를 하려면 약품이랑 약초 같은 것들이 필요해요. 상처 치료만 해서 되는 것도 아니고……."

"그건 걱정 마. 필요한 물건은 이름만 대면 구해 줄 테니까. 그 정도 권력 남용은 가능해."

"일단 지금은 너무 어두우니까 내일 다시 와요. 보여야 뭘 할 수 있을 것 같아서……."

현재로서는 상처의 상태를 정확히 파악하는 것조차 불가능했다. 그저 심각하다는 것만 느껴질 뿐, 환한 빛 아래에서 진찰을 해야 할 것 같았다.

"시간 있어?"

"만들어 볼게요."

그가 내 메이트인 만큼, 따로 시간을 내기는 어렵지 않을 것 같았다. 얼마든지 남들에게 의심받지 않고 함께 어디든 갈 수 있는 핑곗거리가 될 수 있었다.

다만, 하나 그에게 궁금한 점이 있었다.

"그런데 아무리 원체스터라도……."

"응."

"이런 건, 안 되는 거 아니에요?"

교단 입장에서 이교 노예는 교화의 대상이자, 그릇된 신을 섬긴 대가를 치르는 존재들. 그들이 겪는 노역과 고통은 스스로 견뎌야 할 몫이지, 돌봄과 동정의 대상이 아니었다.

그런 교리하에서 루에르교의 사제가 직접 이교 노예를 돌본다는 것은 일반적인 상식으론 이해할 수 없는 일이었다. 종교 규율을 어긴 것으로 간주되어 최고 근신 이상의 징계를 받을 수 있었다.

"그래서 몰래 하고 있잖아. 의료국에 아는 사제가 없으니. 내가 괜히 너 약점 잡아서 도와 달라고 하겠어?"

"……."

그가 그렇게 대답하니 할 말이 없었다. 그는 내 어깨 위로 손을 올렸다.

"네가 금지된 구역에 출입하는 것이 비밀이듯이……."

그가 다시 눈을 찡긋했다. 그러나 그 이전처럼 느끼하지는 않았다.

"이것도 비밀이야. 알았지?"

⚜ ⚜ ⚜

낮에 다시 확인한 이교의 노예 소녀, 세이키의 상처는 전날 언뜻 본 것보다도 훨씬 심각했다. 붕대만 대강 감은 것으로 방치했던 상처에서는 진물이 줄줄 흐르고 있었고, 이미 까맣게 부분 괴사가 진행된 상태였다.

그녀는 방 안이 그다지 춥지 않음에도 불구하고 끊임없이 신음하며 몸을 떨고 있었다. 그와 대조적으로 몸은 여전히 불덩이였다.

나는 그녀의 몸을 감싼 담요를 걷어 내고, 목에서부터 가슴팍으로 이어지는 옷깃을 살짝 벌렸다. 가무잡잡한 살결 위로 붉은 발진이 한가득 돋아 있었다. 그것을 보고 나는 확진을 내렸다.

"애석하게도 파상풍이 맞는 것 같아요."

"그래? 그럼 어떡해야 하지?"

"우선, 구급상자 주세요."

페리우스가 챙겨 온 약상자를 내밀었다. 나는 알코올과 붉은 소독약, 솜과 집게를 꺼냈다.

"일단 소독부터 할게요."

나는 알코올을 상처 부위에 부었다. 그리고 붉은 소독약 병을 열어 솜을 깊게 담근 다음, 상처 위에 가져다 댔다.

"으…… 으으…."

세이키는 소독약이 따가운지 인상을 찡그리며 앓는 소리와 함께 몸을 비틀었다.

"조금만 참아. 이래야 더 이상 감염이 진행되는 걸 막을 수 있어."

나는 그녀를 달래며 솜을 상처 위에 문질렀다. 빈 곳 없이 상처를 꼼꼼히 닦아 낸 다음, 거즈를 꺼내 상처 위를 덮었다. 가장자리를 테이프로 마무리하자 상처가 온전히 가려졌다.

나는 이마에 흐르는 땀을 닦으며 옆에서 날 지켜보고 있던 소녀에게로 고개를 돌렸다.

"브라이. 맞지?"

"네……."

브라이가 눈을 크게 뜨고 고개를 끄덕였다.

"세이키는 지금 염증이 심각한 상태라서, 거즈를 자주 갈아 주어야 해. 여기 놓고 갈 테니까, 아침마다 갈아 줘. 알겠지?"

나는 거즈 한 주먹과 테이프, 가위를 바닥에 내려놓았다. 브라이가 대답했다.

"알겠어요. 사제님."

나는 페리우스에게로 다시 손을 내밀었다.

"메모할 것 좀 주세요."

내 요청에 페리우스는 주머니를 뒤적거려 수첩과 만년필 하나를 꺼내 주었다. 나는 종이 위에 파상풍 치료와 염증 완화에 필요한 약초 목록을 몇 가지 적었다. 괴사 조직을 최대한도로 되살리기 위해, 피부 재생에 효과가 있다는 약 성분도 추가했다.

그리고 도로 수첩과 펜을 그에게 내밀며 당부했다.

"적어 준 것들 이틀 안에 전부 구해서 줘야 해요. 알았죠?"

"야. 아무리 내가 백이 좋아도 이틀은 좀……."

"그렇지 않으면, 다리를 절단해야 하는 상황까지 올 수도 있어요."

내 말에 세이키, 브라이, 페리우스의 얼굴이 모두 경악으로 물들었다. 특히 페리우스의 표정이 가관이었다.

"아, 알았어. 알았으니까 줘 봐. 내가 무슨 일이 있어도 구해다 줄게."

"네. 여기요."

"그러니까 치료 꼭 제대로 해 줘. 세이키 다리 멀쩡히 쓸 수 있게. 알았지?"

나는 잠시 대답을 미루고 그의 반응을 즐겼다. 허둥지둥한 모습이 우습기도 하고, 묘하게 귀엽다는 생각이 들었다.

아, 이 무슨 말도 안 되는 생각이람. 키는 나보다 머리 하나는 더 큰데다가, 능글맞기 짝이 없는 인간을 보고 귀엽다고 느껴야 할 이유는 하나도 없었다. 나는 머리를 털어 쓸데없는 생각을 지웠다.

"알았어요. 걱정하지 말고, 내가 선배한테 부탁한 것만 제대로 구해다 줘요."

어느새 나도 모르게 호칭이 '선배님'에서 '선배'로 옮겨 간 걸 보면,

이 인간이 적응된 것 같기는 한데…….

"고맙다, 카야."

그의 얼굴이 등을 켠 것처럼 환해졌다. 제 다리를 치료해 준다고 해도 저런 표정을 지을 수는 없을 것 같았다.

"됐어요. 어차피 서로 눈감아 주는 조건으로 거래한 거잖아요."

"실력이 엄청 좋은 것 같아. 의료국에 들어가자마자 에이스가 되겠어."

"이 정도는 의료국 갈 만한 사제면 누구나 다 해요."

상처 소독이 별것도 아닌데, 페리우스는 마치 엄청난 능력인 양 눈을 빛내며 날 칭찬했다. 괜스레 민망해진 나는 어느새 가까워진 그의 얼굴을 밀어 내며 고개를 돌렸다.

"고마움의 의미로 키스 선물이라도……."

"아, 썩 꺼져요. 징그러워."

이런 이상한 장난만 안 치면 딱 좋을 텐데. 나는 질색하며 그에게 험한 말을 마구 퍼부었다. 열받았는지 페리우스가 눈을 부라렸다.

"이게 어디서 하늘 같은 선배한테 막 욕하고 난리래? 너 내가 메이트들한테 다 이를 거야. 신입이 엄청 건방지다고."

"그러시든가."

나이는 스물넷이나 먹은 인간이 유치하기가 하늘을 찔렀다. 나는 방방 뛰는 페리우스를 내버려 둔 채 소녀들에게 작게 인사한 후 재빨리 방을 나섰다.

"야, 같이 가!"

페리우스가 순식간에 달려와 어깨동무를 했다. 끌어당기는 힘이 어찌나 강한지, 나는 그만 휘청대고 말았다. 눈에 힘을 주고 그를 힘껏 쩨려보았지만 그는 뻔뻔하게도 하하 웃어 보였다.

"배 안 고프냐? 밥 먹으러 가자."

"아직 저녁 나오는 시간 아닌데요?"

"오늘은 째자."

어깨를 놓은 그가 손가락으로 신전의 담 쪽을 가리켜 보였다. 그 말 뜻인즉슨, 신전 밖으로 나갔다 오자는 것이었다.

"허가 없이 못 나가잖아요?"

"점호 전에 누가 일일이 출석 체크하는 것도 아니잖아. 너 요즘 오후에 수업도 없다며. 오늘 일정 없지?"

"만에 하나 걸리면요?"

"윈체스터의 이름으로, 모든 죄를 사하노라."

그가 당당하게 가슴을 쭉 펴 보였다. 본인 말대로 가문을 팔아먹는 데 아무런 거리낌이 없어 보였다. 문제아는 문제아구나. 나는 피식 웃은 후 엄지손가락을 그의 앞으로 들어 보였다.

"좋아요."

어쩐지, 이 자유로운 영혼의 문제아와 앞으로 제법 가까워질 것 같다는 예감이 자꾸 들었다.

✤ ✤ ✤

레미엘은 손안에 든 종이를 내려 보았다. 그의 옆에는 잉크가 담뿍 적셔진 깃펜 한 자루가 놓여 있었다. 그는 그 위로 내키지 않는 눈길을 주었다.

"그대로 넘겨서 뒷장에 서명하시면 됩니다, 교황 성하."

그의 앞에 선 추기경 블라디미르 리스텐이 단조로운 어조로 말했다. 레미엘은 앞장 맨 위에 적힌 대목을 소리 내어 읽었다.

"이교도…… 처단."

"예. 에시엣을 믿지 않는 자들에게, 신을 따르지 않는 대가를 치르게 하려는 것이죠. 성하의 역할은 서명을 해 주시는 거고요."

블라디미르 리스텐이 설명을 덧붙였다. 더불어 다시금 레미엘에게 서명을 강조했다.

그러나 레미엘은 쉽사리 펜을 잡지 못하고 망설였다. 서명하는 것은 간단했다. 그러나 그 무게는 전혀 가볍지 않았다.

자신이 펜촉으로 이름자를 쓸 때마다 누군가의 생명이 꺼졌다. 펜을 놀릴 때마다 원한이 소복이 쌓였다. 레미엘의 눈에는 까만 잉크가 꼭 붉은 핏방울처럼 보였다.

"얼른 서명하세요. 굳이 상세히 읽어 보실 필요는 없습니다."

블라디미르가 재촉했다. 하지만 레미엘은 그럼에도 곧바로 그의 말을 따르지 않았다.

"싫으십니까?"

블라디미르의 눈이 가늘어졌다. 그는 별안간 책상 쪽으로 몸을 숙이고 레미엘을 향해 얼굴을 바싹 붙였다. 어느새 귀 바로 앞에 그의 입술이 닿아 있었다. 레미엘의 금빛 눈이 휘둥그레 커졌다.

"거부하는 게냐, 레미엘?"

맹독 같은 목소리가 귀 안으로 흘러들어 왔다. 이대로 고막을 뚫고, 머리 안까지 샅샅이 녹여 없앨 것 같았다.

동시에, 레미엘의 머리는 영영 잊을 수 없는 기억들로 의식을 온통 채웠다. 레미엘은 몸을 흠칫 떨었다.

"……아닙니다."

레미엘은 곧바로 깃펜을 들었다.

귓가에 불이 타오르는 소리, 비명 소리와 사람들의 울음소리 같은 것이 온통 뒤섞여 맴돌았다. 매번 서류에 서명을 할 때마다 울리는 환청이었다.

그는 그 모든 것을 애써 무시하며 종이를 넘기고 서명란에 '카프리치오 7세'라는 교황 명을 적어 넣었다. 몸을 일으킨 블라디미르가 다시 평온을 되찾았다.

"잘하셨습니다. 어려운 것도 아닌데, 왜 이렇게 요즘은 서명에 뜸을 들이시는지."

레미엘은 블라디미르의 칭찬에 아무 대꾸도 하지 않았다.

"아, 그런데."

블라디미르가 레미엘의 책상 위에 한쪽 팔을 짚었다.

"제가 최근에 들은 정보에 따르면, 요즘 밤마다 특히 외출이 잦으시다고. 맞습니까?"

레미엘에게 바싹 자신의 얼굴을 들이댄 블라디미르의 입가에 짙은 호선이 그려졌다.

이미 다 알고 있었단 말인가.

레미엘의 가슴이 덜컥 내려앉았다. 그는 적절한 핑계를 찾기 위해 머리를 열심히 굴렸다.

"그게, 잠시 바람을 쐬느라고……."

"그래요? 바람을 쐬는 것치고는 상당히 자리를 오래 비웠다는 것 같던데……."

그러나 블라디미르는 만만한 상대가 아니었다. 레미엘은 시선을 피하며 대충 둘러댔다.

"요즘 좀…… 휴식이 필요했던 것 같습니다."

"아, 그러시군요. 죄송합니다. 저희가 미처 성하의 마음을 파악해 드리지 못하여……."

그가 환한 미소를 보였다. 그럴 때마다 레미엘은 불안해졌다. 아니다 다를까, 블라디미르는 마치 폭탄과도 같은 발언을 내뱉었다.

"보좌 사제의 근무 시간을 늘려야겠습니다. 교황 성하를 더 세심하게 보살펴 드리기 위해서. 성하께서 잠드실 때까지 봐 드리도록 해야겠군요."

"아니, 그럴 필요까지는……."

"성하의 안녕과 편안함을 위한 조치입니다. 너무 언짢게 생각하지 마소서."

딱 잘라 말한 블라디미르는 레미엘을 향해 인자한 미소를 지어 보였다.

"아시잖습니까. 이 모든 것이 성하를 위한 것임을."

"……."

"그럼 소신은 물러나 보겠습니다, 성하."

레미엘은 깔끔하게 돌아서는 블라디미르의 뒷모습을 하염없이 바라보았다. 그 등은 매우 거대하고, 무너뜨릴 수 없을 만큼 견고해 보였다.

이젠 아예 대놓고 일거수일투족을 감시하겠다는 뜻이구나. 그의 입술에서 체념의 한숨이 흘러나왔다.

카야.

어느새 일상처럼 익숙해진 소녀의 해사한 얼굴이 떠올랐다. 레미엘은 입술을 깨물며 고개를 떨구었다. 앞으로는 자신이 말한 밤 11시에 카야를 만나지 못할 것이다. 감시가 붙은 이상 방도가 없었다.

혹시 발각될까, 하는 생각에 어젯밤도 나가지 못했었는데.

……기다렸겠지.

그는 쓸쓸한 눈으로 창밖을 바라보았다. 교황의 집무실에서는 보이지 않는 정원, 달빛을 받으며 앉아 있었을 그녀가 떠올랐다. 그녀는 약속을 어긴 자신에 대해 어떻게 생각했을까. 많이 실망하고, 혹시 화도 났을까?

그녀와 이런 식으로 격리되고 싶지 않았다.

그녀와 마주 앉아 있을 때면 자신이 살아 숨 쉬고 있다는 것이 느껴졌다. 반짝거리는 그녀의 눈에 담긴 자신을 발견할 때마다 버려지만도 못하던 자신의 존재 가치를 찾았다.

그러나 이제는 전부 좌절된 꿈. 레미엘은 쓰게 웃으며 눈을 감았다. 그래. 애초에 욕심내서는 안 되었을 것.

잊어야 했다. 그 모든 것이 순간으로 지나간 과분한 사치일 뿐이었으니.

† ✤ †

수습 사제로 신전에 입적된 지 세 달. 드디어 모든 신입들에게 부서가 배정되었다.

나는 최초에 지원했던 의료국에 가게 되었다. 나와 가장 친한 알리사 또한 의료국 배정이었다. 성적대로라면 불가능했겠으나, 그녀가 나와 함께 일하고 싶다며 가문의 힘을 다소 활용한 결과였다.

엘피스는 원하던 대로 (이유는 모르겠지만) 퇴마국에 가게 되었고, 안드레이를 비롯한 나머지 아이들은 제일 무난하다고 여겨지는 생활신앙국에 가게 되었다.

처음에 의료국 배정이 확정되었을 때, 알리사는 나와 붙어 있을 수 있겠다고 몹시 좋아했다. 그러나 배치 장소가 달랐다.

아무래도 공국 지배 가문의 딸이라는 신분 때문인지 그녀는 황족이나 대귀족들의 입원 병동으로 가게 되었고, 나는 성기사들의 부상 치료를 맡게 되었다. 수석이라는 그럴듯한 타이틀도 출생 성분을 이기지는 못했다.

"내 생각에도 이게 좀 부당한 것 같긴 한데……."

알리사는 성적이 더 낮은 자신이 더 요직에 배치된 것을 미안해했다. 내가 할 수 있는 일은 그저 그녀를 향해 웃어 보이는 것밖에 없었다.

"괜찮아."

"카야……."

"각자의 위치에서 잘하자."

알리사와 같은 자리까지 가기 위해서는 내게 시간이 좀 더 필요할 듯했다. 오늘 아침에도 죄책감이 서린 얼굴을 한 채 의료국 입구에서 헤어졌던 알리사를 생각하며, 나는 무릎 위에 올려진 성기사의 다리에 석고 지지대를 가져다 대었다.

훈련을 받다가 삐었다는 그의 발목은 시퍼런 멍이 든 채로 퉁퉁 부어올라 있었다. 나는 석고 지지대가 흐트러지지 않도록 고정한 다음, 그 위로 붕대를 칭칭 감았다. 테이프를 군데군데 붙여 마무리하자 깁스가 완성되었다.

"다 되었습니까?"

"조금만 기다리세요."

나는 옆에 준비해 두었던 헝겊신을 들어다 그의 발에 신겨 주었다.

"이제 좀 걷기 편하실 거예요. 일어나서 조금만 걸어 보세요."

그는 내 손을 잡은 채 엉거주춤하게 몸을 일으켰다. 나는 그가 앞을 향해 몇 걸음을 떼는 것을 주의 깊게 살폈다.

"어때요? 괜찮으세요?"

말없이 걷던 성기사가 뒤를 돌아보았다. 치료가 만족스러웠는지 그는 하하 웃으며 너스레를 떨었다.

"네. 예쁜 사제님이 치료해 주신 덕분에 금방 낫겠네요."

"다행입니다. 다 회복될 때까지 절대 무리하지 마시고, 나으면 걷는 연습 꾸준히 하세요."

"예. 그럼 이만."

내게 경례를 붙인 그가 한결 나아진 발걸음으로 의무실을 걸어 나갔다. 석고 지지대가 적응이 덜 되었는지 다소 절뚝거리긴 했어도, 밝아진 그의 얼굴을 보자 제법 뿌듯했다.

이런 걸 보면 여기서 일하는 것도 나름 괜찮은걸. 다소 즐거워진 기분으로 의료 용품을 정리하던 나는 어느 순간 머리 위에 드리운 타인의 그림자를 느꼈다.

"치료 부탁하겠습니다."

"아, 네. 오셨……!"

반사적으로 고개를 든 나는 눈앞의 사람을 보고 깜짝 놀랐다. 짧은 머리에 하얀 제복을 걸친 이 남자는…….

"일리프……?"

"……."

"아, 아니. 루테반 경……."

반가운 마음에 허락도 받지 않고 친한 척 그의 이름을 부른 나는 뒤늦게 얼굴을 붉히며 호칭을 정정했다. 그러나 일리프는 괜찮다는 듯 빙긋이 웃어 보였다.

"편하게 부르셔도 괜찮습니다, 카야."

그의 입에서 나온 내 이름이 묘하게 다르게 들리는 건 왜일까. 나는 괜스레 올라오는 상념을 지우고 본래의 목적을 상기했다.

너는 치료사다, 카야 맥노프.

"아…… 네. 감사합니다. 그런데 어딜 다치신 건가요?"

"여길 살짝 베었습니다."

그가 소매를 걷어 팔을 내밀었다. 흰 피부 위로 칼자국이 길게 나 있었다.

살짝이 아니라 꽤 깊게 베인걸……. 나는 피가 울컥울컥 솟아 나오는 그의 팔을 잡은 채 맞은편에 있던 의자에 그를 앉혔다.

"의료국에 오셨을 줄은 몰랐습니다."

"어쩌다 보니 여기 있게 되었네요."

나는 소독약에 푹 적신 솜을 집게로 집어 그의 상처에 대고 문질렀다. 올 때만 해도 멀쩡한 얼굴을 하고 있던 그는 따가운지 미간을 찡그렸다.

"윽⋯⋯."

꾹 다문 잇새로 낮은 신음이 흘러나왔다.

"많이 따가우시죠?"

워낙 상처가 깊으니 성인 남자라도 고통을 호소할 만했다. 가늘게 파인 미간 주름이 그가 참고 있는 상태임을 알려 주었다.

"으⋯⋯ 괜찮⋯⋯."

"후⋯⋯."

나는 무심코 그의 손목을 위로 들어 올려 상처 부위로 입김을 불어 넣었다. 최근 치료 중인 이교 소녀 세이키가 상처를 소독할 때마다 통증을 호소하는 것이 안타까워 후후 불어 주고는 했는데, 그것이 습관이 되어 나도 모르게 나온 행동이었다.

"⋯⋯."

다음 순간, 잡고 있던 그의 팔이 경직되는 것이 느껴졌다. 그제야 내가 무슨 짓을 하고 있었는지 깨달은 나는 상처로부터 잽싸게 얼굴을 뗐다.

"아, 죄송합니다⋯⋯."

사과를 건넸으나 그는 당황했는지 아무 말이 없었다. 민망해진 나는 조용히 상처를 감쌀 솜을 집어 들었다.

"흠, 흠."

그가 헛기침을 하더니 귓불이 어느새 붉어져 있었다.

오, 젠장. 카야 맥노프. 또 사고를 치고 말았구나.

나는 어색해진 분위기를 무마하기 위해 아무 말이나 나오는 대로 주절거렸다.

"하하. 이제 제가 의료국에 왔으니, 자주 뵙기를 바……."

아니, 이게 무슨 소리람! 이건 많이 다치라는 소리랑 똑같잖아. 나는 말을 바꾸었다.

"음, 그러니까 여기 올 일이 많지 않은 게 좋긴 한데……."

어떻게 풀어서 설명해야 그에게 반가움을 표현하면서도 크게 예의에 어긋나지 않을지 고민하고 있는데, 어느새 안색을 단정하게 정돈한 그가 미소와 함께 입을 열었다.

"그러게요."

"……."

"자주 뵈었으면 좋겠습니다."

짙은 눈썹이 올라가고, 붉고 가느다란 입술이 부드러운 곡선을 그렸다. 시원스럽게 잘생긴 얼굴 위로 웃음이 번지는 모습은 꽤 보기 좋았다.

참 잘생기셨네요, 무심히 뱉을까 하던 나는 곧 그만두었다.

뭐니 뭐니 해도 그런 건 본인이 제일 잘 알고 있는 법이니.

"네, 저도요."

다만, 최대한의 호의를 담아 마주 웃어 주었을 뿐이다.

⚜ ⚜ ⚜

테베칸 시국, 신전 중심부인 교황청 내부에 위치한 교황의 침실은 온통 하얗기만 했다. 안에는 최소한의 가구만이 놓여 있을 뿐, 신전에서는 흔한 장식품인 성상 하나조차 놓여 있지 않았다. 소수의 허가된 자 외엔 출입할 수 없는 이 공간은 사람이 없을 때면 거의 휑한 분위기를 풍겼다.

그 안에서 유일하게 공간을 많이 차지하는 건 먼지 한 톨 없는 새하얀 시트가 깔린 침대. 그 위에서 레미엘은 숨을 헐떡이고 있었다. 그의 눈가에는 몸이 길어 낸 눈물이 그렁그렁 맺혀 있었다.

또, 또 그 느낌. 다시 끔찍한 시간이 찾아왔다.

반복적이라 해서 고통이 무뎌지는 것은 아니다. 수백 개의 바늘로 속을 찌르는 것 같은 통증이 온몸을 엄습했다. 몸속을 남김없이 후벼 파기 전까지는 멈추지 않을 것 같았다.

레미엘은 정신없이 침대 위를 뒹굴었다. 이럴 때면 아무것도 할 수 없었다. 그저 참고 견디며 시간이 흐르기만을 바라야 했다. 살아 숨 쉬는 이상 벗어날 수 없는 자신의 몸이 그에게는 지옥이었다.

"……!"

별안간 속에서 비릿하고 뜨거운 것이 솟구쳐 올랐다. 레미엘은 무릎 꿇은 자세를 취한 채로 고개를 앞으로 뺐다.

"으……읍……! 우욱……!"

울렁거리는 위장은 자꾸 안에 차오른 것을 게워 내려고 했다. 치미는 토기에 그는 목을 부여잡은 채 연신 헛구역질을 했다.

"우……욱……!"

흰 시트 위로 붉은 피가 방울방울 떨어져 내렸다. 레미엘은 손을 내려 가슴을 쥐어짤 듯 움켜쥐었다. 그런다고 통증이 덜해지는 것은 아니었지만, 그렇게라도 하지 않으면 견디기가 힘들었다.

"큭……."

식도를 타고 피가 흐르는 감각은 언제나 몸서리가 쳐진다. 입안에 도는 혈 향이 코까지 마비시켰다. 그는 비릿한 향취에 정신이 몽롱해지는 것을 느끼며 팔을 들어 입가에 묻은 피를 닦아 냈다. 새하얀 성의 위에 벌건 핏자국이 어지럽게 번졌다.

그때 벌컥, 문 열리는 소리가 들렸다.

"성하. 무슨 일이십니까."

그는 의료국의 수장이자 레미엘의 주치의인 한스 엥게르 주교였다. 최근 들어 병색이 짙은 레미엘의 상태를 진찰하러 들어온 것이었다.

"이런. 성하. 또 각혈을 하신 겁니까?"

침대 위에 흩어진 핏자국을 확인한 그는 미간을 찌푸렸다.

"저번에 지어 드린 약으론 차도가 전혀 없으셨던 겁니까."

"그런 것…… 같습니다."

레미엘이 여전히 가슴팍을 쥐어 잡은 채 힘겹게 입술 밖으로 대답을 토했다. 그런 레미엘을 묵묵히 내려다보던 엥게르 주교의 시선이 피로 얼룩진 침대로 향했다.

"이런……. 시트를 갈아야겠군요. 얘기해 놓겠습니다."

"감사……합니다."

피를 한번 내어놓고 나면 말을 하는 것조차 식도가 쑤시는 고통을 수반했다. 레미엘은 그대로 입을 다물어 버렸다. 엥게르 주교는 이해한다는 듯이 인자한 미소를 지어 보였다.

"옥체가 많이 고통스러우실 것으로 아옵니다. 너무 염려 마십시오, 성하. 소신이 이 한 몸 바쳐 꼭 적절한 약을 지어 올리도록 하겠습니다."

"……."

"그럼 조금만 기다리십시오. 곧 약과 새 시트를 가지고 오겠습니다."

열린 문 너머로 사라지는 엥게르 주교의 뒷모습을 바라보던 레미엘은 어느덧 뿌옇게 번진 시야로 알 수 없는 것이 어른거리는 것을 보았다.

저게 뭐지?

문득 떠오른 것은 한 사람의 얼굴이었다. 희고, 반듯한 선을 그리는 한 소녀의 단아한 얼굴.

누구……지?

기억이 날 듯 말 듯, 단서가 잡히지 않았다. 그러나 레미엘을 혼란스럽게 만드는 것은 요동치는 자신의 속이었다. 안타까움, 체념, 절망, 정체 모를 감정들이 그 안에서 뒤엉키고 섞였다.

'나, 나는…… 카야 맥노프…….'

단정해 보이던 얼굴이 흐트러지며 이내 수줍어하는 미소를 머금었다. 레미엘은 그 순간을 기억했다. 처음 마주했을 때의 모습이었다.

그래. 카야 맥노프.

그런데 그녀가 대체 왜 이 순간에 떠오르는 거지?

그러고 보니 분명 뭔가를, 간절히 바랐었던 것 같은데…….

하지만 그것이 무엇인지 잘 생각나지 않았다. 시야만큼이나 머릿속이 하얗게 비워진 기분이었다.

하기야 떠올려서 무엇 하겠는가. 자신이 원하는 대로 이루어지는 것은 하나도 없었다. 모든 것은 늘 추기경들을 비롯해 '교황청'이라고 불리는 조직의 뜻을 따랐다.

어차피 자신은 이처럼 죽어 가고 있는 것을.

이제 와서 의지를 품는다고 달라질 건 없었다.

레미엘은 의식이 점점 흐려지는 것을 느꼈다. 곧이어 깊이를 알 수 없는 구덩이가 그의 몸을 잡고 아래로 끌어 내렸다. 그는 기꺼이 그 익숙한 무의식의 세계로 침잠했다.

⚜ ⚜ ⚜

블라디미르는 들고 있던 와인병의 주둥이를 비스듬하게 기울였다. 안에 들어 있던 붉은 액체가 콸콸거리는 소리와 함께 아래를 받치고 있던 잔 안으로 흘러 들어갔다.

그 앞에는 의료국의 수장인 엥게르 주교가 두 손을 모은 채 서 있었다. 잔을 반쯤 채운 블라디미르는 병을 책상 한구석에 내려놓으며 그에게 말을 붙였다.

"교황의 병색은 어떤가?"

"좋지 않습니다."

블라디미르는 혀로 입술을 적시며 앞에 놓인 잔을 들어 올렸다.

"진행 상태는?"

"며칠에 한 번씩 각혈을 하고, 일주일에 한두 번 꼴로 오한과 발열 증세를 나타내고 있습니다."

"괜찮군."

입술 가까이 잔을 가져다 대던 블라디미르의 입가에 희미한 호선이 그려졌다.

"이제 슬슬 입질이 도는구만."

몇 년 전부터 꾸준히 먹여 온 독이 쌓여 드디어 반응을 일으키는 모양이었다. 하긴, 여러 대를 이어 온 검증된 방식이니, 크게 어그러질 일은 없었다.

잔을 기울여 와인을 한 모금 마신 그가 다시 질문을 던졌다.

"얼마 정도 보는가?"

"빠르면 스물넷, 늦어도 스물여섯이 되기 전에는 생을 다할 겁니다."

"순조롭군."

정확히 계획대로 되어 가고 있었다. 블라디미르는 흡족해하며 고개를 끄덕였다.

"죽는 시기까지 조절하는 겁니까?"

"그렇지. 그 이상을 넘어가면, 저들도 머리가 굵어졌다고 대들 생각을 해요. 그 자리에 앉혀 준 게 누군지도 모르고. 은혜를 모르는 거지. 대접해 주니까 진짜 왕이 된 줄 알아."

"……그렇군요."

"이제껏 계속 그렇게 이어져 왔어. 안 그러면 어떻게 재위 기간이 14년에서 15년으로 맞추어질 수 있었겠어? 다, 체계적으로 관리가 되니까 가능한 것이지."

블라디미르가 히죽 웃었다. 탁한 녹색을 띤 눈이 한껏 가늘어졌다.

"이것이 정말 현명한 방침이란 걸 요즘 들어 깨닫고 있지. 계집들은 그나마 덜한데, 사내새끼들은 크면 영 통제가 안 되거든. 레미엘 고놈도 똑같아."

"……."

"어렸을 때는 종이만 던져 주면 넙죽넙죽 사인하고, 뭘 시켜도 다 따를 것처럼 굴던 놈이 요즘따라 자꾸 버틴단 말이야? 저도 스무 살이 넘었다고 하란 대로 하기 싫다, 이거지. 요즘은 무슨 바람이 들었는지 자꾸 밖으로 싸돌더라고. 무슨 꿍꿍인가 싶어 감시를 붙이긴 했다만."

자리에서 일어난 블라디미르는 손을 뻗어 엥게르 주교의 어깨를 두드렸다.

"자네는 중요한 역할을 하고 있는 거야. 이 체제를 유지하는 데 지대한 공헌을 하고 있는 셈이니, 자긍심을 가져도 좋다네. 에시엣께서 기뻐하시겠어."

"감사합니다."

도로 자리에 앉은 블라디미르는 그를 향해 손을 휘저었다.

"그만 물러가 보게. 아, 밖에서 파르바티 주교가 대기하고 있으니까 들어오라 전해 주고."

"예, 알겠습니다."

공손하게 인사를 올린 엥게르 주교가 집무실의 문을 닫고 나갔다. 곧이어 주교복을 입은 한 남자가 다시 집무실 문을 열고 들어와 허리를 숙였다.

"찾으셨습니까, 예하."

"그래. 자네를 애타게 찾았네, 파르바티."

파르바티라고 불린 사내는 시선을 아래로 깐 채 잠자코 블라디미르의 명이 떨어지기만을 기다렸다. 블라디미르는 그 충성스러운 모습이 마음에 든 듯 미소와 함께 입을 열었다.

"빙빙 돌려 말할 것 없으니 바로 본론으로 들어가겠다."

구구절절한 말을 덧붙이는 것을 싫어하는 성품답게 담백하리만치 직설적인 선언을 내렸다.

"새 교황 선출이 몇 년 남지 않았다."

파르바티의 눈이 튀어나올 듯 커졌다가, 이내 가라앉았다. 블라디미르 리스텐 추기경은 자신이 말을 할 때 호들갑스러운 반응을 보이는 것을 좋아하지 않는다. 오로지 그의 명령을 차분하게 듣고 실행하는 것만이 중요했다.

"이제 슬슬 새로 앉힐 만한 애 좀 물색해 놔. 나이는 일곱에서 여덟 살 정도로. 지금부터 미리 교육을 시켜 놔야 3년쯤 후에 즉위를 시킬 수 있을 거다."

"알겠습니다, 예하."

그가 공손하게 두 손을 앞으로 모으며 대답했다.

"그리고 기존에 보좌하던 놈이 승진을 하게 되었어. 조만간 새로 보좌 뽑을 거니까 그렇게 알고 있게."

"생각해 놓은 인물이라도 있으십니까?"

"아직 몰라. 주변에서 추천하는 애들 중에 쓸 만한 거 골라야지. 말

잘 듣고 충성스러운 놈으로."

블라디미르의 손이 책상 위를 가볍게 두드렸다.

그의 마음은 더없이 평온한 상태였다. 모든 것이 무난하고 순조로웠다. 요즘 들어 미묘하게 손아귀에서 미끄러지는 레미엘이 조금 거슬리긴 하지만, 괜찮았다.

제까짓 게 뭘 어쩌겠는가. 곧 몇 년 후면 죽어 나자빠질 존재에 불과한 허수아비인 것을.

아무리 발버둥을 쳐 봤자, 견고한 체계와 전통 안에서는 모두 소용이 없었다. 그러니 3년 정도야.

누가 무슨 농간을 부린다 해도, 에시엣의 왕국은 영원하리라.

블라디미르 리스텐은 지금의 평화가 이 땅 위에서 영생을 누릴 것에 대해 조금의 의심도 하지 않았다.

✛ ⚜ ✛

"카야! 카야! 큰일 났어!"

알리사가 하얗게 질린 얼굴을 한 채 의무실 안으로 뛰어 들어왔다. 다친 성기사들이 별로 없어 모처럼 한적한 시간을 보내고 있던 나는 갑작스러운 알리사의 방문에 자리에서 벌떡 일어났다.

"왜 그래? 무슨 일 있어?"

"너, 베르시카 제국 출신이라 했지?"

알리사는 대뜸 내게 물어 왔다. 나는 당황하며 고개를 끄덕였다.

"어…… 어. 그건 맞는데, 왜……."

"내가 돌보는 환자 상태가 너무 심각해."

알리사 담당 환자의 상태가 안 좋은 것과, 내 출신이 무슨 상관이지?

의아해하던 나는 이어지는 말에 연관성을 깨달았다.

"지금 베르시카 제국 황태자께서 병환 때문에 극심한 고통을 호소하고 계시는데, 어떻게 치료할 방법이 없어. 의료국이 지금 비상사태에 걸렸어."

"……."

원래도 말이 빠른 알리사의 입에서 평소의 두 배가 넘는 속도로 말이 쏟아져 나왔다.

"지금 우리 병동 담당하시는 할레프 주교님까지 웬만한 사람은 다 왔는데도 어떻게 하지를 못하고 있어. 발열도 심하시고, 증세가 점차 악화되셔서 잘못하면 목숨을 잃을 수도 있대. 그러면 이 신전에서 돌아가실 수도 있는 거잖아. 나 이런 경우는 처음이야. 어떡해?"

"……."

마음 약한 알리사는 얼굴이 새파랗게 질려 있었다. 그녀는 덜덜 떨리는 손으로 내 옷깃을 잡아끌었다.

"너라도 도와줘, 카야. 이리 와서……."

"저기, 알리사. 다급한 마음은 알겠다만 주교들도 치료를 못 하는 거면, 나라고 가능할 리가……."

"넌 수석이잖아. 무슨 뾰족한 수라도 없겠어?"

수석이라 해 봤자 필기시험 만점일 뿐이고, 수습생에 불과하다고 입바른 소리를 하기에는 알리사가 당장이라도 울음을 터뜨릴 것 같은 얼굴을 하고 있었기에 불가능했다. 나는 결국 못 이기는 척 그녀에게 소매가 잡힌 채로 따라나섰다.

"여기야."

병동은 의무실에서 멀지 않은 곳에 있었다. 알리사의 안내를 받아 병동 안으로 들어간 나는 침대 하나를 두고 가지각색의 복색을 갖춘, 즉

여러 계급의 사제들이 한데 모여 있는 것을 발견했다.

나는 눈앞에서 보고도 실감 나지 않는 현실을 받아들이기 위해 입을 열었다.

"저분이…… 그러니까."

"……."

"베르시카 제국의 황태자……."

나는 그의 이름도 알고 있었다.

에드워드 카렌 헤이터즈.

베르시카 제국민이면 모를 수 없는 작은 태양. 황제의 지지와 기대를 한 몸에 받는다는 총아.

"맞아. 그분. 부탁해, 카야."

알리사가 절박하게 고개를 끄덕였다.

나는 어느 정도 떨어진 거리에서 사제들에게 둘러싸인 그의 상태를 살폈다.

황태자는 상체를 탈의한 채 엎드려 있었다. 그의 등 한가운데에 커다랗게 부은 종기 하나가 단단하게 솟아올라 있는 것이 보였다.

아, 저것이 황태자의 목숨을 위협하는 병환이로군.

저것 하나를 치료하지 못해서 다들 저리 모여 있는 것이었다. 이 병동의 책임자라는 할레프 주교까지도.

5. 태자를 치료하다

이건 기회다.

머릿속에 본능적인 신호가 왔다.

누구나 치료할 수 있을 법한 상처를 돌보는 것은 큰 인상을 남기지 못한다. 하지만 그 누구도 해결 못 하는 고통을 없애 주는 사람이 나타난다면, 신분의 고하를 떠나 구원자로 보이게 마련이다.

반드시 이 황태자를 치료해야 한다. 그 누구도 아닌 내가. 이 카야 맥노프가.

나는 나를 붙잡고 있던 알리사를 부드럽게 뿌리치고 앞으로 나아갔다. 침대 주변으로 다가가 팔을 옆으로 벌리는 동작을 하자 주변에 몰려 있던 사제들이 나를 돌아보며 자리를 비켜 주었다. 나는 황태자가 나를 식별할 수 있을 만큼 침대로 가까이 가 섰다.

모두의 시선이 내게로 집중되었다. 나는 보이지 않는 양 그들을 무시한 채 황태자에게 허리 굽혀 인사를 올렸다.

"제국의 작은 태양을 뵙습니다. 안녕하신지요."

표준 인사말을 건네자 쿡 하는 웃음소리와 함께 자조 섞인 대답이 들려왔다.

"네 눈에는…… 내가 안녕해…… 보이더냐?"

물론 전혀 안녕해 보이지 않았다. 그래서 내가 왔잖아, 태자 전하.

나는 속으로 '진짜' 인사를 건넨 후 주변 사제들을 향해 일장 연설을 시작했다.

"이미 어떤 상황인지 저의 친우 알리사 키엘 사제에게 전해 듣고 왔습니다. 듣자마자 한달음에 달려왔습니다. 루에르교의 치료사이자, 베르시카 제국민으로서 황태자 전하께서 겪고 계신 고충을 차마 외면할 수 없었습니다."

"……."

"하여, 제가 이분을 치료하겠습니다."

내 선언에 주변이 술렁이기 시작했다. 사제들이 모두 커다래진 눈으로 나를 보았다. 병동의 총책임자인 할레프 주교가 어이없다는 듯이 통명스럽게 대꾸했다.

"신입인 자네가 뭘 어찌하겠다는 건가. 현재 어떤 약초와 연고도 듣지 않고 있는 상황이네."

그의 말대로 종기에는 연고로 추정되는 끈적한 것들이 덕지덕지 발려 있었는데, 그것은 조금도 증세를 완화시키는 데 도움이 되는 것 같지 않았다.

나는 눈 하나 깜짝하지 않고 그에게 반박했다.

"약초와 연고가 왜 필요합니까?"

"뭐?"

"이런 건, 직접 짜내야죠."

151

약초와 연고의 효과가 없는 건 당연했다. 고름이 들어 있는 이상, 아무리 겉에 연고를 바르고 약초를 달여 마신다 한들 소용이 없었다. 그 안을 터뜨려 밖으로 고름을 내야 했다.

그렇다고 함부로 칼을 대어 수술을 할 수도 없었다. 황족의 몸에 금속으로 된 날붙이를 대는 것은 금기였기 때문이다. 그렇다면 치료법은 한 가지였다.

"방법은, 다들 아시지 않습니까?"

내 말에 좌중이 조용해졌다. 나는 그들을 빙 둘러보았다. 내 시선이 닿을 때마다 그들은 모두 불에 덴 듯 화들짝 놀라며 눈을 피했다.

마침내 나는 이 병동의 총책임자인 할레프 주교와 시선이 마주쳤다. 그도 별다를 게 없는지, 고개를 옆으로 힘없이 떨구었다.

"하…… 하지만."

나는 작게 웃었다.

그것은 특별하지도 참신하지도 않은, 모두가 아는 방법이었다. 그러나 머리로만 알 뿐 차마 직접 몸으로 행하지는 못하는 방법이기도 했다. 나는 황태자에게로 시선을 내렸다.

"전하. 정말로 치료하길 원하십니까?"

"허……."

황태자의 입에서 어이없다는 듯한 한숨이 흘러나왔다.

"어처구니없는 소리를…… 하는군. 네가 지금 나를 놀리는 것이냐?"

낮게 이를 가는 소리가 그에게서 흘러나왔다. 평민 출신의 일개 수습 사제가 황족의 분노를 사다니. 원래라면 까무러치고도 남을 일이었다.

그러나 나는 개의치 않았다. 현재 그가 화를 내는 것은 상처 입은 맹수가 공격적인 태도를 보이는 것과 다를 바가 없었기 때문이다.

"놀리는 것이 아닙니다, 전하. 다만 소녀가 치료를 행함에 있어, 고통이 수반될 수 있기에 미리 여쭤보는 것입니다."

확신을 담아 말하자 그의 눈에서 노여움이 걷히기 시작했다. 그는 마치 사막에서 물을 찾아낸 사람처럼 눈을 크게 뜬 채 희망이 담긴 얼굴로 나를 올려 보았다.

"정말…… 방법이 있느냐……?"

"방법은 있습니다. 전하께서 허락하시면 기꺼이 행할 것입니다."

나는 아이를 대하듯 부드럽게 속삭였다. 까칠해 보이긴 해도 병으로 인해 그의 마음은 많이 약해져 있을 것이다.

과연 달래는 것이 효과가 있었는지 온전히 누그러진 태도로 그가 정수리를 숙이며 중얼거렸다.

"아픈 건…… 상관……없다……. 지금 현재로도 고통은 충분하니, 나을 수만 있다면……."

비탄에 찬 목소리에서 그가 얼마나 병환으로 인한 고통에 시달려 왔는지 알 수 있었다. 비록 내 이름을 알리겠다는 목적을 가지고 시작한 일이었으나, 나는 진심으로 그에게 안쓰러움을 느꼈다.

"그렇다면, 시작하겠습니다."

나는 일부러 담담하고 침착하게 말했다. 이래야 내 행적이 더 돋보일 수 있었다.

"앞서, 제게 헝겊 한 장만 가져다주시겠습니까?"

나는 팔을 내밀었다. 주변에 있던 사제 한 명이 후다닥 달려와 헝겊 한 장을 내 팔에 얹어 주었다.

"감사합니다."

짧게 인사한 나는 황태자의 등으로 고개를 내렸다. 그리고 수직으로 서 있는 커다란 종기를 통째로 입에 담았다.

"……!"

"……허!"

여기저기서 숨을 들이켜는 소리와 탄성이 터져 나왔다. 보나 마나 다들 경악한 표정을 짓고 있을 것이었다. 상관없었다. 솔직히 말하자면, 어느 정도 기대한 측면도 있었다.

나는 그대로 입에 들어찬 종기를 있는 힘껏 빨아들였다.

"큭……!"

입안으로 고름과 피가 밀려들었다. 급습에 놀랐는지 황태자의 몸이 버둥거렸다. 나는 입에 문 것이 빠지지 않도록 양 팔꿈치를 세워 그의 등을 찍어 누른 후 한 번 더 빨아들였다.

"으…… 으흑……!"

황태자의 입에서는 마치 우는 듯한 비명이 터져 나왔다. 나는 헝겊 위로 빨아낸 고름과 피를 뱉었다. 노랗고 빨간 것이 뒤섞인 액체가 침과 함께 섞여 나왔다.

나는 벌벌 떨고 있는 황태자의 등을 두어 번 토닥거렸다.

"아프실 줄 아옵니다. 허나 참으셔야 합니다, 전하. 부디 견뎌 내소서."

"허……. 정말 아프구나……."

그가 힘없이 중얼거렸다.

참전 경험도 있을 것인데, 웬만한 고통은 참아 내도록 교육받은 황태자의 입에서 아프다는 소리가 나올 정도면 정말 아픈 것이었다. 가만있어도 쿡쿡 쑤시는 데다, 슬쩍 건드리기만 해도 통증이 밀려오는 부위를 힘주어 압박했으니.

그러나 고름이 다 빠질 때까지는 지체할 수 없었다. 오히려 여기서 멈춘다면 다시 감염이 진행되어 더 크게 부을 수도 있었다.

"예고를 드렸어도, 막상 겪으니 많이 고통스러우시죠? 전하, 그러나 오늘을 기점으로 더 이상 이 고통을 겪지 않도록 해 드리겠습니다."

말을 마친 나는 다시 환부를 입에 물었다.

"크흑……! 흑……!"

황태자가 거듭 몸부림을 치기 시작했다. 그에 그를 압박하는 내 힘도 강해졌다. 나는 아예 그의 몸 위에 상체를 엎다시피 한 자세로 안에 고여 있던 독소를 빨아냈다. 고름과 피가 입에 찼을 때면 헝겊 위에다 다시 뱉어 놓았다.

그렇게 한참 동안 고름을 빨아내고, 뱉고를 반복하고 나서야 치료는 끝이 났다.

오랫동안 고통을 참아 낸 황태자의 몸은 땀범벅이 되어 있었다. 단단하고 빳빳하게 서 있던 종기는 부피가 반으로 줄어든 채 덜렁거렸다. 오래가지 않아 회복될 만한 크기였다.

"잘 참아 내셨습니다, 전하. 정말 잘하셨습니다."

"……"

"그동안 지독한 병환과 함께 수고 많으셨습니다."

황태자의 입에서 깊은 한숨이 터져 나왔다. 나는 그의 등을 쓸어 주며 후 처치에 대한 설명을 덧붙였다.

"이제 연고를 바르고 염증을 완화하는 약을 달여 섭취하면 조금씩 부기가 가라앉으면서 회복이 되실 겁니다."

황태자가 몸을 뒤척이더니, 비스듬히 나를 돌아보았다. 눈이 마주친 순간, 나는 할 수 있는 가장 친절하고 다정한 미소를 지어 보였다.

"대단……하구나."

그가 힘없는 목소리로 날 치하했다. 나는 겸손하게 의례적인 대답을 했다.

"아닙니다. 저는 그저 가장 원시적이고 기초적인 치료를 행했을 뿐……."

"아니다. 아무리 내가…… 황족인들…… 고름을 제 입으로 빨기가

155

어디 쉬웠겠느냐? 날 치료해 주기 위해…… 더러운 것도 가리지 않는 네게 감동했다."

황태자는 내게 퍽 고마운 듯 중간중간 말을 멈추면서도 가까스로 긴 칭찬을 해 냈다. 그가 한 말 그대로 감동이 서린 그의 얼굴을 보며 나는 내가 둔 수가 성공했음을 알았다.

"네 이름이…… 무엇이냐?"

마침내 기다리던 순간이 왔다. 심장이 쿵쿵 뛰기 시작했다. 나는 터질 듯한 기쁨을 감추며 공손하게 대답했다.

"제 이름은 카야 맥노프. 테베칸 시국, 루에르 신전 의료국 소속, 수습 사제입니다."

나는 그가 혹시 놓칠세라 또박또박 내 이름과 신상 정보를 읊어 주었다. 두 번 다시 오지 않을 기회였다. 무조건 기회를 살려야 했다.

"카야…… 맥노프라."

"……."

"기억하겠다."

황태자가 미소를 지었다. 내게는 그것이 세상 그 누구의 것보다 달콤하고 아름다워 보였다.

이제 내가 할 일은 돌아가 그가 날 불러 주기만을 기다리는 것이었다. 오직 신앙심을 바탕으로 환자에 대한 선한 사랑과 희생으로 무장한, 숭고하고 청렴한 사제의 모습을 간직한 채 말이다.

⚜ ⚜ ⚜

예상대로 황태자는 몸이 회복되자마자 나를 찾았다. 그가 자신의 사자를 통해 개인적으로 보낸 전언에는 이틀 후 날 직접 대면하고 싶다는 뜻이 적혀 있었다.

나는 평소보다 더 빳빳하게 다린 사제복을 입고 의료국을 나섰다. 주변에 있던 사제들은 입을 벌린 채 황태자가 보낸 사람들과 나란히 걷는 나를 쳐다보았다. 나는 그 시선을 의식하지 않는 척 태연스레 지나치며, 어깨를 쭉 펴고 그들이 나를 더 잘 알아볼 수 있도록 성큼성큼 걸어 황태자의 마차에 올랐다.

베르시카 제국의 수도가 테베칸 시국과 심히 가까운 탓에, 나는 한 시간도 안 되어 황태자를 알현할 수 있었다.

"카야 맥노프 사제님 들어오십니다."

시종의 안내를 받아 들어간 대전 안에서, 그는 날 기다리고 있었다. 나는 그의 얼굴을 보기 전 무릎을 꿇고 잽싸게 고개를 숙였다. 그의 까맣고 반들거리는 구두코가 보였다.

"왔느냐."

"제국의 작은 태양을 뵙습니다. 안녕하신지요."

"오늘은 꽤 안녕하구나."

가벼운 웃음기를 머금은 목소리가 내 인사를 받았다. 그의 기분은 상당히 좋아 보였고, 이것은 내게도 청신호였다.

나는 다소곳이 두 손을 모은 채 그의 다음 말이 이어지기만을 기다렸다.

"고개를 들어라."

나는 즉시 그의 말에 따랐다.

황태자는 가을 들녘 같은 머리칼에 노을을 연상시키는 주홍색 눈을 가진 사내였다. 고통을 호소할 때는 잘 몰랐는데, 멀끔하게 단장한 모습을 보니 선이 뚜렷한 이목구비가 제법 출중했다.

그는 의자 팔걸이에 양팔을 늘어뜨린 채 나른한 눈으로 나를 내려다보고 있었다. 상처 입은 맹수와도 같았던 그는 어느새 건강한 호랑이 같은 인상을 풍겼다.

"그날의 일은 진심으로 고마웠다. 내 주치의들도 차마 하지 못하던 것을 그대가 해냈다."

"에시엣의 뜻에 따라 세상을 돌보는 치료사로서 너무도 당연한 본분입니다."

날 훑는 시선이 날카로웠다. 나는 불편한 기색을 드러내지 않기 위해 최선을 다했다.

"이리 보니 그저 얌전하고 곱상하기만 한데, 그런 강단을 가지고 있을 줄이야. 대단해."

"과찬에 감사드립니다."

나는 스스로 듣기에도 완벽하게 매끈하고 예의 바른 음성으로 화답했다. 미리 알리사에게 배워 둔 궁정 예절이 제법 쓸모 있었다.

겸양을 내세운 내 태도가 마음에 들었는지, 황태자의 두 눈이 만족스럽다는 듯이 휘어졌다.

"원하는 것은 없느냐?"

"예?"

나는 짐짓 알아듣지 못한 척 눈을 휘둥그레 뜨고 되물었다.

"내 너의 공을 기억해 무엇이라도 원하는 것 하나를 들어주겠다."

숨이 멎는 것 같았다.

지나온 열여덟 해 중 가슴이 가장 빠르게 뛰었다. 그토록 애타게, 무수한 밤을 지내며 꿈꾸어 온 순간이 드디어 내 앞에 놓여 있었다.

나는 흥분감을 감추기 위해 말을 늦춰야 했다.

"무엇이라도, 라고…… 하셨습니까?"

"그렇다. 눈이 반짝거리는 걸 보니 뭔가 확실히 바라는 것이 있나 보군. 왜, 제국의 황태자비 자리라도 원하느냐? 물론 원하면 들어는 주겠

158

다만, 그건 자네가 사제 서품을 포기해야 가능한 일일 테니……."

농담인지 진담일지 모르는 말이었다. 이런 유의 말을 들었을 때는 그저 겸손을 떠는 것이 최선이라고, 알리사는 말했다.

'시골 영지에 있던 너는 모를 수도 있겠지만…….'

아직도 나를 한미한 귀족 출신으로 오해하는 알리사에게는 그저 미안할 따름이었다. 나는 냉큼 배운 대로 자신을 낮추는 미덕을 보였다.

"황태자비라니, 가당치도 않습니다. 제가 감히 그런 것을 바라오리까."

"안 될 건 또 뭔가. 자네만큼 자신의 직위에 대한 책임감과 희생정신이 강한 여인이라면 제국의 어머니인 황후감으로 완벽히 부합하지. 개인적으로 탐이 나기도 하고 말이야."

일종의 청혼인가. 나는 작게 웃었다.

낭만 따위는 한 줌도 존재하지 않아서 그런지, 무려 제국의 황태자에게 듣는 말인데도 설레거나 놀랍거나 하는 느낌은 없었다.

원래 지배자들이란 이런 건가. 정염이 아닌 실리와 자질을 먼저 따져정비 자리를 제안하다니. 그것도 검증된 귀족의 딸이 아닌, 나 같은 일개 사제에게.

보통은 넘는 사내였다. 나는 본격적인 요구에 앞서 그의 배포를 좀더 테스트해 보기로 했다.

"저는 평민입니다."

"그것이 문제라면 상관없다. 신분은 만들어 주면 그만이니. 황제가누군가에게 작위를 내리는 것은 밥 먹는 것보다 더 쉽다."

예상대로 그는 대수롭지 않다는 듯이 대꾸했다. 그에 나는 확신을 얻었다. 이때다.

나는 천천히 숨을 골랐다.

수천 번을 준비한 말이었다. 가장 완벽한 상태에서 나와야 했다. 너무 빨라서도 느려서도 안 되었고, 목소리가 너무 커서도 작아서도 안 되었다. 건방지지 않으나 소심하지 않고, 겸허하나 당당해야 했다.

"사실, 저의 소원은 오직 하나입니다."

일곱 살 때부터, 오로지 그것만을 향해 달려왔다.

"어려서부터 저는 교황 성하를 바로 옆에서 모시는 것을 꿈꿔 왔습니다. 에시엣의 첫 번째 종이시며, 그분의 목소리를 직접 듣는 성하는 늘 저에게 동경의 대상이셨습니다."

결코 대외적으로 모습을 드러내지 않는 그 존재를 죽이려면, 그의 옆으로 스며들어야 하기 때문에. 그래서 바로 그의 베일을 향해 뛰어들지 않고, 에시엣의 종으로 위장해 이 모든 과정을 거쳤다.

"보좌 사제가 될 수 있게 해 주십시오. 그것이 저의 유일하고 큰 소망입니다."

말을 마친 나는 조용히 입술을 다물었다. 이 정도면 충분했다. 쓸데없이 말을 늘리는 것보다, 필요한 내용만 간결하게 전하는 게 더 좋았다.

이제 주사위는 던져졌다.

남은 것은 맨 위의 숫자를 확인하는 것뿐이다.

"……."

잠시 아무 말이 없던 황태자는, 이내 입을 크게 벌렸다.

"하…… 하하…… 아하하하!"

유쾌한 웃음이 대전 안을 울렸다. 나는 조용히 앉아 아무 말도 하지 않았다. 그가 손등으로 입가를 훔쳤다.

"정말 당돌하구나. 진실로, 자네 같은 인물은 처음 보았어. 사실 상상도 못 하였다. 그런 걸 당당히 원할 줄은."

"바라는 것을 고하라고 하시니, 오직 하나뿐인 소망을 내었을 뿐입니다."

나는 가슴에 손을 얹은 채 고개를 조아렸다.

"이리 야망이 큰 소녀에게 선심 쓰듯 황태자비 자리를 논하다니. 내가 식견이 좁았구나. 사과하지."

"황송하옵니다."

"난 자네가 마음에 드네. 청빈한 척하면서 속내를 숨기는 자들보다 훨씬 호감이 가."

황태자의 주홍색 눈이 선명한 빛을 뿜었다.

"솔직히 밝혀 두자면, 내게 보좌 사제 임명의 전권이 없기에 이 시점에서 확답은 줄 수가 없다."

"……예."

"다만, 그대도 알다시피 내 숙부가 바로 블라디미르 리스텐 추기경 아니신가."

블라디미르 리스텐, 현 베르시카 황후의 오라비이자, 추기경 중에서도 가장 권세와 영향력이 크다고 알려진 자였다. 그리고 황태자가 그의 조카였다.

당연히 알지 않겠습니까, 전하. 애초에 그것을 이유로 당신의 치료에 온 힘을 쏟은 것을.

나는 말없이 그를 향해 미소 지었다.

"내 숙부께 말씀은 단단히 드려 놓겠네. 자네의 기지와 자질을 밝혀 말하면 분명 긍정적으로 검토하실 거야."

마침내 황태자의 입에서 승인이 떨어졌다. 그의 추천이라면 그 누구의 것보다 강력한 힘이 있을 것이다. 나는 진심을 담아 그의 발치에 엎드렸다.

"감사합니다, 전하."

나는 그의 발등에 입을 맞춘 후, 가죽 위에 다이아몬드 모양의 성호를 그었다.

"에시엣의 축복이 제국의 작은 태양과 함께."

"또한 사제와 함께."

그가 반사적으로 대답했다. 나는 순진한 어린아이와도 같은 얼굴을 가장한 채 눈을 반짝이며 그를 올려다보았다. 그가 빙긋 눈꼬리를 접어 화답했다.

"역시 아까워. 정말 비가 될 생각은 없나."

아무래도 방금의 청혼에는 진심이 제법 섞여 있었던 모양이다. 나는 유순하게 말했다.

"신께 봉헌한 몸인지라, 응하지 못함을 용서하소서."

"아니다. 그대는…… 따지면 에시엣의 신부 아니던가. 신의 것을 인간이 탐낼 수는 없으니 내가 포기하겠네. 그럼, 이만 물러가 봐도 좋아."

황태자가 호탕하게 웃으며 축객령을 내렸다.

혼인을 할 수 없는 이유 때문인지 여사제들은 마치 에시엣과 혼인 관계를 맺은 것처럼 비쳤다. 연애를 하고, 사생아를 자식으로 인정하는 것도 가능한 남사제들과 달리 여사제들에게는 엄격하게 육체적 순결을 지켜야 할 의무가 주어지기 때문인 것도 있었다.

나는 조용히 대전을 나와, 왼쪽 가슴에 손을 얹었다. 한번 시작된 심장의 질주는 끝을 몰랐다. 나는 날뛰는 가슴팍을 달래며 창 너머로 비치는 푸른 하늘을 올려다보았다.

진정해라, 카야 맥노프. 이것으로 다 된 게 아니다. 아직 끝나지 않았어.

하늘은 아무것도 모르고 무고하게 맑았다. 나는 눈이 시릴 정도로 찬란한 에시엣의 터전을 향해 활짝 웃었다. 이제부터가 시작이었다.

'레미엘……에게 말할 수 있다면 좋을 텐데.'

문득 그가 생각났다. 누구인지도 잘 모르지만, 이상하게 가장 솔직할 수 있었던 사람. 내가 원하는 바를 이루었다고 하면, 그는 예쁘게 웃으며 잘했다고 해 줄 것 같았다.

그러나 현재로서는 그것도 불투명한 소망이었다. 그동안 몇 번이나 금지된 구역에 몰래 찾아가 보았음에도, 레미엘은 나타나지 않았다. 그는 사라져 버렸다. 마치 신기루처럼.

'이제…… 더 이상 못 보는 걸까.'

함께한 시간이 짧았음에도 불구하고 이토록 정이 쌓일 수 있다는 게 신기하다. 아무래도 그가 꽤 마음에 들었나 보다.

그래도, 이제 사라진 사람에게 괜한 기대나 상상은 하지 말자. 나는 기쁨 뒤에 몰려드는 아쉬움을 겨우 잡아 눌렀다.

⚜ ⚜ ⚜

브라이는 웃을 때면 양 입술 끝이 동그랗게 말려 올라가는 습관을 가지고 있었다. 반면 세이키는 눈 옆에 마치 꽃 같은 형태의 주름이 잡힌다.

누군가를 가까이 대하다 보면, 그 사람의 미묘한 버릇을 하나둘씩 알게 된다. 시간이 흐르며 가까워진 나와 이교 소녀들의 사이가 그러했다.

세이키를 치료한 지 벌써 보름이 훌쩍 넘어가고 있었다.

그사이 세이키는 짓무른 상처 부위가 많이 회복되었고, 발열과 발진 증세가 거의 사라졌다. 괴사가 진행되던 피부 조직도 재생 치료를 꾸준히 하자 점차 새살이 돋아나기 시작했다.

"오늘은 어땠어. 괜찮니?"

"네. 요즘은 정말 덜 아파요. 춥지도 않고……."

세이키가 볼에 홍조를 띤 채 수줍게 대답했다. 귀여운 마음에 나는 손을 들어 그녀의 머리를 쓱쓱 쓰다듬어 주었다.

내 진단에 옆에 있던 브라이와 페리우스의 표정도 밝아졌다. 나는 페리우스를 돌아보았다.

"앞으로 일이 주만 더 치료하면 낫겠어요."

"진짜?"

"네. 이제 조금씩 걸어 다니는 연습도 시켜야겠어요."

"대단하다."

페리우스는 내 손을 끌어가더니, 자신의 양손으로 감싼 채 반짝거리는 눈빛을 연신 보냈다. 몹시 징그러웠다.

"카야. 정말 넌 최고의 치료사야."

"부담스러우니까 그런 소리 집어치우라고 했잖아요."

"왜! 나만 그러는 게 아니잖아? 무려 황태자에게 공로를 치하받은 사제 아니냐. 베르시카가 낳은 인재, 테베칸의 자랑, 카야 맥노프!"

그는 틈만 나면 내가 황태자에게 불려 갔다 온 일을 가지고 놀리며 설레발을 쳤다.

"나중에 혹시 태의로 입궁하는 거 아니니? 나보다 더 위대한 존재가 될지도 모르겠군. 너, 성공하면 반드시 이 오라버니를 잊지 말거라."

"절대적으로 모른 척하겠어요."

"너무 매정하다. 선배의 은혜도 생각할 줄 모르고……."

댁이 언제 나에게 그런 걸 베풀었는데? 가당치도 않은 단어를 입에 올리는 페리우스가 가소롭기 짝이 없었다. 나는 코웃음을 쳤다.

"은혜는 무슨. 임금 한 푼도 없이 부려 먹기만 하면서."

"저녁 사 주잖아."

"신전 식단이랑 비슷한 거 사 주면서 생색은."

나는 고개를 설레설레 저었다. 하여간 한마디도 안 지는 인간이었다.

핀잔을 줘도 그는 여전히 개의치 않고 얼굴을 들이밀었다.

"그래? 좋은 데서 먹어 볼래?"

"됐어요. 딱히 그런 거 바라고 한 말 아니거든요."

"왜, 말 나온 김에 가 보자. 이런 기회도 매일 오는 게 아니야. 먹고 죽은 귀신이 때깔도 좋다잖아."

"신을 모시는 사제가 무슨 귀신……."

물론 나도 에시옛을 안 믿긴 하지만, 페리우스는 가끔 헛소리를 했다. 한심함에 혀를 차는 내게 그가 눈을 찡긋했다.

"대신 오늘은 미리 방에 들러서 사제복 벗고 와. 그런 데서 눈에 안 띄려면 평상복을 입어야 하거든."

"……."

"자꾸 튕기지 말고 갑시다, 후배님?"

그가 내 어깨를 툭툭 쳤다. 나는 그를 빤히 올려다보다, 고개를 절레절레 흔들었다. 늘 이렇게 얼렁뚱땅 넘어가려는 인간도 문제였지만 결국 휘둘리는 건 나였다.

왜 이렇게 이 사람에게는 끌려다니는 건지. 과연 이 인간이 내 비밀을 가지고 있어서가 그 이유의 전부인지.

나는 진심으로 궁금해졌다.

"알았어요."

결국에는 이렇게 되니까.

✣ ✤ ✣

페리우스가 데려온 곳은 '좋은 데'를 넘어서 상당히 호화스러웠다. 레스토랑 안을 밝히는 화려한 장식의 촛대가 전부 순금이라는 것을 알

앉을 때 나는 눈을 휘둥그레 떴다.

종업원들은 모두 세련된 디자인의 유니폼을 입고 있었고, 천정에 달려 있는 샹들리에는 페리우스의 말에 의하면 크리스털로 되어 있다고 했다.

테이블 위의 플레이팅도 화려했다. 은접시마다 어린 송아지로 만들었다는 스테이크, 엉겅퀴 샐러드, 버터를 곁들인 흰 빵, 끈적한 소스가 뿌려진 포크 립, 레몬즙이 뿌려진 정어리구이 같은 것들이 담겨 있었다.

애피타이저로 나온 수프와 그 이후에 나올 디저트를 제외하고, 메인 메뉴 접시만 대충 세어도 열 개가 넘었다.

한 번도 이런 곳에 와 보지 못한 나로서는 차마 적응이 되지 않았다. 반면 페리우스는 아무렇지도 않은 얼굴로 고기를 썰고 있었다.

"이건…… 너무 사치스러운 거 아니에요?"

그를 따라 태연하게 행동하려 해도, 목소리가 절로 떨려 나왔다. 페리우스의 칼질이 멈추었다. 차려진 음식들을 눈으로 빙 돌려 훑은 그가 어깨를 으쓱여 보였다.

"글쎄. 겔시스에서 이런 식사는 예사였어."

"이런 것들을 매일 먹었다고요?"

나는 놀라서 반문했다.

"응."

페리우스는 아무렇지 않게 고개를 끄덕였다. 삶의 질이 다른 줄은 알았지만, 이렇게 새삼 눈으로 확인해 보니 피부로 와닿았다.

그래. 이 인간 황족이었지. 너무 스스럼없이 나를 대하길래 그동안 잊고 있었다.

"부러우면 너도 금수저를 입에 물고 태어나지 그랬니."

"와, 재수 없어."

166

페리우스는 깔깔 웃으며 내게 황금빛이 도는 술을 따라 주었다.

"이거 한번 마셔 봐."

"뭐예요?"

"북부 지방에서 자라는 '골든벨'이라는 열매로 담근 술이야. 최소 20년은 숙성시켜야 특유의 깊은 풍미가 나서, 몸값이 더럽게 높으셔. 그래도 그만큼 맛은 보장하니까 한번 시도해 봐."

술에서는 단맛이 진하게 배어 나왔다. 동시에 새콤달콤한 향까지 곁들여져 있어, 술 본연의 쓴맛이 거의 나지 않았다.

"향긋하네요. 이런 건 처음 마셔 보는 것 같아요."

"그렇지? 나도 술 중에서 이걸 제일 좋아해."

그와 술에 대한 감상을 주고받던 나는, 별안간 눈에 들어온 사람을 보고 깜짝 놀랐다.

'저 사람…… 일리프……?'

일리프로 추정되는 남자가 한 여자와 함께 테이블에 마주 앉아 있었다. 정말 그가 맞나 싶어 눈을 깜박였지만 제복을 입은 그는 일리프가 분명했다.

일리프를 시내 레스토랑에서 보게 될 줄이야. 나는 그에게서 한참이나 시선을 떼지 못했다.

내가 다른 쪽으로 눈을 돌리자 의아했는지 페리우스가 물었다.

"왜, 저기 아는 사람 있어?"

"아, 그게……."

둘 중 한쪽만 아는데, 그걸 안다고 할 수 있을지. 내가 망설이는 사이 뒤를 돌아본 페리우스가 그들의 얼굴을 확인하고 고개를 작게 끄덕거렸다.

"아, 아르벨라 성녀와 루테반 경이군."

"성녀요……?"

소문으로만 듣던 성녀가 저 여자였구나. 과연 알려진 대로 아름다웠다. 옅은 상아색 머리칼과 새하얀 피부와 빛은 듯한 이목구비에서 고고한 분위기가 흘러나왔다.

보는 순간 성녀라는 것이 납득되는 인물이었다.

"붙어 다니는 건 알았는데, 저리 단둘이 외출까지 할 줄은 몰랐다."

그것은 나도 동감이었다. 친하다 해도 신전 내에서 가깝게 지내는 것 정도로 생각하고 있었는데, 저렇게 사적으로 시내를 같이 다닐 정도의 사이였구나.

그녀가 입고 있는 하얀 원피스와 일리프가 입고 있는 제복만 아니었으면 운치 있게 저녁을 즐기고 있는 남녀로 보일 터였다.

"아는 눈치네. 그런데 네가 저들을 알 만한 일이 있었나?"

"일리……. 아니 루테반 경만요. 의료국에서 진료를 본 적이 있어서……."

무심코 그를 친근하게 부르려던 나는 다시 호칭을 고쳐 말했다. 저번에 페리우스가 추기경 앞에서 일리프에 대한 험담을 하던 것이 떠올랐기 때문이다.

혹시 앙숙인 걸까 싶어 나는 페리우스의 눈치를 살폈다.

그러나 성녀와 일리프를 바라보는 페리우스의 얼굴에는 특별히 드러나는 감정이 없었다. 진심으로 그를 못마땅하게 여기는 듯하던 추기경과는 달랐다.

"어찌 보면 참 재미있어. 교황은 꽁꽁 감춰 두면서, 성녀는 저리 제약 없이 세속에 섞이도록 하는 게……."

"에시엣을 담는 그릇이라잖아요. 교황 성하는."

"과연 그럴까."

나른한 페리우스의 목소리에 나는 고개를 번쩍 들었다. 무심한 어조

속 뼈가 들어 있는 것같이 들렸다.

"교황을 본 적이 있나요?"

"당연히 없지. 나 평사제잖아."

"윈체스터잖아요."

평소 그의 말버릇을 살짝 인용해서 대꾸했다. 그가 입술을 삐죽였다.

"윈체스터고 나발이고, 교황 얼굴은 추기경 조카도 본 적 없을걸. 교황청 극비 사항이잖아. 오로지 성녀랑 추기경들, 주치의만 알고 있다고 하더라. 아, 물론 보좌 사제는 예외지."

"추기경과 친한데도요?"

"잘 안 알려 주던데?"

나는 그의 말이 혹시 거짓인지를 가늠하기 위해 그의 안색을 면밀히 살폈다. 그러나 딱히 짚이는 것은 없었다.

"그냥, 가끔 그런 생각이 들어. 정말 에시엣이 교황을 사람들로부터 분리시키도록 명령했을까? 뭔가 교회가 그래야 할 이유는 없었을까?"

무심코 뱉듯이 내어놓는 의문은 머릿속에 돌을 던졌다. 호수처럼 잔잔했던 마음에 파동이 일었다.

이유……라고?

그럴 만한 이유가 따로 있나?

나는 한 번도 그에 대해서 생각해 본 적이 없었다. 교황은 언제나 '숨은 존재'였을 뿐, '왜' 숨었나에 대해서는 의심한 적 없었다.

그는 뭔가를 알고 있는 걸까? 그래서 지금 내게 단서를 흘리며 무언가를 말하려는 걸까?

그러나 그다음으로 이어진 그의 말에 나는 김이 샜다.

"물론 생각에 그칠 뿐이지만."

뭐 아는 거 있느냐고 물어볼 생각이었던 나는 입을 다물었다.

"그나저나, 저 둘 저러고 있으니 꼭 연인 같지 않아?"

페리우스는 다시 화제를 전환했다. 그는 포크로 일리프와 성녀를 번갈아 가리키며 낮게 키득거렸다.

"글……쎄요."

나는 건성으로 대답하며 접시로 시선을 내렸다. 일리프와 성녀가 어떤 분위기를 내는지는 내가 신경 쓸 바가 아니었다.

깔끔하게 배열된 음식들과 달리 여전히 정돈되지 않은 마음이 어지러웠다. 방금 전 그가 던져 놓은 질문들에 대한 의문이 여전히 입안에 맴돌았지만, 간신히 혀 안으로 말아 넣어 삼켜 버렸다.

그렇게 호기심만 자극시킨 채, 그 주제는 그대로 침전했다.

✢ ✸ ✢

식사를 마치고 돌아오는 길, 그는 평소와 다르게 나와 다른 길로 향했다.

"카야, 너 먼저 들어가."

"왜 기숙사로 안 가요?"

나는 기숙사와 반대 방향으로 몸을 향하는 그를 붙잡고 물었다. 아, 하며 눈을 굴리던 그가 씨익 웃어 보였다.

"그게……. 세이키와 브라이에게 할 말이 있었는데 깜박했어. 지금 보러 가야 할 것 같아."

"같이 가 드려요?"

소녀들에게 갈 때마다 나를 데려가던 그였기에, 나는 별생각 없이 동행을 제안했다.

"아니, 먼저 가. 시간 늦었잖아."

그러나 그는 한사코 거절하며 내 등을 떠밀었다.

언제나 그와 함께 오던 길을 혼자 가려니 기분이 꽤 이상했다. 어느 덧 오후 시간마다 이교 소녀들의 숙소에 들러 그들을 치료하고, 페리우스와 저녁을 함께 먹는 일상에 익숙해진 것이다.

알리사는 지금 자고 있을까. 요즘 들어 알리사는 페리우스 때문에 나와 함께하는 시간이 줄었다고 영 불만이었다. 오늘도 잔소리를 하지 않을까, 작은 걱정이 들었다. 내일 저녁은 아무래도 알리사와 먹는 것으로 해야겠다.

이런저런 생각을 하다 보니 어느새 목적지에 도착해 있었다.

"어?"

생활관 입구에 한 남자가 서 있었다. 누군가를 기다리는 중인가 보다. 대수롭지 않게 여기며 그를 지나치려는 찰나.

"맥노프 양?"

그가 내 이름을 불렀다. 나는 고개를 돌려 그의 얼굴을 확인했다. 그는 저번에 내게 황태자의 전언을 전하러 왔던 사자였다.

"무슨 일이죠?"

"에드워드 태자 전하의 서신입니다."

그가 돌돌 말린 양피지 한 장을 내밀었다. 나는 그것을 받아 살폈다. 별 특별할 것이 없어 보이는 종이 두루마리였다.

"편지를 보내 주실 만한 일이 있나요?"

"저더러는 내용을 알려 하지 마라 하셨기에, 저는 서신 안에 무엇이 적혀 있는지 모릅니다. 직접 확인하십시오."

비밀이란 말인가. 쇠처럼 무뚝뚝한 말투에 더 의혹이 짙어졌다.

"그럼 전 이만."

간단하게 고개를 숙인 그가 어둠 속으로 사라졌다. 갑작스럽게 지나간 상황에 우두커니 서 있던 나는 문득 정신을 차리고 손에 쥐인 편지를 들고 달빛이 내려오는 창가로 향했다.

마침 보름달이 떠 있어 글자를 식별하는 것이 어렵지 않을 듯했다. 나는 천천히 중간에 매인 리본을 풀었다. 드르륵거리는 소리를 내며 리본이 편지로부터 분리되었다.

나는 종이의 양 끝을 잡고 넓게 펼쳤다. 맨 위에 내 이름이 적혀 있었다.

「루에르의 사제 카야 맥노프 귀하.」

종이는 온통 까맸다. 한 장 가득 **빽빽**이 적힌 글자를 보며 나는 고개를 갸웃거렸다. 황태자가 나에게 개인적으로 할 만한 말은 그리 많지 않았다.

우선 안에 담긴 게 뭔지나 확인하자는 생각에 나는 편지를 눈앞으로 당겼다.

그러나 단정한 필체로 적힌 장문의 내용은, 내가 그토록 고대하던 것이었다.

「며칠 전, 언약한 대로 본인은 그대를 보좌직에 추천…….」

가슴이 덜컹거렸다. 나는 계속해서 눈을 아래로 내렸다.

「친애하는 리스텐 추기경께서는 그대의 숭고한 소명 의식과 희생 정신에 관심을 보이셨으며…….

수습 시험 전 과목 만점에 견습생 시절 수석을 놓치지 않았다던 그대의 우수함에 탄복하여……」

설명은 계속되었다. 나는 물 흐르듯 이어지는 편지 내용을 정신없이 읽어 내렸다. 마침내 끝에 도달했을 때, 나는 저절로 입을 틀어막았다.

「그리하여, 교황청은 논의 끝에 그대를 보좌 사제에 임명하기로……」

그 구절에 목이 메어, 나는 한참이고 아무 말도 하지 못한 채 서 있을 수밖에 없었다.

✠ ⚜ ✠

아침부터 의료국이 아주 난리였다. 루에르의 성녀가 의료국을 방문하는 날이었기 때문이다.

성녀는 우선적으로는 루에르교의 마스코트 같은 존재였지만, 그 존재가 가지고 있는 특유의 성스럽고 치유적인 느낌으로 인해 의료국을 대표하는 존재이기도 했다. 따라서 그녀는 1년에 두 번 정도, 정기적으로 의료국에 들러 환자들을 격려하고 사제들과 인사를 나누었다.

평소에는 잘 보이지 않던 담당 주교는 의무실마다 돌아다니며 물품을 깔끔하게 치워 놓으라 성화였다. 아직까지는 일개 수습에 불과한 나도 그의 지시에 따라 의무실을 정리했다. 성녀에게 나쁘게 보여서 좋을 건 없었다.

다친 인원이 오늘따라 없는 것인지, 혹은 예정된 성녀의 방문 때문인지 의무실은 유난히 한적했다. 나는 의자에 앉아 창밖만 멍하니 내다보며 다리를 대롱거렸다.

하늘은 구름 한 점 없이 맑았다. 에시엣의 축복을 받은 날씨였다. 내 어미가 죽던 날의 것과 같았다. 어제 받았던 황태자의 서신이 자연스럽게 떠올랐다.

「그대를 보좌 사제에 임명하기로…….」

어머니. 드디어 당신의 복수를 할 수 있게 되었다. 이제 나는 마녀사냥령을 내린 그 주동자에게 접근할 수 있게 된 것이다.

비록 당신이 겪은 것과 같은 고통은 주지 못하더라도, 가장 위대하게 여겨지던 그 인간의 심장에 칼을 꽂을 수 있는 것만으로도 만족할 테다.

나는 절로 땀이 배어 나오는 주먹을 연신 쥐었다 폈다, 반복했다. 임명식은 2주 후라고 했다. 그날이 얼마 남지 않은 것이다. 나는 2주 후에 떠나게 될 의무실을 둘러보았다.

'자주 뵈었으면 좋겠습니다.'

뜬금없이, 내가 처음 이곳에 왔을 때 들었던 일리프의 목소리가 떠올랐다. 왜 이 시점에. 더군다나 여기 있는다고 해서 정말 자주 보는 것도 아니었다. 그는 첫날 이후로 한 번도 얼굴을 비치지 않고 있었으니까.

그때, 문밖에서 똑똑 하는 소리가 들렸다.

"아르벨라 베스푸치입니다. 들어가도 되나요?"

이어진 것은 한 여인의 옥구슬처럼 낭랑한 목소리였다. 드디어 성녀가 왔구나. 나는 조금 긴장한 채로 목을 가다듬었다.

"아, 예. 들어오십시오."

대답과 동시에 문이 천천히 열렸다. 어제와 다를 바 없이 비현실적인 미모를 자랑하는 성녀와, 방금 내가 떠올렸던 일리프가 그녀의 뒤에 서 있었다.

그를 볼 때마다 성녀와 있거나 그녀의 호출로 자리를 뜨는 걸 보니, 페리우스가 둘을 일컬어 연인이라 하는 것도 무리는 아니었다. 둘이 거의 한 몸이라고 해도 좋을 정도였다.

성녀는 발목까지 내려오는 하얀 원피스를 펄럭이며 내게로 사뿐사뿐 걸어왔다. 그녀의 몸에서 나는 진한 장미 향에 나는 순간 아찔해졌다. 무슨 향수인지는 몰라도, 향취가 코를 마비시킬 정도로 짙었다.

"아, 카야 맥노프 사제님. 맞나요?"

"안녕하십니까, 성녀님."

성녀는 더할 나위 없이 우아한 손동작으로 내 인사를 받았다.

"사제님에 관한 말씀은 많이 들었습니다. 꼭 한 번 뵙고 싶었어요."

나를?

나는 성녀가 나를 보고 싶어 할 만한 이유를 가늠하지 못해 눈알만 굴렸다. 그사이 그녀는 내게 가까이 다가와 한 손을 내밀었다. 일리프는 그녀와 조금 떨어진 거리에서 무표정한 얼굴로 성녀와 나를 바라보고 있었다.

"이번에 전 과목 만점으로 수석 입학을 하셨다죠. 정말 대단하세요."

"아…… 네. 감사합니다."

그녀의 가냘픈 손을 잡고 흔들면서도 기분이 얼떨떨했다. 반면, 그녀는 날 올려다보며 커다란 눈을 반짝 빛냈다.

"의무실 생활은 어떤가요?"

"덕분에, 편하고 즐겁게 지내고 있습니다."

나는 형식적인 답을 내놓았다. 주위를 빙 둘러보던 그녀는 이내 감탄했다.

"훌륭하게 관리되고 있군요. 깔끔하고, 시설도 좋고……. 이런 인재도 있고 말이에요."

"과찬이십니다."

몇 번을 들어도 눈앞에서 일대일로 듣는 칭찬은 익숙하지 않았다. 나는 작게 헛기침을 하며 뒤로 슬쩍 물러났다. 그녀와의 거리가 너무 가까웠다.

그러나 동시에 그녀가 즉시 앞으로 한 걸음을 더 내딛는 바람에, 그녀와 나는 다시 바로 앞에서 서로를 마주 보고 있는 자세가 되었다.

"저는 사제님에게 관심이 많아요."

나와 달리 그녀는 날 전혀 어색해하지 않는 듯했다. 도리어 오래 알고 지낸 사이처럼 친근하게 말을 붙였다.

"그래서 가능하다면 오늘 오후 제 사무실에서 티타임을 가지고 싶은데, 혹시 가능할까요?"

"……."

예기치 못한 제안에 나는 적잖이 당황했다. 솔직히 말하자면 그녀와 초면인 데다 공유하는 것도 없는 나로서는 그녀의 갑작스러운 초대가 부담스러웠다. 할 얘기나 있으려나.

그러나 성녀는 나보다 까마득하게 높은 존재였으므로, 내게는 거절할 권리가 없었다. 그것은 보좌 사제로 정식 임명을 받고 교황청에 가고 나서도 마찬가지일 것이었다.

"영광입니다."

나는 의례적인 인사말로 그녀의 초대를 받아들였다. 그제야 성녀는 만족스러운 미소를 지으며 물러났다.

"그럼 저는 이만 가 보겠습니다. 이따 사람을 보내 제가 일하는 곳으로 안내하도록 하지요."

아무래도 그 전의 말들은 전부 인사치레였고, 나를 티타임에 부르는 것이 목적인 듯했다. 나는 미련 없이 돌아선 성녀의 등을 보며 그녀의 의중을 헤아려 보았으나, 짚이는 것이 없었다.

그때 아무 말이 없던 일리프가 가볍게 눈인사를 했다. 나는 반가움에 그에게 작게 미소를 지었다. 무표정으로 일관하던 그의 얼굴에도 웃음이 번졌다.

웃으면 저리 보기 좋은데, 왜 평소에는 입매를 굳히고 있는지 모를 일이었다. 특히 성녀와 함께할 때는 더한 것 같았다. 습관인 듯 연신 입가가 둥글게 말려 있는 성녀와는 반대였다.

성녀를 따르는 그를 보며 진심으로 둘의 관계가 궁금해졌다. 더 친해지면 일리프에게 슬쩍 물어보자고 다짐하며, 나는 다시 진료 의자에 앉았다.

✤ ✤ ✤

안내인을 따라 도착한 성녀의 사무실은 내부가 눈이 부시도록 밝았다. 어찌나 하얗고 깨끗하던지 그 안으로 발을 들이기가 미안할 정도였다.

"얼른 오세요."

성녀는 다과가 차려진 테이블로 나를 안내했다. 나는 애써 미소와 함께 초대에 대한 짧막한 감사 인사를 마치고 앉았다.

"편안하게 대화를 나누어 봐요."

나는 생글생글 웃으며 나를 바라보고 있는 성녀와 대체 무슨 이야기를 나누어야 할지 고민에 빠졌다. 굴러가던 눈은 그녀의 뒤에 서 있던 일리프에게로 가닿았다.

그제야 일리프가 의식되었는지, 그녀는 아! 하며 박수를 쳤다.

"아, 사제님은 이분을 처음 뵙죠? 아까 저와 함께 방문했었는데."

일리프와 나를 번갈아 쳐다보는 성녀의 눈이 그 전과 다르게 기이하게 빛났다. 왠지 일리프를 안다고 하면 안 될 것 같았다. 나는 직감적인 판단으로 시치미를 뗐다.

"오늘 오전에 처음으로 뵙고, 다시 뵙는 것 같네요."

"그렇군요. 이분은 일리프 루테반 경이랍니다. 기사단장직을 맡고 계시며, 현재 저의 호위를 담당하십니다."

아, 호위였구나. 그래서 어딜 가나 붙어 있는 모양이었다. 나는 그에게 고개를 숙여 인사하는 척했다. 일리프가 무뚝뚝하게 경례를 붙였다.

"제니, 사제님께 차를 따라 드리렴."

성녀의 지시에 나를 이곳까지 안내해 준 소녀가 내 앞에 놓인 찻잔에 찻물을 부었다.

군더더기 없이 깔끔한 시중을 지켜보던 성녀의 눈꼬리가 빙긋이 휘었다.

"사제님께서 이번에 교황 성하의 보좌 사제로 내정이 되셨다지요?"

찻잔을 들어 올리던 나는 멈칫했다.

그러면 그렇지. 수석이니 뭐니 하는 것은 성녀가 길게 관심을 가질 만한 구실이 되지 못했다.

"예. 감사하게도 황태자 전하께서 추천을 해 주신 덕에."

"유순해 보이시는데, 생각보다 꿈이 크셨네요."

······음? 나는 묘하게 거슬리는 어조에 눈을 크게 떴다.

얼마 전 접견했던 황태자도 비슷한 논지의 말을 하긴 했다. 그러나 성녀가 하는 말은 좀 다르게 들렸다. 말에 묘하게 가시가 박혀 있는 느낌이랄까.

"무려 에드워드 전하의 추천을 받아 들어오셨다고 해서 관심이 가더군요. 특이하게도 평민 출신이라고 들었어요."

"아, 네. 맞습니다."

내 출신을 유독 강조하는 것처럼 들리는 건 내 착각일 것이다.

"하긴, 어찌 보면 출신을 극복하는 데는 그 방법이 가장 으뜸일지도 모르겠군요. 다른 이들처럼 일반적인 경로를 통한다면 벽에 부딪치기 십상이니까요."

"……."

"완벽하게 모범적인 행보만 걸어오신 걸 보니, 보좌 사제를 통한 승진을 이전부터 계획하셨나 봐요. 대단하세요."

따지고 보면 틀린 말은 아니었다. 나는 10년 넘게 보좌 사제가 되는 일에만 집착해 왔다. 그것이 타인의 눈에 고위 성직자가 되어 출세하기 위한 욕구로 보인다고 해도 무리는 아니었다.

그러나 왜 내가 생전 처음 보는 성녀에게 이런 소리를 듣고 있어야 하는지 이해가 가지 않았다.

어떻게 대꾸를 해야 할지 고민하고 있을 때, 똑똑 소리가 들렸다.

"성녀님."

"거기서 말씀하세요."

밖에서 남자의 목소리가 들려왔다.

"블라디미르 리스텐 추기경 예하께서 부르십니다."

성녀는 잠시 말이 없다, 내키지 않는 어조로 되물었다.

"지금요?"

"예, 급한 일이라고 하십니다."

돌아온 대답이 마음에 들지 않는지 성녀의 미간이 구겨지는 것이 보였다. 그러나 다음 순간 그녀는 언제 그랬냐는 듯 다시 표정을 말끔하게 갈무리했다.

"알겠어요."

그녀의 온화하고 아름다운 미소는 방금 불쾌감을 드러낸 사람이라고는 생각하지 못할 만큼 완벽해 보였다. 그녀는 엷은 한숨과 함께 자리에서 일어섰다.

"지금 저는 추기경 예하께 다녀와야 할 것 같아요. 즐거웠습니다, 사제님. 아무래도 오늘의 티타임은…… 여기까지인 것 같군요."

"알겠습니다."

나는 성녀와의 시간을 끝내도록 해 준 블라디미르 리스텐 추기경에게 속으로 감사했다. 이 불편한 여자와 계속 있다가는 점심 먹은 것까지 전부 체할 것 같았다.

"원래 손님을 배웅하는 것이 예의지만, 비상 상황인 것 같으니 저 먼저 가 볼게요."

못내 아쉽다는 듯이 눈썹을 늘어뜨린 성녀가 나비처럼 가벼운 발걸음으로 방을 나섰다.

열린 문 너머 그녀의 모습이 완전히 사라진 것을 확인한 나는 일리프에게 알은체를 했다.

"이렇게 뵐 줄은 몰랐지만, 반가워요."

"저도 그렇습니다."

그의 얼굴에 다시 미소가 걸렸다. 언젠가는 꼭 말해 줘야겠다. 웃는 게 훨씬 나으니 평소에도 많이 웃고 다니시라고.

"더 이야기를 나누고 싶지만, 방 주인께서 자리를 비우셨으니 저도 이제 가 봐야겠군요."

내가 일어서자 한자리에 못 박힌 듯 서 있던 일리프가 따라나섰다.

"데려다드리겠습니다."

"괜찮아요. 혼자 못 갈 것도 없고……."

"이곳은 은근히 길이 복잡합니다. 의료국까지 가다가 길을 헤맬 수 있을 테니, 동행을 허락해 주십시오."

거절했지만 그는 한사코 고집을 부렸다. 결국 나는 손을 들고 말았다.

"좋아요."

안내를 받아 올 때는 길게만 느껴졌던 거리가 일리프와 함께하면서 반 이상이 짧아졌다. 물론 심리적으로 말이다.

일리프와의 대화는 제법 길게 이어졌다. 잠깐씩 볼 때는 과묵하다고만 느꼈었는데, 그는 생각보다 박학다식했다. 그는 역사, 문학, 철학에 대해 조예가 깊었고 경전의 내용도 거의 다 알고 있었다. 나는 그의 학식에 진심으로 감탄했다.

"아는 것이 굉장히 많으시네요."

"아닙니다. 카야에 비하면 지식의 깊이와 넓이가 얕습니다."

"저야 뭐, 각종 책을 통째로 외우다시피 했으니……."

나는 공부를 위해 경전을 비롯해 교재들을 씹어 먹다시피 했었던 일을 떠올리며 멋쩍게 웃었다.

"성기사인 일리프가 더 대단하죠. 저는 목적을 가지고 한 거고, 일리프는 순수한 호기심으로 시작한 거니……."

훈련하고 몸 쓰는 일 하는 것만으로도 충분히 힘들 텐데…….

"언제 그런 걸 다 익히셨는지 모르겠어요."

"과찬이십니다. 다만 제가 몸담고 있는 모임 덕분이 아닐까 싶습니다."

"모임요?"

나는 그와는 어울리지 않는 단어에 놀라며 반문했다.

"현재 한 모임에서 경전 연구를 하고 있습니다."

"아, 정말요?"

성기사인 그가 샌님들이나 할 것 같은 경전 모임을 가진다는 것이 신기했던 나는 눈을 반짝이며 그를 올려다보았다.

그러나 그는 그걸 조금 다르게 해석했다.

"혹시 관심 있습니까?"

"아, 아뇨. 저는 괜찮습니다."

일리프가 호의로 묻는 것은 알지만, 경전을 공부하는 것은 내 관심거리로부터 거리가 멀었다. 그럴 때도 아니었다.

"아쉽군요."

일리프의 입가에 엷은 미소가 그려졌다.

"핑계였는데, 안 통했나 봅니다."

"무슨 핑계요?"

"카야를 더 자주 볼 수 있는 핑계 말입니다."

일리프는 눈 하나 깜짝하지 않고 그렇게 말했다. 그 말에 마음속에서 의혹 하나가 들었다. 나는 내가 혹시 오해한 것이 아닐까 싶어 되물었다.

"무슨 의미로 하시는 말씀이세요?"

"말 그대로, 카야를 더 자주 보고자 하는 마음에서 그런 제안을 했습니다."

가감 없는 일리프의 말에 오히려 당황스러운 건 나였다. 그럼 내가 이 경전 연구 모임을 거절한 게 일리프에게는……

"저는……. 음, 그니까……."

어떻게 반응해야 할지 몰라 난감해진 나는 말을 마구 얼버무렸다.

"괜찮습니다."

일리프가 대수롭지 않다는 듯이 말했다.

"다른 방법이 있거든요."

"다른 방법……이요?"

일리프가 무엇을 말하고 있는 건지 알 수가 없었다. 혼란스러운 나와
달리 일리프는 여전히 태연했다.

"네. 그러니까 카야는 아무 고민 안 하셔도 됩니다."

품고 있던 의혹이 어느 정도의 윤곽을 가지기 시작했다.

나는 눈치가 빠른 편은 아니었지만, 그렇다고 아주 없는 편도 아니었
다. 그가 내게 어떤 신호를 주는지 모를 정도로 순진하지는 않았다.

"저는…… 사제예요. 그러니까…… 여사제요."

일리프가 싱긋 웃었다.

"압니다. 에시엣의 신부."

그가 내게로 손을 뻗었다. 그의 긴 손가락이 내 정수리에 와 닿았다.
모든 감각이 그의 손끝이 닿은 곳에 집중되었다. 긴장한 나는 어깨를
움츠렸다.

"이게 묻었습니다."

곧이어 거두어진 손에는 작은 나뭇잎 하나가 들려 있었다.

"아……."

과민 반응이었구나. 민망함에 얼굴이 붉어지려는데, 그가 갑자기 당
황스러운 질문을 했다.

"신의 배우자니까, 훔치면 벌받습니까?"

"아마…… 그렇겠죠?"

왜 얘기가 이렇게 흘러가는 거지. 나는 얼버무리며 그의 눈치를 보았다.

"나의 신은 욕심쟁이군요. 그렇게 많은 신부들을 거느리고 있으면
서, 단 한 명도 탐을 내지 못하게 하다니요."

그렇게 말하는 일리프는 진심으로 즐거워 보였다. 나는 달리 할 말을
찾지 못해 웅얼거렸다.

"그게, 저는……."

"다 왔습니다."

일리프가 손가락으로 앞을 가리켰다. 나는 고개를 돌렸다. 벌써 내가 근무하는 의무실의 문 앞까지 와 있었다.

"그럼 저는 이만. 수고하십시오."

반듯하게 허리를 숙여 보인 그가 군더더기 없이 깔끔한 동작으로 떠났다.

나는 그의 뒷모습을 멍하니 바라보다, 신경질적으로 뒤통수를 훑트렸다. 어쩐지 한 방 먹은 기분이었다.

일리프는 나를 좋아하는 걸까.

그의 말은 명백히 이성적인 관심을 담고 있었다. 그렇게까지 말했는데 눈치를 채지 못한다면 그건 둔한 정도가 아니라 멍청한 사람일 것이다.

문제는, 나는 그 같은 감정을 그에게 두어 본 적이 없다는 것. 일리프를 남성으로서 매력 있다고 생각하거나, 그와 접촉하는 상상 같은 걸 해 본 적이 없었다.

'난…….'

레미엘.

문득 그 이름이 떠올랐다.

부끄럽지만, 남자로서 관심이 갔던 이는 내게 있어서 그가 유일했다. 처음 봤을 때 아름다운 외모에 매혹되었고, 그의 다정함에 감동했고, 대화하면서 설레기까지 했으니까. 아직도 나는 그와 보낸 순간들을 간직하고 있었다.

'사라진 사람 생각하고 있지 말자니까.'

자제력이 필요한 때이다. 나는 괜히 시큰거리는 눈가를 깜박였다. 아

184

마, 이런 게 사랑까지는 아닐 것이다. 아쉬움 정도겠지.

한여름 밤의 꿈은 그대로 사라지게 두어야 할 일이지, 두고두고 곱씹을 만한 것이 되지 못하니까.

✤ ✤ ✤

나는 손에 들려 있던 회중시계로 시간을 확인했다. 현재 시간은 6시가 조금 안 되는 이른 시각. 아직 해도 채 차오르지 않은 어둑한 시각부터 나는 이교 노예들의 숙소를 찾았다.

세이키가 완전히 회복되면서 3일 전부터 나는 치료 목적으로 이곳에 올 필요가 없어졌다. 게다가 치료는 오후에 했으니, 오늘의 방문 목적은 평소와 달랐다.

현재 내 손에는 알리사가 모르바디 공국에서 보내온 것이라며 나눠주었던 과자가 쥐어져 있었다. 과자를 받아 든 순간, 이 아이들 생각이 났다.

애들이 일하러 나가기 전에 과자를 손에 쥐여 주어야지. 좋아할 얼굴들을 생각하니 아침부터 방문하는 것이 힘들지 않았다.

이제는 익숙한 방문 앞에 도착한 나는 그들의 이름을 외쳐 불렀다.

"세이키! 브라이! 나 왔다!"

하지만 방 안에서는 들려오는 대답이 없었다. 아직도 다들 자나?

보통 이때쯤 일어난다고 들었는데……. 나는 고개를 갸웃거리며 문을 두어 번 두드렸다.

그래도 인기척이 없었다.

아직도 자는 게 맞나 보다. 그러면 그냥 들어가서 머리맡에다가 두고 와야겠다.

나는 문손잡이를 돌려 문을 열었다. 그대로 발자국을 내디디려던 나는 깜짝 놀라고 말았다.

"어……?"

방 안에는 아무도 없었다.

바닥에는 어지럽게 널린 이불과 베개, 허름한 헝겊 몇 조각뿐이었다. 나는 고개를 들었다.

활짝 열린 창문과, 펄럭거리는 낡은 커튼만이 나를 반겼다.

"어디 간 거지?"

의혹을 품던 나는 곧 기숙사 전체가 쥐 죽은 듯이 고요하다는 것을 깨달았다. 아침이라 해도, 그 누구도 복도에 일어나 돌아다니는 사람이 없었다.

나는 다른 방으로 향했다. 내 두 눈으로 직접 확인하기 위해서였다.

"……."

문은 전부 쉽게 열렸으나, 역시 아무도 없었다.

"아……."

나는 나머지 방도 전부 확인하고 나서야 확신했다.

보이지 않는 건 소녀들뿐만이 아니었다.

이곳에 살던 이교 노예들 모두가 신기루처럼 증발해 버린 것이다.

6. 그가 흘린 피

나는 아침 미사와 식사를 마치고 페리우스가 근무하는 행정국으로 향했다. 그가 근무한다던 사무실 입구에 있는 평사제 한 명이, 행정국 소속이 아닌 내게 용건을 물었다.

"무슨 일이십니까?"

"페리우스 윈체스터 사제님을 찾고 있습니다."

"아직 출근 안 하셨습니다."

나는 9시 10분을 가리키고 있는 괘종시계를 눈짓했다.

"지금 9시 넘었는데요?"

"정시에 출근하는 일이 잘 없습니다. 일단 아침 미사를 잘 안 오시거든요."

누가 뺀질이 아니랄까 봐, 출근도 제때 하는 법이 없나 보다. 달리 방법이 없던 나는 무작정 서서 그를 기다리기로 했다.

"……."

기다린 지 30분 정도가 지났을까. 멀리서도 눈에 띄는 남색 머리카락을 가진 한 남자가 어슬렁거리며 걸어오는 것이 보였다. 나는 곧장 그 앞으로 뛰어갔다.

"선배."

"네가 여기 웬일이냐? 그것도 아침 댓바람부터?"

"급하게 할 말이 있어요. 이리 와요."

나는 그의 소맷자락을 붙잡고 끌어당겼다. 그가 투덜거리며 마지못해 나를 따랐다.

"놓고 얘기해. 뭐가 그리 급하다고."

"아니, 진짜 비상이라고요. 그렇게 늑장 부리지 말아요."

그를 데리고, 남들이 없을 만한 곳을 물색하던 나는 결국 그늘이 진 복도 한구석까지 가게 되었다.

다행히 아직 이른 아침이라 그런지 돌아다니는 사람이 별로 없었다. 나는 지척에 사람이 없는 것을 꼼꼼히 확인했다.

"뭐 이런 으슥한 데까지 끌고 와서……. 너 나한테 음흉한 짓 하려고 그러지."

"아침부터 맞을래요?"

"아, 뭔데. 빨리 말해."

아침부터 찾아온 것이 귀찮긴 했는지, 그는 유독 까칠하게 굴었다. 나는 곧바로 본론부터 꺼내 들었다.

"이교 노예들이 전부 사라졌어요."

"노예들이……?"

페리우스의 눈이 커졌다.

"그게 무슨……."

"오늘 아침에 가 보니까 세이키랑 브라이가 없더라고요. 뿐만 아니라 모두가 사라졌어요. 짐 같은 것도 하나도 없었어요."

페리우스는 한참 말이 없었다. 어색한 순간이 흐르고, 침묵을 깨 버린 것은 멍청할 정도로 순진한 질문이었다.

"왜?"

"저도 모르죠. 알면 이렇게 왔겠어요? 대충 짐작 가기론 단체로 달아난 것 같기는 한데……."

"달아났다라……."

페리우스가 느릿하게 내 말을 따라 했다.

"단체로 탈주했다는 소리야?"

"아마도요?"

"그게 가능한가……."

페리우스가 멍하니 중얼거렸다. 나는 허공을 보며 툭 내뱉듯 질문을 던졌다.

"누굴까요?"

"뭐가?"

페리우스가 눈썹을 찡그렸다.

"누가 도와줬어야 가능했을 거 아니에요. 짚이는 사람 없어요?"

"글쎄……."

그는 턱을 쓸며 잠시 고민하는 눈을 하다, 시선을 아래로 떨어뜨렸다.

"누군진 몰라도, 참 용기가 가상하네요."

"그러게."

"발각되면……."

"웬만하면 화형이지. 자비를 베풀면 좀 덜 고통스럽게 죽거나."

페리우스는 매정할 정도로 딱 잘라 말했다. 나는 그의 옆구리를 푹 찔렀다.

"자기 일 아니라고 너무 막말하는 거 아니에요?"

"어쩔 수 없어. 그 정도 스케일의 일을 벌이려면 그 정도는 각오했어야지."

그가 옅게 한숨을 내쉬었다. 듣고 보니 틀린 말은 아니라서 나는 딴지 거는 걸 멈췄다.

"그나저나, 괜찮아요?"

"뭐가?"

"애들 많이 아꼈잖아요."

충격을 많이 받을 줄 알았던 페리우스는 생각보다 담담하게 내 말을 받아들였다. 나는 그것이 약간 의아하게 느껴졌다.

"음…… 나쁜 사람을 만난 것만 아니었으면 좋겠어. 그 애들만 떠난 게 아니니까, 그러길 바랄 뿐이지."

안절부절못하며 걱정할 거라 생각했던 것과는 딴판이었다. 그는 하늘을 올려다보며 멍하니 중얼거렸다.

"그 애들이 어딜 가든, 건강하고 안전하기만 하면 될 것 같아."

"……."

"내 눈이 닿을 수 있는 데가 아니라도. 그거면 나는 더 바랄 게 없어."

"그래도, 서운하진 않으세요?"

그 애들과 짧은 시간을 함께했던 나도 허전함을 느끼는데, 페리우스 입장에서는 작별 인사 한마디 없이 떠난 아이들이 야속할 법도 할 것 같았다. 그러나 그는 조용히 고개를 저었다.

"그 아이들 입장에서는 이곳보다 자유로울 수 있는 곳으로 떠나는 것이 더 좋았을 테니까."

"선배, 처음으로 뭔가 박애주의자 같은 말이었어요."

"난 원래 박애주의자야. 사랑이 흘러넘치고 있는데, 너 잘 모르는구나."

그가 고개를 옆으로 기울이며 미소를 지어 보였다.

"그리고, 그런 거 다 따지면 떠날 수가 있었겠니."

그날 그의 웃음은 유난히 시렸다. 그것이 친하게 지내던 아이들과 헤어져 느끼는 쓸쓸함인지, 무엇인지 나는 잘 알지 못했다.

나는 그의 손을 끌어다 내 손 사이에 끼웠다. 그가 한 번씩 하던 행동이었는데, 내가 먼저 하기는 처음이었다.

"뭐 해, 카야? 내 손 비싼데. 그렇게 막 잡아도 되는 게 아닌……."

"위로하는 거니까 좀 입 다물고 있어요. 분위기 깨네."

"너도 애들이 사라지니까 기분이 좀 안 좋은가 보네."

"선배만 하겠어요? 기껏 생각해 주는데, 좀 얌전히 있어요."

끝까지 마음에 안 들게 구는 게 미워 나는 퉁명스럽게 쏘아붙였다. 그러자 그가 피식거리며 대답했다.

"그래."

그 뒤로 그는 정말로 아무 말도 하지 않았다. 나는 그에게 작은 위안이나마 주고 싶다는 생각에 잠시 그대로 머물렀다. 겉모습과 달리 속은 은근 섬세한 인간이라는 것을 이제는 잘 알게 되었기에.

⚜ ⚜ ⚜

이교 노예들이 하루아침에 실종된 것은 정오가 되자 모두가 아는 사실이 되었고, 신전을 발칵 뒤집어 놓았다.

수백 명에 달하던 노예들이 지우기라도 한 듯 감쪽같이 사라졌다. 일하러 나오지 않는 그들에게 벌을 내리기 위해 채찍을 들고 간 감독관은 숙소가 텅텅 비어 있는 것을 보고 놀라 신전에 바로 보고했다.

그들이 사라진 흔적을 발견했을 때는 이미 전원이 산을 타고 국경을 넘어간 뒤였다. 그 이후로는 행적이 끊겨 있었다. 따라서 인도를 요청하거나 추적할 방법도 요원했다.

다들 누군가 뒤를 봐주고 있었을 거라 추측했지만, 그게 누구인지를 밝히지는 못했다. 범인이 신전에 소속된 자인지, 아닌지의 여부조차 몰랐다.

다만 확실한 것은, 신전 내부에서만 일해 그 바깥 지리를 전혀 모르는 이 교도들과 달리 테베칸 시국을 벗어나는 방법을 그들에게 알려 주고, 그들이 이동하는 동안 상황을 살펴 준 누군가가 분명 있을 것이라는 점이었다.

이교 노예가 아니면서, 그들의 탈주를 사주한 자.

신전에서는 범인을 잡겠다고 난리가 나 있었다. 사제들도 주동자가 누군지에 대해서 이야기꽃을 피웠다.

점심시간도 마찬가지였다. 오랜만에 메이트들과 다 같이 함께한 식사 자리에서 다들 범인을 추측하느라고 한바탕 설전이 오갔다. 메이트들의 기세는 당장 주동자를 잡아서 끌고 오기라도 할 듯 맹렬했다.

하지만 페리우스만이 유독 말이 없었다. 담담한 척했던 아침과 달리 상실감이 제법 있던 듯했다.

"페리우스, 너 오늘따라 왜 이렇게 말이 없냐? 표정도 안 좋고. 너답지 않은데?"

알리사의 메이트인 라즐리 브라운이 페리우스를 쿡 찌르며 말을 걸었다.

"아, 그냥……. 별거 아냐."

페리우스는 평소답지 않게 어색하게 웃으며 대강 둘러댔다. 다른 메이트들도 늘 쾌활한 그가 가라앉아 있는 게 이상했는지 그에게 한마디씩 안부를 물었다. 다른 아이들도 궁금해하던 눈치라 귀를 세우고 메이트들의 대화를 들었다.

그 이유를 아는 나만이 조용히 침묵을 유지했을 뿐이다.

의무실에 앉아 있던 나는 누군가 문을 열고 들어오는 소리에 반사적으로 옆에 놓여 있던 의료 용구를 점검했다.

"어서오세……."

예상과 달리 방문한 사람은 주교복을 입고 은테 안경을 낀 한 중년 남자였다. 여기는 성기사들 담당인데……. 사제들을 위한 진료실이 따로 있다고 먼저 안내를 할까 생각하던 나는 그가 건넨 한마디에 멈칫했다.

"카야 맥노프 사제 되십니까?"

"네. 그렇습니다만."

나는 엉거주춤하게 자리에서 일어났다. 그가 손을 들어 그런 나를 만류했다.

"아, 계속 앉아 계십시오. 괜찮습니다."

"……감사합니다."

"저는 주교 더글라스 자비에르."

그가 한쪽 손을 내밀었다.

"교황청에서 왔습니다."

나는 자비에르 주교의 특별 요청으로 의무실의 문을 잠갔다. 원래라면 허용되지 않는 행위였으나 그가 교황청에서 온 사람이었기에 가능했다.

"이번에 보좌 사제가 되신 것과 관련하여, 몇 가지 말씀드릴 것이 있어 왔습니다."

환자석에 마주 보고 앉은 그가 표정 없는 얼굴로 말했다. 왠지 살면서 거의 웃어 본 적이 없을 것 같은 인상이었다.

"네. 말씀하십시오."

"보좌 사제는 유일하게 평사제 중 교황 성하의 용모를 뵙고, 그분을 바로 옆에서 시중들 권한이 주어진 존재입니다. 마치 한 몸이 된 듯 그분의 모든 것을 함께하게 됩니다."

그건 이미 알고 있었다. 나는 얌전히 다음 말을 기다렸다. 곧바로 본론이 이어졌다.

"그대는 교황청을 나가는 그 순간부터, 교황 성하에 대해서 그 무엇도 입 밖으로 내지 않아야 합니다. 그 안의 일들을 모르는 사람이 되는 겁니다. 아시겠습니까?"

그의 말을 듣고 떠오른 것은, 엉뚱하게도 페리우스의 목소리였다.

'정말 에시엣이 교황을 사람들로부터 분리시키도록 명령했을까? 뭔가 교회가 그래야 할 이유는 없었을까?'

왜 하필 이 시점에 그런 게 떠오른담. 나는 쓸데없는 생각을 지웠다.

"만일 그대에 의해 교황 성하에 관한 것들이 새어 나가게 된다면, 에시엣의 뜻에 따라 죄에 합당한 처벌을 받게 될 것입니다."

그냥 뒤진다고 간단하게 말할 것을 길게도 돌려 말한다.

"그럴 일은 없습니다."

"맹세하십니까?"

"제 숨과, 에시엣의 명예에 대고 맹세하나이다."

사실 에시엣의 명예 따위야 땅에 처박혀도 괜찮았지만. 나는 순순히 대답했다.

"보좌라는 자리는 결코 가볍지 않습니다. 그대가 모시는 것은 성하이지만, 마치 신을 대하듯 경건한 마음을 늘 유지해야 합니다. 에시엣께서 성하께 내린 권위와 은총을 늘 마음속에 새기며 사십시오."

그럼, 그럼. 무려 수습 나부랭이가 신의 축복을 직격으로 받았다는 교황님의 귀한 면상을 정면으로 볼 수 있는 기회가 주어지는 건데 보통 자리가 아니겠지.

"충의를 다하겠습니다."

"좋습니다."

자비에르 주교는 흡족한 듯 고개를 끄덕였다.

"아실지 모르겠지만, 공식적인 임명식이나 임명장은 없습니다."

그것은 나도 알고 있었다. 보좌 사제의 선발 과정이나 임명 모두 비공식적으로 이루어지는 일이었기 때문이다.

"다만 내일 교황청으로 가서서 블라디미르 리스텐 추기경 예하를 뵙게 되실 겁니다."

"……."

블라디미르 리스텐.

드디어 그자를 보는가.

손에 땀이 차올랐다. 나는 자비에르 주교에게 보이지 않도록 주먹 쥔 손을 허벅지에 올려 두었다.

"그분께 인사를 드림으로써, 보좌 사제로서의 위치를 인정받게 됩니다."

"다른 추기경들은 뵙지 않습니까?"

생각해 보니, 리스텐 추기경만 단독으로 본다는 점이 뭔가 의아했다.

"교황청에 입성하고, 성하의 거처에 출입하는 것이 자유로워졌을 때 뵙게 될 겁니다."

특별한 이유가 있는지 묻고 싶었지만, 의자에서 일어나는 그에게 이만 가겠다는 의지가 강하게 느껴졌다. 나는 질문을 포기하고 그를 배웅하기 위해 일어섰다.

"그럼 내일 오후 2시. 의료국 앞에서 기다리겠습니다."

"……알겠습니다."

미련 없이 뒤돌아서는 자비에르 주교의 등에서는 찬바람 같은 것이 느껴졌다.

인간미가 없네. 혀를 차던 나는 이내 샐쭉 웃었다.

하기야 교황청에서 인간미를 찾는 것 자체가 무리였다. 카프리치오 7세 같은 자 밑에서 일하려면 인간성이 말살되지 않고는 불가능할 테니. 나는 벽 한구석에 걸려 있던 달력을 바라보았다.

일주일.

교황청으로 입성할 시간이 어느덧 훌쩍 다가와 있었다.

✤ ✤ ✤

블라디미르 리스텐은 거대한 체구와 그에 대조되는 작은 손발을 가진 사내였다.

처음 그를 보았을 때, 나는 기이할 정도로 대조되는 신체 균형에 다소 놀랐다. 그러나 즉시 시선을 분산함으로써, 그에게는 불손하게 느껴질 감상을 들키지 않을 수 있었다.

마치 오뚝이 같은 인상을 가진 그의 옆에는 인상이 화려한 미녀 둘이 서 있었다. 사제도 아니고, 수녀도 아니었다. 그렇다고 성녀를 시중드는 시녀도 아닌 것 같았다.

그러고 보니, 리스텐 추기경의 사생아가 몇 명이라더라……. 들리는 소문에는 제 입으로 인정한 것만 서넛이 넘는다고 했던 것 같다.

196

보좌 사제이긴 하지만 공식적인 신분은 수습에 불과한 내게도 가감 없이 드러내는 것을 보면, 여자를 취하는 것에 대해 별로 숨기려 하는 것 같지 않았다. 그렇지 않다면, 거의 헐벗은 것이나 다름없는 여자들을 끼고 인사 자리에서 날 볼 리가 없었다.

나는 보일 듯 말 듯 한 미소를 띤 유순한 얼굴로 아무것도 모르는 양 추기경을 쳐다보았다. 존경을 가장할까도 생각해 봤지만, 그것만은 무리였다.

"이미 얘기를 많이 들었네. 내 조카인 에드워드 태자 전하께서는, 자네에게 호감이 제법 크시던 모양이군."

"황송할 따름입니다."

황태자가 뭐라 했는지는 몰라도, 추기경에게 나에 대한 얘기를 제법 잘해 준 모양이었다. 아마 추기경의 조카라는 혈연관계도 신뢰도를 더해 주었겠지만.

"나는 자네의 눈빛이 마음에 들어."

뜬금없는 눈빛 칭찬에 나는 치켜 올라가려는 눈썹을 막았다. 추기경은 빙긋이 웃으며 눈을 마주쳐 왔다. 살집 많은 눈이 뱀처럼 가늘어졌다.

"굉장히 강렬해. 겉보기에는 단정하고 아무 뜻 없는 이처럼 보이지만, 눈 안에 불씨를 숨기고 있군 그래. 이런 자들은 목표를 하나 잡으면 결국 이루어 내고 말지."

어찌, 눈 아래 꼭꼭 감추고 있었던 그대들을 향한 증오와 집념을 읽었단 말인가, 추기경이여.

눈썰미가 좋은 자였다. 그 안의 의미까지는 눈치채지 못한 것 같았지만.

"이런 인물을 교황청의 인재로 쓰게 되어서 기쁘군. 비록 형식적으로는 내가 자네 위에 있다만, 우리 모두는 에시엣께 봉사하는 동지이지. 같이 잘 지낼 수 있기를 바라겠네."

제법 겸손하고 감동적일 듯한 말이었으나, 안타깝게도 그의 팔에 달라붙어 있는 여자들 때문인지 빛을 잃었다.

"실망시켜 드리지 않겠습니다. 에시엣의 가장 충실한 종이 되어, 교황 성하를 힘껏 모시고 루에르의 번영을 꾀하겠나이다."

나는 여자들이 보이지 않는 척 그만을 곧게 바라보며 미소 지었다.

"모든 것은 에시엣의 뜻대로. 에시엣께서 항상 추기경 예하와 함께."

"또한 그대와 함께."

추기경이 껄껄 웃었다. 살찐 목 가운데 오르내리는 목울대를 보니 내 태도가 상당히 흡족한 듯했다. 나는 감히 그를 동정했다.

누릴 수 있을 때 많이 누리시옵소서, 예하.

오래지 않아 당신들의 손으로 입양한 개가 당신들의 목덜미를 물어 뜯는 하극상을 당하실 테니.

⚜ ⚜ ⚜

"카야 맥노프의 보좌 서임을 위하여!"

"위하여!"

잔들이 동시에 부딪치며 챙, 하는 소리를 냈다. 동시에 잔 밖으로 가득 차 있던 술이 넘실대다 흘러내렸지만 아무도 그를 지적하지 않았다.

"내 친구 중에서 보좌가 나올 줄은 몰랐네."

엘피스가 씩 웃으며 말했다.

현재 우리는 예외적으로 허가를 받아 시내로 외출을 나왔다. 명분은 내가 보좌 사제가 된 것을 축하한다는 것이었지만, 사실은 단조로운 신전 생활에서 일탈을 하고 싶었던 것 아닐까, 싶을 정도로 아이들은 먹고 마시는 데 집중했다. 특히, 술을 마음껏 마실 수 있다는 것이 몹시 즐거워 보였다.

"이제 사는 곳도 달라지고, 출세하셨어. 우리 보좌 사제님."

"부럽구나."

"축하한다. 범상치 않다 싶더니 결국 최고의 엘리트 코스를 밟는구나."

친구들은 모두 내 어깨를 두드리며 내가 보좌 사제가 된 것을 축하해 주었다. 알리사는 호들갑스럽게 내 옆에 붙어서 날 졸라 댔다.

"가고 나서도 나 잊으면 안 돼, 알았지?"

"알았어. 종종 방에 들를게."

"자주 와야 해. 매일 방 같이 쓰다가 혼자 지내려니까 외로울 것 같단 말야."

아이처럼 어리광을 부리는 그녀가 귀여워서 머리를 쓰다듬어 주자, 그녀는 손바닥에 정수리를 비벼 왔다.

"알리사, 카야 부담스럽겠다."

"왜! 카야는 괜찮아. 날 제일 좋아하거든."

"애도 아니고……."

안드레이의 타박에 알리사가 그를 향해 눈을 흘겼다. 그들을 보며 웃다가, 문득 깨달은 사실 하나에 마음이 무거워졌다.

보좌 사제가 되고, 교황을 죽이고, 그리하면 이들을 볼 날도 오래 남지 않았다는 것. 어느새 소중해진 이들을 두고 가야 한다는 것이 마음을 무겁게 했다.

그러나 해야 할 바가 있으니, 인연에 아쉬움을 느낀다고 해서 가던 길을 돌릴 수는 없었다. 나는 애써 웃으며 술잔에 남은 술을 마저 입에 털어 넣었다.

✢ ✣ ✢

축하 파티를 마치고 신전으로 복귀했을 때, 우리는 무언가 일이 났다는 것을 알게 되었다.

평소 한산한 신전 앞마당에 가지각색의 옷을 입은 사제들과 수도사, 수녀들이 잔뜩 몰려 있었다. 게다가 다들 어찌나 시끄럽게 떠드는지, 신전이 통째로 떠나갈 것 같았다. 신전에 들어온 후 이런 소란은 처음이었다.

"이게 다 무슨 일이야?"

알리사가 주변을 둘러보며 커다랗게 외쳤다. 마침 주변에 있던 같은 기수의 수습 사제인 루치아가 기다렸다는 듯이 대답했다.

"이교 노예 탈주 사건의 범인이 잡혔대! 바로 저기!"

"뭐?"

"정말이야? 어떤 사람인데?"

아이들이 일제히 눈을 휘둥그레 떴다. 인파를 흘끗거리던 루치아가 짤막하게 대답했다.

"평사제래."

그 큰 사건이 평사제가 벌인 일이라니.

누군진 몰라도 간이 참 큰 자였다. 평사제가 이교도들을 탈주시킬 만한 이유가 뭘까 싶었다. 발각되면 최소 사형인데, 그런 일을 할 만한 동기가 있었을까.

"카야, 확인할래?"

알리사가 물었다. 나는 단칼에 거절했다.

"아니, 그냥 들어가자. 봐서 뭐 해……."

그사이 사람들 사이에 가서 깡충깡충 뛰던 안드레이는 뭔가를 보고 왔는지 급하게 달려왔다.

"봤어?"

"누군지 알긴 해?"

궁금증이 인 아이들이 안드레이에게 다그치듯이 질문을 쏟았다.

"그게……."

그런데 돌아온 그의 얼굴이 사색이 되어 있었다. 대체 무슨 일이냐고 물으려던 찰나, 그가 커다랗게 외쳤다.

"저 사람, 우리 메이트 중 한 명 같아……."

뭐라고? 안드레이의 말에 가슴이 선득해졌다. 동시에, 본능적으로 불길한 예감이 들었다.

아니다. 아닐 거야. 당장 확인해야 한다. 그렇진 않을 거야. 내가 특별히 감이 좋은 편은 아니니까. 범인이 그가 아니라는 것을 확인해야 마음이 놓일 것 같았다.

"너, 잠깐 비켜 봐."

나는 내 앞에 서 있던 소녀의 어깨에 손을 얹었다. 나와 같은 수습 사제복을 입은 자그마한 체구의 소녀가 날 돌아보았다.

"어…… 어?"

"네가 지금 내 앞을 막고 있잖아."

나는 그녀의 앞으로 성큼 다가서며 또박또박 말했다. 작고 마른 그녀는 내 키와 험악한 분위기에 기가 죽었는지 주눅 들은 표정을 해 보였다. 안쓰러울 법했지만, 이미 눈이 뒤집혀진 나는 봐줄 여유가 없었다.

"그러니까 가리지 말고 비키라고."

"아, 어……."

나는 협박조에 가까운 어조로 말했다. 그러자 그녀가 주춤주춤 물러섰다. 느린 속도에 답답해진 나는 그녀의 어깨를 확 잡아 제친 후 군중 사이로 얼굴을 들이밀었다. 하지만 여전히 사제복을 입은 인파가 잔뜩 몰려 있었다. 나는 그 안으로 몸을 들이고 사정없이 팔다리를 휘저었다.

"아, 밀지 마요!"

"대체 누구야!"

나는 불만 섞인 사제들의 고함을 무시하고 계속해서 앞을 뚫고 나아 갔다. 이어진 사투 끝에 나는 가까스로 무리의 앞으로 안착하는 데 성공했다. 마침내 범인의 얼굴을 식별할 수 있게 되었을 때, 나는 그대로 혀를 깨물고 싶어졌다.

"페리우스……."

양손을 뒤로한 채 상체가 밧줄에 묶인 남색 머리카락의 남자는 정말 내가 아는 페리우스였다. 칼을 찬 두 명의 성기사가 양쪽에서 그의 팔을 붙잡고 있었다.

페리우스는 아무 반항의 몸짓도 항변도 없이 묵묵히 끌려가고 있었다. 어떠한 표정도 입혀지지 않은 얼굴은 언뜻 체념한 듯도 했다. 그는 그저 정면만을 응시한 채 곧은 자세로 걸었다. 그를 둘러싸고 있는 군중을 전혀 의식하지 않는 듯한 태도였다. 그들의 야유도 아우성도 그와는 완전히 분리된 것 같았다.

나는 초조하게 페리우스를 좇았다. 그러나 내게는 힘이 없었다. 나는 아무것도 하지 못하고 페리우스가 성기사들에 의해 신전으로 향하는 것을 보고 있어야만 했다.

마침내, 신전 정문 안으로 그들의 모습이 사라졌다.

나는 그대로 주저앉았다. 주변은 여전히 시끄러웠지만 아무것도 들리지도 보이지도 않았다. 모든 감각이 제 기능을 상실했다.

오직 하나, 포박당한 채 끌려간 페리우스의 모습만이 눈앞에 남아 일렁이고 있었다.

✤ ✤ ✤

이교도 노예 탈주 사건의 주범인 페리우스 반 윈체스터는 사형을 언도받았다.

그가 체포된 후 일주일도 되지 않아 신전 전체에는 그의 사형 판결이 공표되었다. 마치 번갯불에 콩을 볶아 먹는 것처럼 신속하게 이루어진 조치였다.

공식적인 발표에 의하면 비밀스럽게 열린 재판에서 교황이 직접 '에시엣의 계시에 따라' 선고를 내렸다고 한다. 그는 그 자리에서 파문되었고, 이단으로 규정되었다.

그는 성 율리오 축일 날 독배를 받게 되었다. 원래 화형으로 처리되어야 할 죄였으나, 그나마 황족이라는 신분 덕에 신체를 훼손하지 않는 방식으로 형을 집행하게 된 것이라고 했다.

이 모든 것을 내게 전해 준 건 알리사였다.

"카야. 네가 충격받은 것도 이해가 돼. 친했던 메이트가 알고 보니 이단이었다니……."

나는 며칠째 식사도 제대로 못 하고 있었다. 애써 음식을 먹어도 금방 게워 냈다. 원래도 마른 편이었던 몸은 더 홀쭉해졌고, 주변에 걱정을 끼치고 있었다.

"그래도 그 사람 때문에 네가 망가져서는 안 되잖아. 어쩔 수 없으니까……."

나는 힘없이 미소를 지었다. 알리사가 나를 염려하는 것은 알지만, 그녀가 원하는 대로 행동할 경황은 없었다.

"그러니까 더 잘 챙겨 먹고……."

나는 그녀의 말을 건성으로 흘려들으며 침대에서 몸을 일으켰다.

"어디 가?"

"산책. 잠깐 바람 쐬고 올게."

"그래. 기분 전환 좀 하고 와."

다행히 알리사는 나를 의심하지 않았다. 저녁 먹기 전까지 돌아오겠다는 말을 남긴 나는 방을 나와 지하 감옥으로 향했다.

⚜ ⚜ ⚜

"그는 파문당한 이단의 총아입니다. 불순분자에 대한 면회는 인정되지 않습니다."

간수는 단호하게 그에 대한 면회를 거절했다. 나는 왼쪽 네 번째 손가락에 늘 끼고 다니던 묵주 반지를 뺐다.

"이거."

베르시카 신전에서 수습 시험 수석을 축하하며 선물해 준 반지였다. 링과 그 위의 다이아몬드 모양 장식까지 전체가 순금으로 이루어진 물건이었다. 나는 그것을 그에게 내밀었다.

그는 그것을 받아 들고 이리저리 살폈다. 정말 금이 맞는지를 확인하는 것 같았다. 나는 잠자코 서서 그의 처분을 기다렸다.

"15분. 그 이상은 곤란합니다."

마침내 허락이 떨어졌다. 나는 고개를 끄덕였다.

"알았어요."

간수는 나를 면회실로 데려갔다. 나는 자꾸만 땀이 배어 나오는 주먹을 양옆에 붙이며 불안정한 호흡을 가까스로 다스렸다.

"죄인입니다."

곧이어 간수와 함께 까만 죄수복을 입은 페리우스가 들어왔다. 간수는 밖에서 기다리겠다며 문을 닫고 나갔다. 면회실에는 나와 페리우스만 남게 되었다.

예술 작품처럼 수려하던 페리우스의 얼굴은 엉망이었다. 여기저기 찢어지고 멍들고 긁힌 데다, 입술은 터져 피가 말라붙어 있었다.

얼굴뿐만이 아니었다. 척 보기에도 모진 고문의 흔적이 그의 몸 여기저기에 남아 있었다. 하얀 목덜미와, 헐렁한 죄수복 사이로 드러난 살갗에 검푸른 멍과 붉은 채찍 자국이 선명했다.

나는 피가 나도록 입술을 깨물었다. 그러지 않고서는 견딜 수가 없었다.

"이야, 카야 맥노프."

그 가관인 꼴로, 페리우스가 빙긋 웃으며 박수를 쳤다. 휑한 공간 안에 공허한 박수 소리가 울려 퍼졌다.

"대체 무슨 수를 썼길래, 이렇게 마주 볼 수 있게 된 거야? 불순분자는 면회 금지잖아. 그사이 신전 방침이 바뀌었을 리는 없을 텐데."

이런 순간조차 그는 장난을 치고 있었다. 그러나 나는 그와 농담 따먹기를 하며 놀아 줄 기분이 아니었다. 할당된 시간은 15분. 나는 어떠한 군더더기도 없이 곧장 본론으로 들어갔다.

"대체…… 왜 그랬어요?"

입을 열자마자 목소리가 벌벌 떨려 나왔다. 나는 목이 메는 것을 막기 위해 잠시 말을 멈추고 숨을 골라야 했다.

"선배는…… 그럴 필요가 없는 사람이었잖아요."

그는 나와 달랐다. 마녀사냥에 속수무책으로 당할 수밖에 없었던 우리 마을의 사람들과는 아예 태생부터 다른 존재였다.

윈체스터의 사람이라면, 평생 편안하고 호화롭게 살 수 있었다. 고위 성직자가 되어 굳이 권력을 휘두르고 부패하지 않아도, 이미 넘쳐 나는 재산으로 고고한 척 유유자적하게 살다 가면 그만이었다. 세상의 때를 온몸에 묻히지 않고도 아무 위협 없이 무탈할 인생이었다.

그런데, 왜!

"이렇게까지 안 해도…… 선배에게는 아무 일도 일어나지 않잖아요."

페리우스는 묵묵부답이었다. 그저 나를 빤히 바라보고만 있을 뿐이었다. 그러자 나는 슬슬 부아가 치밀어 오르기 시작했다.

면회 시간이 달랑 15분이라고! 아니, 이제는 10분 정도밖에 안 남았을 거야. 그게 우리에게 주어진 시간의 전부야. 그런데 왜 말을 안 해?

답답해서 그의 멱살이라도 잡아채고 싶은 충동에 사로잡힐 찰나, 그가 입을 열었다.

"네 말이 맞아, 카야. 모른 척 눈감고 편하게 살 수도 있었어. 난 제국 막내 황자의 막내아들이었으니, 권력 다툼이니 하는 것과도 연관 없었어. 성직자로서의 성공에 대한 욕심도 크게 없었고. 그냥 주교 자리나 하나 찍어 놓고, 일생 한량처럼 놀고먹으며 살다 가는 게 미덕인 그런 인생이었어."

페리우스는 팔을 뻗어 내 손을 끌어당겼다. 그리고 내 손등 위에 본인의 손바닥을 포갰다. 얼굴이 반쪽이 된 상황에서도 청회색 눈은 여전히 맑게 빛났다.

"하지만 카야. 나는 모든 생명은 태어난 것 자체로 가치가 있다고 생각해."

"……."

"그들이 에시엣을 믿지 않는다고 해서…… 우리가 그들을 탄압하고 이용할 명분은 되지 못해. 나는 그냥 내가 옳다고 생각한 걸 실천한 것뿐이야."

바보 같은 사람.

그런다고, 누가 훈장이라도 줘? 제 안위까지 꺾어 가며, 오로지 다른 사람을 위해 사는 인생을 누가 알아준다고. 오히려, 이 꼴이 나고 말았잖아. 당신은, 고작 스물네 살의 나이에 사형 선고를 받은 게 억울하지도 않아?

"아버지랑 인연 끊은 얘기는, 이미 했었지? 사실 가문이랑 사이가 나빠진 것도 그런 생각을 하면서부터였어. 아버지는 날 전혀 이해하지 못하셨거든. 그냥 이상한 사상이나 배워서 불순분자처럼 구는 골치 아픈 막내아들이라고만 생각하셨어."

나는 그의 손을 있는 힘껏 뿌리쳤다.

"선배 정말 재수 없는 거 알아요?!"

결국 고함을 지르고 말았다. 머리끝까지 화가 나서 참을 수가 없었다. 아무리 헤아려 보려 해도 그를 이해할 수가 없었다.

"마지막까지 개폼 잡으면 기분이 좀 나아져요? 선배 이제 죽잖아요. 그것도 파문당한 이단아의 신분으로! 이제 와서 그런 말 한다고 멋있어 보일 거 같냐고요!"

나조차도 나를 이해할 수 없었다. 왜 이렇게 울분이 터지는 걸까. 왜 페리우스의 사형 선고에 이토록 가슴이 갈래갈래 찢어지는 걸까.

얼마나 오래 알았다고. 누구나 인정할 세기의 우정을 나눈 것도 아닌데, 왜⋯⋯.

백번 질문을 던져 봐도, 결론은 하나였다. 다른 이들 때문에 그가 죽어야 한다는 사실이 너무 억울하고 아팠다.

그가 알면 언짢아할지도 모르지만, 솔직히 이교의 노예들 따위 내 알 바 아니었다. 가엽긴 했으나, 그 존재들로 인해 그가 죽어야 하는 건 싫었다. 그가 그들을 위해 하는 희생이 너무도 미웠다.

그는 내 원망에도 그저 태연하게 웃어 보였다.

"그래? 그래도 좀 폼 날 줄 알았는데, 아니었나 보네. 나 안 멋있어?"

나쁜 사람. 무심한 인간. 내 속도 모르고 끝까지 장난, 장난⋯⋯!

나는 밀려오는 서러움을 참지 못하고 결국 울음을 터뜨리고 말았다.

"읍⋯⋯. 흑, 싫어! 진짜, 싫어요⋯⋯! 선배가 너무 미워⋯⋯!"

"카야······."

"이럴······ 거면, 이럴······ 생각이었으면······!"

차라리 혼자 다 하지 그랬어. 왜 날 끌어들였어? 왜 나랑 친해졌어?

그가 죽는 게 싫었다. 그는 죽어 마땅한 사람이 아니었다. 선배들 중 유일하게 괜찮은 사람, 의지할 만한 사람을 꼽으라면 그 하나뿐이었다. 반짝반짝 빛나던 이 사람이, 왜 이 세상을 떠나야 할까.

페리우스가 나에게로 다가왔다.

"울지 마, 카야."

그가 내 눈물을 닦아 주었다. 다리에 힘이 풀린 나는 무너졌다. 그가 그대로 날 감싸 안았다.

그의 품은 따뜻했다. 더운 피가 돌고 체온을 가진 이 존재가, 3일 후에는 싸늘한 시체가 되어야 한다는 것이 믿겨지지 않았다. 그는 내 등을 토닥거리며 말을 이었다.

"내 죽음이 당장에는 부질없고 무쓸모한 것처럼 보이겠지만."

"······."

"너도 알게 될 거야. 언젠가는 이 모든 게 다 의미를 가지게 된다는 것을."

나는 우느라고 그의 말에 제대로 대답하지 못했다. 그는 내 머리카락을 느릿하게 쓸며 말을 이었다.

"그래서 내가 선배 된 도리로 감히 부탁 하나 할게."

"웃기지······ 마요······."

"더 이상 무고한 사람들이 종교란 이름 아래 희생되지 않도록 해 줘."

난 이제 그렇게 할 수가 없잖아. 그가 속삭였다. 가슴 한구석이 싸하게 내려앉았다.

그의 부탁은 너무 무거웠다.

나는 그런 숭고한 목적을 품어 본 적이 없었다. 그저 내 어미의 복수만이 전부였다. 내가 사랑하던 사람들을 죽음으로 몰아간 마녀사냥의 주동자, 교황 카프리치오 7세를 죽이면 내 할 일은 그것으로 끝이었다.

그런데 왜 내게 그런 짐을 넘겨주고 가려는 거야. 난 당신만 한 일을 할 생각도 없었고, 그럴 자신도 없단 말이야.

"잠깐만 눈 감아 볼래?"

그가 작게 속삭였다. 나는 울면서 그의 말대로 눈을 감았다. 차게 식은 이마 위로 따뜻한 입술이 작게 닿았다가 떨어졌다.

"부탁한다, 카야 맥노프."

그가 빙그레 미소를 지어 보였다. 우습기 짝이 없는 상황이었다. 나는 울고 있는데, 정작 사형수인 본인은 덤덤하게 나를 달래고 있었다.

"15분 지났습니다."

밖에서 딱딱한 간수의 목소리가 들려왔다. 그는 나를 놓아주고는 제법 상냥한 손길로 머리를 쓰다듬었다.

"그동안 널 만나서 많이 즐거웠다. 그간 알았던 신전 후배 중 네가 최고야."

"페리우스, 선배……."

"이제 그만 돌아가."

떠나고 싶지 않았지만, 나는 그의 손에 떠밀려 문까지 끌려갔다. 열린 문틈으로 그는 날 밀어 냈다. 문손잡이를 잡은 페리우스가 나를 향해 활짝 웃어 보였다.

"잘 가."

짧은 인사와 함께 문이 닫혔다. 그 사이로 여전히 미소를 띤 채 내게 손을 흔드는 페리우스의 모습이 점차 사라져 갔다.

그것이 내가 기억하는 그의 마지막 모습이었다.

✤ ✤ ✤

페리우스는 신전에서 장례를 치르지 못했다. 원래 그의 시신은 들판에 버려져 들개와 독수리들에게 뜯어 먹힐 운명이었다.

그러나 시신만은 가져가게 해 달라는 겔시스 제국의 요청에 따라, 그는 고국의 품으로 갈 수 있게 되었다.

나는 우연히 윈체스터가(家)에서 페리우스의 시신을 관에 담아 수습해 가는 광경을 보게 되었다.

행렬의 선두에 선 페리우스의 아버지, 라이오스 윈체스터 대공은 보는 순간 감탄이 나올 정도로 아름다운 남자였다. 나는 페리우스가 누구에게서 그 미형의 얼굴을 물려받았는지 쉽게 짐작할 수 있었다.

그는 넓은 챙 한구석에 타조 깃털이 꽂힌 검은 모자를 쓰고, 마찬가지로 새까만 빛깔의 상복을 입고 있었다. 생김새만큼이나, 그는 몸동작 하나하나까지도 더할 나위 없이 우아하고 정중했다. 그야말로 황족의 표본이었다.

그러나 그 얼굴에 드리운 수심으로 인해, 완벽한 예법에도 불구하고 그를 감싼 음울한 공기가 위화감을 조성하고 있었다.

그들은 신전 뒤의 산길을 통해 국경을 넘어가는 편을 택했다. 나는 적절치 못한 행동이라는 걸 알면서도 행렬을 쫓았다. 산을 넘어가기까지만, 국경에 도달하기 전까지만이라도 페리우스를 따라갈 생각이었다.

신전의 누구도 함께해 주지 않는 페리우스의 마지막 가는 길을 그렇게라도 먼발치서나마 나란히 가 주고 싶었다.

그들을 쫓아 올라간 산길은 험했다. 나는 발목까지 치렁치렁하게 내려오는 사제복이 활동하기에 썩 좋지 않다는 것을 알게 되었다. 평소

운동이 부족한 사제들의 특성상, 금방 숨이 찼다.

그러나 놓쳐서는 안 된다는 일념으로 나는 가빠 오는 호흡을 겨우 다스리며 행렬 뒤를 집요하게 따라붙었다.

짐꾼들에 의해 관째 들려 가는 페리우스가 마지막이라고 생각하면 도저히 걸음을 돌릴 수가 없었다.

문득, 행렬 맨 앞의 윈체스터 대공의 발걸음이 정지했다. 나는 주변의 나무 뒤로 잽싸게 몸을 숨겼다.

"모두 잠시 멈추어라."

명령과 함께 뒤를 따르던 이들이 모두 우뚝 섰다. 그가 관 쪽으로 시선을 주었다.

"내려놓고."

짐꾼들이 들고 있던 관을 조심스럽게 땅에 내려놓았다.

"나오거라."

나는 그것이 나를 가리키는 것임을 알았다. 더 이상 숨는 것이 무의미했다.

나무 뒤에서 윈체스터 대공을 향해 걸어 나간 나는 그의 앞에 천천히 무릎을 꿇었다. 젤시스 황족에게 올릴 적합한 인사말을 배운 바가 없어, 그저 얼굴을 땅으로 숙인 채 묵묵히 있었다.

"고개를 들어라."

나는 그의 말대로 했다. 페리우스의 것과 꼭 같은 청회색 눈동자가 나를 무심하게 내려다보았다.

"너는 누구냐."

"페리우스의……."

후배라고 하려던 나는 잠시 멈칫했다. 형식적인 그런 관계보다는, 조금 더 가깝다고 할 만하지 않은가. 적어도 그와의 마지막 순간은 그랬다.

"친우였습니다."

그가 의외라는 듯이 눈썹을 치켜올렸다.

"페리우스에 비해 나이가 상당히 어려 보이는데, 용케도 그놈이 친구를 해 줬나 보구나."

"……."

나는 대답 대신 침묵을 택했다. 날 내려다보던 윈체스터 대공이 허탈하게 웃었다.

"여기저기 쑤시고 다니던 놈이, 가는 길에는 친구 하나라……."

"……."

"그러나 사실 한 명도 없었어야 정상이지. 너는 동료와 선배들이 알면 어쩌려고 무모하게 쫓아왔느냐."

윈체스터 대공이 내게 한 손을 내밀었다.

"무릎이 상하기 전에 일어나거라. 여기는 토질이 험하다."

나는 작은 배려에 감사하며 그의 손을 잡고 일어났다. 내가 일어서자마자 윈체스터 대공은 관으로 눈을 돌렸다. 그의 한쪽 입가가 비뚤름하게 치켜 올라갔다.

"결국…… 네 고집대로 되었구나. 이제 만족하느냐, 페리우스."

뚜껑이 덮인 관은 잠잠했다. 가슴속에 돌덩이가 얹히는 기분에 나는 입술을 지그시 깨물었다.

"세상이 너를 향해 손가락질한다. 널 보고 이단이며, 더러운 배신자라고 말한다. 널 잘못 키웠다고 나까지 묶어서 욕을 한단다. 그래. 아비를 실컷 욕 먹이니 이제 속이 후련하더냐?"

관 안에 있을 페리우스는 묵묵부답이었다. 꼭 그를 면회하던 3일 전의 모습과 같았다.

다른 게 있다면, 끝내 대답을 해 주었던 그때와 달리 이제는 영영 그

212

에게서 아무런 대답도 들을 수 없다는 것이었다.

잠시 묵묵히 아래를 내려다보던 윈체스터 대공은 별안간 허물어지듯 털썩 무릎을 꿇었다.

"페리우스……!"

아들의 이름을 외치며, 그의 몸이 관 위로 엎어졌다. 그는 관이 마치 페리우스의 몸이라도 되는 양 그것을 꼭 부둥켜안은 채 부들부들 떨었다. 고상하고 절제되어 있던 모습이 한순간에 무너져 내렸다.

"그래도! 그러지 말았어야지……!"

"……."

"아무리 그래도…… 그리하였어도 먼저 가지는 말았어야지! 가문의 이름에 먹칠을 하고, 그리 멋대로 설치고 다녀도…… 그래도 살았어야지!"

윈체스터 대공의 울부짖음이 산을 온통 찢어 놓을 듯이 울렸다.

"이 아비의 속을 갈기갈기 찢어 놓고 먼저 갈 정도로! 그리 그 빌어먹을 신념이 중요했단 말이냐!"

내놓은 자식이라더니. 집에 들어올 바에는 길바닥 위에서 죽어 버리라고, 그리 말씀하셨다더니.

역시…… 이랬던 것이다.

"못난…… 놈! 그렇게 끝까지 말을 안 듣더니! 결국!"

상체를 일으킨 그가 주먹을 쥐고 관 위를 쾅쾅 내리쳤다. 자식을 잃은 아버지의 처참한 절규에 나는 차마 그를 똑바로 보지 못하고 눈을 감았다. 그의 통곡이 송곳이 되어 내 속까지 후벼 파는 것 같았다.

한참 동안 페리우스를 향한 울분과 원망을 토해 내던 윈체스터 대공이 옷자락을 털며 일어섰다.

그는 다시 완벽히 절제된 모습이었다. 붉어진 눈가와 살짝 흐트러진 깃을 제외하곤 신전에 도착했을 때와 크게 다르지 않았다.

그가 덤덤한 음성으로 사과했다.

"추태를 보여 미안하다."

"아닙니다. 다만……."

나는 입을 열려다 말았다. 어쭙잖은 위로는 오히려 독이 된다. 그의 마음을 온전히 헤아릴 수 없었기 때문이다. 내가 아무리 페리우스의 죽음을 아파한들, 그것이 윈체스터 대공의 애통함에 비할 바는 되지 못했다.

윈체스터 대공의 입가에 작게 미소가 떠올랐다.

"페리우스의 친우였다면, 그놈과 내 관계에 대해서도 소상히 들었겠군. 분명 욕을 잔뜩 했을 텐데, 네게 첫인상이 분명 좋지 않았겠구나."

"아닙니다. 좋은 분이라 했습니다."

"친우라 그런지 마음에도 없는 말 잘하는 건 똑같구나."

그가 너털웃음을 터뜨렸다. 이런 순간까지 시원스러운 성미를 가진 사내였다. 그의 얼굴 위로 마지막 순간까지 농을 하던 페리우스의 모습이 겹쳐졌다.

속에서 들불 같은 것이 끓어 번지기 시작했다. 이 순간 그는 뼛속부터 나와 다른 사람이었음에도, 동질감을 느끼게 했다. 적어도 소중한 사람을 에시엣의 이름으로 잃었다는 점에서 그와 나는 공통되어 있었다.

"저는……."

나는 윈체스터 대공을 쳐다보며 이제껏 그 누구에게도 한 번도 꺼낸 적 없던 말을 했다.

"교황을 죽일 것입니다."

늘 간직해 온 증오심이, 페리우스의 죽음에 의해 불이 붙었다. 두 번 다시 꺼지지 않으리라.

"반드시, 그의 숨통을 제 손으로 끊을 것입니다."

이 모든 것을 주도하고, 철저히 방관하고, 종내는 반발마저 창칼로 밟아 꺼뜨린.

그 잔혹한 에시엣의 첫 번째 종을.

"그리하여, 영원한 안식 속에 처박을 것입니다."

윈체스터 대공은 말없이 나를 바라보았다. 나는 굳은 눈으로 그의 시선을 받았다.

"페리우스의 목숨에 대한 보복을 네가 하겠다는 것이냐?"

윈체스터 대공은 고개를 설레설레 저었다.

"관두어라. 루에르교는 너 같은 사제 한 명이 상대할 수 있는 집단이 아니다. 겔시스의 황자였던 나조차 어쩔 수가 없어. 종국에는 너도 이 아이 같은 꼴이 될 거다."

"페리우스뿐만이 아닙니다."

내 말에 그의 눈이 놀란 듯 커졌다.

"저의 고향 친구도, 제 어미도 모두 교황의 주도 아래 목숨을 잃었습니다. 그리고 수많은 누군가의 부모, 자식, 형제자매들이 카프리치오 7세 때문에 억울하게 세상을 떠나야 했습니다."

"……."

"애초에 그를 죽일 생각이었습니다. 오로지 그것을 꿈꾸며 이 신전에 들어왔습니다. 다만……."

페리우스의 죽음이 그 마음을 더 격렬하고 생생하게 불태웠을 뿐. 그러나 그의 아버지 앞에서 아들의 죽음을 직접 입에 담는 것은 비록 그 시신이 앞에 있다 해도 잔혹한 일이었다. 나는 뒷말을 삼켰다.

조용히 내 말을 들어 주던 윈체스터 대공이 고개를 끄덕였다. 그는 나를 비웃거나 조롱하지 않았다. 신전에 고발하겠다 겁박하지도 않았다.

"……그래. 네 뜻 잘 알겠다. 대단하구나."

"황송합니다."

"어린것이 참 용기가 가상해. 강단도 있고. 그런 결심을 하고 이 험한 신전으로 들어오리라고는 상상도 못 할 만큼 가냘파 보인다만."

윈체스터 대공은 별안간 품에서 양피지 한 조각과 만년필을 꺼냈다. 그는 그 위에 무언가를 적어서 내게 내밀었다.

"현재 내가 거주하고 있는 곳의 주소다. 정확히는 내 비서가 받도록 되어 있지. 연통을 넣으려면 여기로 하면 된다."

"……."

"켈시스 제국의 힘이 필요하다면, 한 번은 도와주마. 물론, 어디까지나 비공식적으로 말이다."

눈이 휘둥그레 떠졌다. 예상치도 못한 후한 대우였다. 나는 양피지를 돌돌 말아 품에 넣은 다음, 그를 향해 연신 고개를 조아렸다.

"……감사합니다. 정말, 감사합니다."

"아니다. 나도 내 막내아들을 이리 잃지 않았으면 널 도울 생각조차 못 했겠지. 그저, 이건 자식의 죽음을 막지 못한 아비의 마지막 죄책감이라고 생각하려무나."

윈체스터 대공은 손을 뻗어 내 어깨를 두어 번 두드렸다.

"꼭 성공하길 바란다."

"예."

"그럼 나는…… 아니, 우리는 이만 가 보마."

그가 페리우스의 관을 흘끗하며 말했다.

"내 아들을 이렇게 아끼던 친우가 있는 걸 보면, 이놈이 인생을 아예 헛살진 않았나 보군. 아까 말한 대로 도움이 필요하면 지원할 터이니 일이 있으면 꼭 연락하거라."

"예. 평안히 돌아가십시오."

행렬이 다시 출발했다. 윈체스터 대공의 뒷모습은 흐트러짐 없이 곧았다. 매일 날 데려다주고 돌아서던 페리우스의 잔상이 겹쳐져, 눈앞이 뿌옇게 흐려졌다.

그들 모두를 보내며, 나는 페리우스에게 완전한 작별 인사를 했다.

잘 가요, 선배. 끝까지 선했던 그대에게 영원한 안식을.

아무쪼록 편히 잠드소서.

그대의 피값은 내가 대신 그들에게 갚아 줄 터이니.

⚜ ⚜ ⚜

아침부터 생활관 앞으로 나를 마중 나온 것은 자비에르 주교였다. 나는 평소보다 더 정성스럽게 다린 사제복을 입고 그를 따라 교황청으로 갔다.

교황청 앞에서 자비에르 주교는 내게 신신당부를 했다.

"성하께서는 낮에 교황청 안에서 업무를 보십니다. 밤에는 관저로 돌아가시는데, 교황청에서 다소 거리가 있습니다. 교황청에서 관저까지의 길 또한 철저히 비밀이니 이 점 유념해 주길 바랍니다."

"알겠습니다."

끝까지 비밀 엄수가 철저했다. 나는 그 모두를 수긍했다.

자비에르 주교는 날 데리고 건물 안으로 들어갔다. 성녀나 리스텐 추기경을 보러 이미 몇 번 온 곳이었으나, 교황청은 올 때마다 숨이 막힐 듯 답답했다.

건물과 그 안의 장식품들 전부 다 아름답고 귀한 것들이었으나, 그것들은 교황청이 자아내는 위압적인 분위기를 더욱 고조시킬 뿐이었다.

"여기입니다."

자비에르 주교를 따라 한참 동안 계단을 올라가고 복도 안쪽으로 들어간 후에, 그와 나는 흰 상아로 된 문 앞에 도착했다. 문 중간에는 교황의 사무실임을 알리는 문패가 걸려 있었다.

[Cappricio VII]

나는 황금으로 조각된 그 이름자를 뚫어지게 쳐다보았다. 막상 코앞에 두고 있자니, 보고도 믿기지 않았다.

"교황 성하께서는 이 안에 계십니다."

자비에르 주교가 설명했다. 그의 손이 문손잡이를 잡았다.

"부디 적절한 예를 갖추십시오."

이제 교황을 본다. 오지 않을 것 같던 그 순간이 마침내 온 것이다. 나는 작게 심호흡을 했다.

"……"

자비에르 주교에 의해 천천히 문이 열렸다. 나는 먼발치에서 무릎을 꿇고 등을 굽혀 엎드렸다.

"에시엣의 첫 번째 종, 가장 사랑받는 어린 양, 카프리치오 교황 성하를 뵙습니다."

수만 번 연습했던 말, 무수히 상상해 오던 순간이라 목소리는 내 것이 아니라 생각될 정도로 매끄럽게 흘러나왔다.

"이제 눈을 떠 주인의 모습을 보십시오, 맥노프 사제."

자비에르 주교의 지시에 고개를 들었다. 아래에서부터 그의 모습이 시야에 들어왔다. 무릎, 가슴팍, 그리고 길게 내려온 반짝이는 금발 머리.

하얀 성의 군데군데 금실로 수가 놓여 있었다. 의외였던 것은 덩치가 큰 편인 추기경들과 달리 교황은 호리호리한 체형을 가지고 있다는 점이었다. 의자 팔걸이에 놓인 손은 여인의 것처럼 가늘고 희었다.

손과 목의 피부가 매끄럽고 팽팽한 것을 보니, 최소 장년층에서 높게는 노인에 가까울 것이라는 기존의 예상과 달리 젊은 청년 같다는 생각이 들었다.

나는 의아함을 느끼며 마저 시선을 올렸고, 마침내 그의 얼굴과 마주하게 되었다.

우유처럼 흰 얼굴, 머리카락과 같은 금색 눈동자, 가냘픈 어깨. 성화 속 천사처럼 여린 외형.

시간이 멈추었다.

그는 내가…… 이미 아는 존재였다.

레미엘.

온몸을 타고 흐르던 피가 몽땅 식어 버렸다. 나는 얼음물을 양동이째 뒤집어쓴 것 같은 기분으로 그를 올려다보았다.

그 또한 내 얼굴을 알아보고 놀란 듯 눈을 크게 떴다. 그의 머리카락과 눈동자는 햇살을 입어 더욱 찬란한 금빛을 뿜었다. 제 정체가 다 드러났음에도, 여전히 순한 양을 가장하고 있는 얼굴에 구역질이 치밀어 올랐다.

가증스러운 새끼.

나는 치미는 배신감에 이를 갈 뻔한 것을 가까스로 참아 냈다.

두 달 만인가.

추기경에게 발각될 뻔한 날 이후로, 그는 금지된 구역에서 자취를 감춰 버렸다. 매일 밤 가서 기다려도 그는 나타나지 않았다. 몇 주간 밤마다 앉아서 그를 기다리던 나는 결국 그와 만나는 것을 포기했다. 그저 한 자락의 꿈이었다, 여기며 기억에 묻었다.

그렇게 어느 날 신기루처럼 사라져 버렸던 그와 이런 식으로 재회하게 될 줄은 몰랐다.

그가 교황이고, 바로 카프리치오 7세였다. '군인 교황'이라고 불릴
정도로 호전적이고 잔혹한 교황. 그가, 베일 뒤에서 페리우스의 죽음을
지시 내린 자였다.

아아.

어찌하여 몰랐던가. 왜 작은 눈치조차 채지 못하였는가. 나는 나의
어리석음을 탓했다.

모든 것이 뚜렷해졌다.

왜 그가 나에게 자신의 정체에 대해서 말해 주지 않았는지. 왜 출입
이 금지된 구역에서 살고 있었는지. 왜 내가 아는 그 어느 성직자의 계
급에도 속하지 않았는지. 나는 한 번도 그에 대해 의심을 품고 답을 내
리려 하지 않았다.

그 천사 같은 아름다움에 홀렸던 탓이다. 그 달콤한 눈에 독이 들어
있으리라고는 꿈에도 몰랐다. 그의 연약한 자태는 내 경계를 흐트러뜨
리고, 손톱만 한 위험도 느끼지 못하게 했다.

그러나 그는, 아니 저 새끼는 분명 루에르의 지도자였다.

저 체리처럼 작고 사랑스러운 입술이 움직일 때마다 누군가의 피가
한가득 쏟아져 나왔을 것이다. 에시엣의 지시 아래 깃펜을 놀렸을 희고
늘씬한 손가락 아래에는 셀 수 없을 만큼 무수한 목숨이 매달려 있었다.

레미엘 카프리치오. 카프리치오 7세.

나는, 어리석게도 내가 죽여야 할 교황에게 넋이 나가 있었던 것이다.

7. 베일을 벗은 진실

나는 시야를 다잡았다. 충격으로 현기증이 돌았지만 참아야 했다. 나는 애써 침착함을 가장하며 덜덜 부딪치려는 턱을 진정시켰다.

잠시간 침묵하던 레미엘이 입을 열었다.

"······반가워요."

짧은 단어에 불과한 그의 대답은, 여전히 내가 알던 것처럼 부드러웠다. 하마터면, 나는 눈앞의 그가 교황이라는 것을 다시 잊어버릴 뻔했다.

그러나 그가 팔을 걸치고 있는 의자와 위압적인 분위기를 풍기고 있는 이 공간은 분명 루에르의 지도자인 교황의 것이었다. 나는 믿고 싶지 않은 현실을 다시 각인했다.

이 남자가 바로 카프리치오 7세다. 내 어미와 페리우스를 죽게 한 바로 그 에시엣의 첫 번째 종.

"맥노프 사제는 우수한 성적과 강한 희생정신, 깊은 신앙심으로 말미암아 성하를 모실 보좌 사제로 발탁되었습니다. 블라디미르 리스텐 추기경 예하께서 특히 마음에 들어 하시니, 신뢰하셔도 좋을 것 같습니다.”

단조로운 자비에르 주교의 설명이 이어졌다. 레미엘은 속눈썹을 깜박이며 나를 내려다보았다. 내가 아니어도 아무도 몰랐으리라. 이 유약해 보이는 소년이 바로 그 악명 높은 교황이었으리라고는.

허공에서 시선이 부딪쳤다. 금빛 눈동자를 빛내며 그가 입가에 희미한 미소를 띠웠다.

“알겠습니다. 잘 부탁드려요.”

그의 상냥한 태도는 상당한 고역이었다. 차라리 추기경처럼 대놓고 여자를 끼고 있는 모습을 보는 것이 덜 역겨울 뻔했다. 나는 그의 멱살을 잡아채고 싶은 것을 겨우 참고 대답했다.

“영광입니다, 성하.”

어떤 정신으로 다시 사무실을 나왔는지 모르겠다. 정해진 대로 레미엘에게 다시 엎드려 인사를 하고 자비에르 주교의 안내를 따라 사무실 밖으로 나왔다. 나는 바로 중심을 잡지 못하고 비틀댔다.

“……맥노프 사제?”

“…….”

“맥노프 사제!”

“……아! 네!”

자비에르 주교의 목소리에 나는 가까스로 정신을 차리고 허리를 폈다.

“죄, 죄송합니다. 제가 몸을 잘 가누지 못하고 그만…….”

“아니요. 괜찮습니다. 원래 교황 성하를 처음 뵐 때는 다들 그런 반응을 보입니다. 워낙 귀하신 분이고, 주교 중에서도 저처럼 관리직이나 접할 수 있는 분이니까요. 긴장하는 것도 무리는 아닙니다.”

자비에르 주교는 의외로 자상하게 나를 배려해 주었다. 나는 작게 미소 짓는 것 외에는 할 수 있는 게 없었다.

"여기로 따라오십시오."

그는 사무실 옆에 있는 방으로 나를 데려갔다. 들어서자마자 보인 것은 거대한 책장 하나였다. 그 안에 가죽으로 된 두꺼운 책과 종이들이 어지러울 정도로 잔뜩 꽂혀 있었다.

성큼성큼 책장 앞으로 걸어간 자비에르 주교는 선반 위를 손으로 훑다가, 종이 더미 하나를 책꽂이에서 빼냈다.

"받으십시오."

자비에르 주교가 한 묶음의 양피지를 내게 내밀었다. 각 장 맨 위에 작은 구멍이 뚫려 있었고, 끈으로 한데 매여 흩어지지 않도록 고정되어 있었다.

"교황 성하의 일과표와, 보좌 사제로서 해야 할 일들입니다."

"감사합니다."

나는 그것을 받아 가슴에 받쳐 안았다. 안경을 치켜올린 자비에르 주교가 다시 예의 사무적인 태도로 말했다.

"오늘은 관저로 가는 길을 가르쳐 드리겠습니다. 내일 아침부터는 교황 성하를 모시고 와야 하는 길이므로 지금 가면서 익혀 두셔야 합니다. 오늘은 첫날이라 주어진 업무는 없고, 지금 드린 것을 관저에서 읽고 외워 두시면 됩니다."

"알겠습니다."

"그럼 출발하겠습니다."

자비에르 주교의 말에 나는 반사적으로 우리가 들어온 문 쪽으로 몸을 돌리려 했다. 그러나 그가 향한 곳은 출입구가 아닌, 책장의 반대쪽 벽을 장식하고 있던 거대한 성화 한 점이었다.

성화에는 치천사 가브리엘이 그려져 있었다. 마치 새와 같은 깃털을 단 그는 발밑에 깔린 새하얀 구름 위에서 류트를 연주하고 있었다.

얼굴은 자신의 주변을 돌아다니는 아기 천사들을 향하고 있었는데, 그들을 응시하는 그의 표정은 더없이 온화하고 편안해 보였다. 이미 여러 번 접해 왔던 기존의 성화들과 크게 다를 바가 없었다.

왜 특별할 것 없어 보이는 그림 앞에 멈추었나 하던 의문은, 그가 손바닥으로 그림을 밀어 냄과 동시에 풀렸다. 스르륵거리는 소리와 함께 성화가 뒤로 밀려나며, 안에 있던 공간이 드러났다.

"들어오십시오."

먼저 그 안에 발을 들인 자비에르 주교가 나를 향해 손짓했다. 높이와 너비가 대략 남성 한 명이 드나들 정도의 크기였다. 대체 교황이 어떻게 눈에 띄지 않고 교황청과 관저를 드나드나 했더니, 이런 비밀 통로가 있었던 것이다.

나는 교황청의 위장술에 제법 감탄했다. 그가 알려 주지 않았다면 결코 눈치 못 챘을 완벽한 위장이었다.

한없이 깜깜할 것 같던 비밀 공간은 의외로 시야가 밝게 트여 있었다. 중간중간 나 있는 손바닥만 한 창으로 햇빛이 들어오기 때문이었다.

"낮에는 그냥 다녀도 상관없지만 밤에는 등을 반드시 지참해야 합니다. 창이 작아 달빛이 잘 들어오지 않거든요."

"유념하겠습니다."

계속해서 계단과 복도가 이어졌다. 길이 하나로 나 있었기 때문에 이 공간 안에서 길을 잃을 염려는 없어 보였다.

한참을 앞에서 걷던 그가 발을 멈추었다. 길은 끝나 있었고, 그 앞에는 문이 하나 있었다.

"여깁니다. 나갑시다."

그가 문을 열었다. 열린 틈 안으로 밝은 빛이 들어왔다. 밖으로 나가자마자 나는 거대한 나무와 덤불을 맞닥뜨렸다. 자비에르 주교가 뒤를 돌아보며 주의를 주었다.

"나뭇가지에 얼굴을 긁히지 않기 위해 조심하십시오. 서두르다가 사고를 당할 수도 있습니다."

나는 자비에르 주교를 따라 풀숲을 헤치고 나왔다. 돌아보니 문은 완벽히 가려진 구조였다.

"이곳은 관저에 딸려 있는 정원입니다. 후원을 통해 접근할 수 있으나, 일반 사제들의 출입을 막고 있으니 실질적으로 이용될 수 있는 통로는 이곳이 유일합니다."

도착한 곳은, 내게는 익숙한 금지된 구역의 정원이었다. 이미 레미엘이 교황인 것을 안 후부터 짐작하고 있던 사실이었다. 자비에르 주교는 구불구불하게 나 있는 산책로 사이로 나를 안내하며 당부했다.

"길이 단순하지 않으니 주의하시기 바랍니다. 물론 성하를 모시고 다닐 때는 그분께서 길을 아시니 헤맬 일은 없겠지만요."

그는 노파심에 한 말이었겠지만, 사실 이 정원을 이미 몇 주간 닳도록 드나들었던 내게 이곳은 눈 감고도 길을 알 정도로 익숙해져 있었다. 하지만 나는 모른 척 수긍했다.

"유의하겠습니다."

코너를 돌자 하얀 건물 하나가 나왔다. 신전보다는 규모가 훨씬 작았지만 역시 화려했다. 대충 윤곽만 보였던 밤과 달리 낮에 보니 꼭 궁전 같은 외관이었다.

입이 썼다. 그토록 궁금해했던 공간. 그러나 이제는 내가 이곳을 알고 있었다는 사실이 나를 비참하게 했다.

"이곳이 교황 성하의 관저입니다."

레미엘이 자신이 사는 곳을 보여 주겠다며 여기 데려왔을 때는, 이런 순간이 오리라고는 상상도 못 했었지.

나는 자비에르 주교 몰래 입술을 깨물었다. 이제는 추억도 되지 못할 레미엘과의 기억이 자꾸 되살아나는 것이 괴로웠다. 이 금지된 구역에 발을 들인 때부터, 그때의 시간들이 자꾸만 멋대로 되살아나려 하고 있었다.

청승 떨지 마라, 카야 맥노프. 나는 나를 다그쳤다.

얼마나 즐거웠건, 그 시간들은 이제 전부 의미를 상실했다. 내가 좋아했던 그때의 그 소년은 없다. 이곳은 피에 미친 교황 레미엘 카프리치오가 사는 장소였다.

이곳에 앉아, 그를 기다리며 두근거려 했던 그때의 나도 그저 이제는 죽어 없어져야 할 과거일 뿐이었다.

"……."

마침내, 자비에르 주교를 따라 관저 안에 들어가게 된 나는 궁전 같다고 생각한 처음의 감상이 크게 다르지 않았음을 알았다. 내부는 저번에 갔었던 베르시카 황궁과 비견될 정도로 화려했다. 유난히 희다는 점만 제외하고는.

자비에르 주교는 나를 복도 끝까지 데려갔다.

"이곳이 교황 성하께서 생활하시고 잠을 주무시는 공간입니다."

레미엘의 방 문 앞에는 상아로 된 아기 천사의 부조가 붙어 있었다. 그 밑에는 사무실과 같이 황금으로 그의 이름이 새겨져 있었다.

[Cappricio VII]

"그대의 거처는 이곳이고요."

내가 생활하는 방은 레미엘의 방에서 몇 발자국 떨어지지 않은 곳이었다. 거의 함께 생활하는 셈이다. 그토록 염원했던 것이었다. 그러나…….

"감사합니다."

226

나는 답답해져 오는 가슴을 감춘 채 자비에르 주교를 향해 미소를 지어 보였다.

"전해 주신 바에 따라, 앞으로 성하를 잘 모시겠습니다."

굳이 할 필요까지 없는 말을 덧붙인 것은, 얼굴이 일그러지려 하는 것을 감추기 위해서였다.

✢ ✤ ✢

열린 창가로 달빛과 바람이 함께 들어왔다. 나는 펄럭이는 커튼만 하염없이 바라보며 별을 셌다. 하늘은 완벽히 깜깜했다. 이미 자정을 훌쩍 넘긴 시간. 원래라면 잠에 들었어야 했다.

그러나 잠이 올 기색은 전혀 없었다. 속에 돌을 우겨 넣은 것처럼 답답한 마음이 자꾸만 차올랐다. 연신 이불을 뒤척이던 나는 길게 한숨을 내쉬었다. 나조차 내가 왜 이러는지 스스로를 이해할 수 없었다.

그렇게 되고자 했던 보좌 사제가 되었다. 목표를 이룬 이상 고뇌할 것은 없었다. 내가 해야 할 일은 명백했다.

교황의 곁에서 충견인 척 지내다가, 틈을 노려 그를 암살하고 이 테베칸 시국에서 무사히 도주하는 것이 이제까지의 내 계획이었다.

교황을 죽이자.

10년 넘는 세월 동안, 오로지 그것만을 생각하며 살아왔다. 이제 와서 그것을 엎을 수는 없었다. 무슨 일이 있어도 성사시켜야 했다.

그러나…… 확고하던 결심에 혼란이 섞여 뭉그러지고 있었다.

교황의 사무실에서 보았던 레미엘의 모습이 떠올랐다. 교황이라고 믿을 수 없을 정도로 약해 보였던 말과 행동. 그는 왜, 대체 어째서 나에게 그런 식으로 굴었을까?

그는 이미 모든 이들 위에서 권력을 휘두르고 있는 전제 군주였다. 황제들조차 그에게 함부로 할 수 없었다. 에시엣의 총애라는 최고의 권위를 가진 그가, 리스텐 추기경처럼 군다고 해서 누구도 뭐라 하지 않을 터였다.

왜 그랬을까. 대체 어째서 그는 내게 정체를 숨겨 가면서까지 친구가 되자고 했을까? 나는 그때 아무것도 없는 평사제였다. 그에게는 그럴 이유가 없었다. 그렇다면, 대체 무엇을 위해?

꼬리에 꼬리를 무는 질문에 머리를 쥐어뜯고 있는데, 밖에서 똑똑 문 두드리는 소리가 났다. 자비에르 주교인가?

"네. 들어오세요."

이 늦은 시간에 다시 찾아와서 전할 말이 있나. 별생각 없이 침대에서 벗어나 문을 연 나는 눈앞의 존재를 보고 가슴이 내려앉았다.

레미엘이었다.

✠ ✤ ✠

그는 낮에 본 것과 달리 아무 무늬도 없는 흰옷을 걸치고 있었다. 내가 금지된 구역의 정원에서 그를 만나던 모습 그대로였다.

"……."

나는 맨얼굴로 그를 마주했다. 그에게 품은 경멸감을 단 한 줌도 숨기지 않았다. 여기에는 주교도 추기경도 없었다. 오로지 그와 나뿐이었다.

예정된 것은 아니었다. 계획대로라면 나는 교황이 내게 한 치의 의심도 품지 못하도록 입속의 혀처럼 굴어 경계를 누그러뜨려야 했다. 그를 적대하는 것은 내가 썼던 각본과는 반대되는 일이었다.

그러나 이미 교황이 레미엘이라는 것을 안 순간, 모든 것이 망가졌다. 애초에 아무 의심 없이 남들과 동떨어져 있는 존재와 친분을 맺으면서부터 나는 잘못된 길을 걸어가고 있었던 것이다.

적에게 심장부를 다 드러내 놓고 있었으면서, 완벽히 목표를 향해 가고 있다고 의기양양하던 지난날들이 모두 우스워졌다. 내 스스로를 조소하는 만큼, 그를 향한 분노도 더 강도를 키웠다.

반면 레미엘은 아직도 낮에 만났을 때와 다르지 않은 얼굴을 하고 있었다.

"저, 카야."

그의 목소리는 잘게 떨리고 있었다. 다소곳이 모은 그의 손끝은 마치 벌을 받는 어린아이 같은 모양새였다.

"그게……. 아까 하지 못한 말을 하러 왔어."

레미엘의 눈이 사방으로 어지러이 굴러갔다. 목울대가 오르내리는 것이 보였다.

"어디서부터…… 얘기해야 하지."

그가 혀로 입술을 적셨다. 나는 아무 대꾸도 하지 않았다.

이것이 연극이라면 완벽했다. 모든 것이 밝혀진 지금조차도 감탄할 정도로 레미엘은 내가 알던 모습 그대로였다.

"우선 나도 네가 보좌로 들어와서 너무 놀라 아무 말도 못 한 것도 있고……. 또 그 자리에 자비에르 주교도 있었으니까. 네가 가고 나서 생각을 해 봤는데……."

뭘 생각했단 말인가. 그동안 네가 날 기만했던 것에 대해서? 아무것도 모르는 척, 꽁꽁 숨은 채 선한 양 눈웃음을 쳐 대던 것에 대해서?

얼마나 많은 대화를 나눴던가. 매일같이 만남을 가지고, 정원을 거닐며 밤 시간을 보냈다. 헤어지는 때가 되면 아쉬워 발걸음이 떼어지지 않았다. 그렇게 레미엘과 나는 서로에 대해서 알아 갔……다고 볼 수 있나?

문득 깨달은 사실 하나가 머리를 강타했다.

이 새끼에 대해, 내가 아는 게 있긴 한가?

레미엘과 했던 무수한 대화 속, 그에 관한 정보는 없었다. 나는 그가 어디서 왔는지, 어떻게 살아왔는지 알지 못했다. 나이도 모르고 오로지 부모가 없다는 것, 내가 아는 성직자 계급에 속해 있지 않다는 것만 알았다.

그러고 보니 레미엘은 한 번도 저에 대해서 제대로 말해 준 적이 없었다. 처음 만났을 때부터 그는 베일 속에 스스로를 감춘 채 나온 적이 없었다. 나만 매일 내 얘기를 주절거렸을 뿐이다.

대체 이런 존재의 뭘 믿고 나는 마음을 내어 주었단 말인가. 차라리 그대로 창문을 열고 뛰어내리고 싶었다. 뭐가 그리 좋았을까?

……화려한 낯짝?

그래. 낯짝. 모든 것이 변하고 일그러지고 틀어지는 사이, 빌어먹게도 그 낯짝은 변함이 없었다.

달빛을 입은 그는 여전히 가녀린 아름다움을 자랑했다. 속 깊은 곳에서 울화통이 치밀어 올랐다. 저 악마에게 저 미모가 가당키나 하단 말인가? 에시엣다운 사랑이구나.

저걸 아무 준비도 없이 맞닥뜨렸으니, 그때는 꼼짝없이 홀릴 수밖에 없었겠지. 성숙한 척, 무던한 척했으나 나 또한 어쩔 수 없는 어린 계집아이였던 것이다.

그러나 나는 이미 저 순진한 얼굴에 깜박 속아 넘어간 것을 똑똑히 기억하고 있었다. 두 번 다시는 당하지 않을 것이다.

"성하."

나는 속이 부글부글 끓는 것을 애써 눌러 삼키며 레미엘을 불렀다. 레미엘이 어깨를 흠칫했다.

"카야?"

"업무에 관련해, 제게 긴히 할 말이라도 있으신 겁니까?"

레미엘의 눈이 다시 혼란스러워졌다. 마치 길을 잃은 어린아이 같은 저 모습에, 한때 나는 그를 감싸고 달래 주려 한 적도 있었다. 모두 그가 카프리치오 7세라는 것을 알기 전의 일이었다.

"아…… 그게, 업무 관련이라기보다는……. 그냥, 개인적인……."

"……."

"저, 카야……. 어…… 물론 내가 이런 자리에 앉아 있긴 하지만, 갑자기 그렇게 딱딱하게 말하면 무서워. 여기 우리 둘뿐이잖아. 그냥 편하게……."

"사담이라면, 삼가 주셨으면 좋겠습니다."

나는 방 한구석에 놓여 있는 괘종시계를 가리켰다.

"시간이 벌써 자정을 넘었습니다. 자비에르 주교 말에 따르면, 제가 성하를 공적으로 모셔야 하는 시간은 자정까지라고 했습니다."

레미엘은 말문이 막힌 표정으로 대답하지 못했다. 나는 고개를 삐딱하게 기울인 채 그에게 축객을 내렸다.

"제가 성하를 모시는 데 있어 꼭 하셔야 하는 말씀이 아니라면, 돌아가 주십시오."

"카야!"

"맥노프 사제라고 불러 주십시오, 나의 주인이시여."

나는 호칭을 정정했다. 그가 나를 친근하게 부르는 것을 견딜 수 없었다.

"종이 감히 아뢰오나, 소신이 피곤하여 지금 성하의 말씀에 만족스러운 대답을 드릴 자신이 없나이다. 그러므로 지금 성하의 방으로 돌아가 주시길 청합니다."

빨리 꺼져.

눈에 힘을 주고 노려보자 레미엘이 기에 밀렸는지 주춤주춤 뒷걸음질을 했다. 그게 더 화가 났다.

이미 그 성품이 밖으로 널리 알려져 있거늘, 왜 본색을 드러내지 않으실까? 내가 이리 건방지게 굴면, 사람들을 불러다가 날 채찍질하도록 명령하는 것이 옳지 않느냔 말이다.

나는 계속해서 레미엘을 노려보았다. 그러나 그는 끝까지 내게 호통을 치거나 노여운 기색을 드러내지 않았다. 그저 연약한 짐승처럼 수세에 치인 것처럼 굴 뿐이었다. 나는 힘줄이 드러나도록 세게 문손잡이를 잡았다.

문간에 선 채 뻐딱하게 자신을 바라보는 나를 향해 레미엘이 애원조로 말했다.

"카야. 그러니까, 내일 아침에 얘기하자는 거야? 내일 밝았을 때 자세한 걸……."

"무슨 말씀을 하시는지 잘 모르겠습니다. 저는 성하와 나눌 이야기가 없거든요. 교황청에서 할당한 의무 외에는 말입니다."

"나는, 그저 네가 화가 많이 난 것 같아서……."

"화난 것 없습니다. 쉬고 싶을 뿐이죠. 그럼 좋은 밤 되시길."

나는 쾅 소리 나게 문을 닫았다. 레미엘이 다급하게 손을 뻗는 듯했으나 곧 시야에서 사라졌다. 나는 문에 등을 기댄 채 서서히 주저앉았다.

레미엘에게 한 방 먹였지만 속은 풀리지 않았다. 그의 배반이 찌른 상처에서는 여전히 피가 배어 나오고 있었다. 나를 기만한 그를 용서할 수 없다.

아니, 아니지. 속이지 말자, 카야 맥노프. 그게 아니잖아.

나는 입술 밖으로 웃음을 흘렸다. 정말, 그가 나를 기만했다는 사실만이 괴로운 걸까?

나는 비틀거리며 방 한구석에 놓인 거울을 향해 걸어갔다. 창을 타고 들어온 달빛이 푸르스름하게 거울 표면을 타고 흘렀다. 나는 그 앞으로 얼굴을 들이밀었다.

늘 가장하는 유순한 얼굴이 아닌, 뚫을 듯 날카로운 눈을 한 여자가 거울 안에서 날 쏘아보고 있었다. 날것 그대로의 내면이었다. 온갖 감정이 뒤섞인 채 사납게 날뛰고 있었다.

나는 깨달았다.

나를 절망시키는 것은 내 마음속에 꿈틀거리는 것이 순수한 증오와 분노가 아니라는 것이었다. 오히려, 그렇게 하는 데 실패했다는 것에 가까웠다. 나는 아직도 레미엘을 내가 증오해 왔던 카프리치오 7세와 동일시하지 못하고 있었다.

아니기를…… 바랐다.

레미엘에게 화가 난 건 그가 내 모진 말을 들으면서도 끝까지 부정하지 않았기 때문이다. 자신이 교황이 아니라고 오해라고 말해 주지 않아서였다.

"빌어먹을……."

나는, 어리석게도, 그 꼴을 당하고도 현실을 외면하고 싶었던 것이다. 그가 교황이 아니기를 열망하고 있었다. 제발, 레미엘이 아니라고 말해 주기를…….

혹은 이 모든 것이 그저 하룻밤의 꿈이기를…….

말도 안 되게도 바라고 있었던 것이다.

최악이었다.

눈에 뜨거운 것이 가득 차올랐다. 눈가에 손을 가져다 대자, 축축한 것이 묻어났다. 미련한 눈은 소용이 없다는 걸 알면서도 꾸역꾸역 눈물을 길어 냈다.

"……."

멋대로 흐느낌을 자아내려는 입을 다물었다. 조금의 소리도 내지 않기 위해 나는 손바닥을 펴 그 위에 얼굴을 묻어 버렸다. 모든 것이 엉망이었다.

✢ ✤ ✢

"카야."

사무실, 깃펜을 잉크에 적시던 나는 레미엘의 부름을 들었다. 그러나 대답할 이유는 없었다.

나는 침묵했다. 그가 내 이름을 다시 입에 담았다.

"카야."

나는 대답하지 않았다. 그를 쳐다보지도 않은 채, 못 들은 것처럼 굴었다.

그가 한숨을 내쉬며 나를 고쳐 불렀다.

"……맥노프 사제."

그제야 나는 펜을 내려놓고 그를 향해 고개를 돌렸다.

"예, 성하. 필요한 게 있으십니까?"

며칠째 같은 상황의 반복이었다. 레미엘은 아직도 호칭을 제대로 하지 않았다. 내가 자신을 계속 무시하면 그때서야 겨우 공적인 칭호로 나를 불렀다.

분명 필요한 게 있느냐고 물었는데, 레미엘은 내게 지시를 내리는 대신 앉아 있는 곳까지 다가왔다. 자리에서 명령을 내리셔도 됩니다, 라고 말하려던 차였다.

"도저히 안 되겠어. 얘기 좀 하자."

레미엘이 내 손목을 덥석 잡았다. 예기치 못한 그의 돌발 행동에 나는 당황했다.

"성하, 대체 이게……."

"그게……."

바로 앞에 서서 안절부절못하던 레미엘이 고개를 푹 숙였다. 그의 입에서 모기만 한 목소리가 흘러나왔다.

"아직까지도 네가 화가 많이 난 거 알아. 왜 그러는지 알 것 같아. 얼마나 당황스러웠을지도 알고."

나는 그의 말에 소리 없이 조소했다.

왜 그러는지 알 리가 있나. 너는 아무것도 모른다. 네가 한 짓들이 내 인생을 어떻게 만들었는지. 내가 오로지 원한만으로 이 세월을 버텨 왔다는 것을.

"하지만…… 속이려고 했던 게 아니었어."

레미엘이 땅이 꺼질 듯 크게 한숨을 내쉬었다.

"다만 외부에 신분을 밝힐 수가 없는 처지라 그랬어. 그리고 알고 나면 네가 나를 다르게 볼 것도 무서웠고. 그래서 그냥 평범한 사람인 것처럼 너를 대했어. 결국엔 이렇게 되어 버렸지만."

그러면서 웃는 그의 모습은 꼭 부서질 것처럼 처연해 보였다. 나는 스스로를 다그쳤다. 아직도 어리석어 깨닫지 못했나, 카야 맥노프. 저건 외양이 부리는 속임수에 불과하다.

"하지만 나는 이렇게 둘만 있을 때는 네가 나를 편하게 대해 줬으면……."

"성하."

이곳은 교황청이다. 레미엘을 향한 적대를 드러냈다가 누가 보면 큰일이 나기에 가면을 써야 했다. 나는 이가 갈리는 것을 참으며 그를 향해 빙긋 웃어 보였다.

"어찌 주인 되신 분께서, 감히 제게 하극상을 범하라 하십니까."

"……."

레미엘이 할 말을 잃은 표정으로 나를 쳐다보았다. 나는 더할 나위 없이 상냥한 어조로 말을 이었다.

"성하께서는, 세상에서 가장 유용한 도구로 쓰이는 에시엣의 거룩한 첫 번째 사제. 허나 저는 한낱 수습 사제, 성하의 시녀와 같은 존재에 불과합니다. 과분한 명을 거두소서."

짐짓 겸허한 말이었으나, 실상은 친한 척하지 말라고 거리를 두는 것이었다. 그것을 모를 리 없는 레미엘의 안색이 어두워졌다.

나는 이미 다짐했다.

아무리 그 연약한 가면을 견고히 유지한들, 다시는 너에게 친밀하게 굴지 않을 것이다. 나는 더 이상 네 말이면 전부 달콤한 줄 알고 듣던 멍청한 카야 맥노프가 아니야.

이제는 그의 애처로운 얼굴이 꼴 보기 싫었다. 그에게 희망도 기대할 것도 없었다. 차라리 본연대로 냉혹한 지배자의 모습이길 바랐다.

"하지만…… 카야!"

아직도 고치지 않는 호칭 또한 더없이 거슬렸다.

"맥노프 사제라고 그렇게……."

다시 한번 인내심을 발휘해 지적하려는데, 별안간 밖에서 노크 소리가 들려왔다.

"교황 성하, 접니다. 들어가도 되겠습니까?"

굵직한 남자의 목소리였다. 레미엘의 어깨가 흠칫 떨렸다가, 이내 곧게 펴졌다.

"예, 들어오세요."

대답을 마친 후 레미엘은 자리로 돌아가 앉았다.

왠지 몰라도 레미엘의 얼굴은 몹시 불편해 보였다. 입술을 깨물던 그는 속눈썹을 파르르 떨며 얼굴 근육을 정돈했다. 싫은 사람을 만나기 전 어쩔 수 없이 표정 관리를 하는 사람 같았다.

리스텐 추기경이 들어왔을 때, 레미엘은 마치 인형처럼 무력해 보이는 모습이었다.

"안녕하십니까, 성하."

"안녕하세요, 리스텐 경."

팔에 서류로 추정되는 종이를 한 아름 안은 리스텐 추기경이 레미엘의 책상 앞에 가 섰다.

분명 레미엘이 앉아 있고, 그가 공손하게 서 있는 자세였다. 게다가 추기경은 분명 교황인 레미엘보다 서열이 아래였다. 그럼에도 불구하고 외관 때문인지 꼭 그가 레미엘을 압도하는 것처럼 보였다.

"오, 맥노프 사제."

그가 레미엘 주변에 있던 내게 알은체를 했다.

"안녕하십니까, 예하."

"간만이군 그래."

반가운 양 웃어 보이던 그가 엄지를 세운 손으로 나를 보며 문을 가리켰다.

"그런데 교황 성하와 단둘이 나누어야 할 얘기가 있어서, 자네는 잠시 나가 주겠나?"

그가 품에 들고 있던 종이를 살짝 흔들어 보였다. 자비에르 주교가 건네준 보좌 생활 수칙 중 하나가 떠올랐다.

추기경이나 교황의 축객령에는 군말 없이 따르라.

"알겠습니다, 예하."

나는 곧장 자리를 박차고 일어섰다.

"그래. 수고하네."

"그럼 저는 밖에서 기다리겠습니다."

레미엘을 향해 짤막하게 인사한 나는 그를 추기경과 함께 둔 채 밖으로 나왔다.

"……."

그러나 자꾸만 문을 닫기 전의 레미엘이 눈에 밟혔다. 그 꺼려 하는 듯한 얼굴은…… 꼭 리스텐 추기경을 두려워하는 것처럼 보였다.

말도 안 된다. 교황이 추기경을 꺼려 할 이유는 없었다.

그는 그 잘난 에시엣의 선택을 받은 자가 아니던가. 그런 존재를 누가 함부로 할 수 있겠는가.

아무리 나이가 많고 경험이 풍부하다 한들 서열을 뛰어넘을 수 있는 관계가 아니었다.

그렇다면, 왜?

그것 또한 그가 덮어쓰고 있는 양의 가죽 중 일부인가. 대체 언제 벗을 생각인가.

지겹지도 않은지. 한결같이 같잖은 동정심을 자극하는 레미엘 때문에 기분은 계속 최악이었다.

레미엘 너는 아무것도 모르는 주제에.

나는 복도에 난 창을 바라보았다. 하늘은 그저 새파랗기만 했다. 그곳에다 나는 소리 없이 분통을 터뜨렸다.

빌어먹을 레미엘, 나는 너와의 친구놀음이 깨졌음에 분노하는 것이 아니다.

다만, 내가 사랑하던 이들의 목숨이 다른 누구도 아닌, 네 손에 의해 거두어졌다는 것을 곱씹으며 침전하고 있을 뿐이다.

✤ ✤ ✤

고개를 숙이고 있던 나는 문이 열리는 소리에 추기경의 면담이 끝났음을 알아차렸다.

추기경은 들어온 목적이 성사되었는지 얼굴에 흡족한 미소를 띠고 있었다. 나는 공손하게 허리를 굽혔다.

"안녕히 가십시오."

그러나 그는 손을 내저어 내 인사를 물렸다.

"아직 인사하지 말게. 개인적으로 자네에게 할 얘기가 있으니."

"말씀하십시오."

"맥노프 사제."

"예."

리스텐 추기경이 내 어깨 위에 손을 올렸다.

"어때, 일은 괜찮은가? 처음이라 낯설 텐데."

"성하의 배려 속에 무사히 수행하고 있습니다."

"야무지게 잘하고 있나 보군."

리스텐 추기경이 내 어깨를 두드리며 제법 큰 웃음소리를 냈다.

"자네가 해야 하는 일들에 대한 대략적인 안내는 받았지?"

"예. 자비에르 주교님께서 안내서를 주셨습니다."

"그래. 잘 숙지했기를 바라네. 그런데 거기 있는 게 전부는 아니야. 또 자네가 신경 써야 할 것들이 있는데……."

리스텐 추기경이 말한 것은 레미엘의 생활 관리에 관한 것이었다.

레미엘은 보좌 사제인 나나 추기경 없이 다른 교황청의 이들과 마주쳤을 때 대화를 나누어서도, 몸짓을 주고받아서도 안 되었다. 방을 청소하고 옷을 세탁하는 사용인을 대할 때는 '지시어' 외에는 사용하지 않아야 했다.

필요한 물품이 있으면 반드시 보좌 사제인 나를 통해서 요청해야 했고, 관저를 나설 때도 원칙적으로는 보좌 사제인 나 혹은 다른 수행인 없이는 돌아다니는 것을 삼가야 했다.

레미엘은 이걸 전부 따른단 말인가.

막연히 생각해 왔던 위계질서에 대한 관념이 흔들리기 시작했다.

나는 레미엘이 당연히 교황의 권위로 추기경들을 딛고 서서 절대 권력을 휘둘러 왔다고만 생각했다. 그러나 리스텐 추기경의 지시를 듣고 나니 어쩌면 그게 아닐 수도 있겠다 싶었다.

"아, 그리고 야간 근무 시간 있지?"

"네."

"몇 시까지 근무하나?"

"보통…… 오후 10시 정도까지입니다."

공식적으로는 레미엘의 시중을 드는 시간이 자정까지 규정되어 있었으나, 최근 그가 10시에 잠자리에 드는 것을 확인하고 나는 곧장 내 방으로 돌아가곤 했다.

"자정까지 채우게."

"하지만……. 어째서입니까?"

10시에 자는데, 굳이 자정까지 살피란 것이 나는 납득이 되지 않았다.

"몇 달 전 유독 야밤에 외출이 잦으셨던 시기가 있었어. 낮에도 가끔 보좌 사제나 수행인 없이 눈을 피해 나간 적이 있었고. 혹시 주무신다고 했다가 일어나서 나갈 가능성이 있으니, 그 시간까지는 성하를 보좌하도록 해."

추기경의 지시는 잠도 재우지 말고 옆에서 자정까지 그를 관찰하라는 얘기였다.

그러나 그건 일종의 감시 아닌가?

"교황 성하께서는 늘 허가받고 외출을 하십니까?"

"공식적으로 대중 앞에 모습을 드러낼 수 없는 분이시니, 규율에 의해 움직이시는 편이지."

"밤에도요?"

"보통은 그렇다네. 혹시 모르니⋯⋯. 위험하실 수도 있잖은가."

리스텐 추기경이 내게 비죽이 웃어 보였다. 나는 예감이 좋지 않았다.

"그 전에 수면하길 원하시면⋯⋯."

"그런 경우라면, 일단 침대에서 취침하시도록 한 다음에 자네는 자정까지 그 옆을 지키다 오게."

"⋯⋯."

무언가 잘못되었다는 직감이 강하게 들었다. 아무리 교황이 비밀스럽게 관리되는 존재라 하지만, 추기경이 이토록 교황의 일상을 강하게 쥐고 흔들 권한이 있던가?

"혹시 통제가 되지 않으면 내게 말하게나. 일이 순조롭게 진행될 수 있도록 협조할 테니."

리스텐 추기경의 어조가 지나치게 자연스러운 탓에, 나는 그 안에 도사리고 있던 '통제'라는 단어를 놓칠 뻔했다. 사제들끼리 쓸 수 있는 말도, 더욱이 아랫사람이 윗사람을 상대로 사용할 수 있는 말도 아니었다. 애완동물이나 노예한테나 적합할⋯⋯.

문득, 머릿속을 스치는 기억이 있었다.

관저 정원에서 추기경과 페리우스를 봤던 날, 발각되면 안 된다며 바들바들 떨던 레미엘이 떠올랐다.

대체 리스텐 추기경과 레미엘은 무슨 사이일까. 둘 사이에 내가 모르는 무언가가 있는 것 같긴 한데, 그것의 정체를 정확히 파악할 수가 없었다.

머릿속을 흐트러뜨리는 혼란이 더욱 짙어지고 있었다.

✤ ✤ ✤

나는 레미엘의 앞에 빳빳한 양피지 한 장을 내려놓았다.

"축일 일정입니다, 성하."

교황청에서 내려온 공문에는 곧 있을 성 바르톨로메오 축일 행차 관련 사항들이 적혀 있었다.

레미엘은 아무 대답 없이 종이를 내려다보았다. 제가 소화해야 하는 스케줄임에도 남의 것을 보는 양 아무 감흥이 없어 보였다.

죽은 생선의 것과 다를 바 없는 그 눈을 보고 있자니 속이 불편해졌다. 나는 얼른 전달 사항을 알리고 그에게서 벗어날 요량으로 재빠르게 말했다.

"호위는 총 일곱 명, 그리고 저와 세 추기경 예하가 동행할 것입니다. 지정된 장소를 다 방문하고 난 후, 대략 오후 8시쯤 관저로 복귀하여 늦은 저녁 식사를 하고 취침하시게 될 것이니, 이 점 유념하시기 바랍니다."

"……."

레미엘이 고개를 들었다. 여전히 그의 얼굴은 표정이 없었고, 지쳐 보였다.

"그럼 저는, 잠시 절 찾아오신 손님을 뵈러 다녀오겠습니다. 두 시간 뒤에는 돌아올 터이니 양해 부탁드립니다."

나는 그가 뭐라 말하기 전에 서둘러 사무실을 나섰다.

⚜ ⚜ ⚜

황태자의 찻잔은 이미 반이 넘게 비어 있었다. 아무래도 기다린 시간이 긴 것 같았다. 정시에 도착하긴 했으나, 더 높은 신분의 황태자가 미리 온 이상 그를 기다리게 한 내가 잘못이었다.

"늦어서 죄송합니다. 제국의 작은 태양을 뵙습니다."

내가 무릎을 꿇으려고 하자 그가 손을 내밀어 나를 만류했다.

"인사치레는 됐다. 왕 대접 받으려고 온 게 아니니."

그가 자기 맞은편 자리를 가리켰다.

"내가 이곳의 주인은 아니지만, 여기 와서 앉게."

그는 호쾌한 성격답게 오래 기다린 데 대한 심통 같은 것을 전혀 부리지 않았다. 그는 내가 앉자마자 다과 접시를 옆으로 밀어 치웠다.

"무슨 일로 뜬금없이 그대를 찾아왔는지 궁금하겠지."

"……."

"사실, 그대에게 부탁할 것이 있어서 왔어."

황태자가 나에게 부탁할 만한 일이 있나. 고개를 갸웃거리던 참에 휑하니 빈 테이블 위로 그가 꺼내 든 것은 경전이었다.

"1739년판. 2년 전에 나온 최신판이야. 이곳 테베칸 시국의 인쇄소에서 나온 것이고."

나는 눈대중으로 경전을 이리저리 살폈다. 특별하게 짚이는 것은 없었다.

나는 눈을 깜박이며 황태자를 바라보았다. 그가 입가에 살며시 미소를 띠었다.

"그러니까, 나는 바로 이 경전을 프라틸어로 번역해 달라고 부탁하기 위해서 왔어."

"이 경전을요?"

"그래. 자네도 알다시피 지금 프라틸어로 된 경전이 전혀 없지 않나."

그의 말대로 현재 모든 루에르의 경전은 고대어인 살라무스어로 기록, 보관되는 것이 원칙이었다.

이 언어는 이미 사어(死語)라 일상에선 전혀 쓰이지 않았지만, 성경 기록과 미사에는 예외 없이 살라무스어만이 사용되었다. 따라서 모든 성직자는 살라무스어에 능통해야 했다.

나는 황태자가 뜬금없이 프라틸어 경전을 원하는 이유를 알 수 없었다.

"왜 갑자기 번역을 하신다는 겁니까?"

"경전의 접근성을 높이기 위해서라네. 정확히는 평민 계급이 볼 수 있도록."

황태자의 목소리가 부쩍 낮아졌다. 그는 다소 장난스러웠던 저번과 달리 매우 진지한 얼굴로 말을 이었다.

"나는 어려서부터 현재의 교회 체계에는 문제가 있다고 생각해 왔어. 교리와 경전을 성직자와 귀족 이상의 계급만 향유하고 있는 현실을 보고 말이야."

"······."

"현재 민중들은 미사와 강론의 내용을 이해하지도 못해. 이런 상황에서 신앙을 강조하는 것이 불합리하다고 느껴졌네. 알지도 못하는 것을 무작정 믿으라고 강요하는 셈 아닌가."

나는 황태자의 말에 적잖이 놀랐다. 그가 그런 진보적인 생각을 하고 있을 줄은 전혀 몰랐다. 추기경의 조카인 데다가 유난히 종교 색채가 강한 베르시카의 특성상 당연히 보수적인 성격일 거라고 짐작하고 있었던 까닭이다.

"그래서 믿을 만한 사제를 알게 되면 언젠가 꼭 부탁하려고 했는데, 마침 그대가 적격이라는 생각이 들었어."

나는 그를 물끄러미 바라보았다. 그는 그것을 내키지 않는 것으로 해석했는지 급하게 손사래를 쳤다.

"물론 무료로 부려 먹겠다는 건 절대 아냐. 대가는 톡톡히 지불하겠네. 시중의 번역료보다 몇 배를 더 쳐주지. 수락하겠나?"

사실 그가 제안한 보수에는 큰 관심이 없었다. 어려서부터 가난했음에도 나는 재산을 모으는 데 흥미를 가지지 않았다.

게다가 보좌 사제 일에 더해서 하기에 번역은 귀찮고 번거로운 일이었다. 단순히 내 생각대로 적는 것이 아니라, 양 언어 사전과 표준 번역 매뉴얼을 모두 참고해야 했다.

특히나 한 번도 번역된 적이 없는 경전인 데다, 에시엣의 이름을 위해 하는 일을 내가 내켜 할 리 없었다.

그러나 황태자는 내가 보좌 사제가 될 수 있도록 크게 힘을 써 준 사람이었다. 그의 병을 고친 대가로 받은 것이긴 하나, 그가 신의를 다해 약속을 지킨 것이 쉬운 일은 아니라는 것을 알고 있었다. 다른 무엇도 아닌 교황의 최측근이 되게 해 주었으니까.

"좋습니다."

나는 황태자 앞에 놓여 있던 경전을 내 앞으로 끌어왔다.

"여러 번으로 나눠서, 되는 대로 조금씩 작업해 드리겠습니다."

"고맙다."

그의 표정이 밝아졌다.

"그대는 이 대륙의 역사에 중요한 공헌을 하게 되는 거야. 내 보수와는 별개로 이 일에 대한 그대의 노고는 잊지 않겠어."

황태자는 제법 결연하게 말했다. 그러나 루에르교를 위해 하는 행동

따위는 백번 몰라줘도 상관없었다. 이자는 죽어도 모르겠지. 내가 속에 칼을 품고 살아왔다는 것을.

나는 가슴속에 치미는 울혈을 잠자코 삼키며 조용히 그를 향해 웃었다.

"삯만 잘 쳐주시면, 감사히 생각하겠습니다."

⚜ ⚜ ⚜

레미엘의 침실 시중은 까다롭지 않았다. 그저 베개와 침대를 정돈해 준 후, 욕실에서 씻고 나온 레미엘이 눕기를 지켜보는 것이 끝이었다.

그는 홀로 옷을 갈아입을 줄 알았고, 눕거나 이불을 덮는 일도 내 손을 빌리지 않았다. 내가 해야 할 것은 그저 침대 옆 의자에 앉아 리스텐 추기경이 시킨 대로 하루가 끝날 때까지 그를 보고 있는 일이었다.

댕— 댕—

자정을 알리는 괘종시계 소리가 들려왔다.

나는 방으로 돌아가기 위해 몸을 일으켰다. 레미엘의 고개가 내 쪽으로 돌아왔다.

"카야."

나는 반사적으로 그의 말을 정정했다.

"맥노프 사제라고……."

"제발 그만해!"

레미엘이 벌떡 몸을 일으켰다. 나를 쏘아보는 두 눈이 형형했다. 그는 침대에서 벗어나 성큼성큼 나를 향해 걸어왔다.

"나도 이런 내가 좋진 않아. 아니, 사실 싫은 쪽에 가까워."

"……."

"하지만, 내 모습 그대로 나를 받아 줄 순 없어?"

나는 아무 말도 하지 않았다. 레미엘이 허탈해 보이는 웃음을 지었다.

"난 너라면…… 그래 줄 수 있을 거라 생각했어."

그리 생각했다면 큰 착각 하셨네, 교황 성하. 나는 그를 등졌다.

"저는 이만 나가 보겠습니다. 평안한 안식 되시길."

"가지 마."

그가 내 어깨를 잡아챘다. 생각보다 힘이 실린 손길에 나는 그대로
돌려세워졌다.

"날 봐, 카야 맥노프."

나는 눈에 독을 품고 그를 노려보았다. 레미엘이 따지듯 물었다.

"넌 내가 교황인 것이 그리도 싫어?"

레미엘의 눈 아래에 반짝이는 것은 눈물이던가. 그러나 악어와 다를
바 없지. 나는 그의 금빛 눈을 똑바로 들여다보며 또박또박 말했다.

"응. 그리도 싫어. 이 엿 같은 새끼야."

"……."

레미엘의 눈이 크게 벌어졌다. 고여 있던 눈물이 툭 하고 빠르게 떨
어져 내렸다.

"페리우스 반 윈체스터."

나는 그간 하룻밤도 잊지 못했던 이름을 입에 올렸다.

"기억해?"

"……."

레미엘의 얼굴이 단박에 새파래졌다. 나는 한쪽 입꼬리를 삐뚜름하
게 끌어 올렸다.

"네가 파문시키고, 사형 선고를 내린 이단의 총아."

레미엘이 괴로운 얼굴로 입술을 깨물었다. 하지만 나는 멈추지 않았다.

"비인간적인 취급을 받던 이교도 노예들을 풀어 준 대가로 죽음을

선물 받았지.”

“…….”

“그것뿐이던가.”

나는 단숨에 옛 기억을 반추했다. 그날의 일을 당장에라도 눈앞에 생생하게 그릴 수 있었다.

“11년 전, 란티오 칙령.”

‘대륙에 머무는 마녀와의 전쟁을 선포한다.’

나는 그날을 언급했다. 레미엘의 얼굴에서 핏기가 사라졌다.

“교황 카프리치오 7세가 내린 마녀사냥령으로 인해 수많은 마녀가 제거되었다.”

나는 베르시카 신전에 있던 시절 역사학 교수였던 래리 챈들러 주교의 말투를 흉내 냈다.

“마녀들은 불길을 통해 정화되었다. 사제들이 가는 길마다 무고한 어린아이들을 에시엣의 품으로 인도했다. 그리하여, 이 땅 위의 사악한 기운이 에시엣의 이름으로.”

나는 잠시 숨을 골랐다.

“사라졌다.”

“…….”

“내 어머니는 마녀가 아니었어! 아무것도 아닌 평범한 여자였어. 남편 없이 딸을 혼자 키운다고 해서, 그렇게 쉽게 타깃이 되었지만!”

아니었다. 그녀는 자애로운 내 어머니였다. 악마 같은 건 없었다. 날늘 따스하게 안아 주었던 그녀는 유일한 가족, 내 모든 것이었다.

“…….”

나의 어머니, 나의 모든 행복을 박살 낸 대상이 이제는 내 눈앞에 있다. 손을 뻗기만 해도 죽음을 지시 내렸던 그 흰 손에 닿을 수가 있었다.

　"에시엣의 충실한 개새끼, 피에 굶주린 신의 천사이신 레미엘 교황 성하."

　"……."

　"오로지 10년 넘게 네게 마음껏 접근할 수 있을 만큼 가까운 자릴 차지하는 데만 온 힘을 기울여 왔어. 독하다는 말을 들으며 따돌림 당하는 것도 아랑곳하지 않고, 오로지 모든 시험에서 수석을 하는 데만 집착했지."

　나는 숨을 헐떡이면서도 계속해서 말했다. 멈출 수가 없었다.

　"그것이 내가 이 신전에 들어온 진짜 이유야."

　나는 온 증오를 담아 레미엘을 노려보며 씹어뱉듯 말했다.

　"오로지, 널 죽이기 위해서."

　레미엘은 아무런 대꾸도 하지 않았다. 노하지도 반발하지도 않았다. 저를 죽인다고 말하는 사람 앞에서, 그는 아무렇지 않다는 듯이 그 모든 말을 듣고만 있었다.

　"왜 말이 없어? 잘도 나불대더니 이제야 좀……."

　레미엘이 툭 자르듯 내뱉었다.

　"그럼 죽여."

　"뭐라고?"

　황당하기 짝이 없는 말에 나는 내 귀를 의심했다. 그 말이 사실이라는 것을 증명이라도 하듯 침대 옆에 서 있던 레미엘은 베개를 들추고, 그 아래 있던 단검을 꺼냈다.

　내게 다가온 그가 그것을 그대로 내 손에 쥐여 주었다.

　"자."

그의 얼굴에서는 어느새 표정이 지워져 있었다. 그는 담담하게 말했다.

"네 말이 맞아. 내가 죽였어. 나 때문에 죽었어."

그의 말이 칼이 되어 영혼을 파고들었다. 결국 그의 입에서 토해져 나온 인정은 잔인했다.

"그러니까, 죽여."

"⋯⋯."

"그 대가로 네가 원하는 것이 내 피라면, 얼마든지 내어 줄게."

레미엘은 아무렇지 않게 남 얘기를 하듯 자신의 죽음을 논했다.

이리 태연한 것을 보면 함정일지도 모른다. 나는 그의 꿍꿍이를 파악하기 위해 잠자코 그를 노려보았다. 그는 내 마음을 읽기라도 한 것처럼 눈빛을 사그라뜨리며 달래듯 말했다.

"아무 계책도 없어, 카야. 지금이 날 죽이고 도망가기에 최적이야. 운 좋으면 내일 아침까지 발견이 안 될 테니 말이야."

레미엘의 말은 사실이었다. 다음 날 아침, 나와 레미엘이 관저를 떠나는 시간이 지나서야 이곳을 청소하는 사용인들이 찾아올 것이고, 그럼 자연스럽게 레미엘이 발견될 것이다.

그러니 그때까지 테베칸 시국을 벗어나기만 하면 잡힐 확률이 현저히 떨어진다고 보면 되었다.

별안간, 레미엘이 자신의 앞섶을 힘껏 잡아 뜯었다. 얇은 소재로 된 잠옷은 무기력하게 뜯겨 나갔다. 너덜너덜하게 토해져 나온 실밥 사이로 흰 가슴팍이 드러났다. 나는 경악했다.

"무슨⋯⋯!"

"이 정도면 날이 들어가기에 충분하겠지?"

속삭이는 그의 목소리에는 기운이 하나도 없었다.

사뭇 서글픈 빛을 띤 것 같은 눈으로 날 바라보며,

"그러니 그것으로 너의 분이 풀린다면."

레미엘은,

웃었다.

"내 가슴을 찔러."

마치 달콤한 말로 꾀어 유혹하듯, 그리 속살거렸다.

⚜ ⚜ ⚜

나는 단검의 손잡이를 쥔 손에 힘을 꽉 주었다. 몸 안에 있던 피가 전부 거꾸로 솟았다.

레미엘의 발음은 여느 때보다도 또렷했다. 그는 분명 나에게 자신을 찌르라고 말했다.

"죽이라고 하면, 못 죽일 줄 알아?"

나는 손안의 단검을 그의 눈앞에서 흔들어 보이며 조롱했다. 레미엘은 그 말에 대답하지 않았다.

그는 여전히 사람 같지 않았다. 밤바람에 나부끼는 밝은색의 머리카락과, 하얗게 드러난 가슴팍은 그가 가지고 있는 위태로운 분위기를 더해 주고 있었다. 꼭 연약한 짐승을 몰이하는 것 같아 기분이 나빠지기 시작했다. 나는 그를 똑바로 노려보며 한 자 한 자 끊어서 말했다.

"그렇게 소원이라면, 직접 네 목숨을 거두어 주지."

나는 왼손으로 검집을 잡은 채 검을 단숨에 빼냈다. 스릉, 하는 맑은 소리를 내며 검이 제집 안에서 탈출했다. 달빛을 머금은 칼날이 은색으로 뾰족이 빛났다. 나는 그 끝이 레미엘을 향하도록 했다.

"내게 이걸 넘긴 건 너니까, 살려 달라고 애원해도 이미 늦었어."

"……."

레미엘은 대답하는 대신 나를 향해 미소 지었다. 그동안 애걸복걸하며 매달리던 시간들이 전부 거짓이라도 된 듯, 그의 얼굴은 투명해 보였다. 꼭 미련이 없는 사람처럼.

왜 그런 표정을 짓고 있지? 의문과 동시에 화가 치밀었다.

차라리 지금 내가 레미엘을 제압한 상태고, 레미엘이 무릎을 꿇고 목숨을 구걸하고 있었다면 이토록 화가 나지는 않았을 것이다. 그저 그의 몰락을 비웃으며 그의 가슴에 검을 꽂고, 그의 피에 기뻐하며 복수의 완성을 자축했을 것이다.

그러나 레미엘은 도리어 제 손으로 내게 자신의 목숨을 넘겼다.

그러지 마, 레미엘. 그렇게 고고하게 굴지 마.

지금 너는 네 추악한 죄의 대가를 치르는 거야. 네가 먼저 징벌을 요구했다고 해서, 네가 고결해지는 건 아니야.

네가 세상에 저질러 놓은 일들을 몰라? 너 때문에 내 어미를 비롯해 무고한 사람들이 얼마나 많은 피를 흘려야 했는지, 그 모든 것을 알고서도 어쩜 너는 그리 천사 같은 모습으로 서 있을 수가 있는 거지?

그렇게 굴지 마. 달관한 척 굴지 마. 아무것에도 미련이 없는 양 깨끗한 척하지 말라고!

속에서 분을 담은 충동이 차올랐다. 가득 부어진 증오와 분노가 기름이 되어 살심에 불을 붙였다. 나는 이를 악물고 레미엘의 어깨를 잡아 밀쳤다. 중심을 잃은 그의 몸이 너풀거리며 침대 위로 쓰러졌다.

쿵, 하는 제법 요란한 소리를 내며 침대 위에 쓰러졌음에도, 그에게서는 미약한 신음성 하나 흘러나오지 않았다. 나는 단검을 잡은 그대로 침대로 달려가 그의 몸 위로 올라탔다. 그리고 레미엘을 내려다보았다.

"……"

레미엘은 눈을 감고 있었다. 그는 말한 그대로, 정말 무방비한 상태로 자신을 내어놓았다. 마음을 돌려 애걸하거나 반항하지 않았다.

나는 그의 살갗에 검 끝을 가져다 댔다. 차갑고 뾰족한 금속의 감촉이 느껴질 것임에도, 그는 미동조차 하지 않았다. 나는 그의 가슴과 칼이 맞닿아 있는 점을 쏘아보았다.

여기서 손에 조금만 힘을 줘도 이 검은 레미엘의 살갗을 파고들 것이다. 한층 더 강하게 힘을 준다면 근육을 찢고, 뼈 사이를 지나 마침내 심장 안에 꽂힐 것이다.

우습게도, 사람의 목숨을 빼앗는 것은 이다지도 쉬웠다. 한 사람의 목숨 줄을 손에 쥔 순간, 나는 그 잔인함에 치를 떨었다.

"……."

검을 쥔 손이 부들부들 떨렸다. 나는 검을 찌르지도 물리지도 못한 채 한참이나 그의 가슴 앞에 그렇게 가져다 대고만 있었다.

"……카야."

레미엘은 내가 한참이나 검을 찌르지 않자 눈을 떴다. 밝은 속눈썹이 나부끼고, 눈꺼풀이 살며시 열렸다. 마침내 선명히 모습을 드러낸 황금빛 눈동자는 어둠 아래서도 여전히 맑았다.

그 눈과 눈을 마주치고 난 순간, 나는 절망적인 사실을 깨닫고 말았다.

레미엘이 입술을 달싹였다. 그 안에서 몇 단어가 더듬더듬 흘러나왔다.

"왜…… 날 찌르지 않아……?"

위태하게 공기 중으로 나온 목소리는 지나치게 연약해서, 주의 깊게 듣지 않으면 묻힐 정도였다.

그 말들을 전부 귀에 주워 담았음에도, 나는 답하지 않았다. 대신 입술을 깨물고 있는 힘껏 쥐고 있던 단검을 침대 밖으로 집어 던졌다.

조용한 방 안에 검이 챙, 챙 하는 금속성의 소리를 내며 굴렀다. 한참이나 데굴거리던 그것은 구석에 처박히고 나서야 움직임을 멈추었다.

"……."

나는 레미엘의 몸 위에서 몸을 일으켰다. 그리고 그와 엉켜 있는 동안 흐트러진 옷자락을 정리했다.

"……카야."

레미엘은 누워 있는 자세 그대로였다. 나는 손을 뻗어 그의 찢어진 앞섶을 최대한 여며 주었다. 그러나 그가 길게 뜯어 놓은 탓에 잘 되지 않았다.

"내일…… 교황청에 얘기해서 저녁 전에 새 잠옷이 오도록 할 거야."

"카야."

"늦었으니, 오늘은 추워도 그냥 자. 이불 잘 덮고."

나는 애써 레미엘의 시선을 피하며 내 방으로 돌아가려 했다. 그러나 레미엘은 그런 나를 그냥 보내지 않았다. 순식간에 상체를 일으킨 그가 내 팔을 붙잡았다.

"카야."

"제발……!"

나는 애원조로 소리 질렀다. 날 잡은 레미엘이 움찔하는 것이 느껴졌다. 목구멍이 통째로 조여 오는 것을 느꼈다. 나는 무너지고 있었다. 스스로 그 사실을 알면서도, 그것을 막을 방법이 없었다.

"제발……."

"……."

"그렇게 부르지 말라고 했잖아……."

내가 할 수 있는 것은 오직 그에게 엉뚱한 원망을 하는 것뿐. 결국 내가 그에게 할 수 있는 것은 없었다.

"이제 다 끝났다고……. 그만하란 말이야……."

나는 실패했다. 10년 넘게 준비해 왔던 계획은 수포로 돌아갔다. 성공의 문턱에 다다랐다고 생각한 순간, 엿을 먹은 건 에시엣이 아니라 나였다.

나는 레미엘을 죽이지 못했다.

검을 손에 쥐고서도 죽일 수가 없었다. 내 두 손으로 그의 숨을 거둘 수가 없었다. 내 어머니의 원수인 그를, 페리우스에게 사형 선고를 내린 그를 죽일 수 없었다.

모든 것을 알아 버렸다. 왜 그를 증오하고 밀어낸다고 생각하면서도 마음 한구석이 시큰거렸는지. 그가 내 이름을 부를 때마다 왜 질색을 했었는지. 왜 그를 냉대하면서도 그의 표정과 말투 하나하나를 다 살피고 새기고 있었는지…….

"나쁜 자식……."

나는 아직도 그를 원하고 있었다. 떼어 냈다고 생각했던 그에 대한 기억은 오히려 더 집요하게 붙어서 나를 쑤셨다.

가만히 내 원망을 듣고만 있던 레미엘이 납처럼 무거운 목소리로 말했다.

"미안해."

"대체, 뭐가……."

그가 무엇을 가리켜서 그리 말하는지 알 수 없었다. 내 어머니를 죽게 한 것이 그러한지. 페리우스를 죽게 한 것이 그러한지. 마녀사냥에 반발했던 마을을 쑥대밭으로 만든 것이 미안한 것인지. 이교도인들을 잔혹하게 살해하도록 명령을 내린 것을 말하는 것인지.

아니면, 그 모든 것을 속죄하는 것인지…….

레미엘의 입에서 나온 말은 그 정처를 파악할 수가 없었다.

"……내가 나라서, 미안해."

나는 무감각해 보였던 레미엘의 눈에 다시 눈물이 차오르는 것을 멍하니 바라보았다.

"네 말대로 내가 레미엘 카프리치오라서……. 교황이라서……."

눈꼬리에 파들거리며 매달려 있던 물방울 여러 개는, 그가 눈을 내리감음과 동시에 한없이 아래로 추락했다. 아까와 달리 쉴 새 없이 흘러나오는 여러 개의 물줄기가 홍수처럼 그의 얼굴을 적셨다.

"그래서 미안해, 카야……."

레미엘의 입술에서 흐느낌이 새어 나왔다. 그는 그 상태로 침대 위에서 무릎을 꿇었다. 내 손목을 쥐고 있던 손이 위로 올라와 내 얼굴에 닿았다.

"너는 내가 싫을 텐데, 그 누구보다도 증오스러울 텐데……."

내 뺨을 감싼 그의 손바닥은 따뜻했다. 나는 더 이상 그를 밀어 내지도 모진 말을 뱉지도 못했다. 그저 멍청하게 그가 하는 대로 내버려 둘 뿐이었다.

"이해해야 하는데……."

"……."

"자꾸 조르고 매달려서 미안해……."

볼 위로 뜨겁고 축축한 것이 자꾸만 떨어져 내렸다. 마치 내 것인 양턱에 맺혔다가 아래로 떨어져 시트를 적셨다. 그는 내가 상상도 못 할만큼 많은 눈물을 흘렸다.

"그리고, 네가 모든 걸 다 알아 버린 지금."

레미엘은 잠시 숨을 멈추었다.

"……이 순간까지도."

"……."

"나는 아직도 너를 사랑해."

……사랑? 낯선 단어가 귀에 닿았다. 나는 빈 눈으로 그를 응시했다.

"부디, 이런 나를 용서하지 마⋯⋯."

그가 무너져 내렸다. 어깨 위로 그의 머리가 얹혔다. 내 눈에 그의 금발 머리와 하얀 성의가 담겼다. 마른 어깨가 젖어 들기 시작했다.

"⋯⋯."

나는 레미엘을 안아 주지도 밀어 내지도 않은 채, 그대로 창 너머 밤하늘을 응시했다. 어느새 별이 모두 지워져 까만 바탕만이 남아 있었다. 꼭 내 마음과 같았다.

평생을 바쳐 세워 왔던 계획이 어그러진 밤, 원수를 죽이는 데 실패한 날.

그리고 앞으로도 그럴 수 없으리라는 끔찍한 사실을 깨달은 그 새벽.

나는 세상에서 제일 비참한 고백을 받았다.

8. 뒤집어야 한다

사무실 문을 열고 들어가자마자 정오의 햇살이 한가득 쏟아졌다. 교황청은 지나치게 모든 것이 하얗기만 했다. 신의 권위를 드러내기 위해 건물을 그렇게 설계한 탓이다.

온통 흰 것들로 채워진 내부는 빛을 몇 번이고 반사해 냈다. 그 빛으로 가득 채워진 이 공간은 들어올 때마다 숨이 막혔다. 나는 리스텐 추기경에게서 받아 온 서류 더미를 안은 채 눈살을 찡그리며 문을 닫았다.

레미엘은 인형처럼 표정 없는 얼굴로 창밖을 내다보고 있었다. 내 발자국 소리가 들리지 않을 리 없음에도, 그는 마치 아무것도 듣지 않은 것처럼 시선을 고정하고 있었다.

"여기."

그의 책상 위에 서류 더미를 내려놓자 드디어 그의 고개가 돌아왔다. 그의 시선은 내 얼굴이 아닌 서류로 떨어졌다.

"이게 뭐야?"

그는 그 상태로 고개도 들지 않고 물었다.

"하반기 예산안 편성이야. 읽고 나서 승인해."

"고마워."

짤막하게 대답한 레미엘이 고개를 비스듬히 틀고 깃펜을 잉크에 적셨다. 덕분에 머리카락에 가려 아예 그의 얼굴이 보이지 않게 되었다.

나는 소리 없이 내 책상으로 돌아가 앉았다. 내색은 하지 않았지만 레미엘을 보고 있으니 못내 마음이 어지러웠다. 이런 순간에도 그와 내내 함께 있어야 하는 처지 때문에 더 그랬다.

어제 이후, 나는 레미엘의 요구대로 그에게 더 이상 존칭을 쓰지 않게 되었다. 그러나 그런다고 해서 그와 나의 거리가 가까워진 것도 아니었다.

그 전에는 내가 일방적으로 그를 무시하는 형태였다면, 지금은 전에 없는 어색함이 맴돌고 있었다. 나도 그랬지만 레미엘도 내게 다가오려 하지 않았다.

사무실 안의 그는 얌전히 앉아 있을 따름이지만, 나는 그 고요한 모습을 보면서도 지난밤 어둠 아래서 절규하던 그가 떠올랐다.

'부디, 이런 나를 용서하지 마……'

그의 고백을 들은 뒤 나는 한참 동안 굳어 있었다. 예기치 못한 순간에 밀려든 말은 내 혼을 모두 흩트려 놓았다. 분명 이전에 꿈꿔 왔던 말임에도, 지금은 더 이상 내게서 기쁨을 자아내지 못했다.

나는 그의 어깨를 잡은 뒤 천천히 내게서 떼어 냈다. 레미엘은 처연하게 나를 바라보았다. 가슴 한쪽에 날카로운 돌이 박힌 듯 뻐근했다. 나는 더 이상 참을 수 없어졌다.

'내일 아침에 올게.'

그 한마디만을 남긴 채, 나는 도망치듯 방을 빠져나왔다. 레미엘은 더 이상 나를 붙잡지 않았다. 문을 닫기 전 언뜻 본 그의 얼굴은 몹시 여위고 지쳐 보였다.

그리고 나는 밤을 꼬박 새우고 나서야 아침에 그를 온전히 마주해 교황청까지 함께 나올 수 있었다.

"……."

그 사건이 있었음에도 오늘 아침부터 나와 그는 죽 특별할 바 없는 듯한 일상을 가장하고 있었다. 사실 이것이 일반적인 교황과 보좌 사제의 관계에 더 가까울지도 모른다. 필요한 만큼의 대화를 하고, 교황의 보조 역할에 만족하는 것.

하지만 그 상대가 레미엘이기 때문에 내게는 이것이 정상적으로 느껴지지 않았다.

그가 쏟아 냈던 뜨거운 입김과 흐느낌이 아직도 귀에 선명했다. 그냥 없던 일처럼 묻기에는 지나치게 강렬한 기억이었다.

그럼에도 나는 그에게 지난 일에 대해서 한마디도 할 수 없었다. 무슨 말을 해야 할지, 어떻게 그를 대하는 게 맞는지조차 결정할 수가 없었기 때문이다.

속으로 한숨을 내쉬며 몰래 그를 훔쳐보던 나는 그에게서 석연치 않은 점을 발견하고 자리에서 일어났다.

"레미엘."

나는 그와 나 사이에 암묵적으로 쌓여 가던 벽을 허물고 그에게로 다시 다가갔다. 업무 얘기를 할 때와 달리 목소리에 그와 대화하고자 하는 의도를 내비치었다.

레미엘이 드디어 고개를 들었다. 나는 그가 들고 있던 깃펜을 빼앗았다.

"뭐 하는 거야?"

레미엘이 여전히 인형 같은 얼굴로 물었다.

"너 왜 그래?"

"뭐가."

레미엘의 얼굴에는 아무런 가책도 비치지 않았다.

나는 태연스러운 그의 태도에 도리어 어이가 없어졌다.

뭐가, 라니? 레미엘의 행태는 그냥 넘어갈 수 있는 것이 아니었다.

그도 그럴 것이, 스무 장이 넘는 서류 묶음을 받자마자 맨 뒤로 넘겨서 곧장 서명을 했기 때문이다.

"왜 제대로 읽어 보지도 않고 서명해?"

내 물음에 레미엘은 대수롭지 않다는 듯이 대꾸했다.

"추기경들이 알아서 잘 편성했겠지. 똑똑한 사람들이잖아."

"아니, 그래도 네가 총책임자잖아. 이게 혹시라도 잘못되었거나 슬쩍 빼돌려지는 게 있을 거라는 의심을 전혀 안 해? 어떻게 한번 들춰보지도 않……"

주색잡기에 빠져 눈에 뵈는 것이 없지 않은 이상, 아무리 작은 왕국의 군주라도 예산안을 보지도 않고 승인 내리지는 않는다.

국가가 몸체라면 세금은 피와 같다. 돈을 제대로 사용하지 않는 것은 피가 잘 돌지 못하는 것과 같다. 피가 잘 돌지 못하면 몸체는 죽는다. 따라서 지배자들의 업무 중 가장 중요한 것은 바로 예산안을 마련하고 승인하는 일이었다.

비록 현재 내게 반말을 듣는 입장이긴 하지만, 레미엘도 분명히 교황, 모든 황제와 국왕 위에 선 대륙의 지배자였다.

교황청이 세운 예산은 단순히 테베칸 시국을 넘어 대륙 전체에 쓰이는 것이었다. 그 중대한 사항을 이렇게 처리할 수는…….

"카야."

묵묵히 듣고 있던 레미엘이 말허리를 잘랐다. 나는 처음으로 그가 내 말을 끊은 것에 놀라 커진 눈으로 그를 보았다.

레미엘은 한숨을 내쉬었다. 늘 유순하던 모습과 다르게 지금의 그는 다소 신경질적으로 보였다.

"원래 이래. 여태껏 이렇게 진행되어 오면서도 큰 이상 없었어. 그러니까 신경 쓰지 않아도 돼."

말을 마친 그가 내게서 펜을 도로 가져갔다. 그는 소리 나게 서류 더미를 책상 위에 올려놓았다.

"이건 이걸로 다 됐으니까 이따가 가져가."

이제껏 그에게 들었던 것 중 가장 건조하고 냉락한 말투였다. 하지만 나는 그가 한 말의 내용에 더욱 놀라 그것을 헤아릴 여유도 없었다.

어찌, 업무가 이런 식으로 진행되는 것일까.

그것도 엄격하기로는 둘째가라면 서러울 교황청에서.

그를 죽어라 외면하던 때는 몰랐던 사실이다. 원래 이렇게 처리되는 것이라면, 대체 언제부터 교황청이 이런 식으로 돌아가고 있었다는 걸까?

잉크병 뚜껑을 닫고 있는 레미엘을 멍하니 바라보다, 나는 문득 리스텐 추기경이 건네주었던 교황의 일정표를 떠올렸다.

지나치게 **빡빡**했고, 재량이 없었으며, 의무로 가득 차 있었던 그 표.

레미엘은 교황청의 고위 성직자들이 계획한 일정에서 한 치도 벗어날 수 없었고, 모든 언행이 다 기록되고 보고가 되는 것이 원칙이었다. 하다못해 나를 통해 도서관에서 책 한 권을 빌리려 해도 우선 교황청의 승인을 받아야 했다.

아무리 비밀스러운 존재라 관리를 한다 해도, 그들이 레미엘을 대하는 태도는 수장에 대해 예우를 갖춘다기보다는 감시와 통제에 가깝다는 찜찜함을 버릴 수가 없었다.

동시에, 그동안 무심코 지나쳤던 레미엘의 행동들이 연속된 장면이 되어 머릿속을 스쳐 지나갔다.

레미엘은 여태까지 나를 통해 추기경들이나 주교들에게 지시를 내린 적이 없었다. 전달받은 사안에 대해 한마디 의견을 피력하지도 않았다.

그저 멍하니 창밖을 내다보다 내가 일거리를 가져다주면 깃펜을 들고……. 간혹 애처로운 얼굴로 매몰차게 구는 내게 애원하던 것을 빼면.

나는 깨달았다.

"……."

보좌 사제가 된 지 일주일 남짓, 그가 내 눈앞에서 한 업무라고는 오로지 책상 앞에 앉아 제게 도착하는 서류에 서명을 하는 것뿐.

그것 외에 그가 하는 일은 아무것도 없었다.

✢ ✣ ✢

저녁의 도서관은 한적했다. 창문으로 노을빛이 들어와서 전체적으로 붉은 분위기를 내는 서가에는 이용객이 보이지 않았다.

이 시간대는 다른 이들에게 치일 일 없어 좋았지만, 단점은 사서도 보이지 않는다는 점이었다. 하지만 내게는 상관없었다. 보좌 사제가 된 후 생긴 특권 중 하나가 바로, 사서가 없는 시간에도 이름과 책 이름을 적으면 대출이 가능하다는 것이었다.

그래서 나는 일부러 이 시간대를 선택했다. 이유인즉슨, 타인의 눈을 피해 번역 작업에 필요한 책들을 구하기 위해서였다.

번역 작업은 단순히 내가 경전을 읽고 파악되는 것을 대륙 공통어로 풀어놓는 데 그치지 않았다. 일반 대중에게 읽힐 목적으로 행해지는 것이니, 혹시 오역이 생기지 않도록 엄밀하고 신중해야 했다.

또한 경전 내용이 루에르교의 설파과 교세 유지에 중심이 되는 텍스트인 만큼, 교회의 역사나 문화적 요소 등을 고려해야 했다. 게다가 서로 다른 언어의 단어나 표현이 일대일로 대응되지 않는 만큼, 많은 의역과 옮긴 단어끼리의 체계적 의미 구성이 필요했다.

나는 그 과정에서 나름대로 2개 국어에 능통하다고 생각해 온 내 어휘력의 빈약성을 깨닫게 되었다. 사전을 포함해 여러 서적이 필수인 작업이었다.

우선 가장 쉽게 구할 수 있는 살라무스어 사전부터 집어 든 나는, 서가를 여기저기 돌아다니며 다양한 분야의 책들을 집어 들었다. 네 권의 책을 고르니 품이 꽉 찼다.

우선 필요한 책은 이쯤이면 되었고, 이제 이름을 적으러 가면 되겠지.

책을 품에 고쳐 안았을 때였다.

"어머, 카야 맥노프 사제?"

나는 익숙하면서도 달갑지 않은 목소리에 머리카락이 주뼛 서는 것을 느끼며 뒤를 돌았다. 그곳에는 새하얀 원피스를 입은 성녀 아르벨라가 서 있었다.

"이렇게 만날 줄은 몰랐는데, 정말 반가워요."

그녀가 생글생긋 웃으며 내게로 다가왔다. 하필이면 이 여자를 여기서 마주할 줄이야. 나는 애써 표정을 가다듬으며 공손히 고개를 숙였다.

"안녕하십니까, 아르벨라 성녀님. 에시엣의 미천한 종이 인사드립니다."

내 인사를 대충 받아넘긴 그녀는 곧장 내가 가지고 있는 책에 관심을 보였다.

"책이 많네요? 어떤 책들인데 그렇게 잔뜩 가져가서 보려고 하시나요?"

나는 그녀 몰래 입안 살을 깨물었다. 성녀는 설명을 해 주기가 곤란한 상대였다. 그래서 이리 구체적으로 물어보는 것은 난감했다.

"그냥 뭐, 이것저것……."

"그 이것저것들이 무엇인지 혹시 봐도 괜찮을까요?"

그녀의 눈이 반짝 빛났다. 반드시 알아야겠다는 의지가 보였다. 나는 결국 들고 있던 책들을 보여 줄 수밖에 없었다.

"루에르교의 역사, 교회 문화, 살라무스어 대사전, 대륙 공통어 사전……."

그녀가 느릿느릿하게 이름을 읊기 시작했다. 점차 속이 불편해졌다. 그녀가 호기심 어린 눈으로 날 올려다보는 것이 더없이 부담스럽게 느껴졌다.

"뭘 하시려고 이런 책들을 다 빌리시나요? 평소에 잘 볼 일이 없을 만한 서적들인데……."

"그게……."

성녀 앞에 다 드러났으니, 사실대로 말을 해야 하는 걸까. 나는 재빨리 머리를 굴렸다.

황태자는 불과 수습 사제에 불과한 내게 번역을 맡겼다. 그 정도면 충분히 더 학식이 깊고 경험이 충분한 고위 성직자들을 기용할 수 있음에도 그러지 않았다.

게다가, 서신을 보내서 해도 될 일을 직접 귀한 몸으로 행차까지 해 가며 부탁했다. 신전의 검열을 피하기 위해서였을 것이다.

그 얘기는, 그것이 극비까지는 아니어도 소위 신전의 '높으신 분'들이 알면 유쾌하지 않을 만한 일이라는 뜻이었다.

"교황 성하를 모시기 위해서는 다양한 독서가 필요할 것 같다는 생각이 들어서입니다. 견문과 학식을 넓히기 위해……."

"그래요? 그런데 사전은 왜 들고 계시나요? 특별히 어휘력을 높여야 할 정도는 아닐 텐데요."

"……."

그녀의 물음에 나는 할 말을 잃었다. 더 이상 그럴듯하게 둘러댈 말이 동났다. 여기서 최선의 선택은 자리를 피하는 것뿐이었다.

"그럼, 가 보겠습니다."

나는 그녀에게 인사한 후 발걸음을 서둘렀다. 그녀와 오래 대화하고 싶지 않았다.

그러나 그녀를 지나치려던 순간, 들려온 목소리에 발목이 잡혔다.

"신의 뜻은 고상하고 싶어 헤아리기가 힘듭니다. 이해하기에는 너무도 고차원적이에요. 애석하게도 우리 미천한 인간은 그 자체로 신을 받아들일 능력이 부족해 인간이 식별할 수 있는 방식으로 전승된 것을 보고 그를 유추할 뿐이지요."

그녀의 음성은 마치 연설을 하듯 또랑또랑하고 맑았다. 어릴 때부터 대중 앞에 나서는 일에 익숙해진 탓일 것이다.

"따라서 교황청에서는, 그것을 다른 형식으로 표기하는 것을 최대한 배격하고 있습니다. 예컨대, 에시엣의 말씀이 담겨 있는 경전은 신의 뜻을 가장 잘 담을 수 있는 살라무스어로만 존재하는 게 그 예시지요."

"……."

"이게 루에르교의 수호자로서 지킬 기본 원칙인데, 누군가 알려 주지 않았을 것 같아서 말씀드려요."

그녀의 웃음소리가 들렸다. 언뜻 부드럽고 상냥했으나, 나는 머리털이 쭈뼛 서는 것을 느꼈다.

"그럼, 먼저 가시지요. 바쁘신 것 같으니. 전 읽을 만한 서책을 찾아 더 탐방하겠습니다."

그녀는 더할 나위 없이 우아한 몸짓으로 내게 고개를 까닥이고는, 소리 없이 책장 사이로 사라졌다.

나는 한참이나 책들을 안은 채 서 있어야 했다. 눈앞이 아찔하고 등줄기에 식은땀이 흘러, 차마 바로 그녀의 말을 신경 쓰지 않는 척 태연자약하게 나설 수가 없었다.

직감이 그렇게 말했다.

저 아름다운 여자는 마치 입속에 송곳니를 숨긴 독사와 같다고.

그리고 그 송곳니에 잘못 물렸다고.

✢ ✤ ✢

"전하."

"……."

"성녀께서 궁에 방문하셨습니다."

지방 영토의 조세 문제를 처리하느라 정신이 없는 에드워드 황태자에게, 집무실에 들어온 부관이 보고를 올렸다.

"성녀께서 여기 오실 일이 딱히 있던가."

"전하를 독대하고자 하십니다."

에드워드는 서류에서 눈도 떼지 않고 물었다.

"급하다고 하시더냐?"

"예. 지금 당장 뵙자고 하십니다."

그제야 얼굴을 든 그는 부관과 눈을 마주치고 지시를 내렸다.

"알았다. 금방 갈 터이니 자네는 가서 그분을 응접실로 모시게."

성녀는 마부와 현재 궁 밖에서 대기 중인 수행 기사 몇 명만 데리고 왔다. 교황청 측에서 미리 예고치 않은 방문이었지만, 누구도 그를 문제 삼을 이는 없었다.

성녀가 황궁에 발을 들이면, 국무 회의 도중에도 부관이 회의장 안으로 들어와 보고를 올렸다. 그러면 그 즉시 성녀를 융숭히 대접하라는 지시가 떨어졌다.

만일 성녀가 접견을 원하면, 황제나 황태자는 한 시간 내로 회의를 종료하고 성녀를 만나야 했다. 성녀는 그런 존재였다.

"무슨 일이시길래 이 누추한 곳까지 직접 귀한 발걸음을 하셨나이까."

간단한 옷매무새 정돈 후 도착한 응접실에는 성녀가 그를 기다리고 있었다. 에드워드가 맞은편에 앉자마자, 아르벨라는 대뜸 본론부터 꺼냈다.

"당신이 교황 보좌에게 시킨 일을 알고 왔습니다."

아르벨라로서는 충격받을 것을 기대하고 한 말이었다. 그러나 에드워드는 아무 대답이 없었다. 얼굴에도 별 변화가 없었다. 그저 물끄러미 그녀를 바라보고 있을 따름이었다.

설마 시치미라도 뗄 셈인가. 아르벨라는 붉은 칠이 된 입술을 비뚜름히 끌어 올렸다.

"모른 척은 안 하시겠지요? 그 빨간 머리 여사제 말입니다."

"……."

"카야 맥노프."

그녀의 이름을 뱉음과 동시에 전날 밤 도서관에서 보았던 얼굴이 바로 떠올랐다.

보좌 사제까지 되었음에도, 별로 특별할 것 없는 소녀였다. 일리프와 유독 친해 보여 경계했을 뿐이다.

생긴 것도 그저 얌전하고 곱상한 인상이라 전혀 무슨 일을 저지를 것으로 보이지 않았다. 대체 어떤 점이 이 까탈스러운 황태자의 눈에 들었기에, 그런 큰일을 사주받았단 말인가.

모를 사연이었다. 그러나 지금은 그 놀라운 인연을 궁금해할 때가 아니었다. 아르벨라는 단호하게 에드워드에게 명령을 내렸다.

"당장 경전 번역을 그만두십시오. 바로 철회하시면 제 선에서 조용히 모른 척해 드리겠습니다."

아르벨라로서는 그것이 나름대로 호의를 베푼 것이었다. 신전을 뒤집어 놓지 않고 자기 재량 안에서 끝내 주는 것.

"그럴 수 없습니다."

그러나 에드워드는 잠깐의 망설임도 없이 그녀의 호의를 거절했다. 아르벨라는 눈썹을 치켜올렸다.

"지금 거역하시는 겁니까?"

그 노여워하는 얼굴에도 에드워드의 태도는 그저 평화롭기만 했다. 그는 차분히 고개를 끄덕였다.

"예. 성녀님이 무어라 하시든, 저는 제 뜻을 관철할 것입니다."

아르벨라는 자신의 기행이 들통났음에도 그저 당당한 에드워드의 모습에 어이가 없어졌다. 무릎 위에 둔 손에 힘이 들어가기 시작했다.

"교회의 가르침에 어긋납니다."

"교회법에서 공식적으로 금지하는 것은 아니지 않습니까?"

뻔뻔하기 짝이 없는 에드워드의 대답은 아르벨라의 인내심을 긁었다. 그녀의 음성이 아까보다 한층 높아졌다.

"법으로 명시하지 않았다 해서 모두 허용되지는 않습니다. 이는, 교회의 신성에 대한 세속의 도전으로 간주될 수 있습니다."

"그런가요."

강한 경고를 하는데도 에드워드의 표정은 시큰둥하기만 했다. 그가 어깨를 으쓱였다.

"그럼 그리 닿을 수도 없을 만큼 신성한 교회는, 왜 세속에 간섭합니까? 교회가 정치에 관여하면, 고결한 에시엣의 성전에 세상의 때가 묻지 않습니까? 왜 교황청은 그걸 방치합니까?"

"당신, 지금 무슨 소리를……."

천지가 개벽할 소리에 아르벨라는 할 말을 잃었다. 지금 이자는 제가 무슨 소리를 지껄이고 있는지는 알까? 어찌 이리 당당히 교회에 대해 반기를 든단 말인가?

"아름다운 성녀님."

"허……."

"제가 혹시 잘못 알고 있는 사실이 있나 싶어 잠시 짚으려 하는데."

에드워드의 눈이 가늘어졌다.

"당신의 역할은, 교회의 상징 아닙니까?"

에드워드의 동공 안으로, 창문을 타고 넘어온 빛이 흘러들어 반짝였다.

"성녀님께서는 그 자체로 루에르교의 신성을 의미하시지요. 직접 대중들 앞에 그 고상하고 아름다운 모습을 드러내어, 신의 뜻을 담은 연설로 그들을 감화시키고요."

"……."

"교회를 대표해 연단에 서는 것이 성녀님께 주어진 임무. 다만, 교회의 일을 맡아 집행할 권한은 받지 않는 것으로 아는데요."

에드워드의 지적에 아르벨라는 꿀 먹은 벙어리처럼 입을 다물었다. 에드워드는 그 틈을 놓치지 않고 말을 이었다.

"몇 년 전 성년이 되어 견진 성사를 치를 때, 테베칸 시국의 대강당에 갔었습니다."

"……."

"들어가기 전, 저는 입구에 커다란 미카엘상이 있는 것을 보았습니다. 약간 높이 설치되어 있어서 고개를 들고 올려다봐야 하는 위치였지요. 사람들은 그 앞에 경배를 드리고 있더군요. 매우 공손하고 존경에 찬 태도였습니다."

에드워드의 목소리는 마치 추억을 반추하듯 부드러웠지만, 그 안에 담긴 뜻은 그렇지 않았다.

"그런데 그 미카엘상이, 어느 날 일어나서 말을 하고 움직이며 지시를 내린다고 생각해 봅시다. 사람들이 그의 말을 따를까요?"

말을 마친 에드워드가 빙긋 웃었다. 아르벨라는 조용히 그를 노려보았다.

"오, 당연히 아닙니다. 사랑스러운 아르벨라. 도리어 사람들은 귀신에 씌었다며 망치를 가지고 와서 당장 그 조각상을 부술 것입니다. 왜냐면 그런 행동들은 미카엘상에게 기대한 바가 아니기 때문이죠!"

에드워드는 연극배우처럼 과장된 톤으로 비웃듯 말을 내질렀다. 그는 아무 거리낌 없이 성녀의 이름자를 존칭도 없이 불렀다. 그것도 '사랑스러운' 따위의 불경한 수식어를 붙여서. 누구보다 순수하고 고결한 성녀에게는 더할 나위 없을 무례였다.

"조각상은 그저 높은 곳에 위대하게 서 있는 것이 미덕이자 유일한 과업이지요. 사람들이 충분히 우러를 수 있게요."

그제야 그녀는 에드워드의 말을 온전히 이해했다. 너는 그냥 가만히 서서 고고한 척이나 해야지, 뭘 하겠답시고 나서지 말라는 뜻이었다.

"지금 저를 그런 대리석 덩어리 따위에 비교하는……."

아르벨라는 에드워드의 건방진 작태에 기가 막혔다. 감히. 이런 놈이 어찌 감히 나에게!

치솟는 분노를 겨우 억누른 음성이 떨려 나왔다.

"태자, 저를 힐난하는 것은 루에르를 모독하는 것과 같습니다."

그래 봤자 제국의 후계자일 뿐이면서, 루에르의 얼굴과도 같은 성녀에게 하는 말의 수위를 가리지 않고 있었다. 그의 행동은 하극상과도 같았다.

그러나 그는 그것을 자각하지 못한 듯 그저 천연덕스럽게 어깨를 으쓱해 보일 뿐이었다.

"모독이라니요? 저는 그저 비유를 들었을 뿐입니다. 왜, 연상되시는 게 있나요?"

"허⋯⋯."

이렇게 나온다 이건가. 아르벨라는 당장이라도 그에게 험한 말을 쏘아붙이며 그 의기양양한 기를 눌러 주고 싶었다.

그러나 대꾸할 만한 말이 없었다. 에드워드의 말이 사실이었기 때문이다. 자신이 신전에 언질도 없이 다짜고짜 에드워드를 찾아와 그에게 이래라저래라 하는 것은 공식적으로 월권이었다.

"그러니 부디 누가 권한을 벗어난 행동을 하는지 한 번만 더 헤아려 주신다면, 미천한 소인은 매우 감읍하겠습니다. 하하."

얇은 선을 지닌 그의 입꼬리가 한쪽으로 비스듬하게 올라갔다. 그 명백한 조소 앞에, 아르벨라는 이 사내가 자신이 단신으로 상대할 만한 인물이 아님을 알았다.

자신을 낮추는 척하며 짐짓 넉살 좋음을 가장하는 이 태자는 기실 발톱을 드러내 놓은 맹수와도 같았다. 어떻게 알았겠는가. 어릴 때는 그저 신실한 양 교회에 순종하던 이 소년이 자라서 교회에 반기를 들 줄은.

리스텐 추기경은 제 조카가 저리 천둥벌거숭이처럼 날뛰는 꼴을 모르는가, 아니면 알고도 내버려 두는가.

"그럼 저는 일이 바빠 이만 물러가겠습니다. 편히 쉬다 가소서."

마지막까지 그는 무례하기 짝이 없었다. 제국의 황제도 아닌 일개 황태자 주제에, 성녀가 먼저 얘기를 꺼내지도, 하다못해 허락도 하지 않앉는데 제가 먼저 자리를 물리고 있었다.

등을 돌린 에드워드가 미련 없다는 듯 문을 닫고 사라졌다. 응접실에 홀로 남은 아르벨라는 주먹을 쥔 채 부르르 떨었다.

건방진 놈. 아무리 수행원을 데리고 오지 않았던들, 어찌 자신을 이리 대접한단 말인가?

저놈은 주제를 모르고 있다. 비록 홀몸으로는 밀릴지언정, 자신의 뒤에는 막강한 루에르 교단이 버티고 있었다. 자신이 손가락만 까딱해도 죽는 시늉도 할 황족들이 이 대륙에 몇 명인데, 제까짓 게 뭐라고.

아르벨라는 그에게 응징을 해야겠다고 다짐했다.

그는 곧 제가 한껏 잘난 척 들먹거리는 교회법 위에 선 존재가 누군지 알게 될 것이다.

오늘의 치욕을 그냥 넘어가진 않으리라. 너는 대가를 치를 것이다, 오만한 에드워드.

그녀의 눈이 이글거리며 불타올랐다.

⚜ ⚜ ⚜

해가 저물고 있었다. 근무 시간이 끝나 레미엘과 함께 관저로 돌아와 옷을 갈아입은 나는 습관적으로 그의 방으로 향했다. 저녁 식사가 도착할 시간이었다.

식사 장소와 시간은 늘 일정했다. 식사를 배달하는 시녀는 레미엘의 것과 내 것을 분리해 아침과 저녁은 관저, 점심은 사무실로 가져다주었다.

문 앞에서 나는 작게 한숨을 내쉬었다. 아직도 레미엘과 매끼 식사를 함께하는 것이 적응되지 않았다. 모든 생활을 함께할수록, 가까워지기는커녕 도리어 그와 나 사이에 더 어색한 벽이 쌓이는 기분이다.

뭐 어찌어찌 되겠지. 나는 에라 모르겠다는 심정으로 문을 열었다.

그러나 레미엘의 방으로 발을 들이자마자, 나는 경악으로 눈을 크게 떴다.

새하얀 침대 시트 위에 붉은 물이 들어 있었다. 점점이 번져 가는 것은 분명 핏방울이었다.

"……큭!"

레미엘은 침대 위에서 스스로의 목을 부여잡은 채 캑캑거리며 기침을 하고 있었다.

나는 당장 문을 박차고 그에게 달려갔다. 가슴이 선득했다.

"레미엘……!"

나는 침대 위로 뛰어올라 그의 어깨를 부축했다. 레미엘이 내 품으로 쓰러져 내렸다. 나를 빤히 올려다보던 그의 입술에서 희미하게 내 이름이 나왔다.

"아, 카야……."

"이게 뭐야."

목소리가 절로 떨려 나왔다. 레미엘이 소매로 입가를 닦으며 고개를 돌렸다.

"별거 아니야. 그냥 요즘 몸이 좀 안 좋아서……."

"거짓말하지 마!"

이미 창백해질 대로 창백해진 얼굴로, 피비린내가 풍겨 나오는 입술로 그런 변명을 해 봤자 통하지 않았다.

"얼른 주치의에게 가서 얘기를 해야……!"

"가지 마."

걸음을 박차고 나가려는 나를 레미엘이 붙잡았다. 그는 연한 미소와 함께 고개를 내저었다.

"가 봤자 별 소용이 없어."

"그게…… 무슨 소리야?"

레미엘은 대답하지 않았다. 하지만 일단은 보고를 해야 했다. 나는 그를 침대 위에 조심스럽게 눕혔다.

"여기서 기다려."

레미엘이 내 손목을 붙들었다.

"카야."

"이거 놔!"

나는 그의 손을 뿌리친 채 관저를 뛰쳐나왔다. 이대로 두었다가는 당장 레미엘이 죽을지도 모른다는 생각에 마음이 조급해졌다. 나는 숲을 가로질러 다시 교황청으로 향했다.

다행히 레미엘의 주치의는 아직 사무실에 있었다. 나는 다짜고짜 벌컥 문을 열어젖혔다. 그러자 그가 의아한 얼굴로 나를 맞았다.

"맥노프 사제? 노크도 없이 이 시간에 웬……."

"비상입니다, 주교님!"

나는 피를 토해 내는 심정으로 외쳤다. 그가 쓰고 있던 안경을 치켜 올리며 물었다.

"무슨 일이길래, 그리 급하십니까?"

"교황 성하께서 지금 피를 토하셨습니다! 입술에 핏기도 하나 없고, 몸도 잘 가누지 못하고 계십니다!"

마음이 급했음에도 나는 최선을 다해 레미엘의 상태를 설명했다. 그러나 그에 반해 주교의 얼굴은 너무도 평온했다.

"아, 그것 말입니까."

대수롭지 않다는 식의 답변에 나는 애가 끓었다. 뭐 하고 있나. 주치의라면 당장 달려가서 교황의 상태를 살피고 처방을 내려야 하는 것 아닌가? 그러나 그는 여전히 자리를 뜰 기미 없이, 내게 빙긋 웃어 보였다. 그 납득 가지 않는 태도에 나는 도리어 멍해졌다.

"맥노프 사제도 이제 보좌 자리에 있으니 알아야겠지요."

알다니? 뭘 말인가?

"너무 놀라지 말고 제 말을 들으십시오."

그는 마치 어린아이를 달래듯 말해 겉보기에는 누구보다도 자애로워 보였다. 그러나 뒤이어 그가 하는 말은 더없이 이상했다.

"우선 그 현상에 대해서는 큰일처럼 생각할 것 없습니다. 자연스러운 일이고, 계획된 대로 진행되고 있습니다."

계획?

기이한 단어에 나는 몸을 흠칫했다. 그는 여전히 잔잔한 미소와 함께 말했다.

"일이 이대로 진행되면, 현재의 교황은 3년 후에 교체될 것입니다."

"예?"

나는 내가 잘못 들었나, 귀를 의심했다. 현재 교회법에 교황은 한번 즉위하면 죽을 때까지 복무하도록 되어 있었다.

"길어야 3, 4년 안에는 선종하리라는 것이 현재 전망이거든요."

그랬던가.

"……."

"14년에서 15년. 그것이 교황청이 정한 가장 이상적인 재위 기간입니다. 그래서 그 주기로 콘클라베를 열어 교황을 선출합니다."

그러니까, 레미엘이 피를 토하고 쓰러진 원인은 다른 누구도 아닌 바로 이자들의 소행이었다는 것이다.

눈앞이 까맣게 점멸했다. 나는 애써 정신을 다잡았다.

"이유가…… 뭡니까?"

"그 이상으로 연령이 들면 교황들이 반발할 가능성이 높아지기 때문입니다."

반항하지 않게 하기 위해, 젊은 나이에 죽음에 이르게 한다고?

감당하기에는 지나치게 어이없는 설명에 나는 할 말을 잃었다.

"그리고 재위 기간을 일정하게 유지함으로써 교권의 안정성이 보장되는 측면도 있습니다."

"이제까지…… 그렇게 해 왔습니까?"

"예. 그렇습니다. 일종의 체계이죠."

분노를 숨기기 위해 애써 뒤로 숨긴 주먹이 부들부들 떨렸다. 사람의 목숨을 가지고 장난질을 치며, 안정성을 논하는 그 역겨운 입을 찢어 주기 전에는 이 격렬한 증오가 사라지지 않을 것 같았다.

그동안의 의문이 한 번에 풀렸다.

그들은 레미엘을 기르는 가축 정도로만 취급하고 있던 것이었다. 필요에 의해 써먹고, 소용이 다하면 쉽게 내버릴 수 있게.

"3년 후에 교황이 선종하면, 맥노프 사제는 곧바로 보좌에서 주교로 승진하게 될 것입니다. 그 뒤로도 보장된 성공의 길을 걷게 될 겁니다. 교황청의 고위 성직자들이 그대를 물심양면으로 지원할 테니까요."

"……"

"그대의 역할은 제가 약을 처방해 줄 때마다 성하께서 꼬박꼬박 챙겨 드시도록 하고, 수시로 제게 교황의 상태를 보고해 주는 겁니다."

가슴에 뜨끈하고도 묵직한 것이 차올랐다.

아아, 레미엘. 대체 너는 어떤 삶을 살아온 것인가. 이리 살아왔던 너에게 나는……

무슨 정신으로 주교에게 인사를 하고 나왔는지 모르겠다. 도망치듯 그 장소를 빠져나온 나는 곧장 비밀 통로를 따라 관저로 뛰었다. 숨이 턱 끝까지 차올랐지만 멈출 수가 없었다.

지금 당장 레미엘과 대화를 해야 했다. 그 생각 외에는 아무것도 할 수가 없었다.

✤ ✤ ✤

레미엘은 아까보다 피를 더 토하진 않았다. 그러나 이미 많은 양을 게워 낸 탓에 당장이라도 쓰러질 듯 파리했다. 그는 침대 헤드에 기댄 채 휴식을 취하고 있었다. 여전히 새빨갛게 물든 침대 위에서.

나는 레미엘의 앞으로 가까이 다가갔다. 막상 대화를 하려니 어떤 말부터 꺼내야 해야 할지 막막했다.

입술만 잘근잘근 깨물고 있는데, 그가 먼저 말문을 텄다.

"거봐. 내가 소용없다 했잖아."

레미엘은 그럴 줄 알았다는 듯 도리어 내게 측은한 눈길을 던졌다.

"헛걸음했네. 그래서 말렸던 거야."

"알고…… 있었구나."

레미엘은 잠자코 고개를 끄덕였다.

"어떻게 알았어?"

"처음부터 이 정도는 아니었으니까. 어쩌다 한 번 이랬는데, 그때마다 약을 받아먹었어. 그런데 낫기는커녕 약을 복용할수록 더 심해지더라고. 그때 눈치를 챘어. 죽일 생각이었구나."

목구멍이 따끔거렸다. 자신의 죽음을 말하는 것치고는 지나치리만큼 건조하게 절제된 어투였다. 꼭 남 이야기를 하는 것 같았다.

"신의 목소리를 듣는 교황을 이렇게 대접해도, 그들은 아무렇지 않아?"

"못 할 건 또 뭔데?"

레미엘은 여전히 아무렇지 않게 되물었다. 나는 마치 벽에다가 말하는 기분을 느꼈다.

"넌 에시엣의 총애를 받는 존재잖아."

"총애라니."

레미엘은 단번에 부인했다. 고개를 설레설레 저으며.

나로서는 도통 이해가 되지 않았다. 신에게 접촉할 유일한 권한을 부여받은 존재. 그게 총애가 아니라면 무어란 말인가.

"신의 모든 은총과 기적을 대표하는 교황을 어째서 겁도 없이……."

별안간 레미엘이 내 어깨 위에 손을 올렸다. 이전과 달리 붙잡으려는 의도가 비치지 않는 담백한 접촉이었다.

"내가 뭐 하나 알려 줄까, 카야?"

그 상태로, 그가 속삭이듯 말했다.

"신의 기적이란 건 없어, 카야. 왜냐하면 신이 없거든."

그 말을 듣는 순간, 나는 나도 모르게 웃음을 터뜨리고 말았다. 지나치게 어처구니없는 소리였다.

"그게 무슨 헛소리야."

나는 어깨에 얹힌 그의 손을 떼어 내고 뒤로 물러섰다. 레미엘은 그런 나를 말리지 않았다.

"진짜야."

레미엘은 진지해 보였다. 그는 거기서 그치지 않고, 폭발물과도 같은 소리를 아무렇지 않게 밖으로 냈다.

"전부 허상이지. 에시엣이란 건 애초에 존재하는 게 아니니까."

나는 대답할 말을 찾지 못하고 그를 물끄러미 바라보았다.

치천사의 이름을 가진 이의, 더군다나 에시엣의 첫 번째 종이라는 교황의 입에서 나올 말은 아니었다.

레미엘은 손을 들어 자신의 가슴을 짚었다. 활짝 펼쳐진 손바닥은 앞섶에 새겨진 다이아몬드 문양을 완전히 덮었다.

"내가 신이야."

"……."

"그들이 그럴듯하게 만들고, 빚어낸 신."

"하지만 그렇다면……."

말도 안 된다.

이 테베칸 시국에는 에시엣의 첫 번째 종들이 그의 음성을 직접 들었다는 증거가 태반으로 남겨져 있었다.

교황들은 에시엣을 직접 접할 수 없는 다른 이들을 위한다는 이유로, 대대로 에시엣을 모시며 겪은 특별한 영적 체험과 자신의 신앙을 고백하는 글을 일생 동안 남겼다. 레미엘도 예외는 아니라, '카프리치오 7세의—' 따위로 시작하는 고백록, 계시록, 회고록이 벌써 여러 권이었다.

테베칸 시국에 원본이 보관되어 있는 그 서책들은 필사가 되어 전 대륙에 퍼졌고, 견습생 시절 필수 과목으로 지정되어 교수의 주도 아래 전문을 읽기까지 했다.

에시엣이 존재하지 않는 거라면, 그것들은 다 뭐지?

"그럼 그동안 네가 작성했던 기록들 같은 건 대체……."

"추기경들이 써 줬어. 그걸 내게 필사하게 했지."

"……."

돌아오는 대답은 지나치게 간단했다. 눈앞이 아득해졌다.

그의 말이 사실이라면, 지금 추기경들이 하고 있는 일은 단순히 허수아비 교황을 핍박하고 신의 이름을 내세워 악행을 저지르는 것 정도가 아니었다.

전 대륙을 지배하는 이 거대한 종교 조직이 거짓 위에 기반을 쌓아 올렸다고, 그 조직의 수장 자리에 앉아 있는 존재가 직접 고백하고 있었다.

"나는 아무것도 아니야, 카야."

레미엘이 여전히 핏기가 돌아오지 않은 얼굴로 생긋 웃었다.

"그저 이 근사한 사무실에 앉아서 그들이 바라는 대로 다 해 주다, 적당한 때가 되면 죽어 주는 게."

"……."

"루에르교의 교황, 카프리치오 7세의 유일한 소명이야."

⚜ ⚜ ⚜

황태자는 내가 내민 경전 1장을 보고 입을 떡 벌렸다.

"이 분량을 이틀 안에 다 했다고?"

"네."

나는 담담하게 고개를 끄덕였다.

"혹시 날림으로 한 건 아니겠지?"

그의 눈이 장난스럽게 빛났다. 굳이 농담으로 받고 싶지 않았던 나는 진지하게 임했다.

"그럴 리가요. 좀 무리를 하긴 했습니다만……."

"……."

"전체적으로 서둘러야 할 것 같아요."

혹시 밖의 누가 들을까 싶어, 나는 목소리를 조금 낮추었다. 황태자의 몸이 내 쪽으로 자연스럽게 기울었다.

"아르벨라 성녀가 눈치를 챘습니다. 잠을 줄여서라도 몇 달 안으로 마무리를 짓는 것이 안전하다고 판단했습니다."

"그래. 내게도 찾아왔더군."

"……예?"

황태자의 말에 나는 눈을 크게 떴다. 성녀가?

"다짜고짜 들이닥쳐서 무작정 번역을 관두라고 하기에, 물렸다."

"아……."

내게 경고를 할 때부터 알아봤어야 했다. 인상대로 보통내기가 아니었다.

"일단은 진행을 시켜 볼 생각이야. 그 여자가 어찌 나올지는 모르겠다만……."

물론 성녀에게 직접 저지를 받은 상황에서도 흔들림 없는 눈으로 계획을 밀어붙이겠다는 이 황태자 또한 보통은 아니었다.

"성녀의 영향력이 그 정도일 줄은 몰랐습니다."

"어릴 때부터 다들 떠받들어 주니 하늘 높은 줄 모르고 설치는 거지, 쯧. 제가 가진 권한이 뭔지 구분도 못 하고……."

황태자가 낮게 혀를 찼다. 애초에 성녀에게 감정이 그리 좋지 않은 것 같았다.

"그럴 수도 있겠네요."

나는 그의 말에 동조하는 척하며 자연스럽게 화제를 돌렸다.

"그런데 전하. 개인적으로 드릴 말씀이 있습니다."

"응? 할 말 있으면 해 보아라."

"이전에 번역 작업을 의뢰하실 때, 제게 충분한 보수를 약속한다 하셨지요."

"아……. 물론 그랬었지. 왜, 벌써 바라는 게 생긴 거냐?"

성녀를 언급하며 인상을 쓰고 있던 그가 한순간에 표정을 바꾸어 너털웃음을 터뜨렸다.

"역시 자네는 솔직해. 내숭이 없구만."

"……."

"물론 자네는 그 담백한 인상과 정반대인 욕심이 매력이지만."

나는 그의 농에 그저 미소를 지어 보인 다음 품 안에서 작은 봉투 하나를 꺼냈다.

안에 든 것은 거뭇한 빛을 띤 환으로, 레미엘이 처방받은 약이었다. 원래는 끓여서 그에게 먹여야 했으나, 나는 몰래 빼돌렸다.

"이 안에 아무래도 독이 들어 있는 것 같은데."

"……."

"해독제를 구해 주십시오. 강력한 것으로요."

약을 먹을 때마다 심해진다는 레미엘의 말로 봐서, 약에 독성분이 많이 포함되어 있을 가능성이 높았다. 물론 오랫동안 레미엘을 중독시킨 독이라면 단순히 약에만 있지는 않을 것이다. 레미엘의 식사나 사용하는 물건에도 섞여 있을지 몰랐다.

그렇다면 이제까지 쌓아 온 독은 물론이고, 앞으로도 흡수할지 모르는 독까지도 중화시켜 줄 만한 약이 필요했다. 남은 생이 3년뿐이라는 레미엘의 몸이 망가져 있는 상태이기 때문이다.

"왜 뜬금없이 이런 걸 부탁하나?"

황태자는 내가 갑자기 해독제를 구하는 것을 의아해했다.

"아는 사람이 이 독으로 죽어 가고 있습니다."

"아는 사람 누구?"

"……."

나는 입을 다물었다. 아무리 황태자와 협력 관계를 맺고 있다지만, 이 시점에서 교황청에서 교황을 죽이고 있다고 솔직히 말할 수는 없는 노릇이었다.

다행히도 황태자는 금세 대답 듣는 것을 포기했다.

"하긴, 자네가 말한다고 내가 알 것도 아니지만."

그가 피식 웃으며 팔짱을 꼈다.

"그게 누군인지는 모른 척해 주지. 어쨌건 다른 사람도 아닌 자네의 부탁이자 노동의 대가이니 내 최선을 다해서 구해다 주겠네."

"감사합니다. 정말 감사합니다."

나는 그에게 거듭 고개를 숙여 인사했다. 이제까지의 그의 태도로 보아 그가 약속에 최선을 다해 임하는 사람인 것은 알고 있다. 다만, 해독제를 구하는 것이 가능할지가 문제였다.

"에시엣께서 대륙의 작은 태양과 함께."

익숙한 말을 하는데 별안간 레미엘의 말이 스쳐 지나갔다.

'에시엣이란 건 애초에 존재하는 게 아니니까.'

에시엣이 없다면 이 말도 의미를 상실한다. 애초에 경외감 없이 담아왔으나, 그 존재를 믿고 말하는 것과 없는 것을 존재하는 양 언급하는 것은 달랐다.

그래도 어쩔 수 없잖아, 레미엘. 지금 내가 너의 목숨을 구하는 유일한 길은, 역설적이게도 에시엣의 이름에 매달려 보는 일이니까.

"또한 사제와 함께."

그리하여, 나는 아무렇지 않은 척 황태자의 인사를 마주 받았다.

⚜ ⚜ ⚜

관저에 물을 끓일 수 있는 시설이 있다는 것은 내게 매우 행운이었다. 보좌 사제가 된 후 나는 처음으로 진실된 안도감을 느꼈다.

이 시설은 원래 차나 교황청에서 처방받은 환으로 약을 만드는 데 쓰이는 용도였지만, 나는 둘 다 하지 않았다. 그 대신, 황태자에게 전날 받아 온 약초를 냄비에 넣고 끓였다.

어제, 황태자는 신전으로 찾아와 녹찻잎이 그려진 상자를 내게 건네주었다.

'일부러 일반 차인 것처럼 위장해 놨다. 다른 사람이 쓸데없이 궁금해하거나 손대지 않게.'

'……'

'아마 이 정도면 1년 치 끓여 먹을 양은 될 거다. 부족해지면 얘기하고.'

'감사합니다. 정말…… 정말 감사합니다.'

나는 목이 메는 것을 느끼며 그에게 거듭 감사의 인사를 올렸다. 그어느 때보다도 그가 고마웠다. 황태자는 별거 아니라는 듯 시큰둥한 얼굴로 손을 내저었다.

'너무 그렇게 빚진 것처럼 굴 것 없어. 자네가 내게 도움이 많이 돼서 이렇게까지 해 주는 거야. 내 목숨도 살려 주고, 번역 건도 들어줬으니까.'

그가 눈을 찡긋했다.

'그러니 앞으로도 잘 부탁해.'

그렇게 된 것이다.

"아, 물 끓어 넘치겠다."

황태자 생각을 하다 보니 어느새 냄비에서 끓는 소리가 났다. 뿌옇게 올라오는 김에 코를 가까이 대자 절로 미간이 구겨졌다.

"냄새는 별로네."

약초 달인 물에서는 지독하게 쓴 냄새가 났다. 하긴, 쓰지 않은 약이 어디 있겠느냐마는. 강한 걸 원했으니 더할 거고.

나는 찬장에서 잔을 하나 꺼내고 약초 우린 물을 그 안에 옮겨 담았다. 이로써 매일 아침의 일과 하나가 더 늘었다.

방에 들어가 보니 레미엘은 나갈 준비를 거의 다 마친 채 침대에 걸터앉아 있는 상태였다. 나는 그에게 다가가 잔을 내밀었다.

"레미엘. 이거 마셔."

레미엘이 의아한 눈으로 잔을 건너다보았다.

"이게 뭐야?"

"해독제. 네 망가진 몸을 회복해 주는 약이야. 물론 한두 번으로는 안 되고, 꾸준히 달여서 섭취해야 해."

그러나 레미엘은 친절한 설명에도 불구하고 잔을 받아 들지 않았다.

뭔가 이상했다. 나는 잔을 좀 더 가까이 그에게 내밀었다. 그러나 그는 마치 시위를 하듯 손가락 하나 까딱하지 않고 있었다.

결국 짧은 인내심이 다한 나는 침대 옆에 딸린 작은 서랍장 위에 잔을 내려놓고 그를 다그쳤다.

"왜 안 먹는 거야."

"이럴 필요 없어, 카야."

레미엘이 슬그머니 내 시선을 피하며 말했다.

"이렇게 약 같은 거 구해 오지 않아도 돼."

"설마, 그냥 죽겠다는 거야?"

"그렇다면?"

"레미엘 카프리치오!"

나도 모르게 버럭 소리를 질렀다. 레미엘은 쓴웃음을 머금은 채 고개를 설레설레 흔들었다.

"난 괜찮아. 동정하지 않아도 돼, 카야."

"동정이라니, 무슨……."

"어차피 너도…… 내가 죽길 바랐잖아."

가슴이 덜컥 내려앉았다.

레미엘이 지금 그날, 그날을 이야기하는 건가? 내가 레미엘에게 널 죽이러 왔다고 선언한 날. 단도를 그의 가슴 끝에 가져다 댔던 그날 밤을?

"원망하지 않아. 당연한 거지. 내가 죽는다고 누가 슬퍼하겠어. 좋아한다면 모를까."

"너……."

"그리고 이제껏 교황청에 의해 죽어 가고 있었는걸. 이제 와서 목숨 부지해 봤자…… 어차피 그들은 어떤 방식으로든 나를 죽일 거야. 교황청에서 여태 숨겨 온 모든 비밀을 알고 있는 나를 뭐 하러 가만히 두겠어."

레미엘이 쓰게 웃었다.

"그리고……."

"……."

"나도 이제 더 이상 살고 싶지도 않아."

체념이 깃든 그가 이해가 가지 않았다. 나는 그에게 곧바로 따져 물었다.

"왜 살고 싶어 하지 않아?"

생명이 있는 존재는 본능적으로 살고 싶어 한다. 생명을 해치려는 외압이 덮칠수록 그 본능은 죽기는커녕, 도리어 더 강해진다. 내 어미는 죽는 그 순간까지 살고 싶어 했다. 자신을 덮쳐 오는 불꽃을 어떻게든 피해 보려 발을 버둥거렸다.

화형대에 매인 다른 사람도 다 그랬다. 이미 달아날 수 없는 상황에서도 어떻게든 불길을 피하려고 몸을 뒤틀었다. 그것은 인간으로서의 사고와 의식을 넘어선, 한 생물로서의 몸부림이었다.

그러나 레미엘에게는 생욕이 비치지 않았다. 그의 음성은 그저 다 포기한 사람처럼 공허했다.

"카야. 네 말대로 나는 피도 눈물도 없는 전쟁 교황이야. 이 손으로 다른 사람들의 생명을 빼앗기만 했어."

그가 자신의 오른손을 들어 보였다. 하얗고 깨끗해서, 단 한 번도 피와 연관시킬 수 없을 만큼 연약한 손을.

"나는 아홉 살 때부터 한 해도 빠짐없이 누군가를 죽일 서류에 사인을 해야 했어. 물론 내게 남은 몇 년간도 그럴 거고."

"……."

"그런 주제에, 사랑이란 걸 하고 싶었어."

레미엘의 입에서 바람 빠지는 소리가 터져 나왔다.

"너는 내가 가증스럽겠지만…… 너에게 느꼈던 마음은 진심이야. 태어나서 그런 온기는 처음이었거든. 너처럼 순수하게 나 자체로 나를 대해 준 사람이 없었어."

"……."

"네 앞에서는 카프리치오 7세가 되지 않아도 돼서, 그게 너무 좋았어."

그의 말이 칼처럼 살갗을 파고 들어와 몸 안을 쑤시는 듯했다. 그 누구도 자신을 진심으로 대한 사람이 없었다는 레미엘의 고백이 너무 아팠다.

주변에 온통 자신을 착취하고 학대하는 사람들로만 가득했던 삶은 어땠을까. 왜 아무 죄 없는 그가 이렇게 비참하게 살아야 했는지 이해가 가지 않았다.

"그러나 그것까지도 전부 욕심이었다는 걸, 이제 알았어……."

나는 레미엘의 앞으로 성큼 다가섰다. 더 이상 그가 청승이나 떨며 자기 비하를 늘어놓는 꼴을 보고 있을 수 없었다.

나는 무작정 그의 어깨에 손을 올린 채로 얼굴을 바싹 그에게 들이밀었다. 그리고 그가 피하기 전 빠르게 그의 입술을 찾아 내 입술로 덮어버렸다.

"……!"

레미엘의 몸이 당황으로 경직되는 것이 느껴졌다. 나는 그가 날 밀어내지 못하게 그의 목에 팔을 두르고 바싹 몸을 붙였다.

몇 초가 흐른 뒤, 나는 그대로 입술을 뗐다. 레미엘은 여전히 현실이 받아들여지지 않는지, 희미하게 내 이름만 겨우 불렀다.

"카야……."

"조금 늦었지만……."

"……."

"이건 네 고백에 대한 내 답이야."

나는 더 이상 내 감정을 부인하지 않았다. 그에게 끌린 순간부터, 나와 그는 하나의 인연으로 연결이 되었다. 그것은 내 의지로 맺고 끊을 수 있는 것이 아니었다.

한때는 잘라 내려고 시도했으나, 도리어 그럴 수 없다는 것만 더 깨달아질 뿐이었다.

"만약 내게 조금이라도 미안하다면, 살아서 속죄해."

"카야."

"그게 네가 용서받을 수 있는 유일한 길이야."

레미엘은 혼란스러워 보였다. 나는 웃었다. 그 감정이 뭐든 아까의 빈 얼굴보다는 나았다.

"왜 이렇게까지 하는 거야?"

레미엘이 작게 중얼거렸다.

"대체 내가 뭐라고……."

"나도 널 좋아해."

"……!"

레미엘이 눈을 크게 떴다. 그의 입술이 덜덜 떨리며, 믿을 수 없다는 듯한 얼굴로 나를 바라보았다.

"카야……."

그의 양팔이 동시에 내 팔을 덥석 잡았다.

"정말…… 정말이야? 내가 싫지 않아?"

"물론 널 미워했던 건 사실이야."

나는 레미엘의 얼굴이 다시 시무룩해질세라 급하게 다음 말을 덧붙였다.

"하지만 난 네가 결코 죽게 내버려 두지 않을 거야. 난 이대로 네가 세상을 떠나게 할 수 없어. 내가 무조건 널 살릴 거야."

"……."

"그러니까 너도 최선을 다해 살아. 날 위해서라도."

레미엘은 한참이나 멍한 눈으로 날 우두커니 응시하기만 했다. 계속 내버려 두면 영영 그럴 것 같다는 생각에 나는 그의 이마를 톡톡 두드렸다.

"싫다는 거야?"

"아, 아니야. 알았어. 네 말대로 할게."

레미엘은 화들짝 놀라며, 마치 누가 시키기라도 한 것처럼 급하게 고개를 끄덕였다.

"자, 그럼 얼른 먹……."

나는 약이 담긴 잔으로 손을 뻗었다. 그러나 레미엘은 고개를 저었다.

"왜."

레미엘은 혀를 내밀어 입술을 살짝 적셨다. 왜 그 모습이 새삼 위험하게 보이는지. 내가 흐트러지려는 정신을 다잡으려 할 때였다.

"그 전에……."

"……."

"내가 먼저 너한테 입 맞춰 봐도 될까?"

그렇게 말하는 레미엘의 얼굴이 아이처럼 순수해서, 나는 차마 이 요청을 수락하는 것이 맞나, 생각할 뻔했다

"그, 그렇게 해."

먼저 무작정 입술을 들이댔던 건 나면서, 뒤늦게 부끄러움이 몰려왔다. 나는 얼굴이 발개지는 것을 느끼며 허겁지겁 고개를 끄덕였다.

눈을 감은 레미엘이 내게로 다가왔다. 내려온 눈꺼풀 위로 풍성한 속눈썹이 그늘을 드리우고 있었다. 점점 가까워지는 그의 얼굴에 아까와는 사뭇 다르게 심장이 쿵쿵거렸다.

"……."

마침내 입술이 닿았을 때, 나는 스르르 눈을 감았다.

부드럽고 촉촉한 입술이 내 입술을 앙 물듯이 머금었다. 몇 번의 탐색 끝에 쓸어 내더니, 혀끝이 입술 사이를 두드렸다. 나도 모르게 살짝

입술을 벌리자마자 그의 혀가 입안으로 밀려 들어왔다.

미끈하면서도 다소 깔깔한 감촉을 가진 그의 혀가 정성스럽게 치열과 입천장 구석구석을 훑었다. 마치 보살핌을 받는 기분이었다.

나는 그에게 닿고 싶어 몸을 기울였다. 날 부드럽게 끌어당긴 그의 팔이 조심스레 받쳐 주었다. 그러면서도 그는 꼼꼼히 내 입안을 쓸어내는 것을 멈추지 않았다.

"……."

키스를 마쳤을 때, 나는 그의 품에 비스듬하게 안긴 채 그를 올려다보는 자세가 되어 있었다. 그가 자연스럽게 한 손을 뻗어 내 볼과 턱을 감쌌다.

"네게 이렇게 해 줄 수 있기를 꿈꿨어."

햇살을 받으며 하얗게 웃고 있는 그는 심장이 아플 만큼 아름다웠다. 이제껏 보아 온 것 중 가장 환한 미소였다.

"사랑해."

레미엘이 달콤하게 속삭였다. 나는 끈적한 사탕을 문 듯한 기분에 빠졌다.

일곱 살, 어미를 잃은 이후 나는 내 삶이 이미 져 버린 것이나 다름없다고 느꼈다. 교황을 죽이고 도망갈 생각이었으나, 사실 붙들려도 상관없었다. 만에 하나 화형을 당해도 기꺼이 장작 위로 올라갈 수 있다고 생각했다.

내게 삶은 그랬다. 복수를 제외하고는 연명할 가치가 없는 목숨이었다.

그런데 회색 크로키나 다름없던 내 삶에, 어느 날 갑자기 색색의 물감들이 뿌려지기 시작했다. 물감의 색은 제각기 달랐고, 이름도 달랐다.

알리사, 안드레이를 비롯한 친구들. 성기사 일리프. 어린 이교 소녀들. 페리우스. 그리고……

레미엘.

그들과 함께 숨을 쉬다 보니, 나도 모르는 새에 알록달록한 유채화가 그려져 있었다. 그중 가장 짙은 물감을 뿌린 장본인은 나를 따스하게 바라보며 미소를 짓고 있었다.

나는 다시 행복하고 싶어졌다.

오랫동안 그를 향했던 분노는 흔적도 없이 사그라들었다. 하지만 내 안의 화가 전부 죽은 것은 아니다. 이제 그 대상이 바뀐 것뿐이다.

내 어머니를 죽이고, 내 삶을 황폐화시킨 추기경들에게 대가를 치르게 하겠다는 다짐은 더 짙어지고 있었다.

⚜ ⚜ ⚜

모든 일정이 끝난 저녁.

식사를 마치고, 번역 작업을 하기 위해 나는 내 방으로 돌아갔다. 이제 나는 자정까지 그를 감시하지 않았다.

그러나 책상에 앉아 있어도 작업이 잘되지 않았다. 아침의 일이 머릿속에 남아 있었고, 떠올리면 막막해져서 한숨만 쉬기 일쑤였다.

'내가 무조건 널 살릴 거야.'

레미엘을 살려 주겠다고 일단 그 앞에서는 큰소리를 치긴 했지만, 사실 나로서도 뾰족한 수가 없었다.

보좌 사제라는 허울 좋은 이름을 달고 있어도, 근본적으로 말단 사제에 불과한 내가 어떻게 레미엘을 구할 수 있을지.

과연 방법이 있긴 한가. 나도 아무 힘이 없는걸.

"아, 씨……."

마음이 싱숭생숭하니 눈앞에 놓인 경전 페이지가 넘어가지를 않았다. 나는 첫 페이지의 반도 채우지 못한 양피지를 보며 입술만 깨물었다. 오늘은 진도를 나가는 게 영 글렀다.

똑똑.

그때, 밖에서 노크와 함께 누군가의 목소리가 들렸다.

"카야 맥노프 보좌 사제 계십니까?"

"아, 예……."

이 시간에 관저에 웬 방문자지? 나는 괘종시계를 반사적으로 바라보았다. 시간은 오후 7시가 넘었다.

"저 자비에르 주교입니다."

나는 펜을 내려놓고 나가서 문을 열었다.

그곳에는 예의 무테안경을 쓴 자비에르 주교와 제복을 입은 성기사 여럿이 서 있었다.

평소에도 웃거나 부드러운 표정을 짓는 법이 없긴 했지만, 그의 얼굴은 오늘따라 유독 굳어 있었다. 그에게 잘못한 것이 없음에도 마음 한 구석이 불길해졌다.

"아, 저 주교님. 안녕하십니……."

그는 내 인사도 받지 않고 대뜸 방 안으로 발을 들였다.

"경전 번역본 어디에 있습니까?"

"예?"

다짜고짜 관저에 들이닥쳐서 하는 말이 그것이었다. 그의 말을 한 번에 이해하지 못한 나는 멍청히 서서 그에게 되물었다.

"사제께서 은밀히 베르시카 황태자의 사주를 받아 경전 번역 작업을 하고 있다는 제보가 있었습니다."

"……."

"충분한 근거를 가지고 온 것이니 시치미는 떼지 마십시오."

성녀가 황태자에게 경고한 것이, 이런 거였나.

자신의 말을 듣지 않으면 강제력을 동원해서라도 막겠다는 경고의 의미였던가.

"흠……."

자비에르 주교의 시선이 나를 넘어 내 책상으로 옮겨 갔다. 고개를 빼고 내 책상 위에 펼쳐진 것들을 살펴보던 그의 눈이 반짝 빛났다.

"아, 이거군요."

"……."

"대륙 공통어로 번역하던 것, 맞죠?"

그는 마치 나쁜 짓을 저지른 어린아이를 다그치듯 말했다.

"그것이……."

다시 내 말을 자른 그가 엄격한 말투로 꾸짖었다.

"교황청의 허가 없이 경전을 번역하는 것은 신의 뜻을 모시는 사제로서 금했어야 할 행동입니다. 알고 계셨습니까?"

"……."

나는 꿀 먹은 벙어리가 되어 입을 다물었다. 안다고 말할 수도, 모른다고 말할 수도 없었다. 무슨 말을 해도 그를 자극할 터이니.

"특히나 교황청에 근무하는 보좌 사제로서 썩 좋지 않은 품행이지만, 처음이라는 점에서 한 번은 봐드리겠습니다. 그러나 앞으로는 안 됩니다."

그가 안경테를 높이 치켜올렸다. 깐깐한 눈이 바위처럼 굳건했다.

"그렇게 아시고, 지금까지 한 작업물은 전량 압수하겠습니다."

"주교님!"

"뭡니까?"

"제 말씀을 좀 들어 주십시오, 주교님. 제발!"

나는 반사적으로 그의 소매 깃을 잡고 매달렸다. 그러나 그는 조금의 자비도 베풀지 않았다.

"놓으십시오."

간단하게 나를 뿌리친 그가 손짓을 하자 옆에서 대기하고 있던 성기사들이 곧바로 내 책상으로 다가가 손을 뻗었다.

나는 도서관에서 빌려 두었던 참고 서적과, 지난 며칠간 밤잠을 최소로 줄여 가며 작업했던 번역 자료들이 전부 그들의 품에 쓸려 가는 것을 그저 허망한 눈으로 바라볼 수밖에 없었다.

그렇게 내 책상을 모두 비운 그들은 이내 우르르 사라졌다. 기대도 안 했지만 인사 하나 남기지 않은 채로.

나는 다시 방 안에 홀로 남았다. 책과 자료가 빠져나간 공간은 공허했다.

대체 일이 어떻게 진행되어 가는지, 이 상황을 내가 어떻게 대처해야 하는지도 몰랐다.

나는 그대로 의자에 주저앉았다.

✠ ⚜ ✠

"그래서, 반성조차 하지 않는다는 겁니까? 도리어 신전이 부당하다는 게, 정말 태자의 견해입니까?"

블라디미르는 어이없음에 분노가 치미는 것을 겨우 눌러 삼키며 눈앞의 황태자 에드워드에게 되물었다.

한번 엄한 맛을 보여 주려고 왔는데, 도리어 한 방 먹는 기분이었다.

현재 그는 무단으로 경전 번역 사건을 벌인 것을 가지고 조카인 황태자에게 따끔하게 훈계를 하러 베르시카 황궁까지 직접 행차했다.

그리고 황태자 에드워드는 평소와 별반 다를 바 없는 얼굴로 그에게 반박을 하고 있었다. 이 조카 놈은 교회에서 충분히 탐탁지 않아 할 만한 행동을 하고도 여전히 제 앞에서 뻣뻣하게 목을 세우고 있었다.

"저는 그저 일반 민중에게 경전을 이해시키고 싶었을 뿐입니다. 그게 그리도 잘못된 것입니까?"

"교회에선 잘못된 것으로 규정했습니다. 성녀가 직접 찾아가 경고를 하기도 했다지요. 그런데도 태자는 무시했다고 하더군요. 맞습니까?"

에드워드는 대답하지 않았다. 무언의 긍정이었다.

그러면서도 더없이 무죄인 양 당당했다. 블라디미르는 무언가 찜찜한 것이 가슴을 채우는 것을 느끼며 일갈했다.

"세속에 만연한 언어로 신께 접근하려 한 것을 반성하십시오, 태자."

"……."

"물론 본인이 그것을 더 잘 알아서 은밀하게 진행을 했겠지만요."

에드워드는 블라디미르의 말에 코웃음을 쳤다.

"입에 발린 말 그만하십시오."

"뭐라고요?"

"속셈은 따로 있잖습니까."

에드워드는 전에 없이 숙부에 대해 불손한 태도를 보였다.

"사람들이 루에르에 대해서 알게 되는 게 그렇게 무서우십니까?"

"그게 무슨 말입니까, 태자!"

블라디미르는 갑자기 치고 들어온 에드워드의 공격에 당황하여 높게 외쳤다. 그 흐트러진 평정심을 관전하며, 제가 대화의 주도권을 잡았음을 확신한 남자는 못을 박듯 지적했다.

"맞잖습니까. 대중들이 그저 믿기를, 따지지 못하고 믿기를 바라서 번역을 막는 거잖습니까."

"……."

"읽으면 알게 되니까. 경전의 말씀과 현실의 괴리를 깨닫게 되니까. 성녀의 연설이 아닌, 경전으로부터 직접 진리를 탐구하려 할 테니까."

대체 언제부터 이놈이 이렇게 말을 청산유수로 했던가. 블라디미르는 그저 사냥이나 할 줄 알았던 놈이 이런 논리를 펼친다는 게 기가 막혔다.

"교회에서는 지금과 같이 무지에서 기인된 대중의 맹목적인 신앙을 이용할 생각이지요. 그래야 아무도 반박하지 못하고, 계속해서 교회의 권위 앞에 고개를 숙일 테니까요."

"태자!"

"일을 남모르게 말단 사제에게 맡겨 진행한 것은, 아르벨라 성녀와 같이 쓸데없이 딴죽을 걸 만한 인물들의 귀찮음으로부터 도피하기 위해서였습니다."

에드워드는 짐짓 애처롭다는 듯한 표정을 지으며 고개를 가로로 저었다.

"그러나 나의 친애하는 숙부님은 한술 더 뜨시는군요. 교리를 들먹여 강제로 핍박을 하시다니요."

주홍색 눈동자가 차가운 빛을 띠었다. 에드워드는 조소했다. 교황 다음으로 가장 막강한 대륙의 권력자 앞에 있음에도 그의 용태는 당당했다.

"정 그렇게 나오신다면 저도 가만있지만은 않겠습니다."

"……."

"앞으로 이 베르시카 황궁 내 상근하는 주교들은 모두 제 승인을 거쳐야 합니다. 제가 직접 만나 보고 대화를 해서 적절하다고 판단한 이들만 입궁이 가능토록 하겠습니다."

에드워드는 블라디미르의 굳어진 얼굴을 보고도 아랑곳하지 않는 태도로 말을 이었다.

"그리고 성녀의 치외 법권 권리를 베르시카 내에서 폐지합니다. 현재처럼 국무 회의나 군사 전략 도중에도 내키는 대로 끼어들어 파투를 낼 수 있는 게 정상입니까? 그러니 그 정무 권한도 없는 성녀가 멋대로 설치고 다니는 것이지요."

블라디미르는 붉은 성의 속에 숨긴 주먹을 꽉 쥐었다. 제법 긴 손톱이 손바닥의 연한 살을 파고들었지만 통증도 느껴지지 않았다.

'이 자식…….'

사실 에드워드가 뭘 믿고 이리 까부는지는 블라디미르도 대충 알고 있었다. 최근 그는 여러 왕국과 동맹 관계를 체결했으며, 영토는 작지만 강대한 군사력을 자랑하는 세스베크 왕국의 하리에타 공주와 번갯불에 콩 볶아 먹듯 결혼을 해 버렸다.

그러니 제 딴에는 제법 힘을 끌어모았다고, 이제 교회에 마음 놓고 도전하는 형세였다. 실제로 조사를 해 보니, 도서관에서 보좌 사제가 사전을 빌려간 시기가 에드워드의 혼인식 이후와 얼추 맞아떨어졌다.

그러나 저 애송이는 아직 깨닫지 못하고 있었다.

제가 아무리 세속 군주들을 품으로 끌어모아 봤자, 결국에는 테베칸 시국 치하에 있는 것을.

무엇보다도 그에게는 교회의 권위로 행할 수 있는 가장 강력한 조치가 있었다.

형식적으로는 교황의 손을 빌려야 했지만, 어차피 교황을 손바닥 안에 쥐고 살아온 세월이 몇 년이던가. 다른 추기경들도 모두 동의할 테니, 일은 일사천리로 진행될 것이다.

신전으로 돌아온 블라디미르는 곧장 엥게르 주교를 불러냈다.

"당장 추기경 비상 회의를 소집하도록 하라."

"뭐 급하신 일이 있으신 겁니까?"

엥게르 주교는 나들이 가듯 베르시카로 향했던 블라디미르가 잔뜩 식식대며 돌아온 데 의아해했다.

"베르시카 황태자 에드워드 카렌 헤이터즈……."

블라디미르는 씹어뱉듯 에드워드의 이름을 언급했다.

갑자기 조카의 이름을 왜?

영문을 모르고 멍청하게 서 있는 엥게르 주교를 향해 블라디미르는 웃어 보였다.

"그의 파문(Excommunication)을 의논할 것이다."

두툼한 양 입술 끝이 치켜 올라가고, 콧볼이 넓게 퍼졌다. 둥글게 접힌 눈꼬리는 세 겹 주름을 자아냈다. 마치 인자한 노인이 미소를 건네듯, 그는 그렇게 웃는 얼굴을 만들었다.

오로지 그의 눈동자만 열을 머금고 불타고 있었다.

9. 우리 사이의 거리

난 고아였어.

레미엘의 첫마디였다.

모든 일과를 끝내고 그와 나는 밤까지 함께 있었다. 그의 침대 위에 나란히 걸터앉은 채 우리는 많은 이야기를 나누었다.

오늘 나왔던 식사의 맛이라든가, 겨울이 다가오며 점차 추워지는 날씨 따위의 사소한 것부터 모든 것을 공유할 태세로 그와 나는 수없이 많은 것들을 말했다.

벌써 몇 번째 화제인지 헤아릴 수가 없어졌을 때, 그는 지나가듯이 그의 이야기를 꺼냈다.

"일단 아무 권력도 영향력도 없는 내가 교황이 된 이유는 간단해."

레미엘의 길고 우아한 손가락이 아래로 흘러내린 금발을 쓸어 넘겼다.

"추기경들은…… 너도 알다시피 모두 황족이나 왕족, 못해도 공작급의 대귀족 출신이야."

"응."

이미 알고 있는 사실이었음에도 나는 고개를 끄덕이며 의욕적으로 들었다.

"이 세상에서는 신의 힘이 곧 권력, 에시엣의 다이아몬드는 그 어떤 왕관보다도 위에 있지. 당연하게도 고위 성직자들은 그 힘을 탐냈어. 이리저리 겨루다가, 결국 적당히 나누어 가졌어."

"……."

"그런데 문제가 하나 생겼어."

레미엘은 그 대목에서 잠시 멈추고 숨을 골랐다.

"추기경은 여러 명이지만, 우두머리인 교황은 단 한 명이라는 거야."

레미엘의 입가에 희미한 미소가 떠올랐다.

"그들은 그중 한 명의 세가 유독 커지는 것을 두려워했어. 교황이 새로 즉위할 때마다 계속해서 권력의 판도가 바뀌었지. 교황은 절대 권력을 휘둘렀고, 교황 즉위를 위한 암투가 끊이지 않았지. 재위 기간이 단 2년인 교황도 있었어."

교황은 심각하게 몸이 망가지지 않는 한 선종하기 전까지 물러나지 않는다. 즉, 죽었다는 이야기였다. 맥락상 자연사보다는 암살일 확률이 높았다.

"그래서 그들은 계속된 다툼 끝에 비밀스러운 협약을 체결했어."

"……."

"목적은 영원한 균형 유지. 저들끼리는 전부 형식적으로나마 동등한 지위를 유지한 채, 그들 중 그 누구도 아닌 자를 교황 자리에 앉히기로 한 거야."

그의 목소리는 마치 옛날이야기를 하듯 차분하고 담담했다.

"교황은 그들과 완전히 분리된 존재이면서도, 자신을 뒷받침할 권력을 가지고 있으면 안 돼. 비밀이기 때문에 그 어떠한 가족이나 지인이 있어서도 안 되고. 군림하되 실권이 없어야 해. 순종해야 하니까."

"……."

"그래서 지명도 거의 알려지지 않은 시골의 고아원에서 남자애 하나를 데려와 교육시킨 다음, 전대 교황이 선종하면 즉위를 시키지. 그리고 적당한 제위 기간이 지나면 죽게 해. 나도 그 과정을 거치고 있던 중이었어."

"허……."

레미엘이 죽어 가고 있던 이유가 교회 성직자들의 알력 싸움 때문이었다니. 저들끼리의 견제를 위해 그동안 여러 목숨을 희생시켰다는 것이었다.

"단지 그 이유였어……?"

"그래. 그것뿐이야."

레미엘은 고개를 끄덕였다.

나는 말로 위로를 하는 대신 레미엘의 어깨에 볼을 비비적거렸다. 그에게 온기를 전해 주고 싶었다. 레미엘이 웃으며 내 머리를 쓰다듬었다.

"고양이 같아, 카야."

"……."

"귀여워……."

나는 늘 내게 어울리지 않는다고 생각해 온 그 단어에 고개를 저으며 바로 부인했다.

"내가 뭐가 귀여워."

"내 눈에는, 누구보다도……."

"너의 안목이 잘못된 거야."

레미엘은 툴툴대는 내 손을 잡아 올려 그 위에 입을 맞추었다. 손등 위에 부드러운 입술이 닿자 마음이 금세 폭신하게 녹아내렸다.

방으로 돌아가기 싫다. 문득 그런 생각이 들었다. 나는 몸을 비스듬히 누이며 슬며시 물었다.

"나 네 침대에서 같이 자도 돼?"

당연히 '좋아' 라는 허락을 기대한 물음이었지만, 레미엘의 대답은 그와 달랐다.

"그건 안 돼."

"왜?"

나는 곧바로 따지듯 물었다. 고민의 기색도 없이 내 요청을 잘라 내는 것이 납득 가지 않았다.

"침대가 이렇게 넓은데. 같이 좀 쓰면 뭐가 덧난다구."

"그래도 안 돼. 같이 자는 건……."

나는 침대 위를 훑어보았다. 아무리 봐도 그와 내가 넉넉히 눕고 남을 만큼 넓었다.

이것도 아까워서 싫다는 거면, 진짜 치사하다.

나는 레미엘의 팔을 휙 잡아당겼다. 급습에 그가 중심을 잃고 침대 위로 무너졌다. 나는 그 틈을 타 그의 품속으로 파고들었다.

"이렇게 안고 있으면 안 좁을 거 아냐. 응?"

그의 가슴팍에 딱 붙인 얼굴을 들고 눈꺼풀을 두 번 깜박였다. 애교와는 원래 거리가 멀었지만, 레미엘이 나를 귀엽다고 했으니 조금이라도 먹힐까 싶었다.

내게 밀착한 레미엘의 몸이 경직되는 것이 느껴졌다. 나는 그의 솔직한 반응이 좋아 속으로 흐뭇해하며 팔에 감긴 그의 허리를 매만졌다.

그러나 그것은 역효과를 불러왔다.

"이러지…… 마."

뭔가를 꾹꾹 눌러 담은 듯한 음성과 함께 나를 떼어 낸 레미엘이 벌떡 상체를 일으켰다. 명백한 거부 의사에 심중을 헤아리기도 전, 레미엘이 나를 홱 돌아보았다.

잔뜩 치켜 올라간 눈썹에 놀라 아무 말도 못 하고 있을 때, 그는 씨근 덕거리며 내게 경고조로 말했다.

"카야. 너 앞으로 여기에 함부로 눕거나 하지 마."

"으응……? 왜?"

레미엘은 화가 난 것 같았다. 늘 흰 얼굴이 새빨갛게 달아올라 있었다. 일자로 굳어진 입매가 확실히 평소의 다정다감한 그와 달랐다.

그럴 만한 이유를 찾기 위해 짧은 순간 머리를 굴렸으나, 암만 생각해도 그가 성이 날 일이 없었다. 나는 눈을 깜박이며 그의 눈치만 살폈다. 그는 그 원인 모를 화를 다스리려는 듯 허공에 대고 후, 한숨을 뱉었다.

"지금은…… 안 돼. 당장 책임질 수도 없고……."

"그게 무슨 소리야?"

침대에서 그냥 같이 잠들자는 건데, 뭘 책임지겠다는 건지…….

그러나 레미엘은 내게 자세한 설명을 제공하지 않았다.

"미성년자는 몰라도 돼."

설레설레 고개를 저은 레미엘은 내 팔을 붙들고 나를 침대에서 강제로 일으켰다.

"시간 많이 늦었다. 이제 자러 가."

"서품받았으니까 성년이나 마찬가지……!"

그는 내 말을 철저히 무시한 채 나를 짐짝 옮기듯 문으로 데려갔다. 그의 손길에 일방적으로 끌려가면서도, 나는 새로 알게 된 사실에 적잖이 놀랐다.

레미엘이 이렇게 힘이 셌었나?

가냘픈 체구 덕에 내심 나보다도 힘이 없을 거라 생각했던 것은 오산이었다. 작정하고 끌고 가는 데는 당해 낼 수가 없었다.

바닥에 발을 붙이고 버텨 보려 했지만, 도리어 질질 끌리는 소리만 날 뿐이었다. 마침내 레미엘은 나를 거의 패대기치듯 문턱 밖으로 밀어내는 데 성공했다.

"자, 돌아가."

대부분 온화하게 미소 짓거나 가련해만 보이던 레미엘의 얼굴이 전에 없이 강건해 보였다.

"레미엘!"

애타는 목소리로 그를 불렀지만, 무자비하게도 쌀쌀맞은 인사만 돌아왔다.

"잘 자."

그리고 내가 그 일방적인 축객에 제대로 분노를 터뜨리기도 전, 코앞에서 쾅 소리와 함께 문이 닫혔다.

"허……."

나는 황당한 심정으로 굳건히 닫힌 문을 노려보았다.

다른 누구도 아닌 레미엘이 날 쫓아내다니!

매번 그를 뿌리치고 가려는 나를 애타게 붙잡던 게 아직도 선한데, 이제 마음을 확인했다고 막 대하는 거야? 아쉬울 게 없어서?

어릴 적 마을 아주머니들한테 들었던 소리 중 하나가 문득 스쳐 지나갔다.

'사내들은 추격 본능이 있어서, 열렬하게 구애를 하다가도 서로 마음을 확인하고 나면 급격하게 식는단다. 이미 정복했다 싶은 거지. 그러고는 다른 이성을 찾아서 어슬렁……'

……아니겠지?

레미엘은 그렇고 그런 남자들이랑 다르니까. 그와 나는 특별한 사이잖아. 보통 사람들보다 더.

아니, 그런데 다를 건 또 뭐야? 생각해 보면 그렇게 달라야 할 이유도…….

뭐가 됐든 나는 그가 미웠다.

"나빠……."

그러면서도 그를 좋아하는 마음은 줄어들질 않으니, 더 짜증이 났다.

나는 입을 삐쭉대며 내 방으로 향했다.

⚜ ⚜ ⚜

성 바르톨로메오 축일의 아침이 밝았다.

나는 레미엘을 데리고 교황청이 아닌 관저 정원으로 향했다. 그곳에는 그를 위해 준비된 마차 한 대와, 우리와 마차를 같이 타고 갈 호위 기사들이 대기하고 있었다.

호위 기사들에게 인사하던 나는 아는 인물을 보고 놀랐다.

"안녕하세요, 일리프."

"오랜만입니다, 카야."

그의 말대로 정말 오랜만이었다. 보좌 사제가 되고 처음 보았다.

"성녀님의 호위 기사인 줄만 알았는데……."

"오늘은 교황 성하를 호위하러 왔습니다."

일리프가 웃으며 대답했다.

간만에 본 것이 반가워 그와 더 이야기를 나누고 싶다는 생각이 들었으나, 그럴 여건이 안 되었다. 나는 마주 웃는 것으로 대답을 대신했다.

마차는 계속 달렸다. 관저를 나와 추기경과 주교의 마차와 합류해 길을 따라 테베칸 시국의 광장으로 향했다. 이미 사람들이 많이 모인 듯 바깥이 시끌시끌하고 마차 안까지 후끈한 열기가 느껴졌다.

"역시, 바르톨로메오 축일다운 열기네요."

"바야흐로 모두의 신앙심이 범람하는 날이죠. 변절자도 돌아온다는 날 아닙니까."

가볍게 던진 말에 일리프가 미소와 함께 화답해 주었다.

마차가 광장 한가운데 있는 제단 뒤에 도착하자 본격적인 행사가 시작되었다. 레미엘을 제외한 전원이 나왔다. 호위 기사들이 가장 먼저 제단 뒤쪽에 설치된 돌계단을 통해 올라갔다. 추기경들과 주교들이 그 뒤를 따랐다.

가장 뒤에 서 있던 주교들이 제단으로 올라가 깃대를 설치한 다음, 예의 희고 거대한 천을 걸었다. 군중이 천 뒤의 그 무엇도 볼 수 없는 상태가 되고 나서야, 레미엘은 마차에서 나와 제단으로 올라갔다.

추기경이 교황이 나온다는 것을 알리자 군중이 박수와 함께 함성을 질렀다.

레미엘은 흰 베일 중앙 쪽에 익숙하게 자리를 잡고 섰다. 늘 해 왔을 행동이라 그런지, 무덤덤한 얼굴과 동작이 자연스러웠다.

그의 그림자가 비쳤는지, 함성이 더 짙어졌다. 나는 몇몇 추기경들과 주교를 따라 베일 바깥으로 나와 섰다.

"……이제 교황 성하를 영접할 시간입니다!"

추기경의 말에 군중은 더 크게 소리를 질렀다. 흡사 악을 쓰는 것처럼도 들렸다. 엄청난 환호에 나는 귀가 멀 것 같은 기분을 느꼈다.

금년, 교황청에서는 성 바르톨로메오 순교 300주년을 맞아 조금 특별한 행사를 열었다.

늘 멀찍이서 교황을 올려다봐야 했던 것과 달리, 교황청은 조금 더 가까운 접촉을 허용했다. 그들은 차례로 올라와 교황이 베일 뒤에 서 있는 제단 앞에서 경배를 하고 에시엣에게 축복을 빌어 달라고 부탁할 수 있었다.

군중은 열광했다. 비록 얼굴은 여전히 볼 수 없다 해도, 열 보도 채 되지 않는 거리에서 에시엣의 현신과 같은 교황에게 직접 말을 할 수 있음은 그들에게 영광이었다.

입이 떡 벌어질 만큼 긴 줄이 만들어졌다. 그들은 주교들의 안내에 따라 계단을 통해 차례로 올라와 레미엘과 가까운 거리에서 절을 하고, 기도를 올리고, 눈물과 찬미로 감동을 표현하다가 내려갔다.

"……."

행사 진행자의 일원으로 이 제단에 서 있던 나는 묘한 기분으로 군중을 둘러보았다.

그들은 2년 전 내가 교황 행차 때 보았던 모습과 크게 다르지 않았다. 교황에 대한 존경, 열광, 경외심, 기쁨. 흡사 광기와도 비슷한 신앙심.

당시 그들 사이에 섞여 교황의 베일을 올려다보기만 하던 내가, 이제는 제단 위에서 그들을 내려다보는 처지가 되어 있었다.

그때였다.

군중 속에 섞인 한 남자의 흔들리는 옷깃 사이에서 반짝이는 은빛의 무언가를 본 것은.

감상에 젖어 있던 눈이 남자에게로 집중되었다. 다음 순간, 천들이 다시 겹쳐지며 그것을 가렸다. 그러나 나는 그것이 칼날임을 확신했다.

원래는 남자가 가지고 있어야 할 물건이 아니었다.

당연하게도 제단 위로 올라올 때 교황이나 고위 성직자들을 해칠 수도 있는 흉기를 보유하는 건 금기 사항이었다. 따라서 몸수색을 하는 줄로 아는데, 다른 때도 아닌 바르톨로메오 축일이라는 게 문제였다.

워낙 사람의 수가 많이 몰리다 보니 누락되었을 가능성이 있었다.

나는 그를 계속 유심히 관찰했다. 금방 앞사람에게 가려진 그 때문에 얼굴을 인식하는 것은 불가능했다.

다만 내게는 그의 눈만이 보였다. 하얀 천을 뚫어지게 보고 있는 푸른 눈동자. 청량한 바다를 닮은 시원스러운 색이었으나, 어떠한 연유인지 그것은 힘을 잔뜩 머금은 채 베일 안 레미엘을 노려보고 있었다.

분기. 그것은 분기였다. 멀리서도 생생히 느껴지는 누군가를 향한 강한 증오였다. 그 끝이 레미엘에게 닿아 있다는 걸 확신하자마자, 숨이 턱 막히도록 가슴이 답답해졌다.

레미엘이 위험하다.

본능이 내게 그렇게 속삭였다.

저자는 레미엘의 목숨을 빼앗으려고 들이닥칠 거야. 제단 앞에서 무릎 꿇고 경배하는 척을 하다가, 곧 날카로운 것을 빼어 들고 본색을 드러낼 거야.

막아야 해.

나는 주변을 둘러보았다. 성직자들이건 성기사들이건 내게 주의를 기울이는 사람은 없었다. 모두 레미엘을 신경 쓰고 있을 뿐이었다.

나는 그들 모르게 슬쩍 제단 뒤를 돌아 나왔다. 돌계단을 통해 완전히 아래로 내려간 나는 개방된 계단 입구 쪽으로 향했다. 계단이 보이자마자 나는 남자의 위치부터 확인했다. 어느새 줄이 제법 줄어 그는 계단 쪽에 이미 가까워져 있었다. 잘못하면 제단에 오를세라, 나는 잽싸게 달려갔다.

"잠깐!"

나는 간발의 차이로 아슬아슬하게 남자를 막을 수 있었다. 내 바로 앞에는 한 여인이 서 있었다.

사람들의 시선이 내게 모이는 것이 느껴졌다. 나는 애써 그들을 무시하며 남자를 향해 또박또박 말했다.

"올라오실 수 없습니다."

"뭡니까?"

남자의 눈매가 찡그려지는 것이 보였다.

"몸에 날붙이를 지닌 채로는 교황 성하에게 경배를 드릴 수 없습니다."

"그게 무슨 소리입니까."

남자는 전혀 모른다는 어투로 시치미를 뗐지만 나는 물러서지 않았다. 이미 번쩍이는 것을 보고 온걸. 그것이 날이든, 당신의 눈이든.

"품 안에 감추고 있는 것을 보고 왔습니다. 잡아떼지 마십시오."

"허······."

어이없다는 듯 한숨을 흩뜨린 그가 앞에 있던 여자의 뒤에서 한 발짝 걸어 나왔다. 그러자 빛 아래 그의 생김새가 모두 드러났다. 크고 선명한 푸른 눈동자와 곧은 콧대, 고집스러운 입술이 뚜렷한 선을 그리는 얼굴.

······세드릭?

나는 한눈에 그를 알아보았다. 어찌 잊었겠는가. 항상 내 기억의, 회상의 일부분에 자리 잡고 있었던 이 존재를.

10여 년 전 누이를 잃고 고향을 떠났던 남자가 거의 변하지 않은 모습으로 내 눈앞에 서 있었다. 그나마 달라진 것이라면 조금 길어진 머리와 그을린 피부뿐. 그러나 분명 그는 세드릭이었다.

말도 안 돼. 그가 어째서 여기에······.

"세드릭?"

세드릭의 눈이 커지더니, 이내 고개를 모로 틀고 삐딱하게 나를 바라보았다.

"사제님은 대체 누구시길래, 제 이름을 들먹이며 무고한 절 가로막으시는지요."

"이러지 마, 세드릭."

나는 손가락으로 내 목을 가리키며 말했다. 목소리가 덜덜 떨려 나왔다.

"나야……. 나, 카야 맥노프."

"카야…… 맥노프라고?"

세드릭이 미간을 찌푸리며 반문했다. 나는 지푸라기라도 잡는 심정으로 그에게 호소했다.

"그래, 세드릭. 날 못 알아보겠어?"

내 말에 세드릭이 눈을 가늘게 뜨고 내 얼굴을 살폈다. 내게서 어린 카야 맥노프의 흔적을 찾아내려는 듯했다. 곧 그가 고개를 끄덕였다.

"그래. 그때에 비하면 상당히 자라긴 했지만, 맞군. 얼굴을 보니."

"맞아. 이게 어떻게 된 거냐면……."

나는 그를 진정시키고 싶었다. 그러나 세드릭의 표정은 나아지지 않았다. 도리어 더 험악해졌다. 그는 날 차갑게 쏘아보며 대뜸 욕설을 했다.

"더러운 년. 제 어머니는 마녀라는 누명을 쓰고 죽었는데, 저는 아예 교황청의 개가 되어 빌붙어 있는 꼴이라니."

"세드릭?"

"어머니를 죽인 자들 밑에서 누리는 권세가 그리 좋더냐?"

그의 눈은 내 사제복의 왼쪽 가슴에 고정되어 있었다. 에시엣의 상징인 다이아몬드가 수놓인.

그제야 나는 나의 처지를 자각했다. 오랜만에 고향 사람을 만났다는 생각에 미처 이 부분을 헤아리지 못했다. 그의 입장에서는 사제복을 입은 채 교황의 수행원 노릇을 하고 있는 날 충분히 오해할 만도 했다.

나는 재빠르게 손을 내저었다. 그가 레미엘에게 향하지 못하도록, 얼른 나에 대해 간단하게 설명해야 했다.

조금만 더 지체하면 성직자들과 호위 기사들이 내 부재를 눈치채고 이상하게 여길 것이다. 시간이 없었다.

"세드릭. 그게 아니라, 일단 내 말을 들······."

그러나 나는 말을 끝맺지 못했다. 별안간 내 배 속을 파고든 것 때문이었다.

"······으흑!"

언제 빼어 들었던 걸까. 얇고, 날카롭고, 차가운 금속은 마치 제 검집이라도 되는 양 미끄럽게 내 몸을 파고들었다.

날은 차갑지만, 맞닿은 살에서는 불길이 났다. 속이 뜨겁게 끓어오르며 미친 듯이 화끈거리기 시작했다. 태어나서 한 번도 겪어 본 적 없는 극심한 고통이었다.

세드릭은 단도를 뽑아내려는 듯 손아귀에 힘을 주었다.

그러나 들어갈 때와 달리 살이 칼날에 붙기라도 한 듯 끈덕지게 늘어졌다. 인상을 쓴 그가 짧은 신음성 같은 소리와 함께 칼날을 쑥 뽑았다.

"······."

다리가 힘을 잃었다. 몸이 저절로 무릎을 꿇었다. 배 부근이 축축하게 젖어 드는 것을 느꼈다.

"꺅! 꺄악······!"

"사제님이······!"

주변에 있던 여자들이 귀가 따갑도록 비명을 질렀다. 수많은 눈이 나와 세드릭에게로 쏠렸다. 동그랗게 군중이 모여 있었으나 세드릭은 상관없다는 듯 내게 다가와 머리채를 잡아 올렸다. 군중은 무기를 든 세드릭 때문에 내게 접근하지 못하고 있었다.

"세, 세드릭······. 나는······."

입을 떼 말을 하려고 했지만, 목구멍으로 울컥거리며 피가 차오르는 탓에 제대로 말을 할 수가 없었다.

세드릭은 괴로워하는 나를 보며 한껏 이죽거렸다.

"뭐가 자랑이라고, 알은척을 한단 말이냐? 어? 무슨 똑똑한 머리를 잘 썼는지는 몰라도, 교황 옆을 꿰차고 있는 걸 자랑이라도 하고 싶던 거냐?"

왈칵, 구역질과 함께 핏물이 입안 가득 고였다. 비린내가 비강을 가득 메웠다. 강렬한 금속 향이 입과 코를 지배하니 덥고 답답했다.

입술이 신선한 공기를 찾아 절로 열렸다. 그 사이로 해방된 피가 주르륵 입가를 타고 흘러내리는 것이 느껴졌다.

머리채를 옭아매는 힘이 더 강해졌다. 그가 단검을 높이 치켜들었다. 핏물이 밴 칼날 끝이 뾰족하게 빛났다.

"너라도, 그냥 이 자리에서 죽어."

세드릭은 증오 가득한 눈으로 날 노려보며 씹어뱉듯 말했다.

"……."

"저 더러운 교황 놈에게 빌붙어, 내 계획까지 방해할 바에는 그냥…… 큭!"

그러나 그는 내게 더 이상 검을 찔러 넣지 못했다.

내게 독기 어린 말을 쏟던 입술이 무력하게 벌어졌다. 그 사이로 튀어나온 혀가 뻣뻣하게 펴졌다. 증오로 불타던 세드릭의 두 눈이 박제한 짐승처럼 굳었다. 모든 것이 멈추었다.

목에 단검이 꽂힌 세드릭은 더 이상 아무것도 하지 않았다. 아니, 할 수 없었다.

"끄…… 흑……."

그의 입에서는 사람의 것 같지 않은, 꼭 짐승의 포효와도 같은 신음이 새어 나왔다.

"아아아악!"

"이게 무슨······!"

주변에서 아까보다 짙어진 비명이 들려왔다. 심약한 자들의 아우성이었다. 이들은 익숙하지 않을 것이다. 눈앞에서 피가 튀고 흐르고, 팔딱대던 생것의 목숨이 불과 몇 초 만에 사선에 놓인 것을 눈으로 보고도 납득하지 못할 것이다.

나는 수백 개의 굵은 바늘이 동시에 살을 파고드는 것 같은 격통에도 검날이 박힌 목울대 아래로 피가 질질 흐르는 세드릭을 멍하니 응시했다.

울고 있구나. 세드릭은 서럽게 울고 있었다.

누이의 몸을 태웠던 불길이 아직도 그의 영혼에서 타고 있었던 것이다. 그것이 괴로워 세드릭은 우는 것이었다.

그러나 그의 얼굴은 젖지 못했다. 더 이상 눈물이 나오지 않을 것이기 때문이다.

나는 너와 같은 고통을 공유한 자. 네가 왜 그러는지 안다. 나는 신전에 정식으로 들어간 이후, 더 이상 어미를 떠올리며 울지 않았다. 타고 남은 한이 검게 응어리진 속은 더 이상의 수분을 내놓을 수 없을 만큼 바싹 말라 버리기 때문이었다. 세드릭도 꼭 그러했다.

하여 다른 곳이 대신 울었다. 이미 불모지가 되어 버린 눈물샘을 대신하여 목에서 피눈물이 범람했다. 짙게, 끈적하게, 뜨겁게. 생명이 꺼져 가는 흰 살갗 위를 타고 내렸다.

세드릭의 몸이 뒤로 넘어갔다. 굳게 서 있던 두 다리가 종잇장처럼 가벼이 비틀거리며 무너졌다. 양팔은 사람이 아닌 허수아비처럼 흐느적댔다. 그렇게 그는 땅으로 추락했다.

"······."

그 모습을 넋 놓고 보고 있던 차, 뒤에서 급히 달려온 누군가가 날 품에 안아 들었다.

"카야, 카야!"

겨우 땅을 딛고 버티던 몸이 가로로 뉘어지고, 위로 붕 솟았다. 나는 뻣뻣한 눈꺼풀을 들어 나를 든 자의 얼굴을 보았다.

"⋯⋯일리프."

세드릭의 목에 단검을 날려 내 생명을 구한 이는. 동시에 세드릭의 원한을 지하 세계로 영영 처박아 버린 이는.

일리프의 단정한 얼굴이 시야 가득 들어왔다.

나는 울컥울컥 계속해서 피가 솟는 입가를 소매로 닦으며 더듬더듬 말했다.

"이, 일리프가 어, 어떻게⋯⋯."

"이탈하시는 것을 보고 염려가 되어 따라왔었습니다. 젠장! 그런데 벌써 당했을 줄은!"

"괜⋯⋯찮아요⋯⋯."

나는 그가 안도하도록 미소를 지어 주려고 했지만, 내 생각대로 잘되지 않았다.

"우선, 갑시다."

일리프가 발걸음을 옮겼다. 나는 세드릭을 흘끗댔다. 그는 더 이상 움직이지 않았다. 쓰러진 몸 아래로는 피가 웅덩이가 되어 고여 있었다.

"그는⋯⋯ 죽었나요?"

"예. 더 이상 위협이 되지 못합니다. 대체 왜 안전거리를 벗어나 그런 자에게 접촉하고 계셨던 겁니까!"

"그가⋯⋯ 윽, 교황 성하를⋯⋯ 해하려 했어요."

손에 반짝이는 날붙이를 든 채, 내가 10여 년간 해 왔던 눈빛을 한 채, 독사처럼 웅크리고 있었어요. 방심했다가는 나의 레미엘이 물려 죽을 것 같았어요.

"그래서, 저지하고자······."

"그것은 우리 성기사의 역할입니다! 그런 일을 어째서 무장도 하지 않은 카야가······!"

나도 압니다, 일리프. 레미엘 주변에는 그대처럼 훌륭한 성기사들이 굳건히 서서 그를 지키고 있지요. 다른 추기경들과 주교들의 존재도 그에 대한 접근을 제한하고요.

그러나 한을 품은 자들의 광기는 상식을 깹니다. 전에 없던 괴력과 기개를 자아내죠. 왜냐하면 두려울 게 없거든요. 무자비한 기사들의 칼날에 목이 날아가도, 사지가 찢겨도, 기둥에 붙들려 불에 구워져도 괜찮거든요.

한때 그것을 각오했기에 나는 알고 있답니다.

나는요. 혹시 그가 말도 안 되게 성기사들의 검을 피해 천을 뚫고 들어올까 무서웠어요. 그를 허용했다가는 자칫 레미엘에게 가까이 접근할 수도 있다는 것. 성기사들만 믿고 지켜봐야 하는 것. 내가 할 수 있는 것이 없다는 게 너무 무서웠어요.

세드릭은 나와 달라요. 이렇게 신전으로 들어오는 것 외에는 방법이 없던 나와는 다릅니다. 그는 벌써 그때 검술로 촉망받는 인재였어요. 누이가 그렇게 죽지 않았다면 그는 기사가 되었을지도 모릅니다.

어쩌면, 성기사가 되어서 그대와 같이 에시엣을 위해 싸웠을지도 모르죠.

"어찌 그리 무모한 일을······!"

한참 열을 올리던 일리프가 길게 한숨을 내쉬었다.

"후······. 흥분해서 죄송합니다."

"……."

"우선 아무 말도 하지 마십시오, 카야. 무사히 데려다드릴 테니……."

일리프는 입술을 깨물면서도 나를 다독였다. 묘하게 안심이 되었다. 나는 그의 손길에 기꺼이 기댔다.

시야가 흐려졌다. 눈에 맺혀 있던 상이 사라졌다. 세드릭이 사라졌다.

언젠가 그와 재회하기를 꿈꿨으나, 그게 이런 식으로 이뤄질 줄은 몰랐다.

'난 내일 여기를 떠날 거야.'

일곱 살 적의 풍경이 떠올랐다. 죽은 누이의 시신 앞에 주먹을 쥐고 서 있던, 당시엔 아직 소년이었던 세드릭의 음성이 생생히 재현되었다.

이제야 알겠다. 네가 그리 훌쩍 떠났던 이유.

너는 복수를 하러 떠났던 것이었구나. 네 누이의 억울함을 풀려고, 대가를 치를 대상을 찾아 몸부림치며 긴 시간을 버렸구나.

아아, 미안해 세드릭. 나는 너의 한을 풀어 주지 못했다. 너는 쉬이 눈을 감지 못하겠구나. 나처럼 10년 넘는 세월을 진창에서 굴렀을 너는, 죽음마저 끝끝내 비참하고 말았구나.

그러나 너의 분노는 잘못된 방향으로 향했기에, 나는 너를 말릴 수밖에 없었다. 다만 그것을 모두 말해 주기에는 우리에게 주어진 상황이, 시간이 여의치 않았던 까닭이다.

어쩜 운명이 이리 얄궂을까.

비슷했던 우리는 달라졌다. 쌍둥이 같던 살심과 복수심이 엇갈렸다.

아직도 잃을 게 없었을 너와 달리 나는 두려움이 생겼다. 잃으면 안 될 게 생겼어.

네가 죽음을 각오하고서라도 파괴하고 싶었던 이가, 동시에 내가 생명을 바쳐서라도 지키고 싶었던 이였으니.

눈꺼풀이 점차 무거워졌다. 조금만 자고 일어나야지. 조금만…….

나는 그대로 눈을 감았다.

✦ ✦ ✦

레미엘은 사무실 창밖의 정경을 확인했다. 햇빛은 아직 쨍쨍하고 그림자는 짧았다. 하루해가 넘어가려면 아직도 반나절이나 남았다.

그것이 그를 절망하게 했다. 레미엘은 신경질적으로 머리를 쓸어 넘겼다. 늘 길다고 여겼던 하루지만 요 며칠 새는 더 길었다. 그는 한숨을 내쉬며 며칠째 속을 가득 채운 이름을 겨우 내뱉었다.

"카야…….."

다친 카야는 깨어났을까. 아니면 아직도 정신을 잃은 상태일까.

'지금까지 안 깨어난 거면 위험할 텐데.'

이미 성 바르톨로메오 축일로부터 3일이 지났다.

사건이 벌어지고 있을 때 그는 천막 뒤에서 그저 모든 것을 소리에 의존할 수밖에 없었다. 사라진 카야와, 희미하게 들리는 고함 소리와 비명 소리들로 그녀에게 큰일이 벌어지고 있다는 것만 알았다.

당장 뛰어나가서 카야가 무사한지 확인하고 싶은 마음은 굴뚝같았지만, 그를 감시하는 눈초리는 한둘이 아니었다. 입술을 깨무는 것조차 몰래 해야 하는 처지였다. 그는 그저 모든 것을 인내하며 기다려야 했다.

마침내 한 성기사의 품에 안겨 돌아온 카야의 몸이 피투성이가 된 것을 알았을 때, 그때의 절망감이란. 아직도 그때를 떠올리면 가슴이 선득했다.

피를 많이 흘린 카야는 별도의 마차를 타고 신전으로 바로 이송되어 갔으며, 축일 행차는 그 즉시 종료되었다. 보좌 사제가 죽을 뻔하고, 그녀를 해친 교황 암살 미수범이 즉결 처분을 당한 상황에서 아무도 축일을 즐길 수 없었다. 행복과 찬사가 넘치던 광장은 피비린내로 가득 차게 되었다.

호위를 받으며 신전에 돌아온 후, 레미엘은 이제껏 좌불안석의 시간을 보냈다.

카야가 병실 침대에 누워 사경을 헤매고 있는데, 그는 아무것도 할수 없었다. 모습을 드러낼 수 없으니, 의료국에 입원해 있는 카야에게 갈 수 없었다. 카야가 돌아올 때까지 이곳에 갇힌 채로, 꼼짝없이 그녀를 기다리며 살아야만 하는 것이다.

'잘못되진 않았겠지.'

배를 다쳤다고 했으니까. 축 늘어진 카야를 안은 채 돌아온 그 성기사는 새파래진 얼굴로도 치명상은 아니라는 말을 고했다.

그래도 눈으로 직접 확인하지 못하는 이상 걱정이 되는 것은 어쩔 수가 없었다. 그는 초조한 마음을 조금이라도 달래기 위해 애꿏은 손가락만 질끈 씹었다.

똑똑.

한참을 카야 생각에 안절부절못하던 레미엘에게 노크 소리가 들려왔다.

"네. 말씀하세요."

"교황 성하. 접니다. 자비에르 주교."

레미엘은 잠시 뜸을 들였다가 대답했다.

"들어오세요."

이내 소리 없이 문이 열리고, 자비에르 주교가 눈치를 보며 살금살금 사무실 안으로 들어왔다.

"비상 안건입니다."

"비상이요? 무슨 내용이길래……."

자비에르 주교는 고개를 떨구고 기어들어 가는 목소리로 대답했다.

"직접…… 확인하십시오. 리스텐 추기경께서 특히 잘 결정해 달라고 신신당부하셨습니다."

"……."

"그럼 저는…… 물러나겠습니다."

그는 평소보다 더 신중하고 소리 없는 발걸음으로 금세 사라졌다. 레미엘은 빽빽하게 글자가 차 있는 양피지를 집어 들었다.

"……."

서류 내용을 확인한 레미엘의 얼굴이 굳었다.

"파문……."

붉은 입술 사이로 한숨이 흘러나왔다. 사안은 베르시카의 황태자 에드워드 카렌 헤이터즈의 파문 건이었다. 얼마 전 윈체스터가(家)의 막내 아들에 이어 다시.

놀라거나 황당한 심정은 아니었다. 전해 들은 것으로 에드워드의 행보는 이미 알고 있었다. 궁정 주교를 제 손으로 선발하고, 성녀의 권한을 빼앗았다는 것. 루에르 교단이 베르시카의 내정에 간섭하지 말라는 확실한 메시지였다.

그러나 레미엘은 에드워드가 별 소용이 없는 싸움을 하고 있다는 것을 알았다.

제 딴에는 단호하게 내린 결단일 것이나, 천 년을 넘게 쌓아 올렸던 신의 권위를 그렇게 말 몇 마디로 쉽게 무너뜨릴 수는 없었다. 비록 괜찮은 혼인 동맹을 맺었다고 해도 교단을 이길 수는 없었다.

루에르의 세는 절대적이었다. 겔시스 황제의 조카인 페리우스 반 윈체스터조차 망설임 없이 파문하고 그에게 독배를 내린 이들이었다. 그 아비이자 제국의 황자였던 라이오스 윈체스터 대공은, 새파란 아들을 생으로 잃고도 시신 인도에 허가를 내린 신전에 감사의 인사까지 올려야 했다.

그야말로 계란으로 바위를 치겠다고 덤벼드는 꼴. 에드워드는 제가 죽을 줄 모르고 화염에 몸을 던지는 부나방이었다.

그러나 날개를 펼칠 생각조차 하지 않았던 자신은, 그를 조소할 자격이 되는가?

물론 에드워드에게는 그럴 만한 점도 있었다. 지배자의 아들로서 살아오며 쌓인 오만함과 자유분방한 성정, 그리고 세속 군주들을 끌어들일 만한 영향력이 그를 능히 그 거대한 루에르의 세에 반항토록 했을 것이다.

그러나 블라디미르는 황후의 오라비이자 황제조차 함부로 대하지 못하는 인물이었다. 에드워드도 바보가 아닌 이상 그건 알 터. 그런 존재에게 맞선다는 것은 어찌 되었던 용기가 필요한 결단이었다.

레미엘은 자신의 지난날들을 회고했다.

그는 에드워드와 달랐다. 그는 자신을 교육시키는 추기경들과 주교들에 철저히 순응하도록 키워졌다. 그들이 내리는 징벌이 무서웠기 때문이다. 그들은 자신이 말을 듣지 않을 때마다 때리고, 굶기고, 가두었다. 단순한 방법이었지만 일곱 살짜리 레미엘에게는 효과가 있었다.

열 살에 교황에 즉위한 후로도 그는 그들을 늘 따랐다. 그들이 짠 일정에 따라 움직였으며 아무것도 모르고 사인하라는 서류에 사인을 했다. 가끔은 복잡하고 어려운 '파문 문구'를 써야 했다. 철자를 틀리면 매질이 가해졌기 때문에 레미엘은 철자를 정확히 익히는 데 공을 들였다.

어느 날 레미엘은 자신이 사인한 어떤 서류는 교황의 사무실을 나가자마자 불이 되어 수많은 사람을 태워 죽인다는 것을 알게 되었다.

그 뒤로 그는 '마녀사냥' 서류에 사인을 하지 않겠다고 버티기 시작했다. 추기경 셋과 주교 둘이 보좌 사제에게 사태를 전해 듣고는 부리나케 달려왔다.

그들은 우선 말로 회유했다. 레미엘은 가만히 고개만 저었다. 몇 번의 구슬림이 수포로 돌아가자 응징이 가해졌다. 그들은 그간 레미엘을 길들인 방법으로 다시 그를 통제하려 했다.

그러나 이번에는 달랐다. 욕설도, 매질도, 굶김도 협박도 소용이 없었다. 소년은 처음으로 핏기 없는 얼굴로 자신에게 가해지는 모든 것들을 그저 버티고 또 버텼다. 여린 외모와 달리 추기경들도 놀랄 만큼의 강단을 보였다.

그러자 블라디미르는 다른 수를 썼다. 그는 약 예닐곱 살쯤 되어 보이는 어린 이교의 노예 소녀를 발가벗긴 채로 관저에 들였다. 채찍을 든 주교 한 명과 같이.

그는 레미엘이 교황청의 업무에 협조하지 않는 죄의 원인이 이교의 일원인 소녀에게 있다는 궤변을 마치고, 주교를 시켜 그녀에게 채찍질을 하게 했다.

레미엘은 체벌을 받으며 회초리는 본 적 있었지만 채찍을 보는 건 난생처음이었다. 그것으로 사람이 맞는 모습 또한 처음이었다.

채찍은 피부에 붉은 줄이 가늘게 남는 회초리와 달랐다. 피부에 닿는 순간 살이 벌어지며 핏방울이 흘러내렸다. 살점이 떨어져 나간 흔적에 레미엘은 경악해서 입을 크게 벌렸다.

매질은 쉬지 않고 계속되었다. 바닥에 뒹구는 소녀의 몸은 채찍이 내려쳐질 때마다 도마 위 생선처럼 퍼드덕댔다. 뭍에 내놓은 생선이 펄떡댐은 숨을 쉬지 못해 죽어 가는 증거이다. 그러다가 저 소녀의 생명도 그와 같이 꺼질까 하는 두려움이 왈칵 솟아났다.

레미엘은 그들을 말리기 시작했다. 물리력은 한참 달리니, 말로써 그들을 막아야 했다.

'그만, 그만하십시오!'

'……'

'그러다가 죽겠습니다. 아직 어린아이지 않습니까!'

그러나 아무것도 바뀌지 않았다. 채찍질은 계속되고, 블라디미르의 턱은 여전히 굳게 다물려 있었다. 레미엘은 이 상황에서 철저히 배제되어 있었다. 자신이 이 상황에 개입할 수 있는 방법은 오로지 하나뿐이었다. 다른 길은 없었다.

그걸 깨달은 순간, 레미엘은 머릿속에 있는 끈 같은 것이 툭 끊어지는 듯한 느낌을 받았다. 더 이상 참을 수가 없어졌다. 그는 입을 벌리고 크게 소리 질렀다.

'제발 그만! 그 빌어먹을 서명, 하면 되지 않습니까!'

레미엘은 손을 마구 내저으며 입에서 나오는 대로 마구 뇌까렸다.

당장 승낙의 말을 내뱉지 않으면 소녀가 죽어 버릴 것 같았다. 파르르 떨던 몸을 멈춘 채, 두 번 다시는 일어나지 않을 것 같았다. 그건 두

려웠다. 싫었다. 자신 때문에 한 생명이 눈앞에서 꺼져 가는 것을 볼 수
없었다.

'하겠습니다! 사인도 하고, 파문도 하고. 전부 하겠습니다!'
'……'
'뭐든지! 그대들이 원하는 대로! 그리하겠습니다! 그러니, 제발!
저 아이를 그만 매질하십시오!'

레미엘은 목청이 찢어져라 고래고래 소리를 질렀다. 레미엘이 보이
지 않는다는 듯 무시한 채 상황을 관전하던 블라디미르의 눈이 레미엘
을 향했다. 가늘게 찢어진 눈매 속 눈동자가 시퍼런 안광을 뿜었다.
뱀 같다. 저자는 늘 뱀 같아.
레미엘은 소름이 끼쳤지만 그 눈빛을 모두 참아 냈다. 그래야만 저자
와 그나마 협상이라는 것도 할 수 있었다. 일방적으로 기는 건 똑같지
만, 그는 최대한 굴종의 태도를 덜 보이려고 노력했다.

'맹세하십니까?'

한겨울 밤에 은을 가져다 막대로 두드려도 저렇게 차가운 소리는 나
지 않으리라. 레미엘은 천천히 고개를 끄덕였다.

'예. 그리하겠다고 맹세합니다.'
'좋습니다. 눈빛에서 진정성이 나오는군요. 넘어가 드리겠습니
다.'

그제야 블라디미르는 채찍질을 멈출 것을 명했다. 매질하던 주교가 물러섰다. 레미엘은 소녀를 살폈다.

소녀의 상태는 심각했다. 이미 바닥에는 그녀의 몸에서 나온 핏방울이 고여 있었고, 머리카락조차 핏물에 젖어 있었다. 피가 배어 나오고 있는 온몸은 살이 전부 붉게 부어올라, 원래 살결이 붉은 것이 아닐까 하는 생각이 들 정도였다.

레미엘은 소녀에게 다가가 그녀의 몸을 끌어안았다. 소녀는 쉽게 딸려 왔다. 반항은 없었다. 그저 미약한 숨을 쌕쌕 내쉬며 얌전히 그의 품에 기대고 있을 뿐이었다. 그 참혹한 광경에 레미엘은 가슴이 미어지는 것을 느끼며 그녀의 귓가에 대고 속삭였다.

'미안해…….'

'…….'

'더 빨리 얘기하지 못하고, 이렇게 오래 매를 맞게 해서…….'

소녀는 대답이 없었다. 애초에 어떤 의사 표현도 할 수 있는 상태가 아니었다.

그 모습을 감흥 없이 내려다보던 블라디미르는 곧 레미엘의 주치의를 불러 소녀를 데려가 치료하라고 지시했다. 소녀는 레미엘의 품에서 주교의 품으로 옮겨졌다.

그 뒤로 그는 소녀를 다시 볼 수 없었다. 그저 추기경이 목적을 달성했으니 죽지 않으리라는 것만 추론할 수 있을 뿐이었다.

그러나 레미엘은 자신이 그 소녀를 살렸다고 생각하지 않았다. 감히, 생명을 구했다고 생각할 수 없었다. 그는 더 이상 사리 분별을 못 하는 어린애가 아니었고, 자신이 어떤 마음으로 결정을 내렸는지도 알았다.

소녀를 죽게 하지 않은 것은 순전히 자신의 이기심이었다. 소녀는 한 명이고, 서류에 사인하면 수백 명 혹은 수천 명까지도 죽음을 맞았다.

어느 것이 더 심각하고 끔찍한지는 뻔했으나, 그는 그저 눈앞에서 사람이 죽는 것이 싫었다. 종이 뒤에 숨은 죽음들은 어쨌거나 눈에 보이지 않으니. 외면하고자 하면 외면할 수는 있기에. 레미엘은 자신을 그리 달랬다.

블라디미르는 그 뒤로도 자신이 고분고분하지 않을 기미를 보이면 귓가에 대고 속삭였다.

'반항하는 게냐, 레미엘?'

그때마다 레미엘의 눈앞에는 피로 점철된 소녀가 나타났다. 고통에 바들바들 떨며, 더 노여움을 살까 신음마저 마음껏 흘리지 못하던 그 가여운 어린 육체가 아무렇게나 흐트러져 있었다. 그것은 그가 영영 지우지 못할 광경이었다.

결국 그들이 원하는 대로 굴복한 후, 그녀의 작은 몸을 끌어안았을 때 느껴지던 살갗의, 피의, 살아 있는 인간의 더운 숨결이 주는 감촉이 깊숙이 각인되었다.

그것이 늘 생생하게 그를 짓눌러서, 그래서 늘 납작 엎드려 순종했거늘. 그래서 자신은 어찌 되었던가.

그들의 압제가 무서워 웅크려 살았던 세월의 대가는, 결국 죽음으로 돌아오지 않았는가. 그 자리에서 차라리 소녀를 끌어안고 대신 죽는 것이 나을 수도 있었다. 그때 죽나, 지금 죽나. 수많은 죽음에 일조하고 결국에는 쓰임이 다해 솥에 삶아지는 사냥개가 바로 자신이었다.

레미엘은 정말 신이 있다면 자신이야말로 지옥에 떨어질 것이라고

327

생각했다.

"베르시카의 에드워드여."

레미엘은 마치 에드워드를 눈앞에서 대하고 있기라도 한 듯 친근하게 말을 붙였다. 그리고 입가에 미소까지 띠었다.

"그대는 용감한 자이군요."

그 블라디미르 리스텐에 맞설 각오를 하다니요. 이제껏 누구도 하지 않은 시도입니다. 기개만큼은 정말 백번 칭찬함이 부족하지 않습니다.

"그러나……."

용감함이 반드시 승리를 가져다주지는 않지요. 에드워드, 내게는 그대의 미래가 보입니다. 그대는 질 겁니다. 이 대륙은 아직 인간이 아닌 에시엣이 지배하는 땅입니다. 아니, 실체가 없는 에시엣을 대신해 나선 성직자들이 꽉 잡고 있는 세계이죠.

이 안에서 여러 해를 살아온 나는 알고 있습니다. 이들의 세는 정말 막강합니다. 현재로서는, 대륙의 지배자들이 전부 뭉쳐도 힘들다 할 것입니다. 그대는 그대가 나름대로 세속에서 몸집을 제법 불렸을 거라고 믿을 것이나, 내게는 모두 소용없는 몸짓으로 보입니다.

허나.

"비웃지는 않겠습니다."

당신이 패배하여 눈물 젖은 얼굴로 굴복한다고 해도. 처절하게 무너지고 부서진 채 시골 촌부보다 못한 모습을 보인다고 하여도. 모든 추기경들이 당신을 조롱하고 경멸한다 해도. 나만은 그대를 어리석다고 조롱하지 않겠습니다.

나는 그 어리석음마저 없어, 모든 폐단을 그저 눈감고 세월 속에 흘려보냈으니.

레미엘은 잉크병에 충분히 적신 깃펜을 비스듬히 세웠다. 그는 늘 해 왔던 사인 대신 서류 맨 아래에 문장 하나를 써넣었다.

「I officially announce that Edward of Bershka is perfectly excommunicated.」
베르시카의 에드워드가 공식적으로 파문되었음을 선언합니다.

밑에 한 문장을 더 추가했다.

「With the name of the Essiat.」
에시엣의 이름으로.

본래 교황청의 모든 행위는 교황의 '승인'을 통해 이루어졌다. 각종 잡다한 정책에서 예산안, 심지어 종교 재판의 사형 선고까지도 동의를 하면 그 즉시 집행이 가능했다.

그러나 파문만큼은 교황의 고유 권한이었다. 추기경 블라디미르가 공의회를 거쳐 제출한 것은 형식상 파문서가 아니라 '파문 탄원서'였다. 모든 추기경들이 동의를 했으나, 그럼에도 그것은 아무런 효력이 없었다. 그저 '요청'에 불과했다.

파문은 어디까지나 교황이 공식적으로 '파문'을 선언하는 그 순간부터 발효가 된다. 페리우스 반 윈체스터도 레미엘이 직접 작성한 문장에 의해 신의 아들 자격을 박탈당했다.

그것은 파문이 죽음보다 무겁기 때문이었다. 죽음은 단순히 세속에서의 연결 고리를 끊는 것. 하지만 파문은 한 존재를 신의 품에서 완전히 몰아내는 것. 죽고 나서도 안식을 얻지 못하며, 신의 노여움을 산 대가로 영생을 불지옥에서 보내게 될 것이다.

그러므로 파문이란 신에게서 직접 계시를 받고 그를 영접하는 교황만이 행할 수 있는 막강한 권리였다. 그것이 교황청에서 모든 지배자들과, 성직자들 그리고 민중들에게 예외 없이 가르치는 내용이었다.

세상에 통용되는 교리를 헤아려 보던 레미엘은 문득 웃음을 터뜨렸다.

"결국 눈속임이지 뭐."

사인을 하나, 탄원서랍시고 내민 것에 문장을 써 주나, 차이가 뭐란 말인가. 어차피 힘을 가진 자의 뜻대로 되는 것을.

조금 후면 자비에르 주교가 올 것이다. 레미엘은 그가 다른 일거리를 가져오지 않기를 바랐다. 여느 때보다 수만 배 무거운 문장을 썼으니, 오늘은 더 이상 펜을 들고 싶지 않았다.

레미엘은 잉크가 채 마르지 않은 서류를 책상 한구석에 올려 두고 손깍지를 껴 뒤통수에 붙였다. 겨울로 넘어가는 계절, 여전히 햇빛만은 제법 뜨끈한 온도로 창문을 뚫고 와 그의 볼을 찔렀다.

"……"

조금 뒤에 자비에르 주교가 긴장이 역력한 기색으로 들어왔다. 레미엘은 그저 고개를 까딱해 보였을 뿐이었다.

사안이 사안이라 그런지, 자비에르 주교는 평소 그답지 않게 서류를 쥔 손을 벌벌 떨며 나갔다.

그가 교황의 사무실에서 발을 뗌과 동시에 서류가 힘을 얻어, 한 시간도 지나지 않아 에드워드 카렌 헤이터즈가 에시엣의 품에서 내쳐졌음이 테베칸 시국 전체에 공표되었다.

10. 오해와 절망

똑똑.

밖에서 현관문을 두드리는 소리가 났다. 나는 가지고 놀던 인형을 내려놓았다.

"엄마, 손님 왔어!"

나는 주방에서 저녁 준비를 하느라 정신이 없는 엄마를 향해 소리를 질렀다.

"네가 좀 열어 줘!"

"흐음······."

사실 귀찮아서 그냥 가만히 있고 싶은 마음이 컸다. 그러나 엄마가 바쁘니 어쩔 수 없었다. 나는 어기적어기적 걸어서 현관으로 갔다.

"안녕, 카야?"

열린 문 앞에는 몇 달 만에 보는 세드릭이 있었다. 나는 반가움에 귀찮아하던 것도 잊고 그를 크게 불렀다.

"어, 세드릭이다!"

"오랜만이다. 잘 지냈어?"

"세드릭이라고?"

엄마도 세드릭이 반가웠는지 주방에서 나왔다.

"드디어 아카데미가 방학을 했나 보구나."

"네. 어제 집에 도착했어요."

세드릭은 주머니에서 뭔가를 꺼내 엄마에게 내밀었다. 엄마가 고개를 갸웃하며 그것을 받아 들었다. 나는 깡충깡충 뛰며 엄마의 손바닥에 있는 물건의 정체를 파악하기 위해 애썼다.

"이거, 수도에서 사 온 거예요. 아주머니랑 잘 어울릴 것 같더라고요."

세드릭이 준 것은 짙은 파란색의 큐빅이 여러 개 박혀 있는 머리핀이었다. 물방울 모양으로 크고 작게 배열된 것이 별 안목이 없는 내 눈에도 예뻤다.

"어머나, 사려 깊기도 하지!"

"평소에 장신구를 하지 않으시던데, 어울릴 것 같다는 생각이 들어서요."

엄마는 몹시 감동받은 표정이었다. 내 생각에도 예쁜 엄마가 핀을 꽂으면 잘 어울릴 것 같았다. 엄마는 세드릭이 건넨 머리핀을 소중하게 앞치마 주머니에 넣었다.

"마침 식사 준비하고 있었는데. 저녁 먹고 갈래, 세드릭?"

"음…… 그건 좀 곤란할 것 같아요."

"그래?"

엄마는 단칼에 거절하는 세드릭에게 서운한 내색을 했다. 세드릭은 부드럽게 웃었다.

"오늘 형이랑 시내에 나가서 식사를 하기로 했거든요. 다음에 꼭 식사 같이해요."

"그렇구나. 졸업까지는 얼마나 남았니?"

"이제 1년 남았어요."

올해 열여덟 살인 세드릭은 수도의 아카데미에 다니고 있었다. 시골 출신임에도 검술이 유독 뛰어났던 그는 평민 신분에 형편이 넉넉지 않음에도 꾸준한 노력으로 장학생 위치를 유지해 왔다고 했다.

"그럼 이제 내년이면 강한 기사님이 되는 거야?"

"저절로 기사가 되는 건 아니고, 견습 시험에 붙어야 해."

"세드릭이면 되겠지! 쭉쭉 올라가 버려! 아, 성기사를 하는 건 어때?"

나는 주먹을 불끈 쥐고 외쳤다. 새하얀 제복에 검을 찬 채 늠름하게 서 있는 성기사는 언제나 나의 우상이었다. 가끔 축일 같은 때 우리를 축복해 주러 사제들과 그들을 보필하는 성기사들이 시골까지 오곤 했었다.

그때마다 나는 훤칠하고 늠름한 성기사들의 자태에 반해 그들을 좇았다. 세드릭이 그들처럼 하얀 제복을 입고 검을 휘둘러도 잘 어울릴 것 같았다. 세드릭은 어깨를 으쓱해 보였다.

"성기사? 글쎄. 내 실력으로 성기사까지 될 수 있을까, 과연."

"세드릭 정도면 충분할 거야. 우리 마을에서 검을 제일 잘 쓴다고 했잖아!"

세드릭은 내 찬사가 싫지 않은지 쿡쿡 웃었다.

"그래. 고맙다, 카야. 성기사가 되든 안 되든 나는 좋은 기사가 될 거야. 그거 하나는 확실하게 약속할 수 있어."

꿈을 가진 사람의 눈은 영롱하고, 얼굴은 밝게 빛난다. 내 주먹에 제 주먹을 맞대어 주며 다짐하는 세드릭의 얼굴은 누구보다도 아름다웠다. 나는 덩달아 그를 따라 행복해진 기분이 들었다.

갑자기 장면이 바뀌었다.

아까와 달리 분위기가 어두웠다. 하늘은 우중충하고, 주변의 공기가 음산했다.

눈앞의 광경은 내가 이해할 수 없는 것투성이였다.

잿빛으로 변한 장작더미가 위태롭게 쌓여 있고, 공기에는 탄내가 진동했다. 사람들은 어딘가 묘하게 얼이 빠진 듯한 얼굴로 돌아다니고 있었다.

주변에는 사제들과 성기사들이 여기저기 흩어져 있었다. 나는 그들이 꼭 죽음을 거두러 온 사신 같다고 생각했다. 그렇게 동경하던 성기사들이 근사하게 보이지 않았다.

언제…… 언제였지. 헤아리던 나는 문득 깨달았다. 이것은 세드릭의 누이 엘리제가 죽은 날의 풍경이었다.

누군가가 내 어깨에 손을 얹었다. 돌아보니 세드릭이 굳은 얼굴을 한 채 서 있었다. 그의 얼굴은 몹시 지치고 피로해 보였다.

"난 여기를 떠날 거야."

그가 한 자 한 자 진득하게 눌러 뱉었다.

"언제 갈 거야?"

"내일 갈……."

대답하던 세드릭의 얼굴이 갑자기 사납게 일그러졌다. 서늘하게 눈매를 좁힌 그가 별안간 나를 찢어 죽일 듯 노려보았다. 푸른 눈동자 주변으로 번진 핏발에 소름이 돋았다.

"세드릭?"

"더러운 년. 네 어미를 죽인 자들 밑에서 권세를 얻으니 행복하더냐?"

세드릭은 대뜸 내게 욕설을 내뱉었다. 나는 영문을 몰라 그의 이름만 하염없이 불렀다.

"세드릭……."

세드릭은 품에 손을 넣었다. 그리고 망설임 없이 속에 든 것을 꺼내

들었다.

"세드릭……."

그가 꺼낸 것은 아까처럼 머리핀 따위가 아니었다. 날카로운 날을 지닌 단도. 어디서 비추는지 모를 햇빛에 반사되어 날이 뾰족하게 빛났다.

"세드릭. 왜……."

갑작스러운 그의 변화가 두려웠던 나는 뒷걸음질을 쳤다. 세드릭이 왜 나를 해치려 하는지 알 수 없었지만, 그가 나를 진심으로 죽일 것이라는 의지만큼은 확실하게 느껴졌다.

피하자. 본능이 그리 말했다. 나는 뒤로 더 발걸음을 옮겼다.

"어딜 가, 이 루에르의 종아. 응?"

"악!"

그가 한달음에 내게 들이닥쳐 머리를 잡아챘다. 머리채가 통째로 뽑혀 나가는 아픔에 나는 비명을 질렀다. 그가 내게로 바싹 얼굴을 들이밀고 속삭였다. 지옥에서 온 것 같은 목소리가 내 위로 마구 쏟아졌다.

"순교를 해야지, 어? 주인 곁으로 가야지. 네가 그렇게 사랑하는 신의 품으로 가서 예쁨을 받으라고."

"세드릭! 제발 이러지 마……!"

세드릭은 내 애원을 무시한 채 단도를 내 목에 바싹 가져다 댔다. 나는 본능적인 두려움에 몸부림을 쳤지만 그의 손아귀에서 벗어날 수 없었다. 이렇게 죽는 건가. 나는 눈을 감았다.

"큭…… 끄윽….'"

그러나 응당 느껴져야 할 고통 대신 푹 하고 찌르는 소리와 함께 남자의 신음 소리만 들렸다. 머리채를 옭아매던 힘이 사라졌다. 나는 눈을 떴다. 세드릭의 손에는 단검이 더 이상 들려 있지 않았다. 그 대신, 그의 가슴을 뚫고 나온 긴 검날이 보였다. 누군가가 장검으로 세드릭을 뒤에서 찌른 것이다.

남자는 살집이 잔뜩 오른 거대한 체구와 뱀처럼 가느다란 눈을 하고 있었다. 누굴까. 그는 피처럼 새빨간 옷을 입고 있었다.

그는 세드릭의 등에서 검을 빼냈다. 세드릭의 몸이 종잇장처럼 앞으로 힘없이 쓰러졌다. 그는 내게 시선도 주지 않은 채, 움직이지 않는 세드릭의 시신에다가 침을 퉤, 하고 뱉었다.

"버러지 같은 놈. 에시엣을 모독하다니."

"……."

"감히 신에게 불복종하고, 교단에 반항한 죄는 죽어 마땅하지. 평생 지옥 불에서 타게 될 거야."

죽어 마땅하다고?

목구멍에서 뜨거운 것이 울컥 올라왔다. 나는 이해하지 못했다. 한 번도 떠올려 본 적 없는 질문이 차올랐다.

신이란, 이토록 잔인한 존재란 말인가? 자신의 의지에 반하면 목숨을 빼앗고, 영원토록 고통을 주는 그런 존재였던가?

대체 그가 누구길래?

우리에게 무한한 사랑을 베푼다던, 얼마든지 자비를 기도해도 좋다고 허락해 주던 그 신은 누구길래 이리도 잔혹하게 군단 말인가?

"내가 신이야."

……어?

"그들이 그럴듯하게 만들고, 빚어낸 신."

낯선 이의 목소리가 들림과 동시에 세드릭과 남자가 눈앞에서 연기처럼 사라졌다. 마을의 정경도 마치 안개처럼 하얗게 덮이며 점차 흐려지기 시작했다.

나는 그 음성이 들린 쪽으로 몸을 틀었다. 안개로 덮인 주변이 온통 새하얗다. 그중에 보인 것은 딱 하나였다, 금발에 금안, 여자아이처럼 작고 여린 얼굴을 가진 한 소년이 나를 향해 걸어오고 있었다.

누구지?

그는 날 아는 것처럼 이야기하는데, 나는 그가 기억이 나지 않는다. 정확히는 날 것 같기도 하고, 아닐 것 같기도……

하얀 성의. 그 어떤 사제에게서도 본 적 없는 형태였다. 가슴팍에 수놓인 다이아몬드. 대체……

"……레미엘."

별안간 입에서 누군가의 이름이 토해져 나옴과 동시에, 거짓말처럼 모든 기억이 생생해졌다.

내 사랑 레미엘.

교황청에 갇혀 있는 작은 새. 탐욕스러운 손길에 짓눌려 살아온 어린 생명. 아름답고 연약하고, 가여운 나의 작은 신.

그가 나를 향해 걸어왔다. 그와의 거리가 순식간에 좁혀졌다. 나는 반가움에 두 팔을 활짝 벌렸다.

"레미엘. 날 보러 왔……"

"……"

"어……?"

그러나 레미엘은 그대로 내 옆을 스쳐 지나가 버렸다. 가슴이 선득해졌다. 나는 나지막이 그를 불렀다.

"레미엘?"

그는 들리지 않는 양 계속 앞만 보고 걸어갔다. 나는 어찌할 바를 모르고 그를 무작정 따라갔다. 한 치 앞도 보이지 않는 부연 시야 속에, 그는 일자로 된 길을 따라 걷고 있었다.

"레미엘! 나야! 카야!"

레미엘은 돌아보지 않았다. 오로지 걷는 데만 신경을 기울이는 사람 같았다. 선택지가 없었다. 나는 그를 무작정 따라갔다.

얼마나 걸었을까. 사방을 덮고 있던 안개가 걷히며 시야가 말끔히 갰다. 나는 레미엘 앞에 놓인 광경을 보고 경악에 입을 벌렸다.

"레미엘?"

그가 향하는 곳은 막다른 절벽이었다. 절벽 너머로, 폭포수가 흘러내리는 계곡이 보였다. 보기만 해도 아찔했으나, 그는 발걸음을 멈추지 않았다.

"레미엘! 더 가면 안 돼! 멈춰!"

있는 힘껏 소리를 질렀다. 그가 빙그르르, 내 쪽으로 돌아섰다. 올라간 눈초리가 매서웠다. 내가 아는 그가 아닌 것 같았다. 그를 부르는 목소리가 절로 힘을 잃었다.

"레미엘……."

"따라오지 마."

레미엘은 한 번도 본 적 없는 싸늘한 태도로 나를 적대했다. 나는 그가 다시 몸을 돌릴까 두려워졌다.

"레미엘, 대체 뭐 하려는 거야? 저기 아래는 절벽이야!"

"따라오지 말라는 소리 안 들려?"

레미엘이 낮게 으르렁댔다. 그가 그대로 떨어질까 봐 나는 속을 태우며 애원했다.

"레미엘, 제발!"

"오지 말라고!"

레미엘은 여전히 완고하게 나를 거부했다. 나는 그가 날 밀어낸다는 속상함보다, 그가 잘못될지 모른다는 초조함에 피가 마를 것 같았다.

"아, 알았어. 알았으니까 제발!"

발걸음을 떼지 말라는 말은 채 하지 못했다. 별안간 날아든 거대한 독수리가 양발로 레미엘의 어깨를 붙잡았기 때문이다.

집채만 한 독수리는 레미엘의 어깨를 단단히 쥔 그대로, 날개를 푸드 덕댔다. 레미엘의 가벼운 몸은 아무 저항 없이 떠올랐다.

"레미엘!"

그를 낚아챈 독수리는 하늘로 힘차게 날아올랐다. 레미엘은 독수리를 물리치려는 시도도 하지 않았다. 마치 인형처럼 눈을 멀거니 뜬 채, 그렇게 끌려갔다.

"아…… 안 돼!"

"……."

"레미엘! 레미엘!"

나는 목이 터져라 소리를 지르며 팔을 위로 높이 뻗었다. 그러나 레미엘을 태운 독수리는 더 높이 올라갈 뿐, 내려올 생각을 하지 않았다. 레미엘의 모습이 점차 점으로 희미해져 갔다.

다리에 힘이 풀렸다. 버틸 힘을 잃은 몸이 뒤로 무너졌다. 나는 땅에 주저앉은 채 손톱으로 땅을 긁으며 울부짖었다.

"안 돼! 그를 데려가지……."

"……야! 카야! 정신이 드십니까?"

허공에 팔을 허우적대던 내 옆에서 누군가의 목소리가 들려왔다. 골짜기를 마구 울리던 레미엘과 내 목소리와는 다르게 고요하고 깨끗한 음성이었다. 나는 화들짝 놀라며 옆을 돌아보았다.

"일……리프?"

계곡도, 레미엘도, 독수리도 모두 사라졌다. 내 앞에는 오직 걱정스러운 얼굴을 한 일리프가 앉아 있었다.

"여기는 어디……."

"의료국입니다."

일리프의 말에 나는 주변을 둘러보았다. 온통 새하얀 것들, 침대, 이불과 여기저기 놓인 의료 용구들. 병실이었다.

"담당 사제는 잠깐 자리를 비웠습니다. 제가 카야를 돌보고 있었습니다."

다른 곳으로 떠나 있었던 정신이 돌아왔다.

나는 성 바르톨로메오 축일에 레미엘을 수행하러 갔다가, 누군가 그를 암살하려는 것을 보고 제단 아래로 뛰어 내려갔다. 그리고 세드릭과 마주했지.

그러다 세드릭은 죽었다. 나는 일리프로 인해 살았고.

환영 속 세드릭과 죽기 직전 목에서 피를 흘리며 휘청거리던 세드릭의 모습이 동시에 겹쳐졌다. 휘몰아치는 괴로움에 나는 입술을 깨물었다.

"정말 다행입니다. 며칠간 깨어나지를 못하길래, 잘못되는 줄로만 알았습니다."

일리프가 내 손을 잡으며 길게 한숨을 내쉬었다.

"심장을 찔린 것도 아니고……. 배를 다쳤을 뿐인걸요."

나는 그에게 괜찮다는 의미로 손을 휘휘 내저었다. 그리고 자연스럽게 침대 헤드에다가 등을 기댔다.

"……윽!"

그러나 나는 1초도 되지 않아 도로 용수철처럼 튀어 올랐다. 배를 후벼 파는 듯한 고통이 느껴졌다.

"카야!"

일리프가 즉시 내 어깨를 잡아 나를 자신의 품에 기대게 했다. 나는 그에게 몸을 맡긴 채 겨우 잘게 호흡했다. 그는 내 어깨를 쥔 그대로 내 몸을 천천히 젖혀 침대 헤드에 무사히 기대도록 해 주었다.

"무리하지 마십시오. 의료국 사제가 저에게 부탁했습니다. 깨어나면 절대 안정을 취하게 해 달라고."

"……."

나는 내 몸을 내려 보았다. 평소 입던 사제복 대신 하얀 무명천 옷이 입혀져 있었다. 그 위로 손을 대 쓰다듬자 배 쪽에서 까끌까끌한 감촉이 느껴졌다. 붕대였다.

"그런데…… 대체 얼마나 여기 있었던 거예요, 일리프?"

문득 내 옆에 있는 일리프가 걱정되었다. 눈을 뜨자마자 그가 보일 정도라면, 그는 얼마나 내 옆에 오래 머물렀던 걸까.

"바쁘지 않아요? 할 일도 많을 텐데 제가 언제 깨어날 줄 알고 이리 하염없이……."

"그건 걱정 마십시오."

일리프가 손을 내저으며 내게 웃어 보였다.

"계속해서 여기에만 있지는 않았습니다. 병동에 들르면서도 기사단 장으로서 해야 할 근무나 일과는 다 완수를 해 왔으니까요."

"……."

"그래도 시간 날 때마다 들르지 않고는 안심이 되질 않더군요. 혹 제가 없는 사이에 카야가 잘못되지 않을까 싶었습니다."

잔소리를 할 뻔한 입이 살며시 다물어졌다. 이렇게까지 말하는 사람에게 어떻게 더 뭐라 할 수가 있겠는가. 나는 작게 미소를 지어 보였다.

"여하튼…… 정말 고마워요, 일리프. 목숨도 빚지고, 간호도 받고……."

"별것 아닙니다."

"그렇게 말하지 말아요. 대단한 것 맞으니까. 이런 건 생색 좀 내도 돼요."

톡 쏘아붙이듯 한 말에도 일리프는 그저 사람 좋은 웃음으로 넘겼다.

그러더니, 내게로 눈을 반짝 빛냈다.

"정 그렇게 고마우시면, 제게 선물 하나 해 주시겠습니까?"

"선물요……?"

다소 뜬금없는 요구에 나는 고개를 갸웃했다. 일리프의 성정이라면 준다고 해도 그런 건 됐다고 칼같이 거절할 것 같았는데, 갖고 싶은 물건이 있던 걸까.

"뭐, 제가 들어드릴 수 있는 한에서는 당연히 해 드리겠습니다. 목숨을 구해 주신걸요."

대답과 동시에 고민이 되기 시작했다. 성기사님은 대체 뭘 좋아하실까. 검? 갑옷? 하지만 나는 그런 걸 고르려고 해도 보는 눈이 없는데.

"뭘 가지고 싶……."

그가 받고 싶을 만한 물건을 헤아려 보느라고, 나는 그가 내 얼굴 가까이 다가오는 것을 알아차리지 못했다.

"……."

입술 앞에서 타인의 숨결이 느껴지나 싶더니, 이내 덮이며 사라졌다. 일리프의 손이 내 목을 살며시 감쌀 때에도 나는 그의 행동을 현실로 받아들일 수 없었다.

"……."

이게…… 이게 지금 뭐지?

왜 그가 내게 입을 맞추는지 헤아릴 수 없었다. 그 사실 자체를 깨닫는 데도 시간이 들었다. 일리프가 도로 입술을 떼고 물러서기까지는 채 몇 초가 지나지 않았지만, 내 혼을 빼 놓기에는 충분했다.

이걸…… 이걸 대체 어떻게 생각해야 하는가. 나는 흐트러진 정신을 수습하지 못하고 혼란의 도가니에 빠졌다.

"일리프. 나……는."

"말하지 않으셔도 됩니다."

일리프가 빙긋 웃었다. 저 올라가는 입 끝이 방금 내게 닿은 거……구나. 나는 멍해졌다.

"아직 카야의 마음이 제게 오지 않은 것은 압니다. 바보는 아니니까요. 함부로 재단하고 착각하는 버릇도 없습니다."

"아……."

무슨 말이라도 해야 할 것 같았지만, 정말 아무런 말도 할 수 없었다. 일리프의 말은 계속 이어졌다.

"다만, 이제는 그렇게 만들고 싶어졌습니다. 그래서 카야가 고마움을 표현하는 틈을 노렸습니다. 우선 제 마음을 적극적으로 표현하기로 했습니다. 그렇지 않으면 카야는 늘 그렇게 가만히 있을 것 같더군요."

그가 내게 관심이 있는 건 알고 있었다. 저번에 돌려서 표현한 적도 있었고, 유독 날 볼 때마다 반가워하는 것도 알고 있었다.

예전엔 그저 가벼운 농 같은 관심이라고 생각했다. 잠시 안 보면 금세 사라져 버릴 정도의 조그마한 호감.

그러나 이렇게 갑자기 적극적으로 다가오니, 나로서는 혼란이 찾아올 수밖에 없었다. 하지만 그 장본인은 뻔뻔하게도 당황한 내 앞에서 아무렇지 않게 말만 잘했다.

"그러니 싫다 하지만 마십시오. 그 나머지는 제가 다 알아서 할 테니까요."

이건 반칙이었다. 이런 행동을 해 놓고 신경 쓰지 말라고 하면 어떻게 안 쓴단 말인가. 나는 고의성이 다분한 말을 던져 놓고 태연한 척 빙그레 웃는 일리프가 얄밉다고 생각했다.

그리고 문득 떠오른 것은 레미엘의 얼굴이었다.

'일리프가 이러면, 레미엘은 어떡하지…….'

물론 레미엘은 일리프와 내가 그저 오며 가며 얼굴을 익힌 사이로만 알고 있고, 이런 상황은 짐작하지도 알지도 못할 것이다. 그래도 만에 하나 알게 되면 화를 낼지도…….

'화를 낼까?'

레미엘과는 어울리지 않는 단어에 나는 잠시 고개를 갸웃했다. 물론 한번 레미엘의 침대에 누웠다가 까칠한 태도와 함께 문전박대를 당한 적은 있지만, 정말 진지하게 분노를 표현한 적은 없었다. 그에게도 그런 면모가 있을지…….

"무슨 생각을 그리하십니까?"

레미엘을 떠올리고 있던 차, 일리프가 불쑥 치고 들어왔다. 나는 다른 생각을 하고 있었다는 것을 들키지 않기 위해 부러 천연덕스럽게 대답했다.

"일리프 루테반 경께서 그간 이런 방법으로 얼마나 많은 여성들의 마음에 불을 놓으셨을까, 하는 생각?"

"유감스럽게도, 여태껏 그런 적은 단 한 번도 없었습니다."

일리프는 꽤 신뢰감 있는 투로 말했지만, 그의 용모로 인해 그 말은 설득력을 잃었다.

"거짓말하지 말아요."

"진심입니다. 카야에게 거짓말을 해서 뭐 하겠습니까?"

댁 나한테 잘 보이고 싶다며……. 그럼 그런 부분에서는 당연히 거짓말하는 거 아니겠어?

나는 목구멍까지 차오른 말을 도로 집어넣었다. 일리프는 아무 대답 없는 날 보며 쿡 하고 웃음을 터뜨렸다.

"질투입니까?"

"예……. 예에?"

생각지도 못한 말에 나는 멍청하게 반문했다.

"농담입니다. 아닌 것 알아요. 다만, 그랬다면 꽤 기분이 좋았을 것 같습니다."

"……."

일리프의 눈은 한껏 휘어져 있었다. 날 놀리는 것이 몹시 즐거운 모양인지.

그는 예측 불허의 남자였다. 잠잠해지나 싶더니 또 머리 아프게 하는 한마디를 던진다. 분명 겉으로는 이 남자가 내게 매달리며 구애를 하는 것 같은데, 정작 그의 얼굴은 너무도 멀쩡했다. 혼란스러워하는 건 나였다.

그렇다고 레미엘의 비밀을 모르는 그에게, 그와 내가 연인이라는 사실을 속 시원하게 밝힐 수도 없었다.

어떻게 그를 대해야 할지 고민하고 있던 차.

"아, 어느덧 교대 시간이 다 되었군요."

괘종시계로 시선을 던진 일리프가 자리에서 일어났다.

보통내기가 아니었다. 실컷 심란할 말을 툭툭 던져 놓고, 상대방이 고민하고 있을 때쯤 붙들 수 없는 핑계로 사라져 버리는 저 기술까지. 이런 식으로 대화가 중간에 끊기면 상대방은 뭔가가 해소되지 않은 찜찜한 기분을 느끼게 된다.

그렇다고 따지러 다짜고짜 찾아갈 수도 없으니, 다시 만날 때까지 속에 찌꺼기 같은 것을 간직한 채 곱씹을 수밖에 없는 것이다.

"업무 끝내고 다시 오든지 하겠습니다. 그동안 잘 쉬고 계시길."

경례를 붙여 보인 그가 미련 없이 휙 돌아서 사라졌다. 언제나처럼 곧은 그의 등을 보며 나는 한숨만 내쉬었다.

저번처럼 한 방 먹은 기분, 아니 몇 방은 더 먹은 기분이었다.

어떻게 소식을 들었는지 몰라도, 내가 정신을 차린 다음 날 친구들이 한꺼번에 병실에 들이닥쳤다.

"괜찮아, 카야?"

한 달이 훌쩍 넘어 오랜만에 보는 아이들이었다. 반가운 얼굴들을 향해 미소를 지었다.

"오랜만이네."

"그간 연락도 없고 찾아오지도 않고."

알리사가 입술을 삐죽댔다.

"미안, 적응하느라 정신이 없어서……."

나는 그녀의 손을 끌어다 내 손바닥으로 덮었다.

"그럼 잘 지낼 것이지, 이렇게 배가 뚫려서 오니?"

옆에 서 있던 안드레이가 퉁명스럽게 끼어들었다. 눈썹은 치켜 올라간 데다 몹시 까칠했지만 나는 개의치 않았다. 표현은 그렇게 해도 내가 걱정되어서 달려왔다는 걸 알아서 그게 섭섭하다거나 하지는 않았다.

"교황청 생활은 괜찮았어?"

"음…… 그럭저럭."

"교황 성하는 어떤 분이셔?"

질문을 한 건 엘피스였다. 내 눈치를 보는 듯하면서도 물음은 물리지 않는 것이, 내가 어찌 살고 있는지 내심 궁금했던 모양이다.

"자상하고, 사려가 깊으셔."

"진짜? 되게 냉정하실 줄 알았는데."

"그 피의 교황 성하께서 자상하시다니……. 생각지도 못했다."

다들 놀란 반응이었다. 그들에게 레미엘은 존엄하지만 다소 두렵고 권위적인 교황 성하일 뿐일 것이다. 그동안 교단에서 공식적으로 행한 마녀사냥과 이교도 탄압 같은 정책들은 모두 카프리치오 7세의 이름으로 행해졌기 때문이다.

그들의 인식은 내가 레미엘을 알기 전 막연하게 생각해 온 것과 다르지 않았다. 다만 경멸과 증오를 담았던 나와 다르게 루에르에 충실하도록 자라 두려울지라도 교황에 대한 존경과 경외심을 동시에 담고 있었다.

"워낙 용서가 없고 단호하시다 소문이 나서……."

"종교 지도자로서 대외적으로는 강경하시지. 하지만 한 인간으로선 좋은 분이셔."

나는 거기까지만 말하고 입을 다물어 버렸다.

내가 그 이상 말하지 못하는 처지를 이해해 주는 아이들도 더 자세한 것은 묻지 않았다.

"그런데 카야, 얼굴이 많이 여윈 것 같아."

"다쳐서 누워 있느라 그렇겠지."

안드레이가 심드렁하게 대꾸했다.

"아냐. 그걸 감안해도 반쪽이 되었잖아."

알리사는 내게로 안쓰러운 눈을 해 보였다.

"교황청 생활이 많이 힘든 거야?"

나는 상세한 대답 대신 그저 배시시 웃어 보였다. 말해 줄 수가 없으니, 안부 같은 질문에도 답을 할 수 없었다.

"음…… 무슨 일이 있었는지 물어보면 안 되겠지."

금세 포기한 알리사는 미소와 함께 내게 상냥하게 속삭였다.

"그래도 혹시 도움이 필요하거나 하면 얘기해. 우리가 할 수 있는 선에서는 도와줄게."

"정말 고마워."

"진짜야. 우리는 어느 상황이든 항상 네 편이야."

그녀가 힘주어 말했다.

다른 아이들도 말은 하지 않았지만, 묵묵히 고개를 끄덕여 알리사와 뜻을 같이함을 표했다.

나는 가슴 어딘가가 뭉클해지는 것을 느끼며 내 손안에 잡힌 그녀의 손을 꽉 맞잡았다.

지금은 말해 줄 수가 없다.

언젠가는 모든 것을 너희들에게 털어놓을 수 있을 만한 날이 올 것이다.

그때가 되면, 모두 말해 줄게. 그리고 나와 함께할 수 있는지를 물을 것이다.

내가 뜻을 펼칠 수 있는 날이 오면.

⚜ ⚜ ⚜

테베칸 시국에서 자신에 대한 파문이 선언된 것을 처음 알았을 때, 에드워드는 그리 놀라지 않았다.

"그 정도는 예상했다."

소식을 가져온 시종이 덜덜 떨면서 고한 것이 무색할 정도로 그의 어투는 덤덤했다.

주변 사람들이 모두 뒤집어질 듯 경악한 상황에서도 에드워드는 그저 태연하기만 했다. 그는 평소와 다를 바 없는 속도로 테이블에 와인 잔을 내려놓으며 맞은편 태자비에게 살갑게 말을 붙였다.

"부인, 하시던 얘기가 뭐였었죠? 잠시 흐름이 끊겨서 잊었습니다."

그러나 대화 내용을 잊어버린 건 그뿐만이 아니었다.

"저, 전하. 저는……."

남편의 파문 소식을 듣고 심한 충격에 휩싸인 태자비는 제대로 대답조차 하지 못한 채 턱을 덜덜 떨었다. 에드워드는 시종을 향해 호통을 쳤다.

"무어가 그리 급한 일이라고 식사를 방해하면서까지 들이닥쳤단 말이냐. 덕분에 비께서 저녁을 제대로 드시질 못하고 있지 않나."

"전하……!"

"이 일에 대해서는 추후 처리를 할 터이니 물러가거라."

에드워드는 귀찮다는 듯이 손을 휘휘 내저었다. 시종은 매우 염려스러운 기색으로 떼지지 않는 발걸음을 억지로 옮겼다.

그러나 태자비는 시종이 물러나고 나서도 제대로 식사를 하지 못했다. 결국 접시 위의 음식을 반이나 남긴 그녀는 식당 문턱에서 에드워드의 옷깃을 붙잡으며 불안한 어투로 그를 불렀다.

"전하……."

"걱정 마세요, 부인."

에드워드는 파르라니 떠는 태자비의 입술에 짧게 입을 맞춘 후 그녀의 어깨를 토닥였다.

"잘 대처하겠습니다. 그러니 그대는 그저 잘 드시고 푹 쉬는 데만 신경을 쓰십시오, 내 사랑."

에드워드의 달램에도 태자비의 안색은 나아지지 않았다. 얼굴을 돌리고 살며시 깨문 입술 사이로 한숨이 가늘게 새어 나왔다.

그의 가장 충실한 심복이자 친우인 에피스 공작도 에드워드의 파문을 전해 듣고는 뒤집어질 듯 놀랐다.

그는 근무 시간이 훨씬 지난 밤 11시에 에드워드를 보겠다고 무작정 찾아와 황태자의 침방 문을 마구 두들겨 댔다. 처음에는 내일 찾아오라는 말을 전하게 한 에드워드는, 에피스 공작이 물러날 기세를 보이지 않자 결국 눈을 비비적대며 잠옷 차림으로 나와서 푸념을 늘어놓았다.

"자네는 정말 심하게 무례하군. 오밤중에 신혼부부의 침실에 찾아와 멋대로 노크……."

"지금 그게 문제입니까!"

에피스 공작은 멱살이라도 잡아챌 기세로 에드워드에게 바싹 고개를 들이밀고 으르렁댔다.

"파문이라뇨, 전하! 파문이라뇨! 이 대륙 전체를 적으로 돌릴 생각이십니까?"

"동맹국들과 함께 힘을 합치면 루에르도 함부로 나를 찍어 누르지는 못할 것이라고 생각한다."

태연한 에드워드의 대처에 에피스 공작의 속은 타들어 갔다. 그는 가슴을 쾅쾅 치고 싶은 것을 참으며 버럭 소리를 질렀다.

"함부로 찍어 누르지 못하는 데 파문을 시킨답니까?"

"괜찮다. 이 정도는 이미 예상한 일이니. 나 또한 그들을 상대하지 않을……."

"이건 그저 전하께서 상대를 안 하신다고 될 일이 아닙니다!"

에피스의 잇새로 가르랑거리는 듯한 목소리가 흘러나왔다.

"루에르를 적으로 돌리면 다른 자들도 전하를 외면할 것입니다. 보십시오. 앞으로 그들이 어떻게 나오는지."

에피스 공작이 우려했던 일은 두 주도 되지 않아서 일어났다.

"전하. 전하께서 우방이라고 하셨던 그 왕국들이 동맹을 파기하겠다고 선언했습니다."

에피스 공작은 침울하기 짝이 없는 얼굴로 에드워드 앞으로 온 서신들을 던지듯 집무실 책상에 흩뜨려 놓았다.

그뿐만이 아니었다.

"그리고 겔시스 제국에서 베르시카와의 무역 관계를 재고하겠다고 나섰습니다."

"뭣이?"

에드워드는 벌떡 일어섰다.

겔시스는 베르시카의 주요 교역국이었다. 베르시카의 수출품이 5할 이상이 겔시스로 간다고 해도 무리가 아니었다.

작은 동맹국과의 관계는 기껏 한 노력이 수포로 돌아갔다는 점에서 뼈 아픈 손실 정도에 그쳤지만, 겔시스와의 관계 단절은 국가적 위기였다.

"허……."

말을 마친 에피스 공작은 고개를 떨구고 입술을 깨물며 침음을 삼켰다. 예상되는 행태였다고 해서 뾰족한 수를 마련해 둔 건 아니었다. 총 명하다고 소문이 자자한 젊은 재상도 한꺼번에 닥친 위기 앞에서는 어찌 대처해야 하는지 몰랐다.

에드워드는 그대로 털썩 주저앉았다.

"하하하하……."

허탈한 웃음이 배어 나왔다.

그대들은 그리도 루에르가 두려웠단 말인가. 신의 이름을 내세워 저들 멋대로 세속 위에서 권력과 재물을 쥐고 흔드는 이들에게 맞설 생각을 어찌 한번 해 보지도 않고.

젊은 황태자는 몰랐다. 혈기와 자신감이 그의 눈을 가렸다.

신을 두려워하는 자들, 아니 테베칸 교황청의 눈치를 보는 이들은 많았다.

세속 군주들은 단신으로 교황청에 맞서고 나선 에드워드에게 힘을 실어 주기보다는 그에게서 슬슬 발을 빼고 물러나는 편을 택했다. 특히 나이 들어 보수적인 군주들일수록 그런 경향은 더 심했다.

"후우……."

에드워드는 교황청과 싸우는 것이 쉽지 않다는 걸 피부로 느꼈다. 생각했던 것보다 더 지독하고 지난한 싸움이었다.

그러나 정작 결정적인 위기는 3주가 더 지나고 나서 들이닥쳤다.

고작 두 달 전 태자비를 시집보냈던 그녀의 아버지가 베르시카에 이혼 요청서를 보낸 것이다. 일국의 공주를 파문당한 사내의 반려 자리에 둘 수 없다는 것이었다.

"허……."

그것을 가장 먼저 전해 받은 황제는 어이없는 한숨을 내쉬었다. 올라간 손이 비스듬히 이마를 짚었다. 혈기 어린 아들놈 때문에 베르시카가 망하게 생겼다. 기껏 체결했던 동맹은 끊기고, 교역도 위태로우며 이제는 이혼이라는 불명예까지 떠안게 생겼다.

이 가관도 아닌 꼴을 몇 주간 두고 보던 황제의 인내심은 드디어 극에 달했다.

"당장…… 기사들을 시켜 에드워드를 잡아 오거라."

불러오거라가 아니라, '잡아' 오거라였다.

잔뜩 분을 억누른 목소리에 시종들은 황제의 눈치를 보며 슬금슬금 물러났다. 그 어느 때보다도 지체하지 말아야 할 시점이었다.

명령이 떨어진 때로부터 30분도 지나지 않아 기사들의 손에 붙들려 온 에드워드는 황제의 알현실로 들어오자마자 날아오는 술잔을 피해야 했다.

이마를 겨냥하고 날아온 잔은 예리한 반사 신경으로 고개를 튼 에드워드의 관자놀이를 아슬아슬하게 스쳐 지나갔다.

에드워드 뒤로 추락한 잔이 챙챙거리며 대리석 바닥을 굴렀다. 에드워드는 잠자코 무릎을 꿇었다. 아들을 노려보며 식식대던 황제의 입에서는 사자후가 터져 나왔다.

"네가 지금 제정신이냐!"

이런 반응을 예상하고 왔음에도 에드워드는 살짝 몸을 떨었다. 자신이 뭘 하든 지지하고 늘 기대를 보내 주었던 아버지답지 않은 진노였다.

"대체 어쩌려고 무모하게 그런 짓을 해서 파문을 당하느냐, 응?"

"……."

"네가 치기에 한 짓이 이런 식으로 베르시카에 해악을 끼치고 있다. 이제 어쩌려느냐? 응?"

"부황 폐하."

아버지의 분노를 받아 내고만 있던 에드워드가 별안간 고개를 번쩍 들었다. 그의 주홍빛 눈은 황제를 똑바로 응시했다.

"파문을 복구하겠습니다."

"교황이 직접 선언한 것을 네가 어찌 되돌린단 말이냐."

"용서를 빌겠습니다. 선처를 구할 것입니다."

황제는 에드워드의 말에 어처구니가 없어졌다. 그는 에드워드에게 마구 삿대질을 하며 소리를 질렀다.

"파문당한 몸으로는 신전에 들어갈 수 없지 않느냐! 그것도 교황청 안으로는 더더욱!"

"물론 건물 안으로는 못 들어가지요."

"……."

"허나 입구까지는 갈 수 있습니다."

황제는 조용히 에드워드를 노려보았다. 에드워드는 그 앞에 머리를 조아리며 공손히 아뢰었다.

"믿어 주십시오, 폐하. 반드시 되돌리고 오겠습니다."

그 오후, 황태자 에드워드의 마차가 테베칸 시국을 향해 떠났다.

† ⚜ †

테베칸 시국의 존재 이유이자, 대륙의 심장과도 같은 기능을 하는 루에르 신전.

그 중심 역할을 하는 교황청에서 때아닌 장관이 펼쳐졌다.

눈이 소복이 쌓인 자리에 한 사내가 무릎을 꿇고 있었다. 혹한의 날씨에도 외투 하나 없이 상복과도 같은 검은 무명옷만을 걸친 채, 눈 안에 묻혀 있는 발에는 놀랍게도 양말조차 신겨져 있지 않았다.

차가움도 모르고 추위도 모르는 양, 무릎 위에 각각 말아 쥔 주먹에서는 미동도 없었다.

지나가던 사제들이 그를 힐끔거렸지만, 그는 그들 모두가 보이지 않는다는 듯 그저 시선을 비스듬히 내린 채 돌처럼 앉은 자세를 유지했다.

그는 베르시카의 왕위 계승자인 에드워드 카렌 헤이터즈였다. 이 놀라운 사실은 곧 신전의 화젯거리가 되었다.

신전 사제 모두가 베르시카 황태자의 얼굴을 아는 것은 아니었다. 그러나 소문은 발보다 빠른 법.

일전에 그를 황궁에서 본 바 있던 베르시카의 고위 귀족 출신 성직자들로 인해, 몇 시간 지나지 않아 거의 모든 이가 파문당한 황태자가 교황에게 용서를 빌러 온 것을 알게 되었다.

고귀한 황태자가 맨발로 무릎을 꿇고 있는 것은 퍽 이목을 끌 만한 광경이라, 오후가 되자 평소에 교황청에 올 일이 없는 사제들조차 그를 구경하러 왔다 갔다 했다.

에드워드는 그러건 말건 앞에 펼쳐진 눈만 종일 내려다보았다.

하루가 지났다.

전날 아침에 보냈던 전령으로 인해 분명 보고를 받았을 것임에도, 교황청에서는 아무런 응답이 없었다.

에드워드는 여전히 꼼짝하지 않았다. 그는 눈을 쳐다보고 있는 것이 자신의 일인 양 잠도 자지 않은 몸으로 무릎 꿇은 자세를 유지했다.

섭취한 것도 보다 못한 시종이 해면에 적셔 대어 준 물 반 컵 정도가 전부. 곡기라고 할 만한 것은 한 톨도 입에 대지 않았다. 어디서 사 온 것인지, 시종이 사정사정하며 내민 수프도 그는 한사코 거부했다.

둘째 날 저녁이 되어도 교황은 묵묵부답이었다. 처음에는 호기심에 기웃거리고, 역시 파문은 황태자도 못 이기는 법이라며 농담 삼아 낄낄대던 사제들은 그에게 동정의 시선을 보냈다.

저러다가 얼어서 죽으면 어찌하나. 곱게 자란 사람이니 저런 기행이 더 염려스러웠다.

이쯤 되니, 옆에서 지켜보는 사람이 더 곤혹이었다. 모시는 몸이 망가질까 시종들은 발을 동동 굴렀다. 계속 그리 계실 거면 뭐라도 드시라고, 외투라도 걸치시라고 통사정을 했다. 그러나 에드워드는 그들의 만류를 철저히 뿌리쳤다.

그리고 다시 밤을 샜다.

세 번째 날의 아침이 밝았다.

타고난 미모로 명성이 높았던 에드워드의 몰골은 말이 아니었다. 깎지 못해 까끌까끌하게 자라난 수염, 감지 못해 헝클어진 머리로 인해 본래의 수려함은 빛이 바랬다.

3일을 폐인으로 지낸 그는 황태자라기보다는 차라리 걸인으로 보였다. 얼굴에는 까칠하게 하얀 부스러기가 일어나고, 눈밭에 묻힌 발은 파랗게 얼어서 이미 사람의 피부색을 잃은 지 오래였다.

구경거리도 하루 이틀이라, 이제는 그를 보기 위해 일부러 기웃거리는 사제들도 별로 없었다. 교황청에 드나드는 이들이 이따금 혀를 찰 뿐이었다.

마침내 교황청이 응답을 해 온 것은, 3일째 되는 날의 해가 오후를 지나 서쪽으로 넘어가기 시작할 즈음이었다.

"베르시카의 에드워드."

리스텐 추기경이었다. 본디 황궁에서는 '태자'라고 다소 격의 없이 호칭했으나, 테베칸 시국인 만큼 그는 추기경이 일국의 지배자에게 취해야 될 예의를 지키고 있었다.

에드워드는 고개를 들었다. 자신을 내려다보는 리스텐 추기경의 얼굴에는 미소가 깃들어 있었다. 마치 어린양에게 축복을 내리듯 온화하고, 자애로운 노인의 미소.

그 입에서, 에드워드가 그토록 바라 마지않던 말이 나왔다.

"교황께서 그대를 만나고자 하십니다."

마침내, 에드워드의 눈에서 두 줄기 눈물이 흘러내렸다.

✟ ✟ ✟

리스텐 추기경의 안내를 따라 도착한 곳은 에드워드도 일찍이 와 본 적 없는 장소였다. 애초에 교황청 건물 내부는 허가 없이 출입하는 것 자체가 금지되었고, 세속인인 그가 올 일도 거의 없었다.

"안에 교황 성하께서 계십니다, 베르시카의 에드워드."

"……."

"성하께서는 그대의 무도한 처사에 몹시 노하셨습니다. 그러나 그대의 반성하는 태도를 보고 하해와 같은 자비를 베풀어 주신 것이니, 그 점을 헤아리십시오."

협박인지 조언일지 모르는 당부와 함께 문을 열어 준 리스텐 추기경은 금세 그 육중한 몸을 뒤뚱거리며 사라졌다.

에드워드는 앞으로 발을 내디뎠다. 얼어붙어 감각이 없는 때문에 걷는 것이 신통치 않았으나, 그는 비틀거리지 않기 위해 최선을 다했다.

방 안에는 크고 하얀 천이 설치되어 있었고, 그 뒤에 사람의 그림자가 비쳤다.

머리가 길고, 성의를 입은 한 남자의 길쭉한 실루엣. 교황이었다.

절로 제압감이 배어 나왔다. 누가 시키지 않았지만, 에드워드는 자연스럽게 무릎을 꿇었다.

"그대가 베르시카의 에드워드인가요?"

베일 뒤에서 교황이 말했다. 노인 특유의 쉰 소리가 날 거란 예상과 달리, 교황의 음성은 생각보다 청명하고 높았다.

"예, 그렇습니다. 성하."

생각보다 어린가 보다. 아니면 신의 축복을 받아 노년의 나이에도 청년의 목소리를 가지고 있는 것이거나.

"3일을 눈밭에 묻혀 있고도 무사하시다니, 강건한 분이군요."

농담인지 비아냥거림일지 모르는 말에 에드워드는 가만히 침묵했다. 그 뒤로 교황의 말이 이어졌다.

"그대도 짐작했겠지만, 그대를 부른 것은 그대의 직위를 복권시키기 위함입니다."

"……."

"본래 파문은 에시엣 낙원에서의 영원한 추방을 의미합니다. 허나 교황청에서는 그대의 반성을 높이 사, 특별히 그대에게 내린 파문 선언을 번복하기로 했습니다."

"……감사합니다. 성하, 정말 감사합니다."

에드워드는 땅에 머리가 닿도록 연신 조아렸다. 교황은 그 후로 아무 말이 없었다. 긴 그림자가 고요하게 그를 응시하고 있을 뿐이었다.

마지막으로 인사를 올리고 나오며, 에드워드는 속으로 욕설을 내뱉었다.

'돼지 새끼…….'

리스텐 추기경의 번들거리는 얼굴을 생각하면 속에서 분기가 치밀어 올랐다.

아까 본 얼굴을 똑똑히 기억하고 있다. 어찌나 의기양양해 있었던가. 자신을 내려다보는 그 얼굴은 분명 제가 교황인 양 거만했다. 교황을 구워삶아 멋대로 저를 파문시키고 복권시키며 농락하는 그 얼굴을 한 대만 쳐 준다면 소원이 없을 것 같았다.

그러나 참아야 했다. 에드워드는 눈을 감았다. 꽉 쥔 주먹에 치솟는 노기를 흘려보내며 짧게 심호흡했다.

바야흐로 납작 엎드려야 할 때였다.

⚜ ⚜ ⚜

금방 나을 거라 여겼던 상처는 내 생각보다 더 깊었다. 나는 다섯 주가 지나고 나서야 퇴원을 할 수 있었다.

"레미엘. 나야."

관저로 도착해 레미엘의 방문을 열자마자, 그는 으스러져라 나를 껴안았다. 숨이 막힌 나는 그의 등을 몇 번 두드렸다.

"으브……. 이것 좀 잠깐만 놓고……."

그러나 레미엘은 팔에 준 힘을 풀지 않았다. 나는 결국 포기하고 한참 동안 그의 품에 기댄 자세를 유지했다. 오랜만에 보는 그에게 안겨 있으니 포근한 느낌이 들었다.

"너무 보고 싶었어, 카야."

내 등을 쓸어내리는 레미엘의 목소리가 어느덧 축축했다. 나는 화들짝 놀라 그의 품을 벗어났다. 레미엘은 입술을 꼭 깨문 채, 눈에서 눈물을 흘리고 있었다. 여린 볼 위로 투명한 물줄기가 반짝였다.

나는 레미엘의 양팔을 붙잡고 다그쳤다.

"어째서 우는 거야? 내가 오면 좋아할 줄 알았는데……."

"내가 너무 싫어."

"레미엘."

"널 지킬 능력이 없는 무능한 내가 너무 원망스러워."

레미엘의 입가에 쓴웃음이 걸렸다.

"위험한 너를 구해 주지도 못하고, 네가 아픈 동안 곁에 있어 주지 못해서……."

"……."

"아무것도 할 수 없는 나약한 나라서…… 미안해."

눈물 젖은 그의 금안이 반짝여 평소보다 더 영롱한 빛을 뿜었다. 미인이 애처롭게 우는 것은 그 자체로 아름답긴 했지만, 내가 사랑하는 그가 마음 아파하는 것은 보기 싫었다.

나는 레미엘의 목을 양팔로 끌어안고 그에게 매달렸다.

레미엘은 눈물을 흘리면서도 내 허리를 마주 안아 주었다.

나는 웃으며 그에게 속삭였다.

"괜찮아, 레미엘."

"……."

"난 보호가 필요할 만큼 약하지 않아. 그리고 네가 강하지 않아도 나는 네가 좋아. 너 자체로 그냥 모든 게."

"……."

레미엘은 대답 대신 고개를 내려 내게 입을 맞추었다. 나는 그의 목을 더 꽉 껴안고 더 깊게 품으로 파고들었다. 정중했던 지난 키스와 달리 그동안 못 본 것 때문인지 레미엘은 다소 격하게 느껴졌다. 나는 그의 가슴팍을 가볍게 두드려 세게 밀어붙이는 그를 저지했다.

"미안……."

사과한 그가 아까보다 부드럽게 입술을 겹쳤다. 나는 그의 페이스에 호응하며 그를 꼭 붙들었다.

"……."

짧은 입맞춤이 끝나고, 나는 레미엘의 손을 잡고 침대로 향했다. 저번에 내가 눕는 걸 그가 질색했던 기억 때문에, 나는 그와 나란히 앉은 자세로 그동안 못다 한 대화를 나누었다.

✠ ✤ ✠

"……황태자 전하가 복권이 되었다지?"

병상에 누워 있는 동안 나는 교황청에서 벌어진 일들에 대한 소식을 들었다. 에드워드 황태자가 베르시카 내 교황청의 권위를 축소시키려다가 파문을 당한 것과, 3일간 눈밭에서 맨발로 무릎을 꿇고 용서를 빌었던 것 전부를.

"응. 리스텐 추기경이 다시 복권시키라고 하더라. 일시적으로 겁을 주려고 했었나 봐."

들리는 소문에 의하면 황태자는 정말 처절하게 용서를 빌었다고 했다. 신의 권위에 도전한 것을 처절하게 뉘우치고 반성했다고.

그러나 그것이 과연 진심이었을까. 외압에 못 이겨 강제로 한 굴복에, 세상 사람들이 생각하는 만큼 신앙심이 있었는지 의심스러웠다.

오히려 그의 지고한 자존심을 건드린 꼴이 되지 않았을까 싶었다. 무릎을 꿇었던 시간만큼, 눈처럼 그의 속에 한이 쌓였을 테니 말이다.

'그런 와중에도, 나를 보호해 준 거구나.'

내가 경전을 번역한 사실을 황태자가 리스텐 추기경에게 말하거나 들켰다면, 나도 무사하지 못했을 것이다.

황태자처럼 파문당하는 정도가 아니라, 지하실에 갇혀서 죽을 때까지 고문을 당했겠지. 나는 그에게 고마움을 느꼈다. 그리고 그 고마움은 내가 결심을 더 굳히는 계기가 되었다.

"레미엘."

"……."

"내가 너를 여기서 꺼내 줄게."

나는 대뜸 그렇게 말했다. 레미엘은 눈을 동그랗게 떴다가, 이내 서글픈 눈매를 해 보였다.

"갑자기 왜 그런 소리를 하는지는 모르겠지만, 너 혼자만의 힘으로는 무리야, 카야. 마음은 고맙지만."

레미엘이 고개를 설레설레 저었다. 나는 마주 잡은 그의 손을 들어 올려 그 위에다 입술을 댔다.

"물론 나 혼자로는 무리지. 승산도 없어 보이고."

"……."

"하지만 레미엘. 해가 뜨기 직전의 새벽이 가장 어둡다는 말이 있어."

나는 힘주어 말했다. 내가 진지하게 레미엘을 바라보자 그가 복잡해진 얼굴로 눈썹 사이를 좁혔다.

"믿는 구석이라도 있어, 카야?"

"믿는 구석이라기보다는……."

나는 느릿하게 말끝을 흐렸다.

"도박을 해야 할 것 같아."

"……."

"쓸 만한 패를 쥐여 준 사람이 있거든."

"패?"

레미엘의 표정이 오묘해졌다.

"그게 누군데?"

"라이오스 윈체스터."

이곳엔 레미엘과 나뿐이었으므로 굳이 대공 각하라는 존칭을 붙이지 않았다.

애초에 그 대공 각하보다 형식상으로는 월등히 높은 '교황 성하'에게도 반말을 하고 있는 판국이었으니. 레미엘도 그를 지적하지 않았다.

"그가 내게 약속했어. 힘이 필요하다면 한 번은 도와주겠다고. 우선 그에게 연락을 해 볼 생각이야."

레미엘은 아직도 영문을 모르는 얼굴이었다. 나는 그의 볼을 쓰다듬으며 웃었다.

"때가 찼어, 레미엘."

세속 군주가 반기를 들었다. 비록 겉으로는 처참하게 패배했지만, 루에르에 불만이 있는 세력이 실체를 가지고 현존한다는 것이 세상에 드러났다.

곪은 것은 언젠가는 터지게 마련이다. 이것은 미약해 보이지만, 시작일 것이다. 피와 군림으로 쌓아 온 루에르의 권위에 맞서 드디어 세상이 움직이기 시작하는 것이다.

페리우스, 라이오스 윈체스터 대공, 세드릭. 그리고…… 에드워드
황태자.

"우리는 세상을 뒤집을 거야."

"세상을……?"

"루에르를 무너뜨릴 거야. 너를 구하고."

레미엘은 여전히 혼란스러운 표정이었다. 어쩌면 평생토록 루에르의
권위에 짓눌려 살아온 그의 입장에서는 그럴 만하다는 생각도 들었다.

"하지만 카야, 말했잖아. 그건……."

"할 수 있어."

나는 레미엘의 눈을 들여다보며 또박또박 말했다.

"우릴 도와줄 만한 사람들을 확보할 수 있을 것 같아. 실제로 힘과
권력을 가지고 있는 사람들이야. 보장할 수는 없지만, 승산이 없다고도
할 수 없어."

물론 황태자가 어떻게 나올지에 따라 앞으로의 향방도 달라지게 되
겠지만. 나는 웃었다. 정해진 건 아무것도 없음에도, 느낌이 좋았다.

"……확실하게 결정한 거야?"

레미엘이 조용히 물었다. 나는 싱긋 웃으며 고개를 끄덕였다.

"응. 그런데 그러기 위해선 너한테 도움을 하나 요청해야 할 것 같
아. 네가 해 줘야 하는 일이 있어."

"그게 뭔데?"

레미엘은 완전히 납득한 것 같지는 않았지만, 내 말에 귀를 기울여
주었다. 언제나처럼, 그는 나에 대한 지지를 보여 주고 있었다. 그에 나
는 안도했다.

"이 신전의 실체에 대해서 가장 잘 알고 있는 사람은 너잖아. 그동안

저질렀던 비리에 대한 증거를 모아서 정리해 주고, 금지된 구역이나 이 신전의 비밀 통로 같은 것에 대한 정보를 알려 주었으면 좋겠어."

"……."

레미엘은 잠시 말이 없었다. 나는 대답을 재촉하지 않고 그의 결정을 기다렸다. 그가 망설이는 이유를 이해했다.

그 또한 강요에 의해서라고는 하나, 그 비리의 일부였으니까. 그것을 세상에 드러내는 데 대한 두려움이 있을 것이다.

"너에게 피해가 가는 일은 없을 거야."

"나는 벌받는 게 두려운 게 아냐, 카야."

레미엘이 힘없이 웃었다. 그러나 곧 그 얼굴은 일그러졌다. 그가 눈을 질끈 감고 작게 말했다.

"다만 난…… 내가 저질렀던 일들을 다시 직면하는 게 무서워."

"너는 피해자야, 레미엘."

나는 레미엘의 어깨에 손을 짚었다.

"그건 네 잘못이 아니야. 그때의 너는 어린 시절부터 세뇌된 데다, 목숨의 위협을 당하고 있었으니 그럴 수밖에 없었어."

"……."

"네가 당당하지 못할 이유는 없어. 너는 사람들을 돕는 거야. 더 이상 무고한 피해와 비리가 나오지 않게 중요한 역할을 네게 부탁하는 거야."

레미엘이 과거를 극복했으면 좋겠다. 그가 스스로 얼마나 놀라운 일을 해낼 수 있는지 알게 되었으면 좋겠다. 그래서, 자유롭고 행복해졌으면 좋겠다.

"……알았어. 한번 해 볼게."

한참 후, 그가 어렵게 대답을 내놓았다. 불안하게 흔들리던 아까와 다르게, 단단한 결심이 선 눈빛이었다.

"고마워."

나는 웃으며 그에게 입맞춤했다.

⚜ ⚜ ⚜

에드워드는 방금 들은 말을 이해할 수 없었다. 아니, 이해는 하되 납득할 수는 없었다.

"루에르를……."

"……."

"상대로 싸우자고?"

따라서 해 보아도 역시 말이 안 되는 소리였다. 우선 그 발화를 한 사람 자체가 문제였다.

"진심이냐?"

그 문제적 발언을 한 사람은 하얀 사제복을 입은 채 다소곳이 손을 모으고 있었다.

"……허."

에드워드는 침묵으로 긍정을 대신하는 사제를 보며 헛웃음을 내뱉었다.

저 얌전한 얼굴의 여사제는 명실상부한 에시엣의 종이었다. 그것도 엘리트 중 엘리트라고 칭해지는 교황 보좌였다.

게다가 에드워드 자신은 교단을 상대로 '싸움'을 해 봤자 개박살 난다는 교훈을 몸소 입증한 존재였다.

그런 사람 앞에서 대체 저게 무슨 헛소리란 말인가.

"너는 내 꼴을 보지 않았느냐? 교황청에 대들었다가 완전 묵사발 된 것을?"

제 입으로 말하니 뼈가 시렸다. 에드워드는 절로 떠오르는 치욕감에 눈살을 찌푸렸다.

카야 맥노프는 그를 안쓰러워하지도, 실례했다는 반응을 보이지도 않았다. 그녀는 다만 잔잔한 미소를 지었다.

"밝은 곳에서 그리하셨으니까요."

"……."

"태양이 너무 밝아, 에시엣의 힘이 강한 시간이 아니었습니까."

마치, 에드워드가 리스텐 추기경에 처참히 패했던 것이 별것 아니라는 식의 말투였다.

"그러나 빛이 닿지 않는 곳에서 힘을 모으면 아주 안 될 일도 아닙니다."

카야 맥노프는 별안간 상체를 낮추었다. 그에 따라 에드워드의 몸도 앞으로 조금 기울었다. 그녀가 그에게 소곤거렸다.

"예컨대 모르바디 공국이라든지 겔시스의 윈체스터 황가를 끌어들일 수 있다면, 승산이 있지 않겠습니까?"

"농을 해도 참."

허무맹랑한 소리에 에드워드는 입술로 바람 빠지는 소리를 냈다. 그러나 카야 맥노프는 여전히 진지했다.

"농이 아닙니다."

"웃기지 마라. 네가 뒤에 말한 그 겔시스에서 교역을 끊겠다고 압박해 내가 눈밭에서 3일간 동상을 참아 가며 무릎을 꿇고 빈 것이다. 날 만나러 오면서 이런 것조차 몰랐느냐?"

에드워드의 음성에 짜증이 묻어났다.

그러나 카야 맥노프는 눈 하나 깜짝하지 않았다. 도리어 미소를 지어 보이는 여유까지 부렸다.

"그것은 황제의 의지지요."

"……."

"그러나 윈체스터가에 황제 한 사람만 있는 것은 아닙니다. 아직 황제의 형제들이 살아 있지 않습니까. 비록 조용히 사셔서 존재감은 없겠지만."

에드워드는 그녀가 제정신인가 했다. 비록 교황 보좌로서 출세가 보장된 삶이라 해도 아직 수습 사제에 불과하다. 일국의 황족을 논할 급은 되지 못했다.

"카야 맥노프."

에드워드는 나직이 그녀의 이름을 불렀다. 그녀는 똑바로 그와 시선을 마주치며 대답했다.

"예."

이런 태도조차도 분명히 건방졌다. 그러고 보니 이것은 첫 만남부터 보통내기가 아니었지 않은가. 황태자인 자신을 똑바로 바라보며 치료를 받을 생각이 있느냐고 묻던 모습이 아직도 선했다.

에드워드는 궁금했다. 제 입으로 분명 평민이라고 밝힌 어린 계집애가 뭘 믿고 이리도 당당한 것인지.

"네가 원하는 것이 무엇이냐."

에드워드는 단도직입적으로 물었다. 쓸데없이 빙빙 돌려 가며 설전을 펼치는 것은 그의 성정에 맞지 않았다. 그것은 카야 맥노프도 마찬가지였다.

"루에르의 몰락입니다."

노골적인 대답에 에드워드의 미간이 찡그려졌다. 그 내용 자체도 황당하기 짝이 없었으나 다른 누구도 아닌, 교황 보좌의 입에서 나올 소리는 아니었다.

이쯤 되자 진정한 의도가 의심되기 시작했다.

아무리 제 손으로 보좌 사제 자리를 추천해 준 데다가 고위직들을 피해 경전 번역을 맡긴 적도 있다지만, 어쨌거나 본질적으로는 신전 소속이며 교황의 부하 아닌가. 이런 말을 완전히 신뢰할 수는 없었다.

에드워드의 입꼬리가 비스듬히 올라갔다.

"교황청에서 그리 시키더냐?"

"예?"

카야 맥노프가 눈썹을 치켜올리며 반문했다. 오호라, 시치미를 뗀단 말이지. 에드워드의 어조가 냉소적으로 변했다.

"내 숙부가 그러더냐? 에드워드 저것이 지금은 납작 엎드려도 속으로는 무슨 음흉한 계략을 또 꾸미고 있을지 모른다고. 그러니 한번 떠보라고, 그리 지시하더냐?"

"그럴 리가요."

그녀가 고개를 저었다.

"고귀하게 자란 몸이 3일 동안 눈밭에서 추위를 버티며 비는 게 어디 쉽습니까? 전하께서는 충분히 비굴해 보이셨습니다. 교황청에서도 완전히 굴종했다 여기실 겁니다."

"너……!"

본데없는 막말에 에드워드가 자리를 박차고 일어났다. 그러나 그녀는 자신을 노려보는 붉은 눈동자에도 굴하지 않았다. 평온한 얼굴로 질문만 던질 따름이다.

"전하, 로에나 맥노프라고 혹시 아십니까?"

유명한 사람인가? 에드워드는 화가 난 와중에도 머리를 굴려 보았다. 하지만 들어 본 적 없는 이름이었다.

"모른다."

"제 어머니의 이름입니다."

"……."

너무 당당한 태도에 에드워드는 할 말을 잃었다.

네 어미 이름을 내가 어찌 안단 말이냐.

치미는 어이없음에 그렇게 대꾸할 뻔했지만, 에드워드는 겨우 참았다. 이 똘똘하고 맹랑한 소녀가 그런 어처구니없는 소리를 하는 데는 이유가 분명 이유가 있을 것이었다.

"1682년 3월 24일. 열한 해 전. 제 어머니는 불 속에서 돌아가셨습니다."

"……."

"베르시카 북부에 마녀사냥령이 내려온 지 두 달이 조금 넘었을 때였습니다."

"!"

에드워드의 눈이 커졌다. 카야 맥노프는 그때를 놓치지 않고 이야기를 계속했다. 덤덤하던 목소리가 점차 격양되기 시작했다.

"어미의 불탄 시신 앞에서, 저는 에시엣을 저주했습니다. 죄 없는 사람들을 고문하고 불에 태워 죽이는 루에르교를 증오했습니다. 그래서 저는 이 종교를 망치기 위해 신전에 들어와 사제가 되었습니다."

"……."

"저는 권력욕이 없습니다. 물욕도 없고, 살고 싶은 마음도 없었……습니다. 그저 교황청에 혼란을 주고, 에시엣을 기만하고 싶었습니다. 그래서 모든 것을 걸고 보좌 사제가 되었습니다."

카야 맥노프는 웃었다. 아까처럼 여유로운 미소가 아니라, 당장 깨질 것처럼 슬프고 애처로워 보이는 웃음이었다.

"저는 이미 일곱 살 때부터 제 목을 걸고 도박을 시작했습니다. 그리고 윈체스터 대공께서 그 판에 같이 동참해 주셨습니다."

말을 마친 카야 맥노프가 품속에 손을 넣었다. 그녀는 둘둘 말린 종이 두루마리를 꺼냈다. 중간에 리본이 매여 있었다.

"확인하세요."

에드워드는 반신반의하며 리본을 풀었다. 펼치기 전 카야 맥노프를 슬쩍 보았지만 눈 하나 깜짝하지 않았다. 의중을 떠보는 데 실패한 그는 종이를 펼쳤다.

내용을 읽은 그의 입술이 멍하니 벌어졌다.

제 휘하의 군사를 내어 주겠다는 내용과, 본인이 젤시스의 라이오스 윈체스터임을 입증하는 서명과 인장이 찍혀 있었다.

설마설마했으나 진짜였다. 대체 어찌 이런 게 가능했는지는 몰라도, 정말 라이오스 윈체스터 대공을 제 편으로 만든 것이다.

"이제는 전하께서 결정을 내리실 때입니다."

"……."

"힘을 합하겠다, 그리 약조하신다면 제가 아는 모든 것을 알려 드리겠습니다. 듣고 나면 전부를 알게 되실 것입니다. 이 썩어 빠진 종교가 무너져야 할 모든 당위성을요."

카야 맥노프가 돌연 자리에서 일어났다. 테이블을 돌아 에드워드에게 다가온 그녀가 그 앞에서 무릎을 꿇었다.

"갑자기 이 무슨……."

당황한 에드워드가 말끝을 흐렸다. 카야 맥노프는 그를 똑바로 눈에 담으며 또박또박 말했다.

"교황청 마당에서 겪으신 굴욕을 되갚게 해 드리겠습니다."

"……."

"루에르가 빼앗아 간 인간의 힘을 베르시카, 아니 모든 이 대륙의 인간에게 돌려드리겠습니다."

담갈색의 눈동자가 전에 없이 기이하게 빛났다. 에드워드는 마치 맹수의 눈을 들여다보는 듯한 기분이 들었다.

"그러기 위해서는 힘과 시간이 필요합니다. 납작 엎드려 뜻이 같은 자들을 모았다가, 적들이 약해지고 흔들릴 때를 노려야 합니다."

"……."

"잠시만 평화 밑에서 숨을 죽이고 있다가, 뒤집는 것입니다."

혁명.

에드워드의 등줄기에 소름이 돋았다.

이 소녀가 제안하는 것은 자기가 했던 선언과는 차원이 달랐다.

자신의 것은 국가의 문제에서 그쳤지만, 그녀의 뜻은 전 대륙을 발칵 뒤집을 만한 것이었다.

에드워드는 부담스러운 제안이라고 생각하면서도 내심 감탄했다.

이 사제는 그저 흰 성의 아래에서 신의 종으로 남아 있기에는 뜻이 컸다. 그는 처음으로 카야가 여성이라는 것이 아쉬워졌다. 사내였다면 어떻게든 자신의 휘하에 두고 수족으로 만들었을 텐데. 그만큼 매력적이었다.

그는 카야 맥노프가 하는 것이 명백히 위험한 시도임을 모르지 않았다. 막강한 루에르의 권위에 군사로 맞서려면, 군주인 자신조차 죽음을 각오해야 했다.

그러나 스무 살도 되지 않은 애송이가 눈을 번득이며 손을 내미는 데에 그는 제법 마음이 동했다.

이 어린것도 제 복수를 갚겠다고 목숨을 거는데, 한번 믿어 볼 만하지 않겠는가.

"……좋다."

그는 그 악바리 같은 눈에 모험을 해 보기로 했다. 그는 카야에게 오른손을 내밀었다. 카야 맥노프는 그 흰 손을 멀뚱멀뚱 내려다보았다.

"잡아라."

에드워드가 빙긋 웃어 보였다.

"악수는 평행 관계에서 하는 것이다. 그러니 이것은 너와 동등한 자격으로 협력하고자 하는 내 의사 표현이다."

그의 손을 잡아 흔들며 카야 맥노프는 마주 웃었다. 역시 배포가 큰 사내였다. 그녀는 진심으로 에드워드가 마음에 들었다. 동료로서도, 지배자로서도 괜찮은 사내였다.

"비전하가 부럽군요. 이런 분을 배우자로 맞이하다니요."

"이제 와서 아쉽단 말이냐. 기회를 놓친 건 자네인걸."

"농담입니다. 저는 지금의 관계가 좋습니다."

사람을 겉모습으로만 판단하면 안 된다. 이미 그녀가 당찬 성격의 소유자라는 것을 알고 있었지만, 그는 한 번 더 느꼈다.

아무도 모를 것이다. 저 가냘픈 체구의 어린 여사제의 손끝에서, 거대한 교단 조직을 붕괴할 계획의 첫 씨줄이 짜였다는 것을.

11. 루에르의 위기

촛불 위에서 일어난 아지랑이가 국기 중간에 박혀 있는 초승달 문양을 꼭 흔들리는 것처럼 보이게 했다.

술탄은 나른한 얼굴로 좌중을 살폈다. 그의 발치에 엎드린 귀족들은 매번 술탄의 눈이 닿을 때마다 긴장으로 몸을 흠칫 떨었다.

올해로 스물, 즉위 3년 차인 술탄, 아나힘 테르트는 선대에 비해 유독 호전적인 이였다. 그는 어린 시절부터 루에르 아래서 핍박받는 민족을 구원하는 것이 자신의 사명이라 여겼고, 왕위에 오르자마자 오직 그 목적만을 위해 달려왔다.

그는 언사에 거침이 없고 자신의 뜻에 반하면 숙청하는 일도 망설이지 않았다. 하지만 그만큼 나라를 위하고 유능했기에, 백성들은 술탄을 두려워하면서도 존경하고 따랐다.

"나하드."

오므려진 술탄의 손가락이 팔걸이를 감싸듯 덮었다.

"그들의 상태는 어떠하냐."

'그들'이라면 얼마 전 루에르 신전을 성공적으로 탈출해 고향에 돌아온 이들을 뜻했다. 술탄의 발치에서 납작 허리를 엎드리고 있던 귀족이 고하였다.

"완전히 회복하여, 이제는 정상적으로 걸어 다니는 데 문제가 없다고 합니다."

"불러오거라."

술탄이 명령했다. 고개를 숙여 하명받은 병사 둘이 물러났다.

"술탄 전하, 그 아이들입니다."

곧 어린 소녀 둘이 그들의 안내를 받아 들어왔다. 그들은 술탄을 보고 허리를 숙인 후 엎드려 절을 했다.

"세이키 예이드. 브라이 라그문트."

술탄은 미리 보고받은 바 있던 그들의 이름을 언급했다.

"예, 술탄 전하."

"예."

두 소녀는 곧바로 하나라도 된 듯 공손하게 손을 모은 채 술탄의 호명에 대답했다.

그들은 루에르 신전에 붙들려 있던 포로 중 유일하게 귀족의 핏줄을 가진 이들이었고, 그로 인해 술탄을 독대할 기회를 얻게 되었다.

그러나 막상 마주 대한 술탄은 거대하고도 두려운 존재. 그들은 절로 떨리는 손을 꽉 맞잡았다.

"나를 두려워하지 마라. 나는 그대들을 보호하고 돌보려는 것이지, 그 흰 야만인들처럼 그대들에게 겁을 주어 착취하고 학대하려는 것이 아니다."

마치 소녀들의 마음을 읽기라도 한 듯, 술탄은 한결 누그러진 음성으로 그들을 달랬다.

"말해라."

"무, 무엇을……."

"그대들과, 그대들과 함께 있던 나의 백성들이 그 야만인들의 터전에서 어떤 수모와 고난을 겪었는지 샅샅이 말하여라. 그대들이 이곳에서 말하는 어떤 단어도, 어떤 행동도 버려지지 않을 것이다."

잠시 망설이던 세이키와 브라이는 이야기를 시작했다.

"저는…… 국경 근처에 터를 잡고 살아가는 예이드가(家)의 딸이었습니다. 브라이는 제 친구였고요."

"……"

"브라이가 저희 집 쪽에 놀러 왔을 때, 저는 모험심에 국경 가까이가 볼 것을 제안했습니다. 부모님이 위험하다고 하셨는데, 그래서 더 가고 싶은 마음에 어리석게 그쪽으로 갔다가 그들에게 나란히 붙들리고 말았습니다."

한번 입을 여니 술탄 앞이라는 것도 잊고 술술 말이 나왔다.

그들은 모든 것을 말했다. 강제로 해야 했던 노역과, 까무잡잡한 피부에 대한 조롱과 종교를 개종하라고 강요받은 일까지.

"……"

그들의 말을 들을수록 아나힘의 표정은 점차 굳어 가고, 어둠에 침잠해 갔다. 그러나 그는 약속대로 소녀들에게 겁을 주지 않기 위해 감정을 표출하지 않았다.

"하지만 오직 두 명만이…… 예외였습니다."

"예외?"

술탄의 눈썹이 치켜 올라갔다.

"네. 페리우스 윈체스터라는 사제님과 카야 맥노프라는 사제님이었는데……."

브라이가 입술을 깨물었다.

"윈체스터 사제님은 저희들이…… 신전을 도망쳐서 이곳으로 다시 돌아올 수 있도록 도와주셨어요. 그리고 맥노프 사제님은 제가 다리를 다쳤을 때 지극정성으로 돌보아 주시고, 또한 따뜻한 말들을 많이 해 주셨어요."

"……."

술탄은 루에르의 사제들 중에서도 그들에게 호의를 베푸는 이들이 있다는 데 약간의 흥미를 가진 것 같았으나, 그뿐이었다. 금방 관심이 꺼진 그는 그들에게 허리를 숙이고 한결 상냥해진 목소리로 속삭였다.

"내 그대들에게 약속을 하나 하마."

"……."

"반드시 그대들을 포함해, 나의 사람들을 해친 자들에게 지옥을 맛보여 줄 것이다. 호되게 대가를 치르게 할 것이다."

술탄은 진심이었다. 소녀들은 술탄이 진정으로 자신들을 위해 보복에 나설 것임을 깨달았다. 어린 그들도 그것의 의미를 모르지 않았다.

"감, 감읍하옵니다……."

그들이 할 수 있는 것은, 다만 벅찬 가슴을 안고 그에게 감사의 말을 내뱉는 것밖에 없었다.

"알았다. 물러가거라."

그는 손을 저어 소녀들에게 축객을 내렸다. 병사들이 그녀들을 조심스럽게 일으켜 다시 머물던 거처로 안내했다.

노예 신세를 벗어나 이제 신분을 되찾고, 술탄에게 복수까지 약속받은 그들의 표정은 한결 밝아져 있었다.

"페리우스 사제님이 알면 무척 좋아하실 텐데……."

세이키가 수줍게 얼굴을 붉히며 말했다.

"카야 사제님도. 우리가 자유로워지길 원하셨으니까."

브라이도 그에 화답하듯 미소를 보였다. 그들은 더 이상 그 사제들을 볼 일이 없음을 진정으로 안타까워했다. 그저 그들 나름대로 잘 살고 있겠거니, 그리 여길 뿐이었다.

⚜ ⚜ ⚜

"달이 차오른 것이 보이는가, 제군들."

술탄, 아나힘 테르트가 말했다.

월초에는 손톱처럼 가느다랗던 달이 통통하게 살이 오른 채 선명한 빛을 뿜고 있었다.

장군들은 고개를 숙인 채 아무 말도 하지 않았다. 굳게 다물린 그들의 입술과, 저마다 가슴에 올려진 오른손은 군주에 대한 굴종의 표시였다.

"하늘에 신성한 기운이 넘치는군."

달이 차오르고 이지러지는 것이야 그저 자연적인 현상이었지만, 데이커 교도들에게만은 달랐다. 그들은 달을 신성시했다. 그들이 모시는 신이 달에게 특별한 축복을 내렸다 믿기 때문이었다.

"때가 되었다."

아나힘 테르트의 눈에서 새파란 안광이 번쩍였다.

오랜 세월, 그들은 서대륙의 루에르에게 탄압받아 왔다. 서대륙에 가깝게 살던 교도들의 거주지는 마구 들쑤셔지고, '이교'라는 미명하에 강제로 개종당한 후 노예로 산 설욕의 세월이 벌써 수십 년이었다.

지난날, 그는 힘이 없어 자신의 백성들이 겪는 고통을 지켜볼 수밖에 없었다. 어린 시절부터 손톱이 파고들도록 주먹을 쥐며 다짐했다.

왕위에 오른 날부터 하루도 잊지 않았다. 겉으로는 굴종하는 체하며 나날이 힘을 키웠다. 증오와 복수심은 온 민족과 군대를 똘똘 묶는 힘이 되었다. 루에르라는 구체적이고 명확한 적을 둔 자신의 군사들은 빠르게 성장했고, 아나힘은 만족했다.

"이제 루에르를 몰아내고, 우리의 성전을 되찾자."

루에르의 성전이면서, 동시에 그들의 성전이기도 한 제루비델에는 현재 루에르 신전들이 세를 떨치고 있었다.

그들이 지배하는 동안 데이커의 옛 유적들은 철저히 파괴되고 짓밟혔다. 돌제단 위에는 이끼가 자라고, 대리석 구조물들은 산산이 부서져 뒹굴고 있었다.

그는 그것을 뒤집기로 했다. 우리를 탄압했던 그들에게 파괴와 죽음의 선물을.

"적의 피로 땅을 물들여라. 그리고 그 위에 승리의 깃발을 꽂아라."

그는 피에 굶주려 있었다. 루에르 사제들의 피 맛을 보고 싶어 안달이 난 상태였다. 그쪽 지도자들의 사제복은 빨간빛을 띠고 있다지.

"내 가리지 않고 모조리 빨갛게 물들여 주지."

아나힘은 웃었다. 그 오만하고 잔혹하던 루에르 교황에게서 항복서를 받아 내는 생각만 해도 온몸이 짜릿했다.

"해가 뜨기 전에 떠나라."

그는 장군들에게로 명령했다. 장군들의 대표 격과 같은 우시르가 공손하게 대답했다.

"말씀 받들겠습니다."

"그대들의 용맹을 기대하겠다."

"신 가드렛트 우시르, 신의 영광을 위해 목숨을 걸고 성전을 탈환하겠나이다."

이것은 인간의 대결. 그러나 신의 대결이기도 하다. 이기는 인간들의 신이 진리가 되고 하늘이 되었다.

"좋다. 이제 준비해서 나아가도록."

우시르의 충성에 아나힘은 흡족하게 웃고 축객을 내렸다.

달빛이 저리 밝으니 길할 징조이다. 예감이 좋았다.

신이시여, 버림받은 민족을 불쌍히 여기소서. 우리에게 힘을 주어 피를 피로 되갚을 수 있게 하여 주소서. 그리하여, 모든 것이 제자리로 돌아오도록. 에시엣이 아닌 그대의 이름이 이 땅 위에 널리 퍼지도록.

마침내, 이스멘의 군대가 제루비델로 출정했다.

⚜ ⚜ ⚜

루에르의 성지 제루비델은 그 명성과는 달리 성직자들이 썩 선호하는 근무지가 아니었다. 좀 더 사실적으로 말하자면 꺼려 하는 데에 가까웠다.

이곳에서 몇 년째 파견 근무를 하고 있는 주교 라피스 하슬러는 매일 아침 제루비델의 성전에서 눈을 뜰 때마다 자신의 처지를 한탄했다.

일하는 도중 회의감이 찾아오는 일도 잦았다. 분기 보고서를 쓰기 위해 깃펜을 들었던 그는 한숨과 함께 속으로 푸념했다.

'얼마나 더 이 변방에서 썩어야 한단 말인가…….'

제루비델의 지박령이 된 지도 벌써 3년. 그러나 테베칸 시국으로 귀환할 기미는 보이지 않았다.

'다 뒤집어엎고 싶군.'

그는 생각할수록 자신의 처지가 불쌍하여 견딜 수가 없었다.

성전의 수호자란 허울 좋은 이름을 달고 있긴 했으나, 어차피 권력의 핵심을 쥔 건 테베칸 놈들이다. 제루비델은 권력 다툼에서 몰락한 자들의 무덤 같은 곳이라, 성직자들 사이에서는 제루비넬 파견을 두고 공공연하게 '유배 간다'라고 했다.

라피스도 과거에는 촉망받는 사제로서 자신의 입지를 넓히고 있었다. 자신의 편도 꽤 많았다. 그러나 어쩌다 블라디미르 리스텐 추기경에게 한번 밉보이는 바람에 이런 깃 떨어진 모자 신세가 되어 버린 것이다.

'비열한 놈들…….'

라피스는 한때 어깨를 나란히 하던 동료들을 생각했다. 간이라도 빼어 줄 듯 굴던 그들은 라피스가 제루비넬에 온 후 한 번도 편지를 써서 안부를 묻는 것 따위는 하지 않았다.

그렇게 친했어도, 밀려난 이상 어울릴 가치가 없는 것이다.

"아……."

작성 중이던 양피지를 무심코 내려다본 그는 작게 탄식했다. 자기도 모르게 세게 힘을 준 바람에 양피지가 뚫릴 정도로 잉크가 진하게 번져 있었다.

"다시 써야……."

아무래도 새로 작성해야 할 판이었다. 짜증이 몰려왔다. 왜 나는 이 촌구석에서 이런 시시한 보고서나 쓰며 세월을 낭비하고 있나.

"빌어먹을."

그러나 어쩌겠나. 자신이 할 수 있는 일은 그저 주어진 임무를 수행하는 것뿐. 하기 싫다고 해서 피할 수가 없었다. 체념한 그가 다시 펜을 들었을 때였다.

두두두―

그의 귀에 기묘한 소리가 들려왔다. 무언가 돌진하는 것 같기도 하고, 잔뜩 떨어지는 것 같기도 했다.

"거기 누구 있소?"

중년의 성직자는 목소리를 가다듬고 밖의 이상한 소리를 낸 이에게 질문했다. 그러나 들려오는 대답은 없었다.

"뭐지……."

그가 의아해하는 사이 그 소리는 점점 커졌다. 커져서 방 앞에서부터 선명하게 들려올 정도가 되었다.

"이게 무슨……."

깃펜을 내려놓은 라피스의 방문이 순간 벌컥 열렸다.

라피스는 경악으로 눈을 크게 떴다. 그들은 이곳에서 목격하리라고 예상도 하지 못한 이교도들이었다.

열린 문틈으로 보이는 사람들의 수는 가늠도 되지 않았다. 어두운 피부에 초승달이 그려진 깃발. 중앙에 서 있는 장신의 남자는 무표정한 얼굴로 그를 바라보고 있었다.

어찌, 이들이 이곳에?

"다, 당신들…… 어찌 감히 데이……."

데이커 교도가 감히 제루비델에 발을 들이냐고 하려 했던 질책은 이어지지 못했다. 남자의 뒤에서 날아온 석궁에 목이 꿰뚫린 탓이었다.

라피스는 제대로 된 반항도 하지 못한 채 팔을 허우적대다 쓰러졌다.

"끄읍……."

관통당한 목에서 피가 철철 쏟아졌다. 짐승 같은 신음을 흘리며 버둥대던 그는 오래지 않아 기도의 손상을 이기지 못하고 눈을 감았다.

"사망했습니다."

라피스에게 다가가 그의 눈을 까뒤집어 본 병사가 장군 우시르에게 고했다.

"가자."

라피스의 시신을 무심한 눈으로 훑은 우시르는 휘하의 병사들에게 명령했다. 제루비델을 관리하는 주교의 숨통을 끊었으나 이것은 시작에 불과.

"이곳은, 수백 년간 우리 민족을 핍박해 온 루에르의 성전."

"……"

"모든 것을 부수고 죽인다. 루에르와 관련된 것들은 생명을 부지해 나갈 수 없으리라."

사제건 신자건 제물로 바치기 위해 구비하던 동물이건.

너희들의 신 곁으로 기꺼이 보내 주리.

남자의 얼굴에 잔혹한 비소가 번졌다.

⚜ ⚜ ⚜

테베칸 시국에 청천벽력 같은 전보가 도착했다.

「제루비델이 함락당했습니다.」

제일 먼저 소식을 전해 받은 추기경 블라디미르 리스텐은 관리자가 낱낱이 보고한 피해 규모를 보고 뒷목을 잡았다.

루에르의 신전들이 붕괴되고, 그곳에 있던 사제 수백 명이 데이커 교도들에 의해 처참한 죽음을 맞았다. 폐허가 된 땅 위에 그들은 이스멘의 깃발을 꽂았다.

이러다가 눈 뜨고 제루비델을 몽땅 빼앗길 판이라.

다급해진 추기경들은 회의를 열었다. 그 주축은 현재 가장 세가 거대한 블라디미르 리스텐 추기경이었다.

추기경 안드레아스 도슨트는 즉시 강경 대응 할 것을 주장했다. 블라디미르와 친하며, 꼭 그처럼 호전적인 성품을 가진 이다운 발언이었다.

"군사를 보내어 되찾아야 합니다. 성기사들만으로는 불충분하고, 대륙에서 군사를 모아야 합니다."

그리고 간만에 모두의 의견이 일치했다.

베르시카의 에드워드를 파문시켰던 사건 이후로 두 번째였다. 그 외에는 보통 서로를 견제하느라고 다투는 일이 잦았다.

"각국에 서신을 보내어 병력 지원을 요청합시다. 힘을 합쳐야지요. 에시엣의 영광을 위해 싸우라고 한다면 거절할 곳은 별로 없을 것입니다."

모두가 동의했다. 추기경들은 전부 전쟁을 원했다. 반박하는 이가 없었기에 결정은 일사천리였다.

회의를 시작한 지 한 시간도 되지 않아서 그들은 제루비델로의 행군을 결정했다. 서신을 보낼 국가들의 목록까지 거의 확정이었다.

"그런데 말입니다."

시트로엥 추기경이 손을 번쩍 들었다. 다른 추기경들의 시선이 그에게로 집중되었다.

"여러 곳에서 병력을 모아 만든 군대인 만큼, 하나로 결속할 이름이 있어야 하지 않을까 싶습니다."

블라디미르가 입을 작게 벌리고 탄성을 내질렀다.

"아, 그건 그렇군요. 생각해 둔 이름이라도 있습니까?"

"사실, 하나 있습니다."

시트로엥 추기경은 기다렸다는 듯이 냉큼 말했다.

"에시엣을 상징하는 다이아몬드의 고어, '카르에시드'가 어떻겠습니까?"

그가 제안한 것은 루에르의 상징이 잘 드러나는 적당한 이름이었다. 블라디미르는 흡족하여 고개를 끄덕였다.

"좋습니다. 이제 각국에 요청만 하면 되겠군요. 시트로엥, 그대의 뛰어난 안목에 매우 감탄하는 바입니다."

블라디미르의 칭찬에 시트로엥은 기쁨으로 얼굴을 붉혔다.

"감사합니다."

같은 추기경이었으나 실질적인 권력이 누구에게 집중되어 있는지는 단적으로 보였다.

블라디미르를 좋아하지 않는 추기경들에게는 눈꼴이 시린 장면이었으나, 지켜보는 것 외에는 별도리가 없었다. 게다가 지금은 추기경들끼리 견제를 하기보다는 공동의 목표를 향해 나아갈 때였다.

"에시엣을 위하여."

블라디미르가 운을 뗐다.

"모든 영광을 위하여."

다른 추기경들이 일제히 화답했다.

논의되는 문제와는 사뭇 다른 따뜻한 웃음과 화기애애한 말들이 내내 회의장을 오갔다.

⚜ ⚜ ⚜

회의가 끝난 후 대륙 전역의 군주들에게 편지가 날아들었다. 성전 탈환을 위해 각국의 군대를 파견해 달라는 것이었다. 요구하는 군사의 수는 국가당 최소 1만 명의 병력.

기꺼이 신의 영광을 위해 지원을 아끼지 않겠다는 군주도 있었고, 다소 불만스러운 군주들도 있었으나 선택할 수 있는 문제가 아니었다. 결론적으로는 모두가 교황청에 군사를 내주었다.

약 한 달 후, 테베칸 시국에 대군이 모였다. 각자 다른 국가와 계급의 군사들은 모두 같은 갑옷을 입었다.

투구와 갑옷이 일체형으로 머리까지 전부 감싸도록 되어 있었기 때문에 남자들은 모두 짧게 머리를 잘라야 했다.

가슴팍과 방패에는 다이아몬드 문양으로 붉게 수가 놓여 있었다. 같은 옷에, 민숭민숭한 머리를 한 남자들은 언뜻 보면 구분이 거의 가지 않았다. 마치 하나의 거대한 덩어리 같았다.

"에시엣의 영광을 위하여."

블라디미르는 교황청 꼭대기에 있는 자신의 집무실에서 그 모습을 내려다보며 홀로 건배를 했다.

"용맹한 카르에시드의 승리를."

그리하여 이스멘 군대에 맞설 다이아몬드의 전사, 카르에시드가 탄생했다.

✟ ✤ ✟

에드워드 황태자의 도움을 받아 레미엘을 치료하기 시작한 지 벌써 몇 달. 그는 피를 토하는 일이 사라졌다.

간혹 어지럼증을 호소하거나 열이 오르기는 했으나, 그 빈도도 예전에 비하면 훨씬 덜한 수준이라고 했다.

"많이 좋아진 것 같아, 레미엘."

나는 레미엘의 머리를 쓰다듬으며 그의 귓가에 속삭였다.

그가 고통스러워하는 모습을 덜 봐도 되어서 기분이 좋았다.

"주치의가 이상해하는 것 같긴 하더라."

"……."

"물론 내가 약을 버린다는 건 모르겠지만."

레미엘은 내 무릎에 대고 작게 웃음을 터뜨렸다. 그는 현재의 자세를 상당히 만족해하는 듯했다.

나는 죽어도 여기에 못 눕게 하면서, 저는 날 침대에 앉혀 놓고 내 무릎에 누워 있다. 네 침대라 이거지. 얄밉다. 나는 레미엘의 코를 잡아당겼다.

"앗, 뭐야."

"레미엘, 너는 욕심쟁이야."

"응?"

그가 이해가 되지 않는다는 듯 큰 눈을 깜박였다. 순진한 척은. 하지만 그것도 내 눈에는 귀여웠다.

"예쁘니까 용서해 주는 거야."

"으응. 카야아……."

예쁘다는 말과 앞머리를 쓸어 주는 것이 마음에 들었는지 그의 입가에 천진한 미소가 감겼다. 그는 최근 애교가 늘었다. 아이처럼 말끝을 늘이는 일도 많았다.

"얼마 남지 않았어."

레미엘이 눈을 스르르 감았다. 졸린가 보다. 오늘은 일정이 없는 날이었다. 낮잠을 자게 해 줘야겠다.

"으음……."

천사처럼 잠든 레미엘을 보며 나는 강렬하게 찾아오는 염원을 느꼈다.

얼른 레미엘을 여기서 꺼내 주고 싶다. 그리고 그와 영영 함께할 수 있다면 얼마나 좋을까.

"이틀 후가 카르에시드 출정이네."

깜짝이야. 잠에 빠진 줄 알았던 레미엘의 입이 열렸다. 눈은 여전히 다소곳이 감겨 있었다.

"또 내 이름을 앞세워 마음껏 살육을 저지르겠지."

"……."

"결국, 저들의 욕심으로 인하여 움직이는 것을……."

그답지 않은 서늘한 목소리가 가슴에 꽂혔다. 나는 아무 말도 하지 못하고 그의 머리카락을 쓰다듬기만 했다.

"어찌 되었건, 내 손으로 서명을 했으니까……."

"……."

에드워드 황태자의 말에 따르면, 내키지 않아도 군사를 내어 주어야 했던 군주들은 하나같이 교황을 은밀히 비난했다고 한다.

피에 미친 교황, 전쟁 교황 카프리치오 7세.

레미엘은 알고 있는 것이다. 피로 얼룩진 서류에 수없이 서명하며 깨달은 것이다.

모든 비난은 그를 향해 있었다.

실제로 말을 움직이는 건 블라디미르 리스텐을 비롯한 추기경들이나, 모든 비난과 책임은 레미엘에게로 돌아가는 이 기묘한 위계질서.

신전이 레미엘을 체스판에 앉혔기에. 군중이 보는 것은 누구의 이름으로 서명이 되었는지, 그것뿐이었다.

그들은 진실이 뭔지 몰랐고, 관심도 없었다.

✠ ⚜ ✠

일리프는 출정하기 전 내게 연통을 넣었다. 그가 정식으로 떠나기 전날 저녁, 그와 나는 후원에서 만났다.

마지막 훈련을 마치고 온 그는 평소의 제복 대신, 모든 카르에시드에게 지급된 갑옷과 방패를 찬 차림이었다.

머리카락이 남김없이 투구 안에 들어가는 차림은 썩 미적 측면을 고려한 모양새는 아니었으나, 본래의 인물 덕분에 그는 그마저도 근사해 보였다.

"적어도 몇 달간은 카야를 볼 수가 없겠군요. 그동안 자주 보다가 떨어져 있는 데에 적응이 될지 모르겠습니다."

병동에 입원해 있을 때, 일리프는 하루가 멀다 하고 날 찾아왔었다. 나는 그의 정성에 진심으로 감동했다.

"그동안 신세 정말 많이 졌어요."

"아닙니다. 제가 좋아서 한 일인걸요."

일리프는 생긋 웃었다. 그는 생색을 내는 법이 없었다.

"일리프."

"……."

"꼭 살아서 돌아오세요."

전장에 나가서 싸우는 것이 군인인 그의 본분이라고는 하나, 죽음이 일상처럼 들끓는 장소로 친한 사람을 보내는 것은 못내 마음을 편치 않게 했다.

"다치지도 마시고요."

피와 살이 튀는 전장으로 나가는 그를 위해 내가 할 수 있는 말은 그런 것뿐이었다.

"다쳐서 오는 것도 나쁘지 않은 선택지 같은데요. 그걸 핑계로 카야에게 치료를 받을 수도 있지 않을까요?"

"일리프."

일리프는 달래듯 내 어깨를 가볍게 두드렸다.

"농담입니다. 무사히 돌아오겠습니다."

"……."

"온전한 몸으로, 우리의 성전에 에시엣의 영광이 다시 드리우는 것을 볼 것입니다."

신앙심에 찬 결의에 나는 가슴이 횅해지는 것을 느꼈다.

나는 이미 에시엣에 적대하는 자들과 손을 잡았다. 세상 밖으로 나와 루에르를 규탄하게 되는 그날에는 일리프 또한 적이 될까.

내게 호의를 가지고 있던 이가 적이 되는 것만큼 고통스러운 일이 더 있을까. 생각만으로도 마음이 싸하게 아파 왔다.

그렇게 된다 해도 그를 무작정 탓할 수는 없다. 독실한 가문에 태어나 어릴 때부터 성기사로 자란 그에게 신이란 절대적인 존재일 테니까. 그의 직위로는 교황청 편에서 싸우는 것이 당연했다.

"……."

미래를 생각하면, 혁명을 도모하는 입장에서는 루에르의 훌륭한 방패인 그의 안녕을 비는 것이 오히려 어리석은 일이었다.

그러나 어찌 되었건 지금 그와 나는 성기사와 사제로서 똑같은 에시엣의 종이었다.

설령 그와 칼끝을 서로 겨누는 순간이 훗날 오게 되더라도, 지금은 그에 대해 생각하지 않기로 했다. 나는 그저 그가 이 카르에시드의 생존자가 되기를 바랐다.

나는 두 손을 가슴 앞에 모았다. 그리고 정해진 인사를 속살거렸다.

"에시엣께서 그대와 함께."

일리프도 나처럼 마주 손을 모은 채 그에 임했다.

"또한 사제와 함께."

✢ ✤ ✢

카르에시드는 출정하고 치른 첫 전투에서 대승을 거두었다. 데이커

장수 하나스의 군대를 거의 초토화시키다시피 한 군사들의 사기는 하늘을 찔렀다.

"며칠, 휴식한다."

카르에시드 3사단의 총지휘를 맡은 일리프는 산간 중턱에 베이스캠프를 잡고 지친 병사들에게 회복할 시간을 주었다.

"부상병들의 상태는 어떤가?"

막사 앞에 설치된 임시 테이블에 앉아 쉬던 일리프가 부관 엑스메르에게 물었다.

"많이 회복되었습니다. 더 이상 추가 사망자는 없고, 며칠 내 회복될 것 같습니다."

"다행이군. 의료 사제들에게 고맙다고 인사를 전하게."

부관에게 명령을 내린 일리프는 몸을 일으켰다.

"어디 가십니까?"

"잠시 샘가에 가서 몸을 좀 씻으려 한다."

이왕 산에서 휴식하기로 결심한 차에 찬물에 몸도 담그고, 이참에 피에 절은 군복도 빨까 싶었다. 일리프는 부관을 두고 막사를 떠나 숲 안으로 들어갔다.

샘을 찾아 숲 안쪽으로 들어가던 그는, 별안간 수풀 너머로 들려오는 이상한 소리에 인상을 찌그렸다.

"끕…… 끄으윽……."

"뭐지?"

어린 짐승이 우는 소리 같기도 하고, 사람의 숨이 넘어가는 소리 같기도 했다. 병사들이 사냥을 했나? 그저 쉬거나 씻는 건 괜찮아도, 전시에 사령관의 허가 없이 사냥을 하며 노는 행위는 금기였다.

일리프는 군령 위반의 현장을 잡기 위해 수풀을 헤치고 들어갔다. 그러나 안에 있는 건 사냥감이 아니었다. 참혹한 광경이 펼쳐져 있었다.

이교의 여인이 바닥에 누워 있었고, 그 위를 카르에시드의 단복을 입은 기사 하나가 덮쳐 누르고 있었다. 여인은 그에게서 벗어나려는 듯 꿈틀거리고 있었으나 소용이 없었다.

"흡……."

"입 다물어, 이년아. 가만있으면 좋아질 거라고."

기사는 한 손으로 여인의 입을 틀어막은 채 다른 손으로 자신의 바지춤을 풀어 헤쳤다.

일리프는 허리춤에 있던 검을 빼어 들었다. 그리고 기사에게 다가가 그의 목덜미에 검날을 들이밀며 물었다.

"지금, 뭐 하고 있는 거지?"

"사, 사령관님……."

바지를 내리려던 기사가 일리프를 보고 당황했다. 그러다 이내 자신의 목을 겨누고 있는 칼날을 발견한 그의 얼굴이 새파랗게 얼어붙었다.

"당장 물러서지 않으면 즉결 처분하겠다."

"예…… 예!"

기사는 곧바로 복종의 태도를 보였다. 일리프는 검을 도로 집어넣고 그에게서 비켜섰다.

기사는 흐트러진 바지춤을 도로 여민 다음 벌떡 일어나 경례를 했다. 그리고 등을 돌려 잽싸게 내빼려는 그를 일리프가 붙잡았다.

"거기, 잠깐."

기사는 번개라도 맞은 듯 화들짝 놀라서 뒤돌아섰다. 일리프와는 눈도 제대로 마주치지 못하는 꼴이 우스웠다.

전형적인 강자에게 약하고, 약자에게 강한 족속. 일리프의 눈매가 경멸로 일그러졌다. 그는 여인을 가리키며 잇새로 으르렁거리듯 말했다.

"어디서 이 여인을 데려온 것인지 고해라."

기사는 벌벌 떨며 대답을 피하고 싶어 하는 듯했으나, 일리프의 날카로운 눈초리를 이기지 못하고 입을 열었다.

"동, 동료들이 이 주변 민가에 내려가서 몇 명 데려온 다음…… 저에게 이 여자를……."

"민가?"

일리프가 반문했다.

"카르에시드 중 민가로 내려가는 이들이 많던가?"

"제법……."

일리프의 주먹에 힘이 들어갔다. 그는 뭔가를 잔뜩 눌러 참는 얼굴로 기사에게 명령했다.

"물러가라."

"예…… 예!"

일리프의 눈치를 보던 기사는 십년감수했다는 표정으로 도망가다시피 그 자리를 벗어났다.

"하……."

기사의 뒷모습을 개탄하며 바라보던 일리프의 입에서 한숨이 새어나왔다. 이런 일이 어떻게 자신의 주변에서 일어날 수 있나.

그것도 한두 명도 아니고, 단체로.

이것이, 진정 신의 이름으로 모인 자들이 자행할 만한 일이란 말인가?

"괜찮으십니까?"

일리프의 시선이 쓰러져 있는 여인에게로 향했다. 여인이 입술을 깨물며 고개를 끄덕였다.

그러나 일리프가 보기에 그녀는 별로 괜찮아 보이지 않았다. 반항하다가 뺨을 맞았는지 입술이 터지고 볼이 부어 있었다. 흐트러진 옷자락과 눈물이 번진 얼굴에 그는 얼굴이 화끈거릴 정도의 수치심을 느꼈다.

이러나저러나 자신의 아랫것들이 저지른 일이라면, 그것은 곧 휘하의 군 통제를 제대로 하지 못한 자신의 탓이었다.

"제 병사가 저지른 무례에 대해서는 대신 사과드리겠습니다."

일리프는 그녀에게 손을 내밀었다. 그녀가 일리프의 손을 잡고 일어섰다.

"마을까지 데려다드리겠습니다."

"그, 그러지 않으셔도……."

여인은 머뭇거리며 말끝을 흐렸다.

"위험합니다. 아까와 같은 일을 또 당하실 수 있으니까요. 일이 이렇게 되도록 몰랐던 것에 대한 속죄로, 그대의 안전을 책임질 수 있게 해주십시오."

일리프의 말에는 거역할 수 없는 힘 같은 것이 깃들어 있었다. 일리프의 말이 틀린 것도 아니라, 여인은 그를 따라나서기로 했다.

"저……. 감……사합니다."

여인이 일리프를 따르며 작게 속삭이듯 말했다.

"아닙니다."

일리프는 단호하게 고개를 저었다.

"전 감사할 일을 하지 않았습니다."

"……."

"그들이 비정상적인 것이지요."

하지만, 그들이라 칭해 봤자 결국 자신과 같은 갑옷을 입고 방패를 든 한편. 따지고 보면 우리, 아니던가. 짙은 회의감이 찾아왔다.

고개를 앞으로 돌린 일리프의 얼굴이 짓씹듯 일그러졌다. 뒤따르던 여인은 그것을 보지 못했다.

⚜ ⚜ ⚜

카르에시드는 날개라도 돋은 듯 연승을 이어 갔다. 사막 지역에 다다르기까지, 그들은 일리프 루테반의 지휘 아래 승승장구했다.

"이대로라면 탈환이 멀지 않았습니다."

부관은 피가 묻은 검을 검집에 도로 넣으며 웃었다.

"테베칸에 돌아가시면, 그동안 사령관님을 무시하던 세력들이 전부 찍소리도 못 하게 될 겁니다."

"의미 없다."

일리프는 딱 잘라 말했다. 진심이었다. 그들이 뭐라건 자신이 알 바가 아니었다.

전투를 마치고 몸을 씻은 일리프는 막사 앞에서 밧줄로 꽁꽁 묶인 채 무릎이 꿇린 이교도들을 발견했다.

"민가에서 잡아 온 포로들입니다."

부관이 설명했다.

일리프는 이교의 포로들을 살펴보았다. 저마다 생김새가 달랐다. 어두운 피부색조차 미묘하게 톤이 달랐다. 하지만 그들의 표정은 틀로 찍어 낸 것처럼 하나같이 그늘이 져 있었다.

마음 한구석에 불편함이 번졌다. 그것이 이해되지 않아 그는 원칙을 헤아려 보았다. 본래 포로를 잡아들이는 것은 전쟁에서 빠지지 않는 일이었다. 추후에 있을 적군과의 협상에서 유리한 고지를 점하기 위해서였다. 그러므로 일리프 휘하의 군사들이 한 일은 당연한 것이었다.

"그렇군."

그래서 일리프는 그렇게 대답할 수밖에 없었다.

✤ ✤ ✤

저녁 식사를 마치고 자신의 막사로 돌아가던 일리프는 기이한 광경을 목격했다.

"오오오!"

"그래! 그래! 옳지, 때려눕혀!"

둥글게 둘러 모인 병사들이 주먹을 불끈 쥔 채 소리를 지르며 무언가에 열광하고 있었다.

자기들끼리 작은 검투 시합이라도 즐기나 싶어 그들 사이로 자연스럽게 파고든 일리프는 눈앞에 보이는 장면을 보고 얼굴을 굳혔다.

"……."

"잘한다! 그대로 쭉 밀고 나가!"

"와아아아!"

포로로 잡힌 이교의 젊은 청년 둘이 모래 바닥 한가운데서 몸싸움을 벌이고 있었다. 위에서 주먹을 휘두르는 자는 파란 옷, 아래에 깔려 있는 자는 빨간 옷을 입혀 누가 누군지 구분이 극명했다.

"진 놈은 밥 없어!"

병사 중 하나가 빙글거리며 외치고, 주변으로 우우우 하는 환호와 야유가 함께 섞여 퍼졌다. 심지어 편을 갈라 내기를 하는 이들도 있었다.

"파란 놈이 이기겠구만. 난 저놈한테 10바르트 걸지."

"어이, 빨간 놈! 반격을 해! 난 이미 너에게 15바르트를 걸었다고!"

그 가관인 꼴을 지켜보던 일리프의 인내심에 드디어 한계가 찾아왔다.

민가에 가서 물자 약탈에, 부녀자 강간을 심심치 않게 벌이는 것도 골머리를 썩였는데, 이젠 포로들끼리 싸움을 붙이면서 놀아?

그의 이마에 굵은 힘줄이 솟았다.

"당장 중지하라!"

일리프는 모두에게 들리도록 큰 소리로 외쳤다. 한창 경기를 구경하고 있던 이들의 고개가 일리프를 향해 돌아갔다. 일리프는 인상을 쓰고 버럭 외쳤다.

"들리지 않느냐. 지금 당장 중지하라고 명했다!"

추상같은 명령에 병사들은 일리프를 보고 슬금슬금 몸을 물렸다. 포로들도 그의 얼굴을 보고 서로에게서 떨어졌다.

경기가 파하고, 한데 엉겨 싸우던 포로들은 주저앉은 채 지친 얼굴로 숨을 몰아쉬었다. 일리프는 이마에 손을 짚고 한숨을 내쉬었다.

제루비넬로 원정을 온 지도 어느덧 세 달 남짓. 병사들의 행동은 갈수록 도를 넘고 있었다. 지휘관인 본인도 이들이 성전을 되찾으러 온 이들인지 노략질을 하러 온 산적인지 불쑥불쑥 회의가 찾아왔다.

조금만 눈을 소홀히 해도 이런 일들을 비일비재하게 벌이니, 대체 어떻게 통제를 해야 할까 싶었다.

그때 일리프의 옆으로 한 기사가 다가와 경례를 붙였다.

"사령관님."

일리프의 시선이 그에게로 향했다. 옅은 금발 머리를 짧게 깎은 얍실한 인상의 남자가 일리프를 빤히 바라보고 있었다.

이름은 가스토르 테먼. 모르바디 공국 출신이라 했었다. 그곳에서는 부대 하나를 거느리는 소대장이라고 들었다. 지금은 사령관인 자신의 휘하에 있었다.

실력은 좋은 자였으나, 일리프는 볼 때마다 그가 마음에 들지 않았다. 웃을 때마다 가늘게 휘어지는 눈꼬리와 입매가 묘하게 교활하고 음흉한 인상을 주기 때문이었다.

비록 겉모습으로 사람을 평가하지 말라는 격언을 알고는 있었으나, 그는 본능적으로 거부감을 불러일으키는 이였다.

"어쩜 그리 무게만 잡으십니까."

그 인상 그대로, 그의 입꼬리가 슬쩍 올라갔다. 목소리는 낮고 은근했다.

"고작 저 정도를 가지고 열을 내시다니요."

"뭐?"

일리프는 어이없음에 반문했다. 결국 같은 소속이 아니어서 그런지, 사령관인 저에게 반기를 드는 무례를 아무렇지 않게 저질렀다.

"자네, 지금 본인이 무슨 소리를 하는 건지 알고 있긴 하나?"

"알다마다요. 그깟 포로들일 뿐인데, 병사들을 호통쳐 가며 제지할 필요가 있습니까?"

일리프는 그의 싱글거리는 웃음이 역겨워 보인다고 생각했다. 그는 일리프의 표정이 굳든 말든 상관하지 않고 말을 이었다.

"저는 긍정적으로 생각합니다. 사기 증진을 위해서도 필요하다고⋯⋯."

기가 막힌 소리였다.

사기는 무슨 사기. 약한 자들을 희롱하며 유희하는 것에 감히 사기를 가져다 붙인단 말인가.

"사령관으로서 명령한다."

일리프는 그의 말허리를 끊었다. 무시당한 자의 눈썹이 일그러지는 것이 보였다.

"당장 모든 형태의 포로 싸움 붙이기를 중지하라. 어기는 자는 예외 없이 군령에 따라 다스릴 것이다."

상관없었다. 제까짓 게 눈살을 찌푸려 봤자 결국 자신의 아래 직위였다. 종전이 되고 흩어진다 하더라도 공국의 기사가 성기사 단장에게 맞먹을 순 없었다.

"사령관님!"

그때 헐레벌떡 달려온 그의 부관이 빠르게 경례를 붙였다.

"무슨 일인가."

"식량과 무기를 싣고 오던 짐마차들이 아칼레, 롬바르다, 세르포에서 모두 격파되고, 보급군들이 전원 사망했습니다!"

그는 숨 돌릴 틈도 없이 빠르게 고했다.

"뭐?"

일리프는 듣고도 믿지 못할 소리에 눈을 크게 떴다. 받아들이고 싶지 않은 말이었다. 그러나 현실은 잔인했다.

"모든 보급로가…… 차단되었습니다."

얼굴을 일그러뜨리며, 그의 부관은 확인 사살을 했다.

＋ ⚜ ＋

화기애애하던 부대의 분위기가 한없이 아래로 가라앉았다. 다음 보급이 언제인지도 확실하지 않은 상황. 그다음 전투 전에 굶어 죽으면 어쩌나 하는 문제가 심심치 않게 오갔다.

이대로 상황을 내버려 둘 수는 없었기에, 그들은 식량을 최대한 아끼기 위한 방안들을 고안했다.

그중 그들이 가장 먼저 선택한 것은 불필요한 입부터 줄이는 것이었다.

"포로들을 방출해야 할 것 같습니다."

부관은 그렇게 말했다.

일리프는 자신의 앞으로 끌려온 포로들을 바라보았다.

입고 있는 옷들은 이미 너덜너덜하게 해졌다. 피부 가득 꾀죄죄하고 상처가 많은 이들에게서는 생기가 하나도 없었다.

빈 눈으로 루에르의 사령관을 응시하는 그들은 희망과 빛이 모두 빠져나간 껍데기일 뿐이었다.

일리프는 주먹을 꽉 쥐었다. 기묘한 반발심이 일었다.

왜, 왜 나를 그렇게 쳐다보나?

꼭 너희들의 불행의 원인이 나인 것처럼, 왜 그런 눈을 하고 나를 바라보나?

나는 이 땅에 신의 뜻을 실현하러 온 자. 그렇다면 비난은 부당하지 않은가?

"……."

외면하려 해도 그들이 내뿜는 어둠은 끈덕지게 따라붙었다. 그들은 숨을 쉬고 있되 진정으로 산 것이 아니었다. 마치 썩은 동태 같은 눈들을 보자 숨이 턱 막혔다.

그는 다시 부관에게로 시선을 돌렸다. 어차피 지체는 순간일 뿐, 자신이 내놓아야 할 답은 정해져 있었다.

영원처럼 느껴지는 몇 초 후, 쇳덩이보다 무거운 입술이 떨어졌다.

"그리……하라."

병사들은 지체 없이 사령관의 명을 따랐다. 그는 묶인 채 끌려가는 포로들의 뒷모습을 멍하니 바라보았다.

물도 식량도 없이 사막 한가운데 방치된 이들은 분명 얼마 가지 않아 죽을 것이다. 가슴이 싸했다.

저들이 자신들에게 무슨 잘못을 저질러서 죽어야 하나.

저들은 무기를 들고 자신들에게 덤비던 적군이 아니다. 이교라 해도,

자신들의 세상에서 저 나름대로 선량한 의지를 가지고 살던 이들이 아니던가?

그러나 그들에게 이러한 마음을 가져서는 안 되었다. 외면해야 한다. 일리프는 눈을 감았다. 그가 할 수 있는 건 아무것도 없었다.

포로들에게 지나친 처우를 하는 것은 제재할 수 있다. 폭력과 성적 학대로부터는 막을 수 있다. 하지만 보급이 끊긴 상황에서, 포로를 살리겠다고 병사들의 식량을 줄일 수는 없다. 그것은 사령관이라는 자격을 부여받은 자신의 소관에 어긋나는 행위였다.

"하하⋯⋯."

하지만 멋대로 잡아 온 이들을, 이제는 이 황량한 사막 한가운데 버리는 것이 과연 옳은지에 대한 대답은 쉽게 할 수 없었다.

그는 세속 국왕의 명을 받고 온 것이 아니었다. 자신은 타지민들을 정복하고 탄압하고 지배하기 위해 온 것이 아니다. 오직 신을 위해 온몸을 바쳐 싸우고 있었다.

하지만 신의 뜻을 따르기 위해 해야 하는 행동들이 고작 이런 거란 말인가?

대항할 힘이 없는 이들을 상대로 약탈하고, 유린하고, 유희를 위해 농락하다가 쓸모가 사라지면 내다 버리는 것들.

나는 이런 것들을 위해, 이다지도 열심히 신전에 충성을 바쳤던가.

어릴 때부터 평생 에시엣을 위해 봉사하리라 다짐했다. 그 외에 향락에도 재물에도 관심을 두지 않았던 세월이 길었다. 오직 성기사로서 올바르게 행동하고, 때가 차면 신의 이름을 위해 명예롭게 죽는 것이 자신의 사명이라 여겼다.

한눈팔지 않고 정진하니 실력은 수직 상승했다. 성기사로 임명되던 해, 그는 동기 중 가장 우수한 성적으로 기사 학교를 졸업한 이였다.

그대로 계속 성장해 젊은 나이에 기사단장이 되었다. 한미한 가문 출신의 기사가 단장이 되는 것을 두고 많은 이들이 아니꼽게 여겼다. 뒷말도 오갔다.

그러나 상관없었다. 그런 말들에 일일이 신경 쓰기에는 그의 신념이 너무 굳었다.

그는 늘 흔들리지 않는 나무와 같았다. 오로지 앞만 보며 묵묵히 주어진 길을 걸어왔다.

하지만, 처음으로 신을 위해 참가한 전쟁은 그의 뿌리 깊던 믿음을 흔들었다.

신이, 없나?

물음 하나가 불쑥 튀어나왔다. 단 한 번도 감히 품어 보지 못한 의심.

신은 정녕, 존재하지 아니하는 허상이란 말인가?

그래서 이런 일들이 자행되도록 방치하는가? 한낱 인간의 눈으로 봐도 잘못된 일을, 초월적 존재가 모를 리 없거늘.

아니다.

아니, 아니었다.

에시엣은 분명 존재한다. 일리프는 그렇게 생각했다.

자신의 삶 궤적마다 에시엣이 온통 가득했다.

경전 속 수많은 가르침과 한 줄 한 줄 읽으며 발견한 세상의 진리, 그것이 모두 거짓일 수는 없었다. 그에게는 그것들이 전부였다. 그 가치들만큼은 진짜라 믿었다.

그러나 그를 섬기는 인간들의 행동은 어쩌면 잘못되었을지도 모른다고.

처음으로 그런 생각이 들었다.

신전이 진정 에시엣의 뜻에 따라 운영되는 조직인지. 교황이 정말 신의 계시를 받아 이 잔혹한 살육전을 지시한 것인지.

의심의 씨앗이 가슴에 터를 잡았다.

어쩌면, 어쩌면 거짓말일 수도 있지 않나. 그들이 신의 이름이라는 미명하에 자신들의 뜻을 내세우는 것일 수도 있지 않나.

성장 과정 내내 배운 경전의 구절들이 떠올랐다.

「살아 있는 생명을 어여삐 여기고, 불필요한 살생은 금해져야 할 것이다.

비록 이교의 자라 하더라도 그 마음이 선하고 올곧아 상처 입은 루에르의 신민을 살핀 자가 있다 하면, 그것이 과연 타락한 성직자보다 덜한 자라 함부로 규정할 수 있는가?

간음하지 말라.

타인의 재물을 탐내지 말라.」

그 모든 말들이 이토록 내 가슴에 깊이 새겨져 있거늘.

그대들이 가르친 경전의 진리들을, 지금 그대들이 어기고 있구나.

일리프는 막사에 작게 설치된 기도실로 터덜터덜 발걸음을 옮겼다.

문을 열자 어두컴컴한 공간이 그를 반겼다. 일리프는 기도를 위해 마련된 나무판자 위에 무릎을 꿇고 성호를 그었다. 늘 아무렇지 않게 해오던 행동인데, 손이 덜덜 떨렸다.

"에시엣이시여."

모든 이들의 아버지. 맥동하는 생명의 근원이여. 이 하찮은 종이 감히 아뢰니.

"사랑하는 나의 신이여, 진실로 우리 앞에 당신을 드러낸 적이 있습니까?"

혀와 입술이 바짝바짝 마르고 목구멍이 탔다. 일리프는 고개를 떨구었다.

침묵만이 흘렀다. 그의 신은 음성으로 답을 해 오지 않았다.

"만일 그것이 아니라면."

…….

"당신이 우리에게 준 것은 경전 하나뿐이라……. 그리 믿어도 되겠습니까?"

조용한 물음이 기도실 안을 울렸다. 일리프는 자신의 의문이 신전의 근간을 흔들 수 있다는 것을 알았다. 하지만 한번 달리기 시작한 마음은 멈추지 않았다.

일리프는 손을 풀고 몸을 일으켰다.

경전으로 돌아가자.

에시엣의 말씀이 나온 근원으로 돌아가자.

아무 대답도 계시도 없었지만, 결심이 선 것은 한순간이었다.

신전에 복종하는 건 이 전쟁이 마지막이다. 그들이 부여한 직위에 대한 책임을 지는 것도. 카르에시드 원정을 마지막으로 자신은 그들의 뜻에 무조건 순응하는 것을 멈출 것이다.

신전에서는 개인에게 의견을 가지는 것을 허용하지 않았다. 신전의 해석과 지침을 따를 것을 지시했다. 그리고 일리프는 이제껏 그에 철저히 복종해 왔다.

하지만, 이제는 아니다. 더 이상 맹목적으로 따라 주지 않겠다. 이제는 자신의 손으로 직접 진리를 찾을 것이다.

"에시엣의 이름으로."

바닥을 딛는 발걸음이 한결 가벼웠다. 일리프는 작은 제단을 향해 미소 지었다.

"영광받으소서, 나의 신이여."

나는 오직 그대의 뜻을 위해 살 뿐이니.

"어쩌면, 당신을 위해 이 대지를 피로 적셔야 하는 순간이 온다 해도."

그것이 내 피든, 다른 이의 피든.

"부디, 용서하소서."

불쌍히 여겨 주소서. 제발, 아버지시여.

홀로 진실의 샘을 찾아 나선 당신의 목마른 어린 양을.

⚜ ⚜ ⚜

보급이 끊기면서 부대의 분위기는 험악해졌다. 서로 똘똘 뭉치던 병사들 사이에서는 이제 담배 따위를 차지하기 위해 작은 다툼을 벌이거나 주먹다짐을 하는 일 등이 비일비재했다. 상관들도 그들을 막지 못했다.

그중에서도 가장 심각한 문제는 역시나 식량이었다. 점차 엉망이 되어 가는 식단에 식사 시간에는 때아닌 실랑이가 벌어지기 일쑤였다.

"이것밖에 없어?"

병사는 볼멘소리로 손에 들린 접시를 내려다보았다.

커다란 접시가 무색할 정도로 그 위에 올려진 음식의 가짓수와 질은 형편없었다.

묽은 수프 한 그릇과 어린아이 주먹만 한 빵 한 덩이가 전부였다. 신선한 야채나 과일은 구경도 못 한 지 벌써 오래였다. 병사의 미간이 와락 구겨졌다.

"이걸 먹고 어떻게 싸우라고……."

"보급이 부족해서 어쩔 수 없다. 그것도 감지덕지한 줄 알고 먹어. 언제 다 동날지 모르니까."

음식을 배부하던 취사병이 덤덤하게 대꾸했다.

"뒷사람 배식해야 하니까 얼른 가서 먹기나 해."

"물이 반이네, 씨."

병사는 투덜거리며 자리로 향했다. 그를 잠시 바라보던 취사병의 입에서 깊은 한숨이 길어져 나왔다.

⚜ ⚜ ⚜

보급품이 채 보름도 못 버틸 정도의 수준으로 떨어졌다.

일리프의 부대는 전에 없던 위기에 처했다. 진퇴양난에 빠진 일리프에게로 그의 부관이 찾아왔다. 그들은 앞으로의 방책을 의논했다.

"후우……."

입술에서 막막한 한숨이 배어 나왔다.

일리프가 이마에 손을 짚은 자세를 취한 지는 벌써 한 시간이 지났다. 고뇌는 깊었으나 그만큼 해결책은 쉽사리 나오지 않았다.

"어떡할까요."

부관의 채근 같은 질문에도 일리프는 뾰족한 답을 내놓을 수 없었다.

그들은 진퇴양난의 상황에 처해 있었다. 보급은 계속해서 오질 않고, 사령관인 그조차도 영양 상태가 좋지 않을 정도였다.

빵과 곡류로 버티고는 있으나, 이마저도 언제 떨어질지 모르는 데다가 야채와 과일의 섭취 부족으로 몸이 약한 병사들 사이에서는 괴혈병이 발병하기 시작했다.

어떻게든 적군을 공격해 물자를 빼앗는 방법도 있었지만, 현재로서는 그럴 수도 없는 상황이었다.

적은 홀연히 자취를 감추었다. 보름 전 나이한 성에서의 전투를 마지막으로, 모두들 사막의 모래바람에 휩쓸려 간 듯 코빼기도 보이지 않았다.

"이틀 후에."

"……."

"다시 원정에 나선다."

내뱉는 동시에 마음이 묵직해졌다.

상태가 좋지 않은 병사들을 데리고 행군을 하는 것은 썩 내키지 않았으나, 이대로 있다가는 죄 굶어 죽을 판이었다.

부대가 더 힘을 잃기 전에 어떻게든 적을 찾아 나서는 것이 지금으로서는 유일한 방법이었다.

"알겠습니다."

부관이 경례를 하고 물러났다. 일리프는 부관의 모습이 사라지자마자 앉아 있던 테이블 위에 머리를 박았다.

⚜ ⚜ ⚜

막사에 누워 자던 일리프는 밖에서 들려온 펑, 하는 소리에 눈을 떴다. 폭발음의 크기와 터지는 굉음으로 미루어 볼 때 분명 화약이 터지는 소리였다.

바깥과 연결된 막사의 입구가 새빨갛게 물이 들어 번쩍거렸다. 일리프는 침대맡에 벗어 두었던 갑옷을 빠르게 걸쳐 입고 투구의 끈을 조여 맸다. 거울을 볼 틈이 없어 감으로 묶는 손끝이 자꾸 엇나갔다.

겨우 투구로 머리를 감싼 그는 침대 바로 옆에 걸어 둔 검과 방패를 챙겨 들고 막사를 나섰다.

막사 밖은 지옥이었다.

군데군데 뿌려진 화약에서 불이 붙어 기지 전체가 타오르는 중이었다. 그 사이로, 어디로 사라졌었는지 보이지 않던 적군들이 새까맣게 몰려들고 있었다.

자신처럼 자다가 일어난 카르에시드 병사들이 헐레벌떡 옷을 입고 하나둘씩 뛰어나오는 것이 보였다.

당했다. 그의 이가 꽉 맞물렸다.

'젠장!'

요새 보이질 않더니, 숨어서 때만 노리고 있었던 것이다. 보급 부족으로 자신들이 약해질 틈을 기다리며.

"기습이다!"

일리프는 목이 터져라 외치며 적에게로 달려들었다.

"전군! 전투 준비!"

"와아아아!"

"모두 죽여라!"

일리프의 검이 허공을 날 때마다 적의 피와 살점이 땅으로 떨어져 내렸다. 다른 곳에서도 각각 싸움이 붙었다.

기지는 죽어 가는 자들이 내는 비명과 화약이 터지는 굉음으로 가득 찼다. 간혹 몸에 불이 붙은 병사가 타오르며 지옥에서 온 것 같은 소리를 내지르기도 했다.

일리프는 괴로움에 미간을 찡그렸다. 쉴 새 없이 귓가에서 터지는 화약 때문에 귀가 멀 지경이었다.

끝을 모르고 달려드는 적도 그를 지치게 했다. 대충 봐도 쪽 수가 두세 배는 되어 보이는데, 과연 이들을 모두 격파하는 게 가능할지 의심이 갔다.

영양 상태가 좋지 않은 데다 막 자다 깬 그로서는 날랜 적 여럿을 상대하는 것이 쉽지 않았다. 얼마 없던 체력이 동나고 있었다.

눈앞이 어질어질하고 정신이 혼미해졌다. 일리프는 거의 본능적인 감각에 의존해서 검을 휘둘렀다. 적의 살이 베이고 피가 튀는 느낌마저 꿈인 듯 혼미했다.

간혹 일렁이는 시야 너머로 보이는 것은 자신의 군대가 이스멘군들에 의해 무참히 도륙당하는 장면이었다.

'아······.'

안 되는데.

일리프는 테베칸에서 같이 온 동료들을 생각했다. 자신의 부관, 부단장을 하던 친우, 같이 훈련받던 이들······.

그들과 함께 이곳을 나가야 한다. 우선 성지를 되찾고 테베칸으로 간 다음, 그 후에 그다음 일을 도모하자.

살아야 한다.

무찔러야 한다.

이들을 죽여야 한다.

오직 살기와 생존 본능만이 그를 가득 채웠다.

그는 애써 정신을 다잡고 몰려든 적에게 무기를 겨누었다. 타오르는 불길로부터 뿜어져 나온 빛이 기지를 빨갛게 물들이며, 피 흘려 싸우는 자들의 새벽을 밝혔다.

12. 모든 것을, 제자리로

온몸을 다해 싸웠음에도 불구하고 새벽 전투의 결과는 처참했다.

기습에 대한 대비가 부족했던 탓도 있지만, 가장 큰 문제는 적과의 머릿수 차이와 식량 부족으로 반 이상이 비실거리던 병사들의 상태였다.

일리프의 부대는 병력의 9할 이상을 잃었다. 다른 사령관들도 사정은 비슷했다.

초반엔 밀리는 듯하던 이스멘군들은 차례로 루에르의 보급을 끊고, 급습으로 각 부대를 궤멸시켰다.

사막의 지형에 익숙한 이들은 자신들을 능숙하게 숨겨 가며 카르에시드를 농락했다. 신기루처럼 움직이는 이들을 이기기란 불가능에 가까웠다.

결국 카르에시드는 패배를 인정했다.

신전 성기사 중 가장 높은 자이자, 사령관들을 총괄하던 레이어스 드

레푸스는 결국 이스멘의 술탄 아나힘 테르트가 보는 앞에서 항복 문서
에 서명을 해야 했다.

**「루에르의 사령관이 이 문서에 서명을 하는 그 순간부터, 제루비델
은 이스멘에 귀속된다.」**

아나힘 테르트는 문서의 마지막 문장을 낭독한 후 만족스러운 미소
를 지었다.

일리프를 포함해 각 부대를 이끌던 자들은 일제히 고개를 떨구었다.

졌구나.

절망이 독이 되어 마음에 퍼졌다.

자신들은 신의 부끄러움이 되어 돌아갈 것이다. 환호를 받으며 출정
했으나, 이제는 쓸데없어진 천덕꾸러기들.

잃어버린 제루비델. 쓰러진 루에르의 권위. 신전은 그들을 용서하지
않을 것이다.

온몸을 바쳐 신을 위해 싸웠으나, 이제 그들에게 남은 것은 차가운
힐난과 징계뿐이었다.

몰락할 미래가 선연했다. 그들은 눈을 감았다. 제각기 내려 닫은 눈
꺼풀이 가늘게 떨렸다.

신은 그들을 버렸다.

⚜ ⚜ ⚜

이른 새벽, 운동을 마치고 나오던 일리프는 별안간 자신을 향해 운동
장 입구에 서 있던 인영을 발견했다.

멀리서도 누군지 알아볼 수 있었다. 단정하게 묶어 올린 빨간 머리, 선이 가는 흰 얼굴. 신전에 돌아온 후 처음 보는 카야였다.

"오랜만입니다."

일리프는 자신을 바라보는 카야를 향해 경례를 붙였다.

가히 여섯 달 만에 보는 그녀였다.

마음 같아서는 돌아오자마자 그녀를 보러 가고 싶었다. 지옥 같던 전장에서도 문득문득 떠오르던 얼굴이었다. 하지만 막상 돌아오니 자신이 없었다. 패잔병이 된 자신의 초라한 처지가 그녀에게 찾아가는 것을 막았다.

그러나 못내 억누르던 마음은 그녀를 마주한 순간 다시 저도 모르게 새어 나왔다.

"보고 싶었습니다, 카야."

카야 맥노프는 대답 대신 그에게 슬쩍 미소만 지어 보였다. 일리프는 그녀에게로 다가갔다. 손만 뻗으면 닿을 정도의 거리가 되었을 때, 마침내 그는 외면하고 싶던 순간과 마주했다.

"패배했습니다."

일리프는 담담한 양 말했다. 그러나 속은 아니었다.

이미 모두가 아는 사실. 그녀도 이미 알고 있을 텐데, 고백하는 순간 목구멍이 뜨겁게 달아올랐다.

"이제 기사단장이 아닙니다."

그를 포함해, 각국의 패배한 카르에시드 사령관들은 그 책임을 물어 강등되거나 유배를 갔다. 테베칸도 예외는 아니었다.

다른 단장들과 함께, 일리프는 수직으로 추락했다. 그는 일개 평기사가 되었다. 기사 학교를 막 졸업한 이들이 신전에 와서 받는 직위였다.

"자격이…… 없습니다."

지휘관이 될 자격이.

강등 조치에 대해 반발심은 없었다. 이렇게 될 걸 예상하지 못한 것도 아니었다.

다만, 그를 괴롭히는 것은 자신이 지도자로서 형편없었다는 것을 증명하듯 잔인했던 그 사막의 밤.

쏟아지는 피와 죽어 가던 생명들은 테베칸으로 돌아온 후에도 여전히 그의 꿈 안에 존재했다. 매일 밤 절망 속으로 그를 초대했다.

"괜찮아요."

카야 맥노프는 미소 지었다. 올라간 입꼬리가 햇살 안에 녹아서 반짝거렸다.

아름답다. 그는 그렇게 생각했다.

"괜찮아요, 일리프."

카야 맥노프가 다가왔다. 마치 경전 속 묘사된 천사 라파엘처럼 자애로운 미소를 띤 채, 희고 가느다란 손을 뻗어 그의 어깨에 올렸다.

뭐가 괜찮다는 걸까. 토닥거리는 손길을 받으며 일리프는 생각했다.

"다······."

전부? 정말?

"나는······."

휘하의 군사들이 모두 휩쓸려 몰살당했다.

자신의 부관, 그리고 그 아래의 장교들. 신전에서 함께했던 이들까지 전부가 목숨을 잃었다.

같이 학교를 졸업하고, 동고동락했던 이들. 이들만은 죽지 않게 하고 싶었는데. 살아서 테베칸으로 가고 싶었는데······. 결국 모래밭 위에 더운 피를 흩뿌리며 죽어 갔다.

그리고 자신만이 살아남았다.

"……."

일리프는 무릎을 꿇었다. 참아 왔던 입술이 마구 떨렸다. 겨우 억눌
렀던 후회, 회한, 분노, 서글픔을 포함한 모든 것이 눈에 차올랐다.

"아……."

뜨거운 눈물이 대지로 끝없이 쏟아져 내렸다. 그는 땅 위에 손을 짚
은 채 오열했다.

"아, 아……. 나는……."

"……."

"무엇을, 위해……. 우리는……."

이것이 과연 무슨 가치가 있었단 말입니까?

신전은 무엇을 위해 우리를 제루비델로 보냈습니까?

카야 맥노프는 말이 없었다. 그저 그를 물끄러미 내려다보고 있을 뿐
이었다.

하지만 희한하게도 그게 위로가 되었다. 얼어붙었던 마음이 사르르
녹아내렸다. 일리프의 입에서는 더듬거리는 단어들이 쏟아졌다.

"고해…… 성사를……."

그녀의 입에서 허락이 떨어졌다.

"하세요."

"……."

이로써, 지금부터 일리프 자신이 하는 모든 말은 사제가 아닌 신에게
하는 말. 사제는 신과 자신을 잇는 존재에 불과하니, 성사 중 어떤 말을
해도 사제는 그를 고발하거나 누설할 수 없었다.

그 내용이 살인 혹은 신에 대한 모독일지라도.

"불손한…… 생각을…… 했습니다."

"……."

413

"이 전쟁이…… 신의 뜻이 아닐지도…… 모른다는."

그랬다면, 정녕 그의 뜻이라면.

이렇게 자신의 양들이 죽도록 내버려 두지는 않았을 거라고.

"카야. 오, 카야……. 신은…… 어디에 계십니까?"

결국 원망이 날을 세우고 쏟아져 나왔다.

나의 아버지시여. 당신은 왜 이것을 내버려 둡니까?

대체 어디에서 날 지켜보고 있습니까?

그는 카야 맥노프를 올려다보며 애원했다.

답을 주소서, 사랑하는 사제님.

당신이 정말 루에르의 가르침처럼 나보다 신에게 가까운 존재라면, 에시엣의 사랑을 받는 교황을 바로 옆에서 지키는 사람이라면, 나보다는 잘 알 터.

그러나 카야 맥노프의 입에서 나온 대답은 딴판이었다.

"어디에도."

뭐라고?

일리프의 눈이 쏟아져 나올 듯 커졌다. 그 누구도 아닌 사제가, 그것도 앞날을 촉망받는 엘리트 카야 맥노프의 입에서 저런 불경스러운 말이 나오리라고는 상상도 못 했다.

"설령 있다 해도."

"……."

"그곳이 테베칸은 아닐 터."

카야 맥노프의 목소리는 잠에서 깬 듯 몽롱했다. 그렇게 알쏭달쏭한 말만을 흘린 채로, 그녀는 뒤돌아섰다.

"카야, 카야? 그게 무슨 소리입니까!"

일리프는 쫓아가서 카야 맥노프의 손목을 잡았다. 그녀가 무표정한 얼굴로 자신을 돌아보았다.

"당신이 믿던 게, 얼마나 맞는다고 생각하나요?"

카야 맥노프는 매정하게 쏘아붙이며 그의 손을 뿌리쳤다. 갑자기 변한 그녀의 태도를 이해하지 못한 일리프는 그녀를 애타게 불렀다.

"카야! 카……."

…….

"……헉!"

일리프는 급한 숨과 함께 잠에서 깨어났다. 등에 축축하게 식은땀이 밴 것이 느껴졌다. 그는 상체를 일으키고 멍한 상태에 빠졌다.

"……."

아무리 헤아려도 기묘한 꿈이다. 계속해서 전쟁에 관련된 꿈, 정확히는 자신의 부대가 몰살당하던 날의 장면만 되풀이되던 그의 밤에 등장한 충격이었다.

"……."

일리프는 꿈에 대해서 생각했다. 기이할 정도로 아름답던 카야 맥노프와 뼈를 담은 말들.

'어디에도.'

'설령 있다 해도, 그곳이 테베칸은 아닐 터.'

꿈에서 깬 지금도 자신의 귓가에 대고 속삭이듯 그 내용이 선명했다. 그냥 꿈일 뿐이라 치부하기에는.

이것은 신의 뜻인가, 자신의 내면인가. 혹은 또 다른 예지의 형태인가.

그의 눈동자가 어둡게 침잠했다.

✠ ✸ ✠

"하아······."

테이블 주위로 모인 추기경들의 입에서는 하나같이 한숨이 쏟아졌다.

"작고의 현실을 어쩐답니까······."

이미 일흔이 넘은 최고령 추기경, 제레미 루피드의 입에서 한탄이 터져 나왔다.

"신전의 처지를······."

다른 추기경들도 입을 다문 채 어두운 표정을 하고 있었다.

제루비델 탈환에 실패한 후 테베칸 시국의 분위기는 장례식이나 다를 바가 없어졌다. 에시엣이 최고의 신이라고 믿던 신자들의 신념이 무너지면서, 자연스레 테베칸 시국이 기존에 가지고 있던 위엄도 그만큼 하락했다.

"이대로라면 교황청의 권위가 땅에 가라앉겠습니다."

여전히 그들의 우두머리 역할 중인 블라디미르 리스텐 추기경이 말했다.

"제루비델의 무너진 성 크라오트 신전 대신."

"······."

"테베칸에 그만 한 신전 하나를 더 축조합시다."

신전을 새로 만들자는 의견이 나왔다. 그 자체는 나쁘지 않았다. 확실히 웅장한 건물은 보는 이들의 경외감을 불러일으킬 테니.

그러나 문제가 하나 있었다.

"예산이 있습니까?"

신전 하나를 축조하는 데는 어마어마한 금전이 투입된다.

6개월간의 카르에시드 원정에서 그들은 몇 년 치 예산에 해당하는 금전을 전쟁 비용으로 지출했다. 거의 빈 수준에 다다른 잔고를 가지고는 신전 축조는커녕 신전 운영도 위태로운 상황이었다.

블라디미르는 간단하게 대답했다.

"모아야죠."

옆에 앉아 있던 하르세트 추기경이 곧바로 반박했다.

"하지만, 세속 군주들이 과연 순순히 협조할지 의문인데요."

군사도 억지로 내주던 이들이 카르에시드 원정에서 대패한 자신들에게 금전을 내어 줄지는 의문 정도가 아니라 불가능에 가까웠다. 아무리 날강도질을 하더라도 정도가 있는 것이다.

"그냥 달라고 하면 안 주겠지요."

블라디미르도 그건 알고 있었다. 언제까지고 신의 이름 하나로 그들에게서 원하는 것을 뜯어내기는 불가능했다.

"하지만 보상을 걸면 가능할 겁니다."

"보상이요?"

뜻밖의 말에 추기경들의 눈이 휘둥그레졌다. 블라디미르는 좌중을 둘러보며 자랑스럽게 말했다.

"루에르에서는 생전에 죄를 저지르면 사후에 지옥에 갈 것이라 그리 가르치지 않습니까. 그래서 죄를 짓지 말라고 하지만, 어디 인간이 살면서 그러기가 쉽습니까? 세속 군주들과 귀족들이 어떻습니까. 그들이야말로 각종 암투와 향락으로 타락과 죄에 찌든 존재들. 본인들도 그것을 알고 있으니, 그를 사해 준다 하면 불나방처럼 달려들 겁니다."

그의 말은 아직 완전히 이해되지 않았다. 추기경들은 입을 헤벌리고 그의 말을 들었다.

"성전을 축조하는 데 기여하는 대가로 신의 은총을 얻어 가는 것이지요."

"......"

"수표 같은 형태로 발행을 해 볼까 합니다."

단계별로 죄의 무게와 금액을 정하고, 정해진 금액 이상을 내놓으면 그만큼의 죄가 사해졌음을 증명하는 표지가 지급된다.

"명칭은, 인더전스(Indulgence)라고 부를까 합니다."

그리하여, 돈을 낸 이의 죄를 씻어 주는 면죄부가 판매되기 시작했다.

⚜ ⚜ ⚜

블라디미르 리스텐 추기경의 아이디어는 제법 효과를 발휘했다. 그의 예상대로 수많은 자가 면죄부를 사기 위해 몰려들었다. 주로 군주, 대귀족, 각종 방법으로 부를 취득한 신흥 상인이 대부분이었다.

각국에서도 요청이 쇄도했다. 신전에서는 표지를 발행하기 위해 거래를 하는 인쇄소를 두 배로 늘려야 할 정도였다.

금전은 여느 때보다도 빠르게 모여들어 테베칸 시국의 금고를 채웠다. 모든 추기경들이 블라디미르의 의견에 감탄과 감동을 표할 정도였다.

그러나 신전 축조 모금액이 쌓이면서, 그에 반대하는 뜻을 가진 이들도 하나둘 생기기 시작했다.

비판은 대학에서 시작되었다. 신념으로 뭉친 젊은 신학자들은 신전의 방책을 긍정적으로 받아들이지 않았다.

"돈을 내고 면죄권을 사는 게 말이 됩니까?"

"이건 경전의 가르침과 어긋나는 것 같은데요?"

"신앙은 돈으로 살 수 있는 것이 아닙니다. 행동으로 실천을 해야지요!"

그들은 곧장 지도 교수들을 찾아가 따졌다. 교수들 또한 면죄부 판매에 부정적이었다.

"이건 아니죠."

"……."

"이것은 천 년 넘게 쌓아 온 신학의 골조를 근간부터 뒤흔드는 말입니다. 세속의 금덩어리로 미카엘 천사의 안내를 받아서 천국에 간다. 옛 선지자들은 이리 가르치지 않으셨죠."

대륙 최고의 신학과를 보유한 람버트 대학 학장, 푸스 교수의 입에서 나온 소리였다. 주변에 모인 교수들은 굳은 얼굴로 고개를 끄덕였다.

"교황청에 탄원서를 제출하겠습니다."

늙은 교수의 주름진 눈이 안경알 아래에서 빛났다.

✠ ✣ ✠

"좆 까는 소리군."

에드워드 황태자는 신전의 면죄부 판매에 대한 평가를 한마디로 요약했다.

"돈이 급하긴 급했나 보네. 그래도 그동안은 교묘하게 움직이던 인간들이 이젠 대놓고 돈을 내놓으라고 뻗대는 꼴이라니."

"성전 축조에 기여하는 명분이라잖아요."

"이렇게 노골적으로 모금을 한 적은 없었지."

그는 양손의 엄지와 검지로 동그랗게 원을 만들어 보였다. 돈을 가리키는 은어였다.

"아니면 더 이상 타락할 데가 없거나."

에드워드 황태자는 킥킥대고 웃었다. 그는 묘하게 기분이 좋아 보였다.

"우리에게는 기회야."

피를 머금은 것처럼 붉은 눈이 반짝 빛났다.

"내 나라 군사들이 이스멘에게 처절하게 깨진 건 가슴 아픈 일이긴 하지만, 덕분에 신전의 권위가 엉망으로 무너져 이런 병신 같은 짓거리를 저질러야 할 지경에 놓였으니."

손을 마주 겹친 그가 그 사이를 천천히 벌리는 제스처를 취했다.

"내가 볼 땐, 앞으로 불만 세력이 점점 커질 거야."

점차 멀어지던 두 손바닥은 어느 지점에서 멈추었다.

"이제부터는 그 불만에 불을 잘 지펴서 익힌 다음, 먹기 좋은 때 터뜨려 주어야겠지."

그는 그 손을 그대로 내려 내 어깨에 얹었다.

"기다려 보자고."

"……."

"놈들이 간과했던 것들이 나중에 어떻게 몸집을 불려서 돌아올지 말야."

나는 고개를 끄덕였다. 나보다 최소 7, 8년을 더 살았고, 정치판의 중심에서 굴러온 사람이니 보는 안목이 틀리지는 않을 것이다.

손을 거둔 에드워드는 자신의 턱에 검지 끝을 가져다 댔다. 그리고 어울리지 않게도 마치 궁금해하는 아이 같은 표정을 지어 보였다.

저 사람이 황태자가 아닌 안드레이였으면, 징그러우니까 귀염 떨지 말라고 편잔을 주었을 텐데. 조금 안타까웠다.

"궁금한 게, 신은 정말 있을까?"

"레미엘이 없댔어요."

"그 어린 교황 성하 말이 진리는 아니잖아."

그가 반박했다.

"본인이 신을 접하지 못했다고 해서, 아주 없다고 단정 지을 수 있을까. 존재하지 않는다는 증거도 아직 명확하진 않은걸."

"그럼 전하께서는 있다고 생각하세요?"

에드워드는 잠시 뜸을 들이다 대답했다.

"개인적으로 나는 있을지도 모른다고 생각해. 하지만 지금의 형태가
아닌 건 알아."

"……."

"적어도 내 숙부라는 돼지 새끼가 가짜인 건 알지."

에드워드가 이를 드러내고 웃었다. 그 맹수 같은 웃음에서, 그가 자
신의 숙부에게 가진 한의 크기를 대충 짐작할 수 있었다.

"있건 말건 상관없어요."

나는 더 이상 신을 섬기지 않을 거라고 다짐했으니까. 나는 더 이상
그 존재와는 엮이지 않으리라 다짐했다.

"약속만 지키시면 돼요."

협력을 다짐하며, 에드워드는 내게 약조한 것이 하나 있었다. 그는
그 자리에서 그것을 수락했으나, 최근 들어 그에 딴지를 거는 일들이
종종 생겼다.

"이미 몇 번 물어보기 했지만."

"……."

"카야, 진실로 원하는 게 그것뿐이야?"

에드워드의 목소리가 낮고 은근해졌다.

"아무리 생각해도, 이 판을 짠 사람의 소원치고는 너무 소박하잖아.
정말 그것만을 원해?"

표면적으로는 더 해 주고 싶어 하는 투였지만, 나는 에드워드의 뜻을
대강 짐작하고 있었다.

"성별이 문제라면, 간단히 해결해 줄 텐데."

"……."

"아마, 공작위 정도는 단독으로 내려 줄 수 있을걸. 영지랑 군사도 당연히 따라올 거고."

그는 내가 자신의 곁에 머무르며 그를 위해 일하기를 바랐다. 어떤 점에서인지는 몰라도 마음에 든 모양이었다.

"괜찮아요."

그러나 나는 그의 속내를 알면서도 거절했다.

나는 에드워드처럼 뼛속까지 통치자의 피를 타고난 자들과는 달랐다. 그의 가슴을 채우고 있는 야망이 내게는 없었다. 오로지 내 어머니를 억울한 죽음으로 인도한 루에르를 붕괴시키고, 레미엘을 그들의 손아귀에서 빼내는 것만이 나의 목표였다.

그 외에는 아무것도 의미 없었다.

"은혜는 감사하지만, 감히 거절하겠나이다."

"반역자 주제에, 제법 사제답게 고결하군."

나는 에드워드의 투덜거림을 미소로 무마했다. 나라고 해서 재물과 권위의 달콤함을 모르진 않았지만, 같은 크기의 책임과 의무가 따르며, 평생 타인과 견제하고 반목하며 살아야 하는 것 또한 너무 잘 알고 있었다.

나는 차라리 넉넉지 않을지언정, 아무런 짐을 지고 싶지 않았다.

그러니 통치자여, 너무 서운해하지 마소서.

서로의 길이 다르다면, 언젠가는 헤어지게 되는 것이 당연한 순리이니.

⚜ ⚜ ⚜

"대학 교수들이 교황청 앞으로 탄원서를 제출했다고 합니다."

"저런……."

훈련을 끝낸 성기사들이 혀를 찼다. 멀찍이서 그 말들을 모두 귀에 담으며 일리프는 묵묵히 검을 닦았다.

성기사들은 그에게 잘 다가오지 않았다. 그것이 자신이 싫어서라기 보다는 어색해서인 걸 알았기에 일리프는 크게 상관하지 않았다.

그들 입장에서도, 드높은 기사단장이었다가 패전으로 한순간에 추락한 자에게 말을 붙이기 힘들 거라는 것을 그는 이해했다.

때문에 그는 그들의 주위를 맴돌며 그저 흘러가는 이야기를 듣기만 했다. 신전의 동태를 파악하기 위해서였다.

최근의 화두는 루에르 교단이 테베칸에 새 신전을 축조하기 위해 판매하기 시작한 면죄부에 관한 것이었다.

면죄부는 불티나게 팔렸지만, 동시에 뜨거운 비판의 대상이기도 했다. 원로 교수들을 중심으로 한 대학들과 소수의 보수적인 귀족층은 소리 높여 루에르에게 면죄부 판매 철회를 요구했다. 그러나 교단은 눈 하나 깜짝하지 않았다.

비록 이곳이 신전 안이라 대놓고 부정적인 말을 하진 못하지만, 성기사들도 면죄부 판매를 옳다고 여기지는 않는 눈치였다.

그것은 일리프에게 자신과 뜻을 같이하는 자들이 없지는 않구나, 하는 안도감을 주었다.

아쉬운 것은 그들의 의견이 규탄하는 데 치중되어 있고, 근거들이 산발되어 있어 호소력이 다소 부족하다는 것이었다.

그 판단이 선 순간, 일리프의 머리를 스치는 생각이 있었다. 그는 닦던 검을 내려놓고 벌떡 일어섰다. 그리고 무언가에 쓴 것처럼 급하게 걸어 나갔다.

기사에게 목숨과도 같은 검을 두고 나가는 그를 기이하게 여긴 이들이 흘끗거렸지만, 일리프는 개의치 않았다.

꧁ ꧂ ꧁

일리프는 곧장 신전 3층에 있는 강당으로 갔다. 빈 강당에는 아무도 없었다. 그는 즉시 기도실로 향했다.

익숙한 나무판자에 무릎을 꿇고, 그는 손을 모았다.

"아버지시여, 기억하십니까."

내가 신전의 불의를 그냥 보아 넘기지 않겠다, 그리 다짐한 것을.

"제 생각보다 빨리 때가 온 것 같습니다."

기도실은 여전히 고요했다. 목소리를 들려주지 않는 신은 그 자체로는 확신을 주지 않았다. 평생 품어 온 깊은 믿음만이 그에게 끊임없이 말을 걸고 진리를 추구하도록 해 주었다.

"설령 아버지께서 생각하신 때가 지금이 아니더라도, 저는 제가 할 수 있는 일을 하겠습니다."

다짐하는 일리프의 말끝이 살짝 떨려 나왔다.

신전을 등지는 것은 두렵지 않다. 하지만 단 하나의 미련이 그의 발목을 붙잡았다.

'카야.'

사랑하는 소녀의 얼굴이 마음을 날카롭게 스쳐, 그는 눈을 질끈 감고 말았다.

그녀는 신전의 촉망받는 사제, 자신은 변절한 성기사.

결국 다른 길을 가게 되는 건가. 루에르를 적대하게 되면, 당신도…… 내 적이 되는가.

그 생각을 하자 가슴이 사무치게 아려 왔다. 제대로 마음이 통하지도 못했는데. 서툴게 들이대기만 했을 뿐, 자신의 진심을 보여 주지 못한 것이 못내 후회스러웠다.

그리고…… 이제는 볼 수 없는, 아니 마주치지 않길 바라야 하는 존재가 되는가.

그러나.

지켜 주고 싶었던 여인에게마저 등을 돌려야 하는 것이 나의 길이라면. 그것이 진리를 추구하는 내가 선택해야 할 바라면.

기꺼이 걸어가겠나이다,

나의 신이여.

일리프 루테반은 평생 신념에 의해 살아왔다. 바르지 않다고 생각되는 것은 비록 그것이 즐거움을 주는 일이라도 멀리했다.

친우들이 고지식하다고 악의 섞인 놀림을 할 때도, 휘하의 군사들이 그의 원칙 고수에 불만을 내비칠 때도 단 한 번도 고집을 꺾는 일이 없었다.

그러므로 여전히 그는 자신이 옳다고 믿는 길을 걸을 수밖에 없었다.

그것이 비록 자신의 마음을 무너뜨리고, 사지를 갈가리 찢는 결과를 가져올지라도.

✣ ❀ ✣

방에 돌아온 일리프는 책상 위에 초를 밝혔다. 서랍에서 양피지 묶음과 필기구를 꺼낸 그는 의자에 똑바로 자리를 잡고 앉았다.

그의 오른쪽에는 이미 몇 날 며칠을 붙잡고 있던 경전이 펼쳐져 있었다. 일리프는 잉크 뚜껑을 열고 그 안에 깃펜을 적셨다.

전시의 간결한 보고서 외에 자신의 뜻이 담긴 글자를 적는 것은 오랜만이라, 손과 마음이 조금 떨렸다.

가까스로 깃펜 끝을 양피지에 댄 그가 첫 문장을 적어 내려가기 시작했다.

「나, 일리프 루테반은」

아, 이건 아닌 것 같다.

애들도 아니고, '나'는 뭐람. 규탄서의 내용이 어린애처럼 유치해서는 안 될 일이었다. 일리프는 피식 웃으며 양피지를 구겨서 버렸다.

「루에르의 성기사, 일리프 안트 루테반이 감히 아뢰오니」

이 정도면 그럭저럭 볼만하겠지. 일리프는 만족스럽게 고개를 끄덕이며 글을 이어 나갔다.

「현시대, 루에르 교단의 행적들이 경전의 가르침과 어긋남을 하나하나 밝혀 고발하고자 합니다.」

막상 제대로 시작하고 나니 그때부터는 막힘이 없었다.

「첫째, 금전으로 천국의 자리를 미리 차지하겠다는 발상은 극히 물질적이고 세속적이라 레테서 3장 7절, '부자가 천국에 가는 것은 낙타가 바늘귀를 통과하는 것과 같다'는 가르침에 어긋납니다.

둘째, 오로지 화려한 성전만이 사람들의 존경을 끌어낼 수 있다는 발상은 '너희가 나를 진실로 섬기는 그곳이 바로 성전이요, 진실된 마음이 없으면 황금과 다이아몬드로 치장한 곳이라 해도 모두 껍데기에 불과하다' 라는 데르베서 3장 2절의 가르침과 어긋납니다.」

일리프는 쉬지 않고 글을 적어 내려갔다. 손은 마치 날듯이 양피지 위를 정신없이 오갔다.

빠른 손의 움직임과 대조적으로 방 안은 고요했다. 경전의 페이지를 뒤적이는 소리와 깃펜이 양피지를 스치는 서걱거리는 소리만이 새벽을 메웠다.

마침내 동이 밝아 올 때가 돼서야, 그는 마지막 장의 마지막 문장을 적을 수 있게 되었다.

「……에 해당하는 75개조의 반박 근거로써, 현재에 이르기까지 적 체된 부패를 청산하고 면죄부 판매를 당장 중지할 것을 감히 아뢰어 규탄하는 바입니다.」

✢ ✤ ✢

루에르의 추기경, 제레미 루피드는 젊은 시절부터 성실함으로 유명 했다. 그는 항상 수사들이 종을 치기도 전인 5시 반에 일어나서 신전을 한 바퀴 돌며 아침 산책을 하고는 했다. 누구보다 일찍 눈을 떠 신선한 공기를 마시는 습관은 그의 장수 비결로 널리 알려져 있었다.

그날도 그는 평소와 다를 바 없이 신전 정문을 지나고 있었다. 별생 각 없이 앞을 지나가려던 차, 그는 정문 벽에 다닥다닥 붙은 이상한 양 피지들을 발견했다.

"……응? 이게 뭐지?"

그는 노안이 와 침침해진 눈을 비비며 종이 위의 글자를 읽기 위해 얼굴을 바싹 들이댔다.

「루에르의 성기사, 실리프 안트 루테반이 감히 아뢰오니」

루테반? 어디서 들어 본 것 같은데…….
나이가 드니 이제는 기억력도 감퇴되었나 보다. 그는 가물가물한 이름을 머릿속에 넣으며 계속 내용을 읽어 내려갔다.

「첫째, 금전으로 천국의 자리를 미리 차지하겠다는 발상은 극히 물질적이고 세속적이라 레테서 3장 7절, '부자가 천국에 가는 것은 낙타가 바늘귀를 통과하는 것과 같다'는 가르침에 어긋…….」

"이게 뭐야?"
그의 입에서 경악이 터져 나왔다.
누군지는 잘 기억이 나지 않아도, 이놈은 겁도 없이 감히 신전을 상대로 면죄부 판매를 중단하라고 당당하게 요구하고 있었다. 그것도 75가지나 되는 이유와 경전의 구절을 들먹이며.
"이, 이런 고얀……!"
누가 감히 이런 건방진 짓을 할 수 있단 말인가! 늙은 추기경의 입에서 노호가 터져 나왔다.
"이, 이놈…… 가만둘 수 없어."
당장 신전 사제들에게 이 사실을 알리고, 발칙하게도 제 이름까지 밝히며 이 짓을 저지른 자에게 합당한 대가를 치르게 해 주어야겠다.
감히! 감히, 일개 성기사 나부랭이가! 칼이나 휘두르던 놈이, 꼴에 펜을 쥐고 신전의 권위에 의문을 제기해?

방금 전까지 평온했었던 루피드 추기경의 마음은 분노로 활활 타오르기 시작했다. 그는 거칠어진 발걸음을 옮기며 주변 방에 사는 사제들을 깨우기 위해 자신의 거처로 서둘러 향했다.

✢ ✢ ✢

간만에 친구들과의 식사를 위해 오랜만에 찾은 식당은 평소답지 않게 시끄럽고 활기가 넘쳤다. 다들 떠들지 않고서는 견디지 못하는 병에 걸린 사람들처럼 쉴 새 없이 입을 열며 말을 쏟아 내었다.

나는 식당 앞에서 만난 친구들에게서 이야기를 들었다. 새벽에 한 추기경이 발견했다는 정문 앞의 종이 내용에 대한 것들이었다. 일찍 일어나는 습관이 든 수습 사제들 중에서는 이미 그 내용을 보고 온 자들도 있다고 들었다.

"그거 들었어? 신전 정문에 면죄부 판매 중지를 요청하는 반박문이 붙었대!"

옆 테이블에서도 한창 그 얘기 중이었다. 주인공은 신전에 온 지 얼마 되지 않아 나와 갈등을 빚었던 유리시아 펜들턴이었다.

입 싸고 다혈질인 계집애답게 음량 조절 없이 신나게 떠드는 목소리는 옆 테이블 사람들에 대한 배려가 전혀 배어 있지 않았다. 그에 호응하는 목소리들도 성량이 만만치 않아, 절로 인상이 찌푸려졌다.

"아니, 대체 누가 신전 한복판에서 그런 짓을 벌인 거야?"

"정말 엄청나다! 두렵지도 않나 봐!"

사제들은 신전에 반기를 든 자가 나타났다는 것에 대해 분노하거나 규탄하기보다는, 도리어 흥미로워하는 것처럼 보였다. 나처럼 딱히 루에르를 싫어하거나 신을 적대하는 것도 아닌데, 심심한 신전 생활 중 이야깃

거리로 올릴 만한 큰 사건이 터진 것 자체를 재미있어하는 것이었다.

"그 사람 이름이 뭔데? 그건 알아?"

유리시아 옆에 있던 계집애가 못지않게 경박스러운 어투로 호들갑을 떨었다. 아이 씨, 자리가 왜 바로 내 뒤야. 귀 터질라. 이럴 줄 알았으면 그냥 평소처럼 레미엘과 식사를 할 걸 그랬나.

"일리프 루테반."

그런데 그 순간, 나는 들고 있던 포크를 떨어뜨렸다.

"카야, 왜 그래?"

옆에서 식사를 하고 있던 알리사가 의아한 눈으로 물었다.

"아, 아니야……. 순간 손에 힘이 빠져서……."

나는 애써 둘러대며 덜덜 떨리는 손을 테이블 아래로 감추었다. 등 뒤에서는 이야기가 계속되고 있었다.

"벌써 공의회에 사안이 올라갔대."

"진짜?"

"저 정도의 모독이면 최소한 파문이니까, 또 파문되겠네."

"내가 신전에 들어온 뒤로 벌써 몇 번째야. 메이트 선배한테 알아보니까 이 정도로 파문이 자주 행해지는 경우가 많지 않았다던데."

조잘조잘 떠드는 목소리들이 숨통을 막았다. 나는 믿을 수 없어 그의 이름만 입술 새로 작게 달싹였다.

일리프.

그야말로 우직한 성기사의 전형 아니던가. 언제까지나 신전에 충성을 맹세하고, 에시엣을 공경하며 살 것만 같았다. 그는 내게 있어 개인적으로 호감이 가기는 하지만, 결국 **뼛속까지 루에르의 사람**이라는 인상을 주었었다.

그런 그가 이런 일을 저지를 줄은 몰랐다.

갑자기 미칠 듯이 궁금해졌다. 대체 무엇이 그를 이렇게 만든 걸까. 카르에시드 원정에 나간 후 바뀐 건가? 대체 거기서 무슨 일이 있었길래? 신의 영광을 위해 곧은 눈으로 떠나던 그의 마지막 모습이 아직도 선명한데, 대체 어떤 생각으로 그리했는지 감이 잡히지 않았다.

"이번에는 얼마나 버틸는지."

그들은 아무렇지 않게, 식사거리로 그를 대놓고 씹기 시작했다.

"또 눈밭에 무릎 꿇고 비는 장관을 볼 수 있게 되는 건가."

그들은 에드워드 황태자가 작년에 당했던 수모를 언급하며 킥킥 웃었다. 평소라면 속으로 작게 핀잔이라도 주었을 텐데, 신전을 발칵 뒤집어 놓은 중대 사건의 주인공이 일리프라는 믿지 못할 충격에 휩싸인 나는 아무것도 할 수 없었다.

나는 남은 식사 시간 내내 허망한 시선만 흘리고 있을 뿐, 그 뒤로 음식에 손을 댈 수조차 없었다. 오랜만에 함께한 친구들과의 식사 자리였음에도 불구하고.

⚜ ⚜ ⚜

"또 파문 요청장이네."

레미엘은 한숨을 쉬었다. 블라디미르 리스텐의 요청에 따라 누군가를 파문시키는 것이나, 사형 선고를 내리는 것은 그가 가장 싫어하는 것 중 하나였다. 언뜻 보기에는 두 가지의 무게가 달라 보였으나, 사실 별반 차이가 없었다.

루에르가 지배적이었던 이 대륙에서는 파문이란 곧 사회적 죽음을 의미했으니, 육체가 살아 있다 해도 다른 사람들로부터 철저히 무시당하고 외면당하는 삶은 의미가 없으므로.

431

물론 루에르를 숭상하는 사람들에게나 해당되는 얘기였다. 모르긴 몰라도, 일리프가 이러한 행동을 한 데는 분명 이 같은 조치를 각오했으리라는 확신이 들었다.

"그런데 카야, 너는 왜 그런 표정이야?"

레미엘은 뜬금없이 내게로 화살을 돌렸다.

"내가 왜?"

"곧 죽을상을 하고 있잖아."

의자에서 일어난 레미엘이 손가락을 내밀어 내 눈가를 톡톡 두드렸다.

"여기를 잔뜩 찡그리고."

"……친한 사람이야."

"친한 사람?"

늘 유순하게 내려와 있던 레미엘의 눈썹이 치켜 올라가고, 입에서는 떨떠름해하는 듯한 목소리가 흘러나왔다.

"카야, 친한 남자가 있었어?"

"아, 아니……."

설마 파문장에 대해 논하고 있는 이런 순간까지 질투를 하는 건 아니겠지. 나의 착하고 올곧은 레미엘이 그런 유치한 감정을 가질 리 없었다. 그러나 일리프에 대해 그는 여전히 묘하게 까칠해 보였다.

"누군데."

"저번에…… 그 성 바르톨로메오 축일 때, 나 구해 준 사람……."

"……."

레미엘의 표정이 더 안 좋게 변했다. 그는 평소와 다르게 쌀쌀맞게 말했다.

"어쨌거나 파문을 거절할 수는 없어. 내 처지에."

나는 벅벅 소리가 나도록 거칠게 파문장을 작성하는 레미엘을 보며 두 눈을 멍하니 깜박거렸다. 그가 이렇게까지 반응하는 이유를 짐작할 수가 없었다. 레미엘이 일리프와 사이가 나빠 보이지는 않았는데.

일리프는 곧은 그의 성정만큼 완벽하게 레미엘에게 예의 발랐다. 하지만 레미엘은 마치 그에게 마음에 안 드는 점이 있다는 것처럼 굴고 있었다.

내가 레미엘을 멀뚱멀뚱 바라보고 있자 그가 한숨을 쉬며 변명하듯 말을 늘어놓았다.

"왜 그렇게 봐. 나도 지금 상황에선 어쩔 수 없다고. 너도 인정하잖아."

레미엘의 말이 맞기는 했다. 우선 우리에게는 교회가 내린 명령을 번복할 수 있는 권리가 없었다. 적어도 지금은.

"널 탓하는 건 아니야. 그건 아니고."

"……."

"조만간 그 사람을 찾아가 봐야 할 것 같아."

"왜?"

레미엘은 여전히 일리프를 탐탁지 않아 하는 것 같았다. 하지만 덮어놓고 싫다고는 하지 않았다. 늘 내 뜻에 따라 주는 그다웠다.

"그에게 몇 가지 물어볼 게 있거든."

레미엘이 그것을 별로 원하지 않는 걸 알지만, 나는 일리프를 찾아가야 했다. 가서 그가 왜 그런 선언을 했는지, 홀로 그것을 결정한 것인지, 그리고 앞으로는 어쩔 생각인지를 알아야 했다.

"어쩌면, 우리 편으로 만들 수도 있을 것 같아서."

✢ ✤ ✢

파문 조치를 받은 후, 일리프 루테반은 테베칸 시국에 출입할 수 없는 몸이 되었다. 그는 시국 밖에 위치한 한 촌에서 빈집을 겨우 얻어 살게 되었다.

그는 최소한의 가구만 구비해 둔 채, 며칠에 한 번씩 식료품 가게에 가서 기본적인 곡류와 야채류를 사다 조리해 먹었다. 그 외에는 돈을 쓸 만한 일이 많지 않았다. 그는 돈을 절약해야 하는 위치였기에, 조금의 사치도 부리지 않으려 했다.

돈이 없는 것은 아니었다. 간혹 기사들이 노름이나 술값으로 돈을 날리는 것을 보면서도, 단 한 번도 봉급을 허투루 쓰는 일이 없었던 그였다. 그래서 기사 생활을 하며 모아 놓은 봉급은 제법 착실하게 그의 은행 금고에 쌓여 있었다.

하지만 문제는 지금까지 번 돈으로 앞으로 평생을 살아가야 한다는 것이었다. 이 대륙의 어떤 기사단도 파문당한 성기사를 받아 주지는 않을 것이다.

그는 고작 스물다섯이었고, 정식으로 성기사로 일한 세월은 여섯 해였다. 여섯 해 동안 번 돈으로 평생을 연명하는 건 불가능에 가까웠다.

용병 일이라도 해야 하나. 일리프의 눈에 그늘이 스쳤다.

자신의 신념이 아닌 오로지 돈을 위해 여기저기 붙어 가며 전쟁을 하는 용병은 일리프가 은근히 경멸하던 부류 중 하나였다.

용병단에는 몰려드는 자들을 거르는 장치도 없었다. 파문당한 사내건 범죄를 저지른 사내건 하다못해 약장이건 그저 전장에서 남을 죽이는 실력만 있다면 용병이 될 수 있었다. 그래서 사회의 찌꺼기들이 그쪽으로 모여들곤 했다.

하지만 이제 그 사회의 찌꺼기가 된 일리프는 그렇게라도 살아야겠다는 생각이 들었다. 그는 신전의 바람대로 천천히 고립되어 죽어 갈 생각이 없었다.

반박문을 붙이고 파문당하는 것이 그가 계획한 일의 전부는 아니었다. 그는 추방당할 때 경전을 챙겨 나왔다.

어차피 이제 신전에 따를 이유가 없는 몸, 신전에서 금지한 경전 번역부터 시작해 볼 생각이었다. 그리고 이곳의 민중들부터 시작해 현재 루에르 교단의 행위가 얼마나 부당한지, 진정한 믿음은 교단의 가르침에 대한 맹목적인 순종이 아니라, 개인이 경전에 충실한 삶을 살아가는 데서 나온다는 것을 알려 줄 생각이었다.

신관을 거치지 않고도 신에게 자신을 봉헌하고 드러낼 수 있다고 말이다.

물론 교황청이 그런 행위를 알게 되면 자신을 내버려 두지는 않을 것이다. 그때는 지금처럼 추방에 그치지 않고, 뜨거운 불이 붙은 장작이 자신의 무덤이 될 것이었다. 하지만 일리프는 그런 것까지 이미 각오해 둔 터였다.

그가 자신이 한 결심을 다시 되새기고 있을 때였다.

똑똑.

문 두드리는 소리가 났다. 의자에 몸을 걸쳐 앉으려던 일리프는 문 쪽으로 다가갔다.

이웃 주민인가? 하지만 이 시간에 찾아올 만한 사람이 없는데……. 일리프는 의아해하며 문을 열었다. 그리고 눈앞에 보인 사람의 인영에 그대로 얼어 버렸다.

"맙소사……."

웬만해서는 놀라는 일이 잘 없는 그의 입에서 감탄사가 터져 나왔다.

"카, 카야……."

두 번 다시 볼 수 없으리라, 아니 차라리 보지 않게 되기를 바랐던 카야 맥노프가 바로 앞에 서 있었다.

꿈인가? 일리프는 이전에 그녀의 꿈을 꾼 적이 있었다. 저번처럼 그녀를 그리워하던 마음을 이기지 못하고 머리가 멋대로 그녀를 형상화해 낸 건가?

일리프가 혼란에 빠졌을 때였다.

"이렇게 잘 찾아낼 줄은 몰랐죠?"

카야가 손을 내밀었다. 일리프는 얼떨결에 그 손을 잡고 악수를 했다. 꿈속에서와 달리 따스한 온기가 팔목을 타고 흘렀다. 진짜 카야 맥노프였다. 환영이 아니라.

"당, 당신이 어떻게."

"신전 사제 중 당신의 거처를 안다는 자가 있더라고요. 그자에게 뇌물을 좀 먹였어요."

카야는 장난스럽게 웃었다.

"그런데 요구하는 게 얼마나 많은지. 역시 썩은 루에르."

혀를 살짝 내미는 제법 귀여운 모습까지도, 믿을 수 없지만 정말 자신이 아는 그 카야가 맞았다. 일리프의 입에서 떨리는 물음이 흘러나왔다.

"무슨 일로…… 찾아오셨습니까."

교황을 가장 가까운 데서 모시는 보좌 사제가 파문당한 성기사에게 찾아올 만한 일이 있던가. 아무리 헤아려 보아도 그 의중을 파악할 수가 없었다.

"당신과 함께 꼭 나누고 싶은 이야기가 있었어요."

카야는 입꼬리를 둥글게 올려 미소를 지었다. 그가 늘 거부할 수 없다고 느끼던 그 미소였다.

"들어……오십시오."

그 악의 없는 맑음에, 그는 늘 그랬듯이 다시 무장 해제되어 버렸다.

✤ ✱ ✤

"……그래서 개혁을 계획하고 계시단 말씀이십니까?"

일리프는 몇 번이고 재차 확인하듯 물었다. 그때마다 카야의 고개는 위아래로 힘차게 오갔다. 조금의 기만이나 불확실도 없었다.

카야가 들려준 이야기는 매 순간 놀라움의 연속이었다. 추기경들이 교황을 상대로 장난을 치고 있다는 것도. 그동안 교황을 감추어 놓고 벌인 것들이 전부 쇼맨십에 불과했다는 것도. 신의 뜻이라는 것이 결국 추기경들의 뜻, 좀 더 노골적으로는 블라디미르 리스텐의 의지가 반영되어 있다는 것이.

어렴풋이 짐작해 온 부분이라고는 해도, 막상 당사자에게 직접 들으니 쉽사리 받아들일 수가 없었다.

일리프는 그래도, 혹시, 설마 하는 생각을 품지 않기 위해 노력해야 했다.

더욱 믿을 수 없는 건, 자신이 카르에시드 원정을 떠나 있던 6개월 동안 그녀가 체계적으로 대륙의 지배자들로부터 군사를 모아 전쟁을 준비하고 있었다는 것이다. 정치나 군사에 대해서는 책에서 본 것 외의 지식은 조금도 없는 열아홉 살짜리 소녀가.

그래서, 카야가 꿈에 나왔던 걸까? 자신이 은밀하게 하고 있었던 일에 대해 그에게 암시를 주기 위해. 카야가 초능력이 없다는 걸 알면서도 그는 뜬금없이 그런 생각을 했다.

"그래도 아직까지는 뒤집을 만한 시점을 찾지 못해서 고민하고 있었어요. 그러던 차에, 신전이 면죄부를 팔고 반발이 늘어나면서 우리는 이것이 기회라는 생각을 하게 됐어요."

"……."

"일리프에게도 고맙게 생각해요. 이로 인해 면죄부에 대한 비판적 평가는 더 늘어 갈 거고, 루에르에 반감을 가진 사람들도 늘어날 거니까요."

"아, 네……."

아직도 현실을 완전히 받아들이지 못한 일리프는 멍하니 고개를 끄덕였다.

"우리는 당신이 필요해요, 일리프."

카야의 말에 일리프의 가슴이 덜컹거렸다. 예상하지 못한 말을 들었을 때 느낄 법한 충격이었다. 일리프는 이런 말을 듣는 것 자체가 예상 밖의 일이었다.

몇 달 동안 있었던 승리의 기록에도 불구하고, 최종적으로 패전했다는 이유로 신전에서 버려졌던 일리프였다. 쓸모없는 기사로 규정된 이가 바로 그였다.

그러나 신전이 단호하게 내친 그를, 그녀는 간절하게 원하는 눈빛으로 쳐다보고 있었다.

"당신처럼 신념이 곧고 실력까지 훌륭한 사람이 일원으로 전투에 참가해 준다면, 정말 감사할 것 같아요."

일리프는 목이 메는 것을 느꼈다. 신전을 나오면서 그는 기사로서의 생활이 끝났다고 생각했다. 더는 기사로서 검을 잡을 수 없으리라 여겼다.

하지만 눈앞의 소녀가, 그를 다시 기사로서 움직이게 만들었다.

"말씀드렸다시피, 이미 준비는 거의 다 되어 있어요. 당신은 그저 가서 그들을 지휘하고 자유를 위해 싸우기만 하면 돼요."

"……."

일리프는 대답하지 않았다. 거절하고 싶어서가 아니었다. 더는 루에르 교단이 아닌, 진정으로 자신의 신을 위해, 신념을 위해 검을 잡을 수 있는 기회가 주어진 것이다.

그는 말로 답을 주는 대신 뜨거운 시선으로 카야를 바라보았다. 카야도 그런 그의 마음을 알아주는 듯 미소를 지었다.

"고마워요."

그녀가 일어났다. 일리프는 제 할 말만 하고 가려는 듯한 그녀의 태도에 묘한 서운함을 느꼈다.

"벌써 가시는 겁니까?"

그의 목소리에는 진한 아쉬움이 배어 나왔다. 카야가 미안하다는 듯 멋쩍게 머리를 긁적였다.

"더 오래 있다 가고 싶긴 한데, 다음에 바로 가 봐야 할 데가 있어서요."

진심인 것 같았기에 일리프는 더 그녀를 잡지 않았다. 다만 의문점이 드는 것을 물었다.

"그런데 카야."

"네."

"대체, 어떤 이유로 이런 것들을 전부 계획하신 겁니까?"

일리프는 앞날이 보장되어 있는 것이나 마찬가지였던 카야가 어째서 루에르를 등지려는지 궁금했다. 자신이야 기사단장에서 평기사로 추락한 처지라지만, 그녀는 향후 추기경까지 노릴 수 있는 위치였다.

"저는, 루에르 교단의 탐욕으로 인해서 가장 소중한 사람을 잃었어요."

카야가 잔잔하게 웃으며 말했다.

"우리 엄마가 불 속에서 죽었거든요."

그녀가 평소와 다를 바 없는 여상한 말투로 이야기를 했기에, 그는 처음에 그것이 어떤 내용인지 제대로 알아듣지 못했다. 하지만 몇 초가 지나고서야, 그는 그녀의 말을 이해하고 탄식을 내뱉었다.

"아……."

그런 말을 아무렇지 않게 하게 될 때까지 대체 얼마만큼의 상처가 새겨졌다가 지워졌는지. 일리프의 가슴이 싸하게 아려 왔다.

"그럼, 다음에 다시 찾아뵐게요. 그때는 더 오래 있을게요."

덤덤하게 무거운 얘기를 내놓은 그녀는 찾아올 때와 다를 바 없이 상냥하게 그에게 인사를 했다. 그녀를 문간까지 바래다준 일리프는 자신이 무언가 중요한 것을 빼먹었다는 생각이 들었다. 그게 뭐였더라…….

할 말은 대충 다 나눈 것 같기는 한데.

보고 싶었습니다.

아…….

일리프는 정작 반년 후에 만난 카야를 눈앞에 두고 가장 하고 싶었던 그 말을 못 했단 것을 깨달았다. 꿈에서는 잘만 해 놓고.

일리프는 자신을 탓하며 의자에 털썩 앉았다. 벌써부터 후회가 되는데, 다음에 카야가 찾아올 때까지 대체 어떻게 버티려나 싶었다.

⚜ ⚜ ⚜

약 일주일 후, 식사를 마치고 집에 홀로 있던 일리프는 별안간 문 두드리는 소리를 들었다. 저번보다는 조금 더 거친 소리긴 했지만, 상대가 누군지는 안 봐도 알 것 같았다.

이번에는 그 말을 꼭 해 주기로 했지. 반가움에 달려 나간 일리프는 문을 벌컥 열며 다짜고짜 외쳤다.

"카야! 보고 싶었습니다!"

그러나 들려온 목소리는 카야의 얇은 미성이 아닌 굵은 남성의 것이었다.

"이거야 원, 보고 싶다던 카야가 아니라서 참 죄송하게 되었군."

"……."

일리프의 안색이 바로 굳었다. 허락도 없이 현관 쪽에 기대어 삐딱하게 그를 쳐다보고 있는 미남자는 베르시카의 왕위 계승자 에드워드 카렌 헤이터즈였다. 이자가 갑자기 왜? 일리프는 의아함과 허탈함이 반반 섞인 감정을 느꼈다.

"그렇게 대놓고 실망한 표정 짓지 말게. 초면인데도 서운해지려고 하니까."

"베르시카의 황태자 전하께서 무슨 일이십니까?"

"나라고 남자 혼자 사는 집에 찾아오고 싶었겠나. 카야 맥노프가 시켜서 왔지. 내 얘기 못 들었을 리는 없을 텐데."

에드워드는 마치 제집처럼 망설임 없이 일리프의 집 안으로 들어가 하나뿐인 소파를 차지하고 앉았다. 그리고 일리프를 빤히 올려다보며 어깨를 으쓱했다.

"네 말대로 황태자 전하신데 차까지는 아니더라도 물 한 컵은 줄 수 있지 않나?"

"아, 예……."

거의 물을 내놓으라고 명령하는 것이나 다름없는 에드워드의 요구에 따라 물을 건네주면서도 일리프는 떨떠름했다.

실물을 마주 보고 대화하는 건 처음이었지만, 일주일 전 방문했던 카야가 에드워드 얘기를 많이 해서 그런지 그의 존재 자체는 친숙했다. 다만 궁금했던 건 얼마나 그녀와 친밀하느냐였다. 두 사람이 많은 시간을 같이 보낸 것처럼 느껴졌기 때문이다.

"저, 에드워드 전하께서는 카야 양과 친하십니까?"

물 잔을 받아 든 에드워드가 시큰둥하게 대답했다.

"뭐, 친하다면 꽤 친하지. 걔는 딱히 그렇게 생각하는 것 같진 않지만……."

"얼마나요?"

그 질문의 의도를 알아차린 에드워드는 헛웃음을 터뜨렸다.

"이봐, 나 결혼했어. 태자비 배 속에는 황손도 있다고."

"그래도 혹시……."

황태자면 첩 같은 걸 둘 수도 있으니까. 일리프는 아직도 의심을 거두지 않은 채였다.

"후……. 난 처가에서 군사를 지원받는 대가로 평생 후궁 안 들이기로 부인이랑 약속했어. 젠장, 이런 사생활까지 얘기해야 하다니……. 이 정도면 되었나?"

"아……."

퉁명스럽게 쏘아붙이는 에드워드의 말에 일리프는 속이 읽힌 듯 민망해졌다. 에드워드는 피식거리며 한마디를 덧붙였다.

"그리고 자네가 경계해야 할 대상은 아마 내가 아닐걸."

"네?"

"죽고 못 사는 애인이 이미 있던걸."

"뭐, 뭐라 하셨습니까?"

일리프는 너무 놀라 말까지 더듬었다. 카야에게 애인이 있다는 건 금시초문이었다. 한 번도 자기 입으로 그렇게 말하는 걸 들은 적이 없었는데!

"있어. 긴 금발 머리에 금색 눈에, 피부는 하얗고 반들반들 곱상하게 생긴 놈. 나는 여잔 줄 알았네. 그렇게 예쁘게 생겨 먹은 남자는 처음 봐 가지고."

게다가 외모 묘사까지 그를 한층 더 충격에 빠뜨렸다. 불행히도 일리프가 아는 남자 중 에드워드가 말한 것처럼 생긴 자는 딱 한 명뿐이었다. 그의 입에서 의심이 섞인 물음이 나왔다.

"서, 설마…… 교황 성하를 뵌 적이 있습니까?"

일리프로서는 조마조마한 심정으로 물은 것이었지만, 에드워드의 대답은 너무도 간단했다.

"초상화만. 카야가 갖다 줬어. 쓸 일이 있었거든."

일리프는 그 '쓸 일'에 대해 궁금해할 여유가 없었다. 이미 교황 레미엘이 카야의 애인이라는 소리를 들은 후부터 그는 이미 정신이 혼미해져 있었다.

일리프가 혼란의 늪에서 허우적대건 말건, 그사이 물을 다 마신 에드워드는 시중만 받아 온 왕자님답게 일리프의 손에 자연스럽게 빈 컵을 쥐여 주었다.

"자, 이제 본격적으로 작전에 대해서 논의해 보자."

에드워드는 반쯤 넋이 나간 일리프를 데리고 대화를 시작했다.

"지금 주축이 되는 게 베르시카군이랑 윈체스터 공의 사병……."

그러나 그 말이 귀에 들어오지 않았다. 일리프는.

✦ ✤ ✦

일리프의 수락을 끌어내고 얼마 뒤, 우리는 일리프의 집에서 다 같이 모였다. 처음으로 에드워드 황태자, 윈체스터 대공, 일리프와 한데 모여 있으니 기분이 다소 이상했다. 언제 이들을 한자리에서 볼 수 있으리라고 상상이나 했을까.

겔시스 제국에서 군을 이끌고 몸소 찾아온 라이오스 윈체스터 대공은 저번에 봤을 때보다 좀 더 수척해져 있었지만, 여전히 아름다웠다.

나는 그들이 설명한 전략을 대충 듣고, 교황청의 구조를 그린 약도를 그들에게 건네주었다. 그 안에는 교황청에서 교황의 관저로 가는 길까지 다 그려져 있었다.

"이제 정말 얼마 안 남았네요."

오래 기다렸다. 열두 해를 기다려, 드디어 그들에게 반격할 수 있는 기회가 생긴 것이다. 무력하게 어미를 잃을 수밖에 없었던 일곱 살의 카야 맥노프가 끝까지 살아남아서 감히 그들의 멸망을 바랄 수 있게 되었다.

물론 그 전에 취해야 할 조치가 여러 개 있었다. 나는 윈체스터 대공에게 친구들의 안위를 신신당부했다.

"그날, 제 친구들은 시내에서 가장 큰 술 가게에 있을 거예요. 제가 그쪽으로 데려다 놓을 거거든요. 부디, 사제복을 입은 어린 사제들을 꼭 챙겨 주세요."

친구들이 나와 함께 동참한 것은 아니었지만, 그들이 전쟁에 휩쓸려 죽게 만들고 싶지는 않았다. 만일 그들이 다치거나 잘못되면 나 때문에 그런 것이라고 평생을 후회하게 될 것 같았다.

"알겠다. 내 책임지고 그렇게 하지."

윈체스터 대공은 믿음직스럽게 고개를 끄덕였다. 에드워드 황태자는 평소처럼 싱글거리고 있었다. 이상한 건 일리프였다.

이유는 몰라도 일리프는 나와 눈을 잘 마주치려 하지 않았다. 대화 도중에도 나에게 직접 말을 거는 일은 별로 없었고, 눈도 피하는 것 같았다.

나는 갑자기 변한 그의 태도가 의아했지만, 윈체스터 대공과 에드워드 황태자의 눈치가 보여 대놓고 왜 그러느냐고 물을 수가 없었다. 그저, 눈이 마주칠 때마다 작은 미소를 보낼 뿐이었다. 하지만 일리프는 그마저도 고개를 돌려 외면했다.

✢ ✤ ✢

"날짜가 정해졌어."

나는 내 무릎을 베고 누운 레미엘의 머리카락을 만지작대며 말했다. 향유 같은 걸로 특별한 관리를 하는 것도 아닌데 레미엘의 머리에서는 늘 좋은 감촉과 향기가 풍겼다. 길고 매끈한 게 찰랑거리는 모습을 보고 있자면 장관이라는 생각뿐이었다. 정작 레미엘은 교황청을 나가면 자르겠다고 벼르는 중이었지만.

"언젠데?"

"발렌티누스 축제."

"역시 그날이네."

나는 씩 웃으며 고개를 내려 그의 이마에 쪽 입을 맞추었다.

"그날밖에 기회가 없잖아."

발렌티누스 축제는 바르톨로메오 축일 다음가는 행사로, 대륙 전체가 술과 고기를 즐기며 노는 날이었다. 이때만큼은 밤 10시 취침을 어기고, 밤새 신전에 불을 밝혀 개방을 해 두었다. 다른 신자들도 많이 오기 때문에 경계가 느슨해지는 날이었다.

그렇기 때문에 에드워드 황태자는 이날이 가장 적격이라고 했다. 다른 사람들도 이에는 이견이 없었다.

"이제, 정말 나갈 때가 되었어."

"카야."

레미엘이 누워 있던 상체를 일으켰다. 그는 햇살을 입어 더욱 반짝거리는 눈 안에 나를 담았다.

"고마워. 너 때문에 희망을 찾게 되었어."

목이 멘 소리와 울 듯 말 듯 일그러진 얼굴. 아, 여리디여린 나의 성하. 나는 그의 볼을 쓰다듬으며 미소 지었다.

"내가 말했잖아."

그는 항상 좋은 것만, 예쁜 것만 주고 싶은 존재. 너무도 연약해서 보호하고 싶은 생각이 드는 존재였다. 그래서 나는 다짐했다.

"너를 구해 주겠다고."

반드시, 그들의 손아귀에서 레미엘을 꺼내 주겠다고.

"카야. 나에게는, 네가 메시아야."

레미엘의 말은 어린아이처럼 천진했다. 꼭 부모님에게 사랑을 표현하는 아이처럼 들려 나는 웃어 버렸다.

"그러면 넌 신이네."

나는 언젠가 그가 말한 적 있는 단어를 사용해 반쯤 장난을 담아 말했다.

"그래."

레미엘은 아무렇지 않게 내 농담을 받아들였다.

"그럼 난, 신의 메시아가 되는 거구나."

"응."

아무리 장난을 치려 해도 레미엘의 얼굴은 진지하기만 했다. 나는 그에게서 농담을 이끌어 내는 것을 포기하고 그냥 누워 버렸다. 생각이 많은지 그는 나를 저지하지 않았다.

나는 어느덧 골똘히 자신만의 생각에 빠진 그의 옆에 누워 가만히 그가 한 말을 곱씹었다. 메시아. 메시아는 구원하는 자. 레미엘은 신. 내가 목숨을 걸고 지켜 주어야 할 가엾고 연약한 신.

그리고 그런 그를 위해 사는 나는,

신(神)의 구원자.

그렇게 말하면 적당할 것 같았다.

발렌티누스 축제 날을 기념해, 술집에서는 평소보다 안주를 두 배는 더 얹어 주었다. 닭고기 훈제가 접시 가득 담겨 오는 것을 보던 아이들의 입이 찢어질 듯 헤벌어졌다.

"발렌티누스 축일은 저녁이 진짜배기랬지."

"역시 그 말이 맞아."

안드레이와 엘피스가 신나서 말을 주거니 받거니 했다.

친구들은 평소보다 훌륭한 술집의 서비스에 감동받은 티를 한껏 냈다. 축제 때문에 한껏 달아오른 분위기도 그들의 좋아진 기분에 기여를 했다.

"자, 건배!"

"건배!"

술이 한 잔씩 오갔다. 끊임없이 주고받다 보니 한두 명씩 얼큰하게 취하기 시작하나, 괜찮았다. 축제 날만큼은 사제복을 입은 자들이 길거리를 누비며 주정을 해도 탓하는 이가 없었다.

그중 나만이 술을 한 방울도 입에 대지 않았다. 잔을 부딪쳐 가며 적당히 어울리다 보니 어느덧 시간이 훌쩍 지났다. 시계를 확인한 나는 약속 시간이 거의 다가옴을 알고 자리에서 일어났다.

"카야, 어디 가?"

언제나 날 챙기는 게 습관이 된 알리사가 취한 와중에도 물었다.

"아, 나는 잠깐 바람 좀 쐬려고. 여기 안이 좀 답답해서."

"으응. 그래에……."

알리사는 별 의심 없이 나를 보내 주었다. 다른 아이들은 저마다 술을 마시고 안주를 먹느라고 정신이 없었다. 아마, 이들은 이 순간이 나와의 마지막이라는 건 꿈에도 모르겠지. 나는 조금 서글픈 기분을 떨치고 내키지 않는 발걸음을 뗐다.

술 가게를 나오며 나는 홀로 그들에게 작별 인사를 건넸다.

안녕, 사랑하는 나의 친구들.

아마 앞으로 다시는 못 보겠지만, 그동안 날 편견 없이 대해 줘서 정말 진심으로 고마웠어. 전부 똑똑한 아이들이니, 부디 각자의 자리에서 잘 살아가길.

정이 많이 들었는지 눈물이 핑 돌려고 했다. 축축해진 눈가를 닦아 낸 나는 서둘러서 신전으로 돌아갔다. 혹시 늦을세라 숨이 턱까지 차오르도록 뛰어 관저로 향했다.

"레미엘."

관저는 불이 꺼져 있었다. 촛불 하나만 일렁이고 있을 뿐이었다. 혹시 레미엘이 누군가에게 끌려갔거나 죽을 정도로 다쳤을까 싶어 겁이 난 나는 방문을 열어젖히고 그의 이름을 외쳤다.

"레미엘!"

"나 여기 있어, 카야."

소매를 끄는 손길이 느껴졌다. 놀라 내려다보니 희미한 촛불 빛 아래 레미엘의 웃는 얼굴이 보였다.

"뭐야. 불은 왜 이렇게……."

"일부러 티를 덜 내려고 이렇게 해 뒀어. 이래야 나가도 잘 모르지."

레미엘이 내 어깨를 감싸며 속삭였다. 그래도 그렇지. 걱정이나 시키고……. 나는 심술을 담아 그의 볼을 꼬집었다.

"아야."

그는 통증을 호소하면서도 웃었다. 진짜 속도 없었다.

"준비됐어?"

나는 레미엘에게 작게 속삭였다. 그로서는 세상으로 나가는 것이 거의 열세 해 만이었다. 아마 낯설고, 많이 두려울지도 모른다고 생각했다.

"응. 그런데 좀 이상하기는 해."

"뭐가?"

"난 그냥 여기서 늘 갇혀 있다가 죽는 게 운명인 줄 알았는데, 이제는 정말로 나가게 됐잖아."

"……."

새삼 그가 그동안 느껴 왔을 절망감이 느껴져, 나는 침묵했다.

조용해진 레미엘의 방 안으로 관저 너머 신전 쪽으로부터 함성 소리와 무기 부딪치는 소리, 비명 소리 같은 것들이 들려왔다.

"이제 시작인가 보네."

아무래도 나는 지금의 시작이 긍정적이라는 데 한 표 던질 수 있었다. 에드워드와 라이오스, 일리프가 이길 것 같았다. 그들의 뜻이 세상에 관철될 것 같은 좋은 예감이 들었다.

"교황 성하."

그때, 작게 문을 두드리는 소리와 함께 낮은 남자의 목소리가 들려왔다.

"모시러 왔습니다."

레미엘과 내 눈이 동시에 마주쳤다.

드디어.

그 순간이 찾아왔다. 수없이 꿈꾸고 기대하던 그 순간.

나는 쿵쾅대는 심장을 가까스로 억누르며 천천히 다가가 문을 열었다.

그곳에는 난생처음 보는 젊은 남자가 기름등을 든 채 서 있었다. 그는 나와 레미엘을 보자마자 고개를 숙이며 인사부터 했다.

"저는 베르시카의 왕위 계승자이신 에드워드 전하의 명을 받고 온 베스페 백작이라고 합니다."

"아, 예. 안녕하십니까. 반갑……."

"한시가 급하니 답례는 괜찮습니다. 어서 따라오십시오."

그는 미소와 함께 인사를 생략시킨 후 잰걸음으로 복도를 걸었다. 보폭이 짧고 걸음이 빠른 편이라 나와 레미엘은 종종걸음으로 그 뒤를 쫓았다.

"……."

관저 앞에는 처음 보는 마차가 대기하고 있었다. 나는 레미엘을 데리고 베스페 백작을 따라 마차로 갔다. 에드워드가 약속한 것이었다. 이제 이걸 타면 이 신전에서의 모든 시간이 끝난다.

마차에 올라타려는데, 갑자기 일리프의 얼굴이 불현듯 떠올랐다.

마지막에 좋은 모습을 보이지 못했던 일리프가 조금 마음에 걸렸다. 작별 인사도 못 한걸. 하지만 떠나는 수밖에는 도리가 없었다. 이게 바로 내가 에드워드에게 바란 것이니까.

전쟁이 시작되면, 레미엘과 나를 테베칸 시국으로부터 벗어나 안전한 곳으로 데려다주는 것. 그것만이 내가 에드워드 황태자에게 요구한 전부였다. 그 외에는 그에게서 아무것도 받지 않기로 했다.

"카야."

마차에 오르고 나서 어쩐지 울적한 기분에 한마디도 못 하고 있는데, 레미엘의 손이 내 손을 부드럽게 감싸 왔다.

"괜찮아."

바보. 뭐가 괜찮은지도 모르면서.

입을 삐쭉거렸지만, 이미 레미엘의 손길에 마음이 풀어지고 있는 상태였다.

"⋯⋯."

그의 체온으로부터 겨우 위안을 느끼며, 나는 마차 창 너머로 비치는 밖을 내다보았다.

이제 갓 켜진 혁명의 불길이 일고 있는 신전은 시끄러웠다. 그 위를 감싸고 있는 하늘은 영원할 듯이 까맣지만, 시간이 지나면 자연스럽게 어둠이 걷히고 아침이 밝아 오기 마련.

루에르의 통치도 영원할 듯 길었지만, 결국에는 지나가는 밤처럼 그 세가 스러지고 새로운 세상이 열리지 않을까. 그 뒤를 다른 신이 잇건, 아니면 인간들의 지성만이 자리하건 상관없었다.

나에게는 내가 지켜야 할 이 연약한 신뿐이니까. 나는 새롭게 내 삶의 의미가 된, 앞으로 내 삶의 의미를 채워 나갈 레미엘을 향해 웃었다. 그 또한 날 바라보며 언제나 그럴 듯, 화사하게 미소 지어 주었다.

나는 다시 행복해졌다.

에필로그

베르시카 제국과 겔시스로부터 시작된 종교 개혁 운동은 들불처럼 대륙에 번졌다.

신전을 중심으로 발발한 이 전쟁은 시작된 지 근 서너 달 넘게 이어지고 있었다. 여기저기서 크고 작은 전투가 끊이지 않았다.

공격당한 루에르 측에서는 어떻게든 반란군을 막아 보려 노력했으나 실패였다. 감히 겁도 없이 루에르 교단에 맞선 이들은, 신전의 반격과 주변국들로부터 끌어낸 지원에도 불구하고 끄떡없이 버티며 오히려 처음보다 세를 늘려 가고 있었다.

그들은 이 전쟁을 '신교 전쟁'이라 불렀고, 스스로를 '신교도'라고 정의했다. 그동안 수가 적고 불리해 보이는 듯하던 이들은 점차 저들에게 동조하는 세력들이 늘어남에 따라 덩치를 키워 갔다. 이제는 처음 인원의 서너 배가 넘는 규모로 확장되어 가는 중이었다.

민중들은 기존 교단에 반항한다는 의미에서, 그들에게 '데파이앙스

(Defiance)'라는 명칭을 붙여 주었다.

"종교의 자유를 허용하라!"

"경전으로 돌아가자!"

"신전의 권위를 내려놓아라!"

그들은 이런 유의 구호들을 외치며 전투에 임했다. 이들에게는 죽음을 불살라서라도 루에르를 무너뜨리겠다는 의지가 강하게 깃들어 있었다.

규모가 커지고, 싸우는 지역이 여러 군데가 생길수록 데파이앙스의 세력들도 서서히 장소에 따라 분할되는 듯한 양상을 보였다. 일리프 루테반은 국경 지대 쪽을, 라이오스 윈체스터 대공은 테베칸 주변국들의 상황을, 마지막으로 베르시카의 왕위 계승자 에드워드 카렌 헤이터즈는 신전을 탈환하는 역할을 맡았다.

✤ ✤ ✤

더 이상 뒤따라오는 적이 없음을 느낀 에드워드는 빠르게 옮기던 걸음을 늦추었다. 터뜨릴 듯이 움켜쥐고 있던 검의 손잡이에 힘이 다소 느슨하게 빠졌다. 그는 이어진 길을 따라 갈림길을 돌아 나왔다.

"……."

들어선 회랑은 비어 있었다. 창으로 들어오는 햇빛 한 줄기만이 그 공간 안에 있는 전부였다.

에드워드는 조용히 걸었다. 고요한 복도 안에 제 발걸음 소리만이 가득 찼다.

군데군데 피와 땀으로 젖은 채 늘어져 있는 시체를 무심하게 건너보던 그는, 한구석에 엎드려 있는 거구에게로 문득 눈이 갔다.

보이는 건 뒤통수뿐이나 이상할 정도로 낯이 익는 자였다. 빨간빛의 사제복이나, 덩치, 기괴한 자세로 뒤틀려져 있는 팔다리 모두 낯이 익었다.

어쩌면, 어릴 때부터 수도 없이 보아 온 존재니 오히려 못 알아보는 것이 더욱 이상할 터.

에드워드의 입에서 바람 빠지는 소리가 흘러나왔다.

"……리스텐 추기경."

그는 제법 아스스한 자세를 고칠 생각도 하지 않는 블라디미르에게로 다가섰다. 복부나 그 주변을 찔렸는지, 그의 허리에서 흘러나온 피가 웅덩이가 되어 복도를 적시고 있었다.

"……."

마치 양동이로 퍼부은 것 같은 엄청난 양이었다. 이 정도의 피를 쏟고는 사람은 살 수 없었다. 동나는 순간 숨이 끊겼을 것이라 생각될 정도의 참혹한 광경이었다.

에드워드는 말없이 그 앞에 천천히 쭈그려 앉았다. 블라디미르는 눈을 부릅뜨고 죽어 있었다. 고통과 비탄에 가득 찬 표정이, 그가 끝까지 죽고 싶지 않았음을 알려 주었다.

"죽었구나."

에드워드는 중얼거렸다.

드디어, 이자가 죽었구나. 영영 세상을 떠나 버렸구나.

그토록 신처럼 강력한 권세를 누리던 이가 몰락한 모습은 후련하다기보다는 다소 기이하고 낯선 기분을 더 안겨 주었다.

"숙부님."

에드워드는 웃었다.

"언젠가 제게 하신 말씀을 기억하시나요?"

'세속에 만연한 언어로 신께 접근하려 한 것을 반성하십시오, 태자.'

싸늘한 눈초리로 에드워드를 내려 보며, 거만하게 명령하던 목소리.

"저는 반성하지 않습니다."

블라디미르는 대답하지 않았다.

"저는 당신들이 가지고 있던 절대적인 힘이 사라지고, 종교가 인간을 짓누르는 일이 없기를 원합니다."

당신들로부터의 자유를 원합니다. 다시는 그대들의 뜻에 흔들리지 않으리라.

"그리하여, 나는 당신네들이 굴복할 때까지 오로지 그만을 위해 목숨을 걸고 싸울 것입니다."

"……."

"그것이 제가 꿈꾸며, 또한 제 아들에게 물려주고 싶은 이 제국의 모습이니까요."

전날 아침, 전쟁 통에도 급히 달려온 전령에 의해 그는 베르시카의 황손이 태어났다는 소식을 받았다. 신체 건강한 아들이었다.

아기의 탄생은 새로운 희망의 시작.

새로운 세대가 이제 막 뿌리를 내렸다. 아직은 연약하여 보호가 필요하나, 금세 자라날 것이다. 그가 원하는 것도 멀지 않았다. 이제 곧 새 시대가 도래할 것이다.

기존의 낡은 것, 썩은 것을 버리고 모두 다시 시작하자.

그러니 구시대의 유물과 같은 그대의 존재는 이리 차디찬 바닥에서 싸늘하게 식어 가는 것이겠지요.

에드워드는 블라디미르의 모습이 곧 루에르의 미래가 될 거라고 믿었다.

가장 강력하던 자가 죽었으니, 루에르는 이제 속절없이 무너져 내릴 것이다. 자신은 이제 그 위에다가 새로운 것들을 하나씩 채워 나갈 것이다. 자신이 태자로 책봉될 때부터 그려 오던 것들을 곧 펼칠 수 있으리라는 생각은 이제 확신으로 그의 안에 굳어져 있었다.

"부디 평안한 안식이 되시길."

지옥에서도 편안할 수 있다면 말이지요.

부릅뜬 눈을 감겨 준 에드워드는 한층 상쾌해진 기분으로 그 회랑을 벗어나, 다시 숨어 있을지도 모르는 적을 찾으러 떠났다.

✤ ✤ ✤

"카야, 카야!"

부엌에서 파를 다듬고 있던 나는 명랑하게 외치는 목소리를 듣고 고개를 돌렸다.

"왔어?"

"응! 이거!"

현관문을 열어젖힌 레미엘이 해맑은 웃음을 지은 채 품에 무언가를 가득 안아 들고는 다다다 뛰어 들어왔다.

"이것 봐, 내가 만들어 왔어."

"이게 뭐야……?"

"아기 의자!"

레미엘은 자랑스럽게 외쳤다. 다가가 살펴보니 정말 두세 살 난 아이나 앉을 법한 앙증맞은 사이즈의 의자였다.

"우와."

"이건 파는 게 아니라 우리 거야."

의자를 내려놓은 레미엘이 어깨를 펴고 등받이 부분을 손가락으로 가리켰다.

"틈틈이 만들어서 오늘 완성했어."

자랑스럽게 말하는 레미엘의 머리카락과 옷에는 톱밥이 묻어 있었다. 나는 그것들을 털어 주며 그의 볼에 입을 맞추었다. 의자도 그렇고, 그의 행색도 그렇고, 이제 제법 목수 티가 났다.

이곳에 정착한 지도 벌써 1년이 넘었다.

베스페 백작은 내가 요청한 대로 베르시카의 한 깊은 산골에 나와 레미엘을 내려 주었다.

그리고 내 앞으로 개설된 은행 계좌 증명서를 내밀었다. 향후 죽을 때까지 생계에 걱정이 없을 만큼의 금액이 금고에 이미 비축되어 있다고 했다.

그렇게 많은 재물이 필요 없다고 생각한 나는 그를 한사코 거부했지만, 그는 태자 전하의 마지막 성의를 받아 달라며 간곡히 부탁했고, 결국 그 돈은 나와 레미엘의 소유가 되었다.

레미엘과 나는 빈집을 얻어 살게 되었고, 약간씩의 돈을 빼내 생활비로 사용하고 있었다. 둘 다 크게 돈 쓰는 것을 즐기지 않는 터라 살림살이는 대체로 소박했다.

에드워드 황태자가 준 돈의 대부분은 비상금으로 남게 되었고, 그나마도 레미엘이 목수 일을 배우기 시작하면서부터는 거의 손을 대지 않게 되었다.

허리를 굽힌 레미엘이 내 배에 대고 물었다.

"꼬마는 어때?"

"잘 놀아."

나는 이제 제법 불룩해진 윗배 부근을 쓰다듬으며 말했다. 레미엘이 그 위에 자신의 손을 얹으며 으름장을 놓듯이 말했다.

"엄마 괴롭히면 안 된다. 착하게 있어야지. 그렇지?"

"말해도 못 알아들을걸."

"그럴 리가. 아빠 말도 못 알아듣는 바보 녀석은 필요 없어."

레미엘의 미간이 장난스럽게 찌푸려졌다. 예쁜 얼굴에 구김이 갈세라 나는 손가락으로 그 위를 꾹꾹 눌렀다.

"빨리 나와라."

레미엘은 내 배를 두드리며 재촉하듯 그 안의 아이를 불렀다. 또 시작인가 싶어 김빠진 웃음이 나왔다.

"또 무슨……."

"이 세상이 얼마나 아름다운지 알려 줄게."

"……."

레미엘의 말에 나는 그에게 핀잔주려던 것을 잊었다.

그가 삶에 대해 다른 생각을 갖게 된 것이 고스란히 느껴지는 말이었다.

한때 세상을 냉소하던 레미엘은 달라졌다. 그는 이제 살랑거리는 봄바람이 어떤 감촉을 가져다주는지, 가을에 산을 물들인 단풍이 얼마나 훌륭한 물감과 다름없는지, 첫눈이 얼마나 설레는지를 알게 되었다.

그리고, 그건 나도 마찬가지였다.

"물론 가장 아름다운 건 말이지."

레미엘은 마치 비밀이라도 말하려는 사람처럼 주변을 둘러보았다. 그와 나 말고는 아무도 없다는 것을 요란스럽게도 확인한 그가 다시 배에 입을 대고 속삭였다.

"너란다, 아가."

✤ ✤ ✤

에드워드 3세의 후원에서는 티타임이 한창이었다. 젊은 황제 에드워드와 그의 오른팔이라고 할 수 있는 일리프 루테반 공작은 자주 만나 오후 시간을 함께 보냈다.

찻물을 삼키던 에드워드는 눈가를 찌르는 햇살에 살짝 미간을 찡그렸다.

"어디 불편하십니까?"

그의 기색을 귀신같이 알아챈 공작이 물었다.

"아니, 별것 아니다. 그냥 사소한 일 하나가 생각나서."

"대체 어떤……."

"있어, 그런 게."

고작 햇살 하나 때문에 잠시 짜증이 났다는 얘기를 시시콜콜하기에는 체면이 서지 않았다. 대강 둘러댄 에드워드는 일리프를 피해 옆으로 시선을 돌렸다.

정원 덤불에서 저들끼리 뛰어놀던 두 소년 소녀가 놀이가 다 끝났는지 이쪽을 향해 달려오는 것이 보였다.

"아빠!"

"아바마마!"

아이들은 각자의 아버지를 외쳐 부르며 양팔을 벌렸다. 안아 달라는 명백한 신호에 두 남자는 찻잔을 놓고 몸을 일으켰다.

"……웃차."

일리프는 딸을, 에드워드는 아들을 각자 품에 안아 올렸다. 에드워드는 머리카락이 흐트러진 채 색색 숨을 몰아쉬고 있는 일리프의 딸을 보자마자 절로 호오, 하는 감탄사가 튀어나오는 것을 느꼈다.

"갈수록 부인을 닮아 가는군."

"……."

일리프는 대답 대신 말없이 웃었다. 그 미소에 에드워드는 마음이 아려 오는 것을 느꼈다.

간혹 식사를 같이할 때 마주하는 일리프의 부인은 와인처럼 붉은 머리에, 얌전하고 청순한 인상을 가진 여자였다.

처음에 일리프가 일부러 마련해 준 좋은 혼처를 죄 마다하고 평민 여자와 결혼한다고 했을 때, 에드워드는 내심 의아해했다. 그전처럼 한미한 가문의 아들이었던 시절이면 몰라도, 공작위를 받은 사람이 뭐 하러…….

그러나 결혼할 사람이라며 소개한 여자를 본 순간, 에드워드는 더 이상 할 말이 없었다. 그 얼굴을 보며 일리프가 떠올릴 대상이 누구인지가 너무나 명백해서.

에드워드는 카야가 떠난다는 것을 일리프에게 제대로 말해 주지 않았던 것에 대해 일종의 죄책감을 느끼고 있던 참이었다. 그 막막한 절망을 기어이 참아 내다가, 전쟁이 끝나고서야 괴로워하던 일리프를 아직 기억했다.

공작 부인은 그에게 그 기묘한 부채 의식을 되살리는 동시에, 자신의 마음속에 묻어 두었던 이를 떠올리게 했다.

자신 또한 그녀를 그리워했다. 비록 그 성질이 일리프와는 조금 다를지라도.

일리프에게서 시선이 옮겨 간 붉은 눈이 그의 딸을 담았다. 아이는 아버지의 목에 팔을 꼭 두른 채 맑은 눈으로 말똥말똥 겁도 없이 황제인 자신을 쳐다보고 있었다.

저리 날 대담하게 바라보던 이가, 예전에도 한 명 있었지. 이 꼬마 숙녀와 꼭 닮은 소녀였다. 에드워드는 별안간 떠오르는 추억 한 조각에 피식 웃었다.

"아바마마!"

에드워드의 어린 아들이 그의 귀를 잡아당기며 주의를 끌었다.

"그래, 리치."

에드워드는 태자 리카르트의 애칭을 부르며 그의 볼에 입술을 댔다. 말랑말랑한 어린아이의 살결이 주는 부드러운 감촉이 그의 입술 끝에 감겼다.

"아바마마는 영웅이었어요?"

"응?"

뜻밖의 말에 에드워드의 눈이 의아하게 변했다. 리카르트는 두 손을 신나게 펄럭이며 말을 이었다.

"다 들었어요! 아바마마는 막 책에 나온 용을 무찌르는 기사처럼 용맹하게 싸우셨다고 했어요. 그래서 적들을 다 무찌르고 당당하게 이겨서, 깃발을 꽂고 승리를 선언하셨대요. 그리고 외치셨대요. 진리는 죽지 않는다!"

듣고 보니, 누가 이 아이에게 종교 전쟁 당시의 얘기라도 해 준 모양이었다. 에드워드는 잔잔한 미소를 지으며 아이의 머리를 쓰다듬었다.

"아바마마도 있는 힘껏 싸운 것은 맞지만, 진정한 영웅은 따로 있단다. 아바마마는 그걸 도왔을 뿐이야."

"네에?"

그런 대답이 나올 줄 몰랐는지, 리카르트가 작은 머리통을 좌우로 갸웃댔다. 그 천진한 모습에 에드워드는 웃음을 터뜨리지 않기 위해 노력해야 했다.

"그러면 그 영웅님께서는 지금 어디 계세요?"

"음……."

카야의 행방이라.

어떻게 대답할까 고민하던 에드워드는 아까부터 자신을 바라보고 있던 일리프와 눈이 마주쳤다. 그도 분명 자신이 말하는 영웅이 누군지 이미 눈치를 챈 것이다. 의식하는 것 보게.

저렇게 빤히 속이 드러나는 얼굴을 보자니 짓궂은 마음이 들었다. 약을 좀 올려 볼까.

"탑에 갇힌 아름다운 금발 머리 공주님을 구하고는, 같이 떠나 버렸단다. 아바마마가 잡아 두려 했지만, 소용이 없었지."

에드워드는 리카르트 몰래 일리프를 향해 씩 웃어 버렸다.

"왜, 왜요? 왜 아바마마를 뿌리치고 공주님과 가 버렸어요?"

어떻게 아바마마를 거부할 수 있지? 리카르트는 이해할 수 없었다.

어린 그의 눈에 에드워드는 절대적인 존재였다. 모두가 아버지를 원하고, 가까이하려 하고, 잘 보이려고 안달했다. 그런 위대한 아버지를 왜 거부했을까?

"사랑 때문이란다, 리카르트."

"……사랑?"

"영웅님은 공주님을 너무 많이 사랑해서, 모든 것을 버리고 기꺼이 떠나 버렸어."

또박또박 내뱉는 에드워드의 말에 일리프의 얼굴이 보기 좋게 구겨졌다.

어쩜 저리도 도발에 쉽게 걸려들 수가 있나. 저 고지식한 놈 같으니.

에드워드는 결국 참지 못하고 아들의 목덜미에 얼굴을 묻은 채 소리 죽여 웃음을 토해 냈다.

"아, 아잇! 아바마마! 간지러워여어!"

리카르트가 기겁을 하며 몸부림을 쳤다. 아들이 떨어지지 않도록 더 세게 끌어안아 고정하며, 에드워드는 방금 전까지 쿡쿡 웃음을 흘린 여린 살 위에 쪽, 하고 입을 맞추었다.

따스한 햇살과 평화, 각자의 품에 안긴 작은 생명들. 모든 것이 갖추어져 있으니, 행복하다. 이것으로 행복한 것이다.

그럼 됐다.

하늘을 올려다보던 에드워드의 입가에 어느새 은은한 미소가 번졌다. 그에 화답하듯 봄의 햇살이 반짝이며 그의 이마 위로 쏟아져 내렸다.

— fin